BASTEI
LÜBBE

VICTOR VILLASEÑOR IM
TASCHENBUCH-PROGRAMM:

13 832 Die Wunder eines jeden Tages
13 916 Die wilden Tänze des Himmels

VICTOR VILLASEÑOR

DIE WILDEN TÄNZE DES HIMMELS

ROMAN

Ins Deutsche übertragen
von Marion Sohns

BASTEI LÜBBE

BASTEI-LÜBBE-TASCHENBUCH
Band 13 916

Erste Auflage: November 1997

Titel der amerikanischen Originalausgabe:
Wild steps of heaven
Lektorat: Dr. Edgar Bracht
Einbandgestaltung: K.K.K.
Titelfoto: ZEFA-SIS
Satz: Kremerdruck GmbH, Lindlar
Druck und Bindung: Elsnerdruck, Berlin
Printed in Germany
ISBN 3-404-13916-X

Diesen zweiten Teil meiner Familiengeschichte
widme ich meiner Frau Barbara
sowie unseren beiden Söhnen David und Joseph.
Während ich schreibe,
vernehme ich im Hintergrund die gedämpften
Geräusche meiner *familia,* die schönste
und beruhigendste Begleitmusik, die ich mir
für meine Tätigkeit vorstellen kann.
Auf daß wir niemals aufhören,
nach den Sternen zu greifen, kleine *familia.*
Ich liebe euch. Eure Stimmen sind es, die mein Herz
und meine Seele erfüllen.

Vorwort

Ursprünglich hatte ich (bereits) 1975, als ich damit anfing, *mi papá* und *mi mamá* zu interviewen, um die Geschichte meiner Eltern und Großeltern niederzuschreiben, die Absicht gehabt, mit der Familie meines Vaters zu beginnen. Schließlich war er älter als meine Mutter, also hatte seine Lebensgeschichte einen gewissen Vorrang. Doch dann wuchs allein die Geschichte meines Vaters zu einer fast vierhundert Seiten umfassenden Story, die so wild und ungeheuer und, ja, unglaublich war, daß die Geschichte meiner Mutter und ihrer Familie davon förmlich erdrückt wurde. Außerdem hatte ich zum damaligen Zeitpunkt noch nicht die schriftstellerischen Fähigkeiten oder das Gottvertrauen, die Geschichte meines Vaters zufriedenstellend zu Papier zu bringen.

Die Familie meiner Mutter, in der zwar jeder – wie wir alle – seine kleinen Fehler und Schwächen hatte, bestand hauptsächlich aus einfachen, ehrlichen Menschen, die ein fleißiges Leben führten. Die Familiengeschichte meines Vaters dagegen war voll von solcher Brutalität und Grausamkeit und dennoch derartigem Gottvertrauen, daß mir bald klar war: Sollte es mir gelingen, seine Erlebnisse in angemessener Weise niederzuschreiben, könnten sie vielleicht Einfluß auf das Schicksal der gesamten Menschheit haben. Denn die Geschichte der *familia* meines Vaters ist die Geschichte Mexikos und somit die Geschichte der vergangenen fünfhundert Jahre europäischer Herrschaft über unseren Globus.

Jahrelang arbeitete ich an der fast vierhundert Seiten umfassenden Geschichte meines Vaters, und die Gestalten, die ich darin wieder zum Leben erweckte, faszinierten mich von Tag zu Tag mehr: meine Großmutter, jene zierliche, kluge und schöne Indianerin, die dem Herzen der Erde entstammte; und mein Großvater, der hochgewachsene, gutaussehende Europäer, in dessen Adern königliches, spanisches Blut floß, und der mit der ganzen Arroganz seiner nach Welteroberung strebenden Kultur ausgestattet war.

So sind die folgenden Seiten also eigentlich jene, die ursprünglich die Vorgeschichte zu *Die Wunder eines jeden Tages* werden sollten, und ich versichere Ihnen, daß mich diese Seiten an die Grenzen meiner Vorstellungskraft darüber gebracht haben, was es heißt, Mensch zu sein. Nicht nur, daß die Ehe meiner Großeltern aufgrund ihres unterschiedlichen kulturellen Hintergrundes und ihrer gegensätzlichen Charaktere ein ständiges Wechselspiel von Liebe und Krieg war; sie lebten außerdem in Los Altos de Jalisco, jener Region Mexikos, deren Erde rot ist und deren Menschen sich damit brüsten, wild und stark zu sein. Hier liegt die Heimat des Tequila, und auch die *mariachis* sollen hier ihren Ursprung haben. Die Bewohner Jaliscos rühmen sich, großartige, unerschrockene Reiter zu sein, und sie leben in der großspurigen Überzeugung, daß die Erde noch jung sei, und daß die Sterne mit ihnen Zwiesprache hielten.

Und obwohl ich mir all dessen bewußt war, erschienen mir viele der Episoden, die mein Vater mir erzählte, so verrückt und barbarisch, daß es mir oft schwerfiel, *mi papá* Glauben zu schenken und diese ihm ureigene Welt zu begreifen.

Da ist zum Beispiel diese Geschichte über meinen Großvater, Don Juan Villaseñor, der eines Nachts betrunken heimwärts ritt und bei einer kleinen Schenke *para el estribo,* auf einen letzten Drink, haltmachte. Der Besitzer der Schenke war ein guter Freund meines Großvaters und weigerte sich, ihm noch etwas auszuschenken, da er fürchtete, mein Großvater könnte in den Bergen vom Pferd fallen und sich verletzen.

»Dein Großvater geriet dermaßen außer sich«, berichtete mein Vater lachend und *con gusto,* »daß er seine Pistole zog und ein paar Schüsse auf seinen Freund abfeuerte, die diesen allerdings verfehlten. Daraufhin zog er einen Heuwagen heran, setzte ihn in Brand und rollte ihn auf das Haus seines Freundes zu, das restlos niederbrannte.«

Ich war entsetzt über diese Geschichte. »Wie kannst du dich über so etwas derart lustig machen?« fragte ich meinen Vater. »Ich finde das furchtbar!«

»Na und?« entgegnete mein Vater, immer noch grinsend, »das Leben kann nun mal furchtbar sein.«

»Aber Papa«, beharrte ich, »das Haus eines Freundes niederzubrennen, weil er sieht, daß man betrunken ist und einen davor bewahren will, daß man sich verletzt, das ist doch Wahnsinn!«

»Unfug!« erwiderte mein Vater lachend. »Wahnsinn war es, daß dieser Mann versucht hat, einen betrunkenen, zügellosen Mann, der obendrein noch bewaffnet war, zur Vernunft zu bringen! Dieser dumme Wirt hätte meinem Vater einfach seinen Drink servieren und genug Gottvertrauen haben sollen, zu leben und leben zu lassen! Wie meine Mutter immer zu mir sagte: Jeder einzelne hat seine Bestimmung, und es obliegt nicht irgendwelchen verängstigten menschlichen Individuen, sich in Gottes allmächtigen Plan einzumischen!«

Nun liegt sie also vor Ihnen, die Geschichte meines Vaters, eine Geschichte von Liebe und Feuer, Zorn und Haß, und doch durchdrungen von der tief verwurzelten Überzeugung, daß alles im Leben seinen Weg geht, solange wir unser Vertrauen in die grenzenlose Güte des Allmächtigen und unseren Glauben an das Leben, *la vida,* nicht verlieren.

VICTOR E. VILLASEÑOR
Rancho Villaseñor
1302 Steward Street
Oceanside, CA 92054

ERSTES BUCH

GROSSVATER

Eine Zeit männlichen Bewußtseins,
welches 20 000 Jahre nach dem Entstehen der Sprache, um
26 000 v. Chr. begann.
Eine Zeit gewaltiger Schöpfung und vulkanischen
Entstehens, als das Leben, mit der Zielstrebigkeit
und Kraft des männlichen Strebens
nach Sein, aus dem verträumten Dunkel des weiblichen
Schoßes hervorbrach.

Vor langer Zeit, als Mann und Frau noch mit den stürmischen Mächten des Himmels in Einklang lebten, trieb eine gewaltige Schlange in jener *barranca,* gleich oberhalb des kleinen Cañons, ihr Unwesen. Das Reptil hatte bereits ein paar kleine Kinder und einige Ferkel verschlungen und unzählige Männer und Frauen in Angst und Schrecken versetzt, so daß die Dorfbewohner seit Monaten in ständiger Furcht lebten.

Die Schlange war so groß, daß sie sich bis zur Höhe eines Reiters aufrichten konnte, und man munkelte, ein einziger Hieb ihres mächtigen Körpers würde ausreichen, einen Menschen bewußtlos zu schlagen. Die Bewohner des Dorfes waren ratlos. Sie wagten sich nachts nicht mehr auf die Straße und fürchteten sich sogar vor dem Einschlafen, denn wer konnte schon wissen, ob die Schlange sich nicht nachts heranschleichen, ihr Haus zerquetschen und sie alle bei lebendigen Leibe verschlingen würde.

Die Leute begannen, sich Halsketten aus Knoblauch umzuhängen und scharfe Chilischoten um die Hüfte zu tragen. Der Knoblauch sollte die bösen Geister abschrecken, und die Chilischoten waren für den Fall, daß die Schlange sie doch erwischen sollte. Dann, hofften sie, würde der Darm der Schlange, wenn sie den Verspeisten siebenunddreißig Tage später wieder ausschied, derart brennen, daß sie sich niemals wieder an Mexikanern vergreifen würde, weil sie einfach zu scharf seien.

Es war eine verfahrene Situation. Bisher hatte nur eine Handvoll Leute die Schlange tatsächlich zu Gesicht bekommen, und doch war sie bereits für alle Bewohner die bedrohlichste Erscheinung der Region.

Einige hielten das Ungeheuer sogar für den Teufel selbst, andere behaupteten, es kündige das Ende der Welt an, und der Tag des Jüngsten Gerichts stünde kurz bevor. Wieder andere, die sich ihren Sinn für Humor erhalten hatten, mutmaßten, die Schlange sei vielleicht ein Zeichen Gottes, der ihnen die Rückkehr zum Garten Eden ankündige, nur daß dieses Mal das Schicksal der Menschen nicht von einem verschlagenen Schlangenmännchen, das mit einem Apfel winkte, abhinge, sondern von einer mächtigen, weiblichen *macho*-Schlange, *a toda madre*, aus Los Altos de Jalisco. Dann würde die Welt endgültig begreifen, daß das wahre *paraíso* auf Erden schon immer *Méjico* gewesen sei, jetzt und für immer!

Zu jener Zeit kam eines Tages mein Großvater auf dem Rücken seines Pferdes daher. Die Nacht zuvor hatte er zu viel getrunken. Er hatte Mühe, sich im Sattel zu halten und mußte immer wieder eine Pause machen, um sich zu übergeben. Sein Name war Juan Jesús Villaseñor. Eine Woche zuvor hatte er mit seinen vier ältesten Söhnen, Alejo, Teodoro, Jesús und José, eine Herde Vieh in die Tiefebene zur Eisenbahnverladestation getrieben und zu einem verdammt guten Preis verkauft. Um den guten Handel zu feiern, hatte Großvater die drei älteren Jungen, Alejo, Jesús und Teodoro, zu einer *parranda,* einer wüsten Sauftour durch León eingeladen, die über drei Tage und Nächte ging. José, der noch zu jung war und viel zu indianisch aussah, um nach Großvaters Auffassung als trinkfester Saufkumpan zu gelten, hatten sie das Geld anvertraut und ihn ermahnt, sich anständig zu benehmen und das Geld notfalls mit seinem Leben zu verteidigen. José sollte sie außerdem gut beobachten, damit er wußte, wie er sich nicht verhalten sollte, während sie sich bis zur Bewußtlosigkeit betranken.

Don Juan gab José auch den 45er Colt, den er aus

Albuquerque mitgebracht hatte, als er einige Jahre zuvor in den Vereinigten Staaten geschäftlich unterwegs gewesen war. Auch diese Reise war ein wahrhaft christliches Fest gewesen, von El Paso, Texas, nach Las Cruces, New Mexico, Albuquerque und schließlich nach Santa Fé, wo er sich noch eine Woche niedergelassen hatte.

Während er seinem Sohn die 45er aushändigte, sagte Don Juan zu ihm: »Hier, mein kleiner *Indio*, mein großartiger, dunkelhäutiger Sohn. Sollte deinen Brüdern oder mir irgend etwas zustoßen, dann lauf so schnell du kannst zurück in unsere geliebten Berge und gib das Geld deiner Mutter, der Liebe meines Lebens. Den 45er Colt behältst du und wirst zu einem anständigen Mann. Verstanden? Jetzt bist du zwar noch klein, aber solange du diese Waffe besitzt, kann dir kein Mann auf die Füße treten und so tun, als sei er dir überlegen, nur weil er älter oder größer ist als du.« Er verabschiedete den kleinen José mit einer herzlichen *abrazo*, küßte ihn und verschwand mit den drei anderen, hellhaarigen Söhnen zu ihrem Besäufnis.

Doch nun, einige Tage später, war Juan Villaseñor allein unterwegs. Nach ihrer ausschweifenden *parranda* hatte er seine Söhne vorausgeschickt, denn es gab gewisse Dinge, die ein Mann besser allein tat, wenn er schon mal in die Stadt kam. Juan Villaseñor hielt es für das beste, wenn seine Söhne von diesen Dingen nichts mitbekamen, solange sie nicht selbst verheiratet waren und eigene Kinder hatten. Seiner Meinung nach konnte ein verheirateter Mann mit Kindern manchmal das einsamste Geschöpf auf Erden sein; und es war besser für die jungen Männer, wenn sie sich dieser deprimierenden Tatsache erst nach ihrer Hochzeit bewußt wurden. Bis dahin hatten sie selbst Kinder und es war Gott sei Dank zu spät, den rechten Lebenspfad noch zu verlassen.

»Tja, diese Einsicht gehört zweifellos zu den bestgehüteten Geheimnissen des Lebens«, murmelte Juan vor sich hin und zügelte sein Pferd, um sich zum wiederholten Male zu übergeben. »Und nur Ignoranz, absolute Ignoranz, läßt einen Mann diese ganze Katastrophe überstehen!«

Er fragte sich, weshalb er immer nur in betrunkenem oder verkatertem Zustand zu solch brillanten Erkenntnissen gelangte, und warum sie sich, sobald er wieder nüchtern war, in nichts auflösten. Just in diesem Augenblick, als er sich erneut über den Hals des Pferdes beugte, um sich die Seele aus dem Leib zu kotzen, beschlich ihn das untrügliche Gefühl, daß ein unheimliches, dämonisches Etwas sich ihm näherte.

Juan blickte auf, und sein erschöpftes Pferd hob ebenfalls müde den Blick: Aus kaum sechs Metern Entfernung bewegte sich die größte, entsetzlichste Schlange der Welt auf sie zu. Das Ungeheuer hatte sich zu einer Höhe von mindestens zweieinhalb Metern aufgerichtet und glitt, mit aufgerissenem Maul bösartig züngelnd, zischend und fauchend auf Pferd und Reiter zu. Sein Kopf war so gewaltig, daß Juan überzeugt war, er wiege mindestens soviel wie ein neugeborenes Kalb.

»Oh, mein Gott«, schrie er entsetzt und wirbelte sein Pferd herum, um sich blitzartig aus dem Staub zu machen. »Was tust du mir an, Gott? Hast du mir den Leibhaftigen auf den Hals geschickt?« Doch als er merkte, wie das Blut in seinem alkoholbenebelten Hirn rauschte, stoppte er sein Pferd und faßte sich an die Stirn. »Ich bin zu erledigt, um davonzulaufen«, murmelte er. »Oh Gott, was für ein Augenblick, mich auf die Probe zu stellen! Jesus!«

Er wendete sein Pferd. Als der große, schwarze Wallach bemerkte, daß die Schlange weiter auf sie zukam, bäumte er sich angstvoll wiehernd auf und versuchte zu fliehen. Don Juans Kopf drohte vor Schmerz zu bersten.

Er schloß verzweifelt die Augen und versuchte, einen klaren Gedanken zu fassen, doch seine Augen brannten und tränten nur noch mehr, und er fühlte sich sterbenselend. Als er die Augen wieder aufschlug, konnte er nicht fassen, was er nun sah: Jetzt hatte die Schlange zwei riesige Köpfe und drei Paar teuflischer Augen, die ihn fixierten, während sie immer näher kam, um ihn mitsamt seinem Pferd zu verschlingen.

Aber Don Juan konnte jetzt nichts mehr erschüttern. Er war zu matt, um die Flucht zu ergreifen, und sein tequilagetränktes Hirn verursachte ein rhythmisches, schmerzhaftes Pochen. »Zur Hölle! In meinen Adern fließt königliches Blut!« rief er. »Meine Vorfahren gehörten zu den großartigsten Reitern, die diese Welt in den vergangenen tausend Jahren hervorgebracht hat, und keine verfluchte, doppelköpfige dahergelaufene Riesenschlange darf es wagen, mir meinen Tequilarausch zu verderben! Und wenn du der Teufel in Person bist; ich bin ein Villaseñor! Und seit wir den Königen von Spanien gedient haben, ist kein Villaseñor jemals vor irgend etwas davongelaufen! Paß auf! Hier komme ich, du widerliches, zweiköpfiges, sechsäugiges Monster!« Mit diesen Worten griff Juan nach seinem 45er Colt, um der Schlange das Hirn wegzupusten, doch seine Hände griffen ins Leere. Mit einem Male stocknüchtern, erinnerte er sich, daß er seinem kleinen Sohn José neben dem gesamten Geld auch den Colt überlassen hatte.

Das Ungeheuer kam näher, zweieinhalb Meter hoch aufgerichtet glitt es zielstrebig und zischend über den felsigen Untergrund. Don Juan schob entschlossen seinen großen *sombrero* in den Nacken und stieß einen Schrei aus. »Hier kommt ein mexikanischer Cowboy aus dem Hochland von Jalisco, du Bastard – besoffen und ausgehungert!« Mit diesem Schlachtruf gab Juan Jesús seinem Wallach die Sporen und stürmte der mächtigen Schlange entgegen.

Während der ganzen Zeit hatte der zehnjährige José Maria Villaseñor, auf dem Rücken einer kleinen Stute, seinen Vater hilflos von einer entfernten Hügelkuppe aus beobachtet. Als der Vater die vier Söhne nach Hause geschickt hatte, war den drei älteren Jungen klar geworden, woher der Wind wehte, und sie hatten den kleinen José ermahnt, den Worten des Vaters zu gehorchen. Sie selbst, nach eigenem Ermessen längst erwachsene Männer, hatten sich quer durch die Stadt zu einem anderen Freudenhaus aufgemacht. Mit der Verantwortung für das gesamte Geld und dem 45er Colt gänzlich sich selbst überlassen, war der kleine José zunächst unschlüssig gewesen, was er nun tun sollte, und hatte sich schließlich verängstigt und eingeschüchtert auf den Heimweg gemacht. Er vermied es, mit irgend jemandem zu sprechen und ließ die Satteltaschen voller Geld keinen Moment aus den Augen. Erst am Fuß der Berge, wo ihm die Landschaft wieder vertraut war, fühlte er sich sicherer und legte eine Rast ein. Er versorgte seine kleine Stute und beschloß, auf seinen Vater und die drei Brüder zu warten. Der Vater war erst zwei Tage später in seinem Blickfeld aufgetaucht, doch er war derart betrunken und sang so falsch aus vollem Halse, daß José sich entschied, ihm unbemerkt zu folgen, um ihn nicht in Verlegenheit zu bringen.

Doch nun mußte er feststellen, daß seine Entscheidung ein schrecklicher Fehler gewesen war, denn sein Vater befand sich auf dem gegenüberliegenden Hügel in einem tödlichen Zweikampf mit der grauenerregendsten Kreatur, die diese Erde je hervorgebracht hatte; und er war vollkommen unbewaffnet. Voller Entsetzen beobachtete José, wie sein Vater sich auf die Schlange stürzte, um sie mit dem Brustkorb des Pferdes zu zerschmettern.

Der Wallach bäumte sich voller Panik auf und versuchte, seinen offenbar verrückten Reiter abzuwerfen und dem Monster zu entrinnen, doch Don Juan, der zu den kühnsten Reitern im ganzen Land gehörte, klammerte sich unerbittlich an den Rücken seines Pferdes.

Die Schlange hatte sich wieder aufgerichtet und attackierte Juan Jesús, um ihn vom Pferd zu stoßen und zu verschlingen, aber Juan manövrierte den Wallach in ein Dickicht und riß einen abgeknickten Ast von einem Baum. José traute seinen Augen nicht. Anstatt den kräftigen Ast dazu zu verwenden, sein Pferd anzufeuern und auf dem schnellsten Weg davonzupreschen, zerrte sein Vater – ein starker, fast zwei Meter großer, rothaariger Mann – an den Zügeln seines Pferdes, riß den Gaul mehrfach herum, was das arme Tier nur noch mehr verwirrte, bugsierte es geradewegs auf das monströse Reptil zu und stieß diesem mit einem *grito de gusto* den kräftigen Ast in den aufgerissenen Rachen. Was konnte es Großartigeres für einen aufrechten Christenmenschen auf dieser Erde geben, als sich einem tödlichen Kampf mit dem Teufel selbst zu stellen?

Die Schlange würgte und verlor für einen Augenblick alle Kraft. Gebannt beobachtete José, wie der Vater sein Pferd immer wieder im Kreis antrieb, wobei er seine lange *reata* abwickelte und sich mit schwingendem Lasso dem großköpfigen Monster näherte, das er nun mit der ganzen Kraft seines fast vierhundertfünfzig Kilo schweren Wallachs zu Boden zwang. Die Schlange riß den Schlund auf und versuchte fauchend und gurgelnd, sich zu entwinden, um diesen Wahnsinnigen zu töten, der es wagte, sich mit ihr zu messen. Aber Juan hatte die *reata* schon an seinem Sattelhorn befestigt. Die Reibung des Lassos erzeugte sprühende Funken an dem hölzernen Knauf, als er die mächtige Schlange durch das Gestrüpp über den felsigen Boden hinter sich herzerrte.

José stand wie angewurzelt da. Nicht einmal in seinen kühnsten Träumen hätte er sich solchen Mut, solch meisterhafte Reitkunst vorstellen können. Sein Vater mußte wahrhaftig ein Gott sein, den der Himmel auf die Erde gesandt hatte, um der Menschheit zu beweisen, wozu ein echter *charro* selbst an seinem schlechtesten Tag fähig war. Das Blut gefror José in den Adern, als er sich bewußt wurde, daß er tatsächlich ein Sprößling dieses allmächtigen Gottes war.

José folgte seinem Vater nun in ehrfürchtigem Abstand, während dieser das immer noch zappelnde Monster hinter sich her in sein Heimatdorf schleifte. Die Menschen traten zitternd vor Grauen aus ihren Häusern und bekreuzigten sich immer wieder, als sie des schrecklichen Monsters, das sie so lange in Furcht und Schrecken versetzt hatte, ansichtig wurden.

Mehrere der kräftigsten Holzfäller traten mit ihren Äxten an die mächtige Schlange und schlugen ihr den Kopf ab, und man erzählt sich, daß es noch zwei volle Tage dauerte, bis die Zuckungen des Monsters verebbten und es für immer die Augen schloß. Am dritten Tag erschien der Priester, um die Gemeinde zu segnen; ein Ereignis, das sogar die Bewohner der Nachbarstädte herbeilockte, die ihre Augen an dem riesigen Schlangenkopf und dem langen, schweren Körper des Reptils weideten. Die Menschheit sei ein weiteres Mal errettet worden, hörte man den Priester sagen; ein weiteres Mal hatte Gott einem aufrechten Christen die Kraft verliehen, die Mächte der Dunkelheit zu besiegen.

Der im Dorf ansässige Tequilabrenner spendete ein Faß seines besten Tropfens, und schon bald war eine ausgelassene *fiesta* im Gange. Don Juan Jesús war der Held des Tages, und jeder Mann, jede Frau und jedes Kind sprachen von ihm voller Hochachtung. Don Juan schlachtete einen seiner prächtigsten Stiere, und das

Festmahl dauerte mehrere Tage. Als Alejo, Jesús und Teodoro heimkehrten, nannte man ihren Vater bereits den Retter von Los Altos, und die Jungen konnten die unglaubliche Geschichte, die sich während ihrer Abwesenheit ereignet hatte, kaum fassen.

José sprach mit niemandem – nicht einmal mit dem Vater selbst – darüber, daß er Zeuge dieser heroischen Tat gewesen war. Wie könnte er auch? Jene Tat in Worte zu fassen, käme dem Versuch gleich, eine göttliche Botschaft verkünden zu wollen. Und José fühlte sich außerstande, den Stolz und die unendliche Liebe, die er für seinen Vater empfand, auch nur im entferntesten auszudrücken. Er hatte Gott selbst, den Herrscher des Universums, gesehen, der an jenem Tag vom Himmel gestiegen war und in Gestalt seines Vaters, Don Juan Villaseñor, den Kampf aller Kämpfe gegen den Teufel selbst ausgefochten hatte.

Und so schwieg José und fuhr fort, seinen geliebten Vater, jenes göttliche Wesen, diesen Helden seiner Welt, aus der Ferne anzubeten.

1

Und so erlebte Mexiko, bevor die Revolution von 1910 das ganze Land erfaßte, eine Zeit der Götter, der Schlangen und der Liebe

Man erzählte sich, daß nach dem Tode ihres grausamen und ehrgeizigen Mannes die Engel der Liebe zu ihr hinabstiegen. Anders konnte man sich das erstaunliche Erblühen ihrer Schönheit, daß der jungen Witwe in einer einzigen Nacht widerfuhr, nicht erklären.

Jahrelang war Mariposa mit dem redlichen, fleißigen Camacho verheiratet, einem kräftigen Mann mit starken Armen, der stolzer Besitzer dreier stämmiger Esel war. Er war der örtliche Köhler, der die alten Bäume fällte, ihr Holz zu kleinen, zeltförmigen Stößen aufhäufte, die er mit jungen Zweigen und Lehm bedeckte, unter denen er ein Feuer anzündete, durch dessen Rauch sich das Holz nach einigen Tagen in holzkohlenähnliche Klumpen verwandelte.

Camacho war ein tatkräftiger junger Mann, der, trotz stundenlanger, harter Arbeit, des Nachts unermüdlich sein Weib bestieg, in der Hoffnung, daß sie endlich schwanger würde. Denn neben seinem erfolgreichen Geschäft galt Camachos Ehrgeiz auch dem Bestreben, viele Söhne zu zeugen und ein Geschäft aufzubauen, das sich bis nach Guadalajara erstrecken sollte, der großen Stadt, die drei Tagesritte entfernt lag und wo eine Menge Leute seine Holzkohle benötigen würden, um ihre Mahlzeiten ohne lästigen Qualm zuzubereiten.

Doch das Schicksal meinte es nicht gut mit Camacho;

ganz gleich, wie oft er seine Frau bestieg, kein Kind wuchs in ihrem Leib heran.

Camacho begann zu trinken und warf Mariposa nachts immer wieder brüllend vor, die Schuld an seinem Unglück zu tragen. Er bildete sich ein, daß die Leute hinter seinem Rücken über ihn lachten, was dazu führte, daß er häufig Schlägereien vom Zaun brach und mehr als ein Gesicht übel zurichtete. Die Jahre vergingen, Mariposa wurde zusehends blasser, verschlossener und unscheinbarer und schloß sich schließlich den alten Weibern und vergessenen Witwen bei deren täglichem Kirchgang an.

Und wie das Schicksal so spielt, ereignete sich – genau sechs Monate vor jenem unvergessenen siebzehnten Januar 1910, an dem *El Sol*, der große Vater, den kleinen, langschweifigen Kometen erschuf – ein Unfall, bei dem Camacho sich mit einer nagelneuen Axt aus den Vereinigten Staaten sein linkes Bein bis zum Schritt aufschlitzte und noch am Unfallort verblutete.

Es wird erzählt, daß Mariposa sich, als sie vom tragischen Tod ihres Mannes erfuhr, sofort in schwarze Kleider hüllte und zur Kirche eilen wollte, wo man Camachos Leiche aufgebahrt hatte, um dort am Totenlager ihres Mannes zu trauern. Doch als sie aus ihrer Haustür trat, stellte sie fest, daß sie einfach nicht so weinen konnte, wie es sich für eine trauernde Ehefrau geziemte. Also ging sie wieder ins Haus, nahm zehn große Zwiebeln aus einem Strohkorb und fing an, sie zu zerschneiden, damit ihre Augen endlich zu tränen begannen. Aber so sehr sie sich auch bemühte, es wollten einfach keine Tränen erscheinen. Erst nachdem sie eine gute Stunde damit verbracht hatte, den ganzen Korb voller Zwiebeln Stück für Stück zu schälen und zu zerkleinern, wurden ihre Augen endlich naß. Befriedigt betrachtete sie vor dem Verlassen ihres Hauses im Spiegel ihre nun rot verquollenen Augen. Doch nichts vermochte den Jubelgesang zu ersticken, der direkt aus ihrem Herzen strömte und den Raum zu erfüllen schien, denn sie fühlte sich glücklich wie ein Vogel, der sein Gefieder nach langer, stürmischer Regenzeit zwitschernd in den ersten Strahlen der Sonne wärmt.

Mariposa verhüllte ihren Kopf mit einem langen, dunklen Schal und machte sich auf den Weg zur Kirche, wo sie tränenüberströmt neben dem Totenlager ihres Mannes wachte. Sie hatte Camacho wirklich geliebt – bis zu jenem Tage, als sie heirateten und er sie zu dem großartigen Haus führte, das er eigenhändig gebaut hatte und in dem er sie von da an Nacht für Nacht mit der gleichen Gefühllosigkeit bestieg, mit der er tagsüber mit seiner scharfen Axt die Bäume in Stücke hackte. Nicht ein einziges Mal in all den Jahren hatte er sie mit Zärtlichkeit berührt oder sie gefragt, was in ihr vorging und wovon sie träumte, während er in den Wäldern seiner Arbeit nachging. Die einzigen Dinge, die ihn interessierten, waren sein Geschäft, sein Ansehen, die Kinder, die sie einmal haben würden und die zweifellos großartige Zukunft, die vor ihnen lag.

Die meisten der Männer und Frauen, die an diesem Tag in der Kirche erschienen, um dem fleißigen, angesehenen Köhler die letzte Ehre zu erweisen, waren beeindruckt von der herzzerreißenden Trauer, mit der Mariposa den Tod ihres Gatten beweinte. Einige jedoch, vor allem die älteren und weiseren der Frauen, ließen sich nicht täuschen, denn ihnen war der feine Zwiebelduft, der den Kleidern der jungen Witwe entströmte, nicht entgangen, und sie kannten die alten Mittel nur zu gut, derer sich auch anständige Frauen seit Urzeiten bedienten, um in dieser närrischen, von Männern regierten Welt zu überleben. Und so hörte man Doña Margarita Villaseñor und ein paar andere alte Frauen später sagen:

»Ganz gleich, wie sehr das arme, junge Ding auch weinte und sich die roten, geschwollenen Augen rieb, wir haben am gleichen Abend gespürt, wie der Jubelgesang der Freiheit sich in ihrer Seele entfaltete.«

Schon bei der Beerdigung am nächsten Tag umschwärmten die Männer die junge Witwe wie Bienen eine soeben erblühte Rose. Denn förmlich über Nacht hatte die blasse, verhärmte Frau sich in eine Schönheit verwandelt. Schon oft hatte man erlebt, daß eine Frau aufblühte, nachdem ihr grober Ehemann dahingeschieden war, doch noch nie hatte man ein solches Wunder erlebt, wie es sich an Mariposa vollzog. Von einer gewöhnlichen, unscheinbaren Frau war sie zu einem Engel geworden, der die Herzen der Menschen durch das Verrichten der einfachsten Dinge zu rühren vermochte.

Wenn sie zur Plaza hinabschritt, um Wasser vom Brunnen zu holen, mutete dieser alltägliche Gang die Menschen wie ein wundersamer, tänzerischer Spaziergang an, ein Ineinandergleiten anmutiger Bewegungen, das von glücklichem Summen begleitet wurde und den Männern die Köpfe verdrehte. Innerhalb eines Monats verbreitete sich der Ruf ihrer Schönheit so weit, daß die Freier sogar aus Städten, die zwei Tagesritte entfernt waren, herbeieilten und Mariposa zu Dutzenden zu Füßen lagen. Doch keiner der verliebten Narren begriff, was Mariposa sich mehr als alles andere auf der Welt wünschte: die Freiheit zu singen und das Spiel des Lebens, *la vida,* für sich allein zu spielen.

Nachdem drei Monate ihres neuen Lebens verstrichen waren, gestand sich Mariposa jedoch ein, daß, auch wenn sie am liebsten alles selbst in Angriff genommen hätte, es Dinge gab, die sie allein nicht bewältigen konnte. Also erkundigte sie sich bei den Frauen, die sie bei ihrem täglichen Kirchgang traf, ob diese nicht einen Mann wüßten, der ihr bei den groben Verrichtungen, wie

Feuerholz hacken, zur Hand gehen könnte und der genug Anstand besaß, ihr nicht zu nahe zu treten.

Daraufhin bat Doña Margarita Villaseñor die junge Witwe, sie auf dem Heimweg zu begleiten, und während sie den Weg, der von der Kirche fortführte, entlangschritten, teilte Doña Margarita der jungen Frau mit, daß sie in der Tat einen solchen Mann kannte.

»Meinen Sohn José«, sagte Doña Margarita.

»Oh, der, der mit den …« Mariposa hielt verlegen inne.

Doch ohne gekränkt zu sein, vollendete Doña Margarita den Satz für sie. »Ja, der mit den Tieren lebt«, sagte sie.

»Nun gut«, erwiderte die junge Witwe unschlüssig. »Ich habe noch nie mit ihm gesprochen, aber ich kenne ihn vom Sehen. Sag José bitte, er soll vorbeikommen, dann bespreche ich alles mit ihm.«

»Abgemacht«, antwortete Doña Margarita.

Während sie allein weiter nach Hause ging, dachte Mariposa über den jungen Mann, José Maria Villaseñor, nach. Man erzählte sich, daß der Junge seit Jahren mit den Tieren lebte, weil sein Vater, der große, gutaussehende, rothaarige Juan Villaseñor, ihn im Alter von zwölf Jahren aus dem Haus verbannt hatte. Der Vorfall habe sich an dem Tag ereignet, an dem Don Juan den großen Hengst nach Hause brachte, den er auf einer Ranch in Guadalajara erworben hatte, die für die erstklassigste Pferdezucht des ganzen amerikanischen Kontinents berühmt war.

Als Don Juan Villaseñor an jenem Tag zurückgekehrt war, hatte er den Hengst mit den vier weißen Fesseln neben der *ramada* seines Hauses angebunden und war hineingegangen, um seiner Familie von der großartigen Errungenschaft zu berichten. Don Juan hatte jahrelang für ein solches Pferd gespart und konnte es kaum erwarten, seinen Lieben das herrliche Tier vorzuführen. Mit diesem Hengst würden die Villaseñors in der Lage sein, die prachtvollsten Pferde der Region zu züchten – nicht mehr lange, und die Leute würden von weit her, aus Zacatecas, Sonora, Texas, Arizona und New Mexico herbeiströmen, um Jährlinge zu kaufen.

»Beeilt euch!« rief Don Juan, als er ins Haus trat. »*Pronto*! Kommt und schaut euch das traumhafte Pferd an, das ich gekauft habe! Es ist nicht nur wunderschön, sondern außerdem schnell und intelligent. Es war so neugierig und aufgeschlossen auf dem ganzen Weg hierher, daß selbst ich noch immer nicht ganz schlau aus ihm werde. Los! So beeilt euch doch! *Pronto*!«

Don Juan sprudelte vor Aufregung und Freude förmlich über, so daß alle hinauseilten – Doña Margarita, dreizehn ihrer Kinder und ein halbes Dutzend Cousins. Doch als sie ins Freie traten, fiel ihr Blick nicht nur auf das Pferd, sondern auch auf den kleinen Juan, den jüngsten Villaseñor, der noch nicht einmal laufen konnte und sich soeben begeistert an die Hinterhand des großen Hengstes klammerte.

Alle erstarrten vor Entsetzen, sich nur zu bewußt, daß die geringste Bewegung, ein einziger Tritt des Tieres, den kleinen Juan töten konnte. Dieser jedoch hatte nicht die leiseste Ahnung, in welcher Gefahr er sich befand und fuhr fröhlich jauchzend fort, zwischen den weißen Fesseln des Pferdes herumzukrabbeln. Niemand wagte, etwas zu unternehmen. Der Hengst versuchte mit reglos zurückgelegten Ohren zu begreifen, was hinter ihm vor sich ging, und am nervösen Zittern seiner Flanke war zu erkennen, daß er jeden Moment einen Satz machen würde.

Don Juan zog seine 45er. »Tretet zurück«, sagte er. »Ich werde Four White Stockings erschießen müssen, um das Leben des Jungen zu retten.«

Alle bekreuzigten sich, als Don Juan die Hand hob und zwischen die Augen des Pferdes zielte. Doch bevor er den Abzug betätigen konnte, trat sein Sohn José einen Schritt vor.

»Bitte nicht, Papa!« sagte er. »Wenn du abdrückst, wird der Hengst Juanito auf jeden Fall töten. Laß mich das Tier beruhigen. Du weißt, ich kann mit Pferden sprechen.«

»Nein«, erwiderte Don Juan. »Bleib zurück, José. Du kennst diesen Hengst nicht. Selbst ich, der ihn drei Tage lang geritten hat, weiß ihn nicht richtig einzuschätzen.«

»Papa«, beharrte José, »wenn er nur halb so intelligent ist, wie du sagst, wird er begreifen, daß ich ihm nichts Böses will. Und vergiß nicht, auch ein sterbendes Pferd ist noch in der Lage, um sich zu treten.«

Noch während er sprach, näherte sich José mit jenem Selbstvertrauen, mit dem der junge David sich einst Goliath genähert haben muß, dem großen Hengst. Don Juan senkte seinen Revolver. Keiner wagte zu atmen, als José Schritt für Schritt auf das Pferd – einen herrlichen Rotfuchs mit seidigem Fell – zuging.

»Hoooh, ganz ruhig, mein Junge«, gurrte José sanft, während er sich vorsichtig, aber unbeirrt näherte, ohne seinen Blick auch nur eine Sekunde von den Augen des Tieres zu lösen.

Der Hengst klappte ein Ohr nach vorn, in Josés Richtung, das andere blieb weiter angelegt und zeigte nach hinten, dorthin, wo der kleine Juan immer noch unbekümmert seine Hinterhand umklammert hielt. Mit jedem Schritt, den José sich dem Tier näherte, ließ dessen Beben nach, und seine schnaufenden Atemzüge beruhigten sich, während er dem bemerkenswerten, mageren kleinen Jungen wachsam entgegenblickte.

Dann stand José vor ihm. Four White Stockings klappte beide Ohren nach vorn und richtete seine großen, schwarzblauen Augen auf den Jungen, bereit, sich jeden Augenblick aufzubäumen und um seine Freiheit zu kämpfen, sollte es irgend etwas oder irgend jemand wagen, ihn zu berühren. Wie gebannt verfolgte das Tier, wie die Hand des Jungen sich behutsam näherte. Ganz sanft spürte er die erste Berührung der Finger des kleinen Jungen auf seinem seidigen Fell, so zart und leicht, daß das große, fast fünfhundert Kilo schwere Tier dahinschmolz und sich nur noch auf die schmetterlingszarte Berührung des Knaben konzentrierte. José, der nicht zum ersten Mal auf diese Art ein wildes Pferd besänftigte, fuhr fort, beruhigend über den Hals des Rotfuchses zu streichen. Er berührte weder den Kopf noch die Augenpartie, was das Tier, für das er ja ein völlig Fremder war, zweifellos als zudringlich empfunden hätte, sondern strich mit gleichmäßigen Bewegungen über den Hals. Der Hengst ließ die sanfte Berührung des Jungen voller Wohlbehagen, doch mit aufmerksamem Blick über sich ergehen.

Nachdem er auf diese Weise einen ersten Kontakt zu dem Hengst hergestellt hatte, begann José mit sanften, aber bestimmten Worten beruhigend auf ihn einzureden. Wie verzaubert lauschte das große Tier der schmeichelnden Stimme, und man konnte spüren, wie seine Spannung allmählich nachließ. José hörte nicht auf, dem Hengst zärtliche Worte zuzuflüstern, während er – stets darauf bedacht, den empfindlichen Regionen nicht zu nahe zu kommen – mit der Hand die Mähne entlang über die Kruppe strich, und schließlich vorsichtig die Hinterhand entlangfuhr, wo er den kleinen Juan mit einer schnellen Bewegung zwischen den Hufen des Pferdes fortzog.

Der große Hengst, der das kleine Wesen, das an seiner Hinterhand zerrte, vorübergehend völlig vergessen hatte, erinnerte sich plötzlich wieder an den Plagegeist, und als die beiden Jungen überraschend zur Seite sprangen, schnellte das erschrockene Tier mit allen Vieren gleichzeitig in die Höhe, wobei seine vor Angst verkrampften, kraftvollen Muskeln hervortraten.

Natürlich hatte der Hengst nicht die Absicht gehabt, dem Kind, von dem er instinktiv wußte, daß es ihm nichts Böses wollte, wehzutun, aber das Verhalten des kleinen Jungen hatte ihn völlig verwirrt. Das scheue, kräftige Tier bäumte sich immer wieder verängstigt wiehernd auf, bis José, der den kleinen Juan in Sicherheit gebracht hatte, sich dem Hengst erneut näherte und ihn sanft mit der Hand berührte. Augenblicklich beruhigte sich das große Pferd und blieb leise zitternd stehen. Die zarte Berührung des Jungen schien das Tier zu verzaubern; es wandte schnaubend den Kopf und beschnupperte José, dessen Hand langsam und sacht über seinen Hals fuhr.

»Du bist ein großartiges Tier«, vernahm der Hengst die Stimme des Jungen. »Ein prachtvoller Hengst. Ganz ruhig, mein Junge, es ist alles in Ordnung, hier bei uns bist du sicher. Niemand will dir etwas Böses. Du bist ein wunderbares Pferd. Jetzt ist alles gut.«

Der herrliche Hengst entspannte sich, und die Umstehenden wagten ebenfalls, wieder zu atmen. Alles war gut gegangen; José hatte den Tag gerettet. Jetzt gaben alle ihrer Bewunderung für den großartigen Hengst Ausdruck, den Don Juan mit nach Hause gebracht hatte. Sie fragten ihn, wieviel er dafür bezahlt habe, wie schnell das Pferd sei und ob er schon viele Stuten gedeckt hätte.

Doch Don Juan beantwortete keine einzige der Fragen. Er stand nur da und starrte seinen Sohn, diesen mageren kleinen Indio, der auf so brillante Art mit dem Hengst umgegangen war, fassungslos an, und das Herz tat ihm weh. Niemals zuvor war ihm solche Pferdekenntnis begegnet, schon gar nicht bei einem so kleinen und dunkelhäutigen Jungen. Anders als im Amerikanischen, das für das Bändigen eines Pferdes den Ausdruck ›to break a horse‹ verwendet, was soviel heißt wie, den Willen des Tieres brechen, spricht man im Spanischen von ›*amansar*‹ was soviel wie ›zähmen‹, ›besänftigen‹ oder ›sich anfreunden‹ bedeutet. Und genau das hatte sein Sohn soeben voller Souveränität getan.

Don Juan wandte sich um und betrachtete seine *familia* – seine dunkle, kleine Indiofrau, die gerade den kleinen Juanito an sich preßte, und seine anderen dunkelhäutigen Kinder. Dann wanderte sein Blick zu jenen Kindern, die seine weiße Hautfarbe, das helle Haar und seine hochgewachsene Gestalt geerbt hatten, und auf einmal, ohne daß er selbst genau hätte erklären können weshalb, explodierte etwas in seinem Inneren, und Juan Jesús begann wie von Sinnen zu schreien. »Mach, daß du von dem Hengst wegkommst!« schrie er José an. »Du hattest kein Recht, dich einzumischen! Ich hätte ihn genau zwischen die Augen getroffen, und er hätte keinen Mucker mehr von sich gegeben! Ich bin ein Mann und weiß, was ich zu tun habe! Hast du gehört? Ich bin kein zurückgebliebener kleiner Indiobastard, der mit Pferden spricht, aber ich kann mit einer Waffe umgehen! Hörst du? Ich kann das gesamte Tierreich im Namen des CHRISTENTUMS in die Knie zwingen! Und jetzt sieh verdammt nochmal zu, daß du von dem Hengst fortkommst, damit ich ihn erschießen kann. Du hast ihn verdorben! VERFLUCHT SOLLST DU SEIN, BIS IN ALLE EWIGKEIT!«

Und wieder hob Don Juan die Hand mit der 45er, um den Hengst zu töten; doch diesmal trat Doña Margarita dazwischen, die immer noch den kleinen Juan auf dem Arm trug.

»Nein!« rief sie. »Tu das nicht! Wir alle wissen, daß du es kannst, aber bitte tu es nicht!«

Don Juan versuchte seine zierliche, kleine Indianerfrau beiseite zu schieben, um das Pferd zu töten. Aber Doña Margarita blieb genau vor ihm stehen und redete unentwegt auf ihn ein. »Nicht, Don Juan! Du meinst all diese schrecklichen Dinge, die du gesagt hast, doch gar nicht. Du bist nur so außer dir, weil unser kleiner Sohn Juan, den wir nach dir benannt haben, um ein Haar getötet worden wäre. Du liebst dieses Pferd doch, genau wie du José liebst, und du meinst das alles nicht wirklich. Dazu liebst du uns viel zu sehr!«

Aber Don Juan hörte nicht auf zu toben. »Geh mir aus dem Weg, du dämliches Indianerweib. Ich weiß genau, was ich tue! Ich entstamme einem Geschlecht von Königen! Verstehst du? VON KÖNIGEN! Wie konnte ich nur so verrückt sein, mich mit deinesgleichen und diesem Haufen Dummköpfe zusammenzutun! Geh mir aus den Augen, Weib! Oder so wahr mir Gott helfe, ich werde dich auch erschießen!«

»Nein! Ich denke nicht daran! Das sind doch bloß Worte! Nichts als Worte! Sieh mich an, Juan, und öffne dein Herz! Du bist ein guter Mann! Ich weiß, daß du dieses Pferd liebst, genau wie deinen Sohn José, und daß du dir morgen wegen dieser ganzen Geschichte die schrecklichsten Vorwürfe machen wirst!«

Für den Bruchteil einer Sekunde wandte Don Juan tatsächlich die Augen von dem Pferd und sah seine Frau an. Und wahrhaftig, der Zorn in seinem Inneren begann dahinzuschmelzen. Seine Frau legte ihm die Hand an die Wange und streichelte ihm liebevoll übers Gesicht. »Schon gut«, sagte sie zärtlich, »es wird alles gut, Don Juan. Bring den Hengst von hier fort, José«, sagte sie zu ihrem Sohn, ohne die Augen von ihrem Mann zu wenden.

Im Nu saß José auf dem Rücken des Pferdes, bereit, in Windeseile davonzugaloppieren, doch augenblicklich wurde Don Juan erneut von Zorn gepackt.

»Nein!« schrie er. »Runter von meinem Pferd, du nichtsnutziger Indianerbastard!« Und diesmal legte er die Waffe auf seinen eigenen Sohn an.

Aber Doña Margarita schlug Don Juan mit der ganzen Kraft ihres schmächtigen Körpers, und der Schuß verfehlte sein Ziel. »Er ist kein Bastard!« schrie sie, während José auf dem Hengst die Flucht ergriff. »Ein Halbblut, ja, und möglicherweise ein Nichtsnutz, aber er ist kein Bastard! Denn wir sind verheiratet, Don Juan; getraut in deiner Heiligen Katholischen Kirche, vor dem Angesicht Gottes! Und wenn du schon keinen Respekt vor mir hast, dann wenigstens vor deinem eigenen Glauben!«

Sie war eine schmächtige, zierliche Frau, gerade ein Meter fünfzig groß, die von ihrem großen, kräftigen Mann wie von einer mächtigen Eiche überragt wurde, aber dennoch drangen ihre Worte zu ihm vor, und er riß sich wieder zusammen. Sie hob den kleinen Juan vor sein Gesicht. »Hier Juan, nimm den kleinen Jungen, der deinen Namen trägt, und zeig ihm deine Liebe. Das war es doch, was du wolltest, als du ins Haus kamst und uns alle gerufen hast, damit wir uns das großartige Pferd ansehen, das du gekauft hast. Liebe, nur Liebe.«

Doch anstatt auf ihre Worte zu hören und den Jungen auf den Arm zu nehmen, trat Don Juan wie getroffen zurück und hob wieder seine mächtigen Fäuste. »Laß mich in Ruhe, Weib!« brüllte er. »Ich habe nie gewollt, daß dieser kleine, großköpfige *Indiocabezón* nach mir benannt wird! Du warst es doch, die darauf beharrte, weil er unser letztes Kind sei!« Er feuerte die 45er in die Luft, bis das Magazin leer war und tobte weiter. »Ich kann diesen Gaul immer noch abknallen, wenn ich will! Ich bin ein Mann! Kapierst du das? Ein Mann! Und so wahr mir Gott helfe, solange ich lebe, wird José nie wieder einen Fuß in dieses Haus setzen!«

Doña Margarita biß sich auf die Lippen und schwieg. Zitternd ging sie mit dem kleinen Juan auf dem Arm ins Haus. Draußen spalteten sich die Kinder in zwei Parteien; die einen pflichteten dem Vater bei, die anderen nicht. Alejo, der älteste, war besonders ungehalten. Er war auch der Meinung, daß man das Pferd hätte erschießen sollen und der Vater die Situation vollkommen unter Kontrolle gehabt hätte, wenn José sich nicht mit seinen indianischen Tricks eingemischt hätte. Alejo war ein hochgewachsener, sehniger Junge, der die blauen Augen des Vaters geerbt hatte.

Im Haus zündete Doña Margarita eine Kerze für die Heilige Jungfrau an und betete still, während sie den kleinen Juan hin und her wiegte. Ihre Töchter, Luisa und Emilia, kamen herein und legten der Mutter fürsorglich einen wärmenden Schal um die Schultern. Luisa und Emilia waren hellhaarig wie der Vater, doch hatten sie nicht dessen aufbrausendes Gemüt geerbt. Auch sie begannen zu beten, während der kleine Juan, der die Sorge, aber auch den Trost spürte, den die drei Frauen im gemeinsamen Gebet fanden, friedlich einschlummerte.

José, der auf dem Rücken des großen Hengstes durch das kleine Tal preschte, hatte die Worte, mit denen sein Vater ihn aus dem Haus verbannte, nicht mehr gehört. Aber ihm gingen ähnliche Gedanken durch den Kopf, als er in wahnwitziger Geschwindigkeit hufklappernd wegritt. Niemals wieder würde er sich in die Nähe seines Vaters wagen, denn sollte er nochmals erleben, daß der Vater seine geliebte indianische Mutter vor den Augen aller auf solche Weise beleidigte, würde er ihn töten. Das war so sicher wie die Tatsache, daß *El Sol,* der große Vater des Universums, jeden Morgen am Horizont erschien. Und nichts lag José ferner, als seinen eigenen Vater kaltblütig zu töten. Wie sollte es auch? Denn er liebte seinen Vater mehr als sein eigenes Leben; für ihn kam sein Vater einem Gott nahe, er selbst war im Vergleich dazu nichts als ein verlorenes, erbärmliches Individuum.

Und so steuerte José, in tiefster Seele verwundet, auf dem Rücken von Four White Stockings auf die fernen *barrancas* zu, einer Gruppe steil abfallender, eichenbewachsener Schluchten, die schließlich in das weite mexikanische Tiefland übergingen. Dort setzte er mit dem Hengst über *arroyos,* die kein Pferd zuvor überwunden hatte. Nach kurzer Zeit nahm José dem Tier Sattel und Zaumzeug ab und setzte seinen Weg auf dem blanken Rücken des prachtvollen Hengstes fort. Er hatte das wunderbare Gefühl zu fliegen. José begann, das Tier kennen und lieben zu lernen. Und das Pferd begann, seinem jungen, furchtlosen Reiter zu vertrauen. Die Nacht verbrachten die beiden Seite an Seite unter dem Sternenhimmel auf einer von Eichen umsäumten Weide. Während der Hengst friedlich neben ihm graste, zählte José die Wolken, die über ihn hinwegzogen. Und als er im Gefühl der Einsamkeit von Tränen überwältigt wurde, näherte sich das Pferd und stubste ihn tröstend mit dem Maul an. Der Junge streichelte den Kopf des Hengstes und sprach zu ihm wie zu einem vertrauten Freund. Das große Tier antwortete dem sanften Klang seiner Stimme mit sachtem Schnauben. Da waren sie nun, zwei starke, junge männliche Lebewesen, fern von Zuhause und beide unschlüssig, was sie als nächstes tun sollten, sich jedoch der tröstlichen Gegenwart des anderen bewußt. Der Hengst ließ sich dicht neben José auf dem Boden nieder, und sie schliefen nah aneinandergeschmiegt ein. Selbst der große Jaguar, der sie durch das hohe Gras erspähte, wußte nicht recht, was er von den beiden halten sollte.

Von diesem Tage an schlief José bei den Tieren in der Scheune und setzte nie wieder einen Fuß in sein Elternhaus, wenn er nicht sicher war, daß der Vater fort war. Und sooft Doña Margarita auch versuchte, Don Juan zu besänftigen, er ließ sich nicht umstimmen. Schließlich hatte er königliches Blut in seinen Adern, und wer von Königen abstammte, konnte es sich nicht erlauben, seine Entscheidungen in Frage zu stellen, würde doch sonst die gesamte Geschichte der Menschheit aus den Fugen geraten.

Und so brannten die Wunden in der Seele von Vater und Sohn weiter. Doña Margarita blieb der Trost, daß der Ruf ihres Sohnes als exzellenter Pferdekenner sich schon bald weit über ihr Heimatdorf hinaus verbreitete. Andere junge Männer – die sich ebenfalls das väterliche Wohlwollen verscherzt hatten – kamen von überall her, damit José ihnen beibrachte, wie man die Tiere mit liebevoller und geduldiger Hand berührte und sie im Licht der Vollmondnächte die Kunst des ›Pferdezähmens‹ lehrte. Nicht lange, und die Scheune, in der José lebte, wurde zum Treffpunkt vieler junger Männer der Region. Hier versammelten sie sich – nicht, um zu trinken und zu raufen, wie man vielleicht annehmen sollte – sondern um zu lernen, wie man die Widrigkeiten des Lebens meisterte.

Als Doña Margarita an diesem Tag von der Kirche nach Hause ging, um ihren Sohn zum Haus der Witwe zu schicken, war ihr Herz schwer. Sie dachte an jenen Tag, an dem sie und ihre Schwester Marcelina zum ersten Mal die beiden großen, gutaussehenden Villaseñor-Brüder erblickt hatten. *El Sol* war soeben am fernen Horizont verschwunden, als die beiden hoch zu Roß in ihrem Heimatdorf in den Bergen erschienen waren. *Tan bien sentado,* hocherhobenen Hauptes, wie zwei junge Götter, thronten sie auf ihren Pferden, gekleidet in herrliche *charros* mit Wildlederverzierungen und silbernen *conchos.* Mit ihrem kostbaren Schmuck und den imposanten *sombreros* sahen sie aus wie zwei edle Ritter einer vergangenen Epoche, die auf ihren erhabenen Rössern gekommen waren, um die jungen Maiden in die Sicherheit ihrer Burg zu führen. Marcelina, die ältere der beiden Schwestern, hatte sich ans Herz gefaßt und voller Verlangen sofort gesagt: »Den mit dem gefühlvollen Blick, den will ich für mich!«

»Von mir aus«, hatte Margarita großzügig erwidert, denn sie hatte längst ein Auge auf den größeren, kräftigeren der beiden geworfen, der mit der herablassenden Arroganz eines Kampfhahns von seinem Pferd hinabblickte. »Dann nehme ich den größeren«, fügte sie mit trügerischer Gelassenheit hinzu.

»Ah, typisch, weil du kleiner bist, willst du natürlich den größeren haben«, hatte Marcelina ahnungsvoll kichernd geantwortet.

Die elegant gekleideten Brüder hatten die beiden jungen, dunkeläugigen Schönheiten jedoch keines Blickes gewürdigt, als sie an ihnen vorbei auf die Vorderseite der *ramada* zuritten. Dort waren sie von ihren Pferden gestiegen und dem Indianerjungen gefolgt, der ihnen den Weg zu Don Pío Castro, dem Vater der beiden Schwestern, wies. Don Pío war das Oberhaupt des Dorfes, und sie wollten sich bei ihm nach den Möglichkeiten erkundigen, ein Stück Land und Vieh zu kaufen, um eine eigene Farm aufzubauen.

Als die beiden unter die lange, geräumige *ramada* des Castroschen Anwesens traten, mußten sie ihre großen *sombreros* abnehmen, um nicht an die Querbalken des Sonnendachs zu stoßen. Das war der Augenblick, in dem Marcelina und Margarita zum ersten Mal das erstaunliche rote Haar der beiden Brüder erblickten, ein Anblick, der ihnen den Atem stocken ließ. Das Haar dieser beiden Männer sah aus, als stünde es in Flammen, denn es glühte wie die untergehende Sonne, und ihre Augen strahlten in einem Blau, das den Himmel selbst widerzuspiegeln schien. Noch nie in ihrem Leben hatten die beiden Mädchen solch atemberaubend gutaussehende junge Männer gesehen.

Marcelina hatte dem schlankeren der beiden, dem mit den bedächtigen Bewegungen, ein scheues Lächeln zugeworfen, das er, Teodoro, lächelnd mit einem leichten Nicken seines aristokratischen Kopfes erwidert hatte.

Margarita hatte es jedoch nicht gewagt, auf irgendeine Art die Aufmerksamkeit des anderen zu erwecken, spürte sie doch damals schon, daß dieser Mann von einem inneren Feuer beherrscht wurde, das sogar die Glut der Sonne in den Schatten stellte. Sie war überzeugt, daß dieser Mann die Macht besaß, das Meer zu teilen und die Nacht zu erhellen. Und obwohl sie ihn erst wenige Sekunden zuvor das erste Mal gesehen hatte, ahnte Margarita, daß ihr Leben an der Seite dieses Mannes – sollte sie tatsächlich diesen Weg wählen – kein leichtes sein würde. Sie würde all ihre innere Kraft aufwenden müssen, diesem Mann mit Gelassenheit gegenüberzutreten, wenn sie verhindern wollte, daß ihre Beziehung in einen nie endenden, aufreibenden Kampf mündete. Wenn sie ihm gleich zu Beginn die ganze Macht ihrer Persönlichkeit offenbarte, würde genau dies geschehen, und der Kampf zwischen ihnen wäre so schrecklich, daß selbst der Geist der großen Mutterschlange, der Margaritas Lebensweg begleitete, sich für immer zurückziehen würde.

Also gab sich die junge Margarita mit gesenktem Blick den Anschein einer stillen, unschuldigen jungen *mestiza,* während sie doch längst den heiligen Kriegspfad der Liebe beschritten hatte und sich mit jeder Faser ihres Körpers auf ihre weibliche Macht konzentrierte, als sie entschlossenen Schrittes die *ramada* verließ. Denn ihre

Entscheidung war gefallen: Dies war der Mann, den sie heiraten und mit dem sie unzählige Kinder haben wollte, und alle Welt würde sehen, welch großartige Kinder aus den Lenden einer Frau des Erdreiches und eines vom Himmel gesandten Gottes entsprängen.

Und die ersten zehn Jahre ihrer Ehe liebten sich Margarita und Juan Jesús in der Tat leidenschaftlich. Die Tage vergingen voller Heiterkeit, und die Nächte waren erfüllt vom Rhythmus ihres Liebesspiels. Fast jedes Jahr erblickte ein Kind, ein neuer Beweis ihrer Verbundenheit, das Licht der Welt.

Doch dann war jener schreckliche, kalte Winter gekommen, in dem das Getreide verdarb und die ausgehungerten Wölfe in Rudeln über ihr Vieh hergefallen waren. Damals hatte Juan Jesús sich verändert, überzeugt, daß Gott selbst sich gegen ihn gewendet habe. Sein ganzer Zorn richtete sich gegen die Natur – das Wetter, das er nicht kontrollieren konnte, die Wölfe –, und er machte Gott für alles verantwortlich. Und wie sehr Doña Margarita auch versuchte, ihn zu beruhigen und beteuerte, daß auch diese Zeit vorübergehen und – *con el favor de Dios* – sich alles wieder zum Guten wenden würde, er beachtete ihre Worte gar nicht. Seine Verbitterung wuchs von Tag zu Tag, bis er, von Haß erfüllt, sogar die armen, hungrigen Wölfe voller Besessenheit zu jagen begann. Er ging so weit, ihre Jungen in den Höhlen aufzuspüren, und vor den Augen ihrer Mütter niederzumetzeln, ohne Rücksicht darauf, daß die Tiere, die seit Menschengedenken in diesen Bergen lebten, seine Verbündeten waren, ja, daß er von ihnen so viel über die Kälte hätte lernen können, wenn er nur seine Augen geöffnet hätte. Denn im nächsten kalten Winter starben die Rinder zu Tausenden; Rinder, die von den Wölfen erlegt worden wären, die so dabei mitgeholfen hätten, einen neuen, robusteren Viehtyp hervorzubringen, der in der Lage gewesen wäre, Tausende von Jahren zu existieren und nicht nur ein Jahrzehnt.

Doch die Angst, Geld und damit seinen angenehmen Lebensstil zu verlieren, beraubte Juan Jesús der Fähigkeit, über seine unmittelbaren, kleinlichen Belange hinwegzusehen, und er tötete, wo er Leben hätte erhalten sollen, und haßte, wo er hätte lieben sollen. Auf jenem Boden des Zweifels und des Hasses keimte das erste Saatkorn für die späteren Zwistigkeiten seiner Ehe. Eine Saat, die sich so tief in ihm verwurzelte, daß später niemand mehr hätte sagen können, woher sie stammte.

Solcherart in Gedanken versunken, schritt Doña Margarita über das Kopfsteinpflaster zu ihrem Haus am anderen Ende des Dorfes – eine Entfernung, die kaum mehr als einen Steinwurf betrug –, um ihrem Sohn José mitzuteilen, daß die junge Witwe Mariposa Hilfe benötige. Und während sie die kleine Straße entlangging, wurde Doña Margarita erneut bewußt , wie recht ihr Vater, Don Pío, behalten hatte, als er sie vor der Ehe mit diesem Fremden, Juan Jesús, gewarnt hatte. Der Vater war drei Tage vor der Hochzeit aus der Provinzhauptstadt Guadalajara zurückgekehrt und hatte ihr erzählt, daß jedermann dort sich über Juan Jesús Villaseñor das Maul zerriß. Nicht nur, daß er so schamlos gewesen war, sich in seine Cousine ersten Grades zu verlieben, er hatte obendrein den prominenten und einflußreichen Anwalt, dem diese Cousine versprochen war, nur wenige Stunden vor der geplanten Hochzeit in einem Duell getötet und noch sechs weitere Männer umgelegt, als die Bezirkspolizei ihn festnehmen wollte. Nur dem Einfluß seines reichen Vaters war es zu verdanken gewesen, daß man ihn entkommen ließ. Seine Cousine – von der man sich erzählte, daß sie ebenso hochgewachsen war wie er und ihm an Schönheit in nichts nachstand – wurde für den Rest ihres Lebens in ein Kloster gesteckt; und Juan

Jesús, der vielversprechendste der neun Söhne der mächtigen Villaseñor-Familie, wurde für immer aus den Kreisen der zivilisierten Welt verbannt.

Sein Bruder Teodoro, der Poet der Familie, hatte sich bereit erklärt, Juan auf seinem Weg ins Ungewisse zu begleiten, denn er liebte die leidenschaftliche Seele seines Bruders mindestens ebenso sehr, wie ihre Cousine seinem unbezwingbaren Charme verfallen war.

»Deshalb, *mi hijita*«, hatte Don Pío zu seiner Tochter gesagt, »wird dieser Mann zum Verhängnis für jeden rechtschaffenen Menschen. Jene, die ihn lieben und zu ihm halten, zieht er unweigerlich ins Verderben. Glaub mir, mein Kind, dieser Mensch wandelt nicht auf den Pfaden Gottes, sondern auf dem wankelmütigen Pfad *El Diablos*.

Bitte, liebe Tochter, versteh, daß meine Worte nicht der Ignoranz oder Eifersucht entspringen«, fuhr er fort, »sondern dem Herzen eines Vaters, der die Männer kennt; daher weiß ich auch, daß dieser Mann eines Tages all das, was er heute an dir liebt, mit jeder Faser seines Herzens hassen wird.«

»Aber Papa«, erwiderte Margarita, während ihr Herz sich zusammenzog, »woher willst du das so genau wissen? Ich weiß, daß er mich über alles liebt, und ich liebe ihn ebenso.«

»Aber, *mi hijita,* haben deine Mutter und ich dich nicht dein Leben lang vor diesen helläugigen Europäern, die nicht unserer Mutter Erde entsprungen sind, gewarnt? Sie sind die Nachkommen jener Himmelswesen, die ihren eigenen Planeten bereits vor Abertausenden von Jahren zerstörten und dazu verdammt wurden, gegen ihren Willen auf dieser Welt unter uns zu leben, genau wie dieser Mann, Juan Jesús, nun gezwungen ist, zwischen uns zu leben. Er wird unserer heiligen *tierra madre* niemals jene Achtung erweisen, die wir ihr entgegenbringen. Deshalb wird er eure hellhäutigen Töchter und

Söhne vergöttern, doch die dunkelhäutigen Kinder, die aus deinen Lenden geboren werden, die wird er hassen. Es tut mir leid, *mi hijita,* aber bitte, bitte glaub mir, dieser Mann ist ganz genau von jenem Schlag, wie die Männer, gegen die ich gekämpft habe, seit ich neun Jahre alt war. Zuerst gegen diese zwölf großen, deutschen Familien, die uns unser Land im Süden Mexikos stahlen, und später gegen die Invasion der Franzosen.«

»Aber er ist Spanier, Papa«, entgegnete Margarita verzweifelt.

»Oh ja, ein Spanier und ein solcher Romantiker«, erwiderte Don Pío. »Das macht ihn noch schlimmer als die Deutschen und die Franzosen, die haben wenigstens niemals vorgegeben, uns zu lieben. Ich flehe dich an, Margarita, heirate diesen Mann nicht! Der Krieg, den er in unserer Familie entfachen wird, wird sich über Generationen erstrecken!«

»Papa«, hatte Margarita ruhig erwidert, während ihr die Tränen über die Wangen rannen, »ich verstehe, was du mir sagen willst, und ich weiß auch, daß du der weiseste, gütigste Mensch auf Erden bist, aber bitte versteh mich. In der vergangenen Nacht erschien mir die große Mutterschlange persönlich in all ihrem Glanz aus dem Herzen der Erde und sprach die gleichen Worte zu mir, die du mir gerade sagtest. Und doch weiß ich aus der Tiefe meines Herzens, daß ich diesen Mann liebe und ihn heiraten werde. Denn, sag mir, Papa, wie sonst sollen wir unserem Land jemals zum Frieden verhelfen, wenn nicht dadurch, daß wir diese verlorenen Himmelsgeschöpfe mit Liebe bei uns aufnehmen?«

Margarita sollte niemals die Tränen vergessen, die ihrem Vater aus den Augen strömten, als er ihre Worte vernahm. Wortlos hatte er sie lange angesehen und schließlich gesagt: »Nun, ich glaube, ich habe dich recht erzogen, denn nie wurde etwas gesagt, das wahrer hätte sein können. Ich werde meinen Bart abnehmen und von heute an niemals mehr ein Schwert oder eine andere Waffe anrühren. Denn sollte ich dergleichen greifbar haben, während ich mit ansehen muß, wie du von einem Leid ins andere stürzt, ich schwöre, ich würde die Kontrolle verlieren und diesem Kerl das Herz aus dem Leib reißen, so wie ich es schon oft im hitzigen Kampfgefecht mit seinesgleichen getan habe. Ich werde noch heute meinen Bart abrasieren und mein Haar kurz schneiden, *mi hijita*. Und dann werde ich die Angelegenheit nie wieder erwähnen, das schwöre ich bei Gott.«

Und ihr Vater hatte sein Wort gehalten und die Sache nie wieder zur Sprache gebracht. Doch wie schwer war es ihm gefallen. Besonders als Juan Jesús seinen kleinen Sohn José aus dem Haus verbannte, jenem Haus, das Don Pío mit seinen eigenen Händen einst für sich erbaut hatte und das er der Tochter und dem Schwiegersohn überließ, als deren Familie immer größer wurde.

Als Doña Margarita nun unter die *ramada* jenes Hauses trat, das einst das Heim ihres Vaters gewesen war, traf sie ihren jüngsten Sohn Juan und ihre älteste Tochter Luisa fröhlich lachend in der Küche an, wo José Luis, Luisas zukünftiger Ehemann, sie mit einer heiteren Geschichte unterhielt. Der kleine Juan thronte – wie es sich gehört – zwischen Luisa und José Luis am Tisch und spielte den Anstandswauwau.

»Hallo«, grüßte Doña Margarita und nahm ihr Tuch von den Schultern. »Wo ist José?«

»Da, wo er immer ist, unten bei den Koppeln«, antwortete José Luis, der sich immer noch über die Geschichte amüsierte, die er soeben zum besten gegeben hatte. José Luis war ein Hüne von einem Kerl und gehörte zu den wenigen Männern im Dorf, die sogar Don Juan überragten. »Er arbeitet mit dem neuen Fohlen von Four White Stockings. Ein prächtiges Tier.«

»Ah, der dunkle Fuchs«, murmelte Doña Margarita und ging zum Herd, um sich eine Tasse *Yerba-buena-* Tee einzugießen. Wie immer, wenn sie aus der Kirche heimkehrte, verspürte sie Lust auf ein Täßchen Tee und etwas Süßes. »Lauf, Juan, und sag ihm, daß die Witwe Mariposa jemanden zum Holzhacken braucht und daß ich ihr versprochen habe, ihn so bald wie möglich rüberzuschicken, damit er ihr hilft.«

»Die Witwe braucht jemanden, der ihr Holz hackt?« fragte José Luis grinsend. »Ich wette, es gibt über'n Dutzend kräftige Männer hier im Tal, die ihren rechten Arm dafür opfern würden, ihr behilflich zu sein!«

»Das ist genau das, was sie nicht will«, erwiderte Doña Margarita und nahm den Honigtopf vom Regal, um ihren Tee damit zu süßen, »noch so einen gierigen, gaffenden Bewerber, der ihr auf die Nerven geht. Dabei will sie doch nur in Frieden gelassen werden.«

»Tja, es ist schon eigenartig«, sagte José Luis immer noch grinsend, »ich glaube, Juanito, wir Männer werden die Frauen niemals verstehen. So wie Camacho sie behandelt hat, sollte man doch meinen, daß sie sich über die Aufmerksamkeit freut, die sie in letzter Zeit bekommt.«

Er brach in schallendes Lachen aus, sichtlich erheitert über seinen eigenen Witz. »Einmal traf ich Camacho, wie er auf einem Feld Blumen pflückte, und dachte, sie seien für seine Frau bestimmt, aber dann ging er zu seinen Eseln und fütterte die damit. Der Kerl hat seine drei Esel wahrhaftig geliebt. Ich kann natürlich verstehen, weshalb – schließlich waren es großartige, starke und hart arbeitende Tiere.«

»Aha, das geht also in deinem Kopf vor, wenn du mir Blumen schenkst, he«, warf Luisa ein. »Ich bin wohl auch nicht mehr als eine große, starke und hart arbeitende *burra* für dich?«

»Na ja, so groß bist du ja nun auch wieder nicht«,

grölte José Luis und schlug sich lachend auf die Schenkel. »Und im Vergleich zu mir schon gar nicht!«

Luisa fiel in sein Gelächter ein.

»Los jetzt, Juan«, sagte Doña Margarita und ignorierte die beiden albernen Turteltauben, »lauf und richte deinem Bruder aus, was ich dir gesagt habe.«

»Ja, Mama«, erwiderte Juan und wollte sich auf den Weg machen.

»Warte«, sagte José Luis, »ich muß auch los. Ich komme mit dir, Kleiner. Mein Pferd ist unten bei den Koppeln festgebunden.«

Der kleine Juan und José Luis waren kaum gegangen, als Luisas Miene ernst wurde und sie sich ihrer Mutter zuwandte. »Mama, bist du sicher, daß es eine gute Idee ist, José zu Mariposas Haus zu schicken? Die anderen Männer werden vielleicht eifersüchtig, und es könnte eine Menge Ärger geben.«

Doña Margarita seufzte. »Ja, das habe ich mir auch schon überlegt«, antwortete sie. »Allerdings höchstens eine halbe Sekunde lang. Dann sagte ich mir, wenn es dazu beiträgt, daß auf dem Gesicht meines Sohnes endlich einmal wieder ein Lächeln erscheint, dann bin ich bereit, ihn zum Teufel persönlich zu schicken.

Ach, *mi hijita«*, fuhr die alte Frau fort, während sie sich auf einem Stuhl niederließ. »Diese Tragödie vor sieben Jahren liegt mir immer noch so schwer auf der Seele, als wäre es erst gestern gewesen. Wieviele Herzen wurden gebrochen an jenem Tag, als der Hengst zu uns kam. Nicht zuletzt das deines Vaters. Er war so stolz, als er mit dem schönen Tier nach Hause kam, so stolz. Und dann hat er durch genau diesen dummen Stolz alles in eine einzige *caca* verwandelt. Ja, ja, der Tag, an dem Gott uns den Verstand gab und all unsere eitlen Gedanken begannen, war wahrhaftig der Anfang vom Ende unserer Spezies. Das kann man wirklich nicht leugnen.«

»Aber wieso hat Gott überhaupt zugelassen, daß wir diesen Stolz entwickeln, wenn er doch wußte, daß alles in einem Desaster enden würde, Mama?«

Doña Margarita nahm einen Schluck Tee und biß in ihr süßes Brot. »Das weiß nur Gott allein«, antwortete sie, während sie das Brot mit ihrem einzigen Zahn zerkaute. »Aber ich bin sicher, daß er sich etwas dabei gedacht hat. Man kann nie wissen«, fuhr sie mit einem Schulterzucken fort, »ich höre jedenfalls nicht auf zu beten. Vielleicht wird sich in ferner Zukunft doch noch alles zum besten für uns wenden, *con el favor de Dios*.«

Mit diesen Worten bekreuzigte sich die alte Frau. Luisa betrachtete ihre Mutter bewundernd. Für sie war es schwer zu begreifen, wie die Mutter angesichts des Lebens, das sie führte, Tag für Tag und Jahr für Jahr an ihrer Gelassenheit festhielt. An dem Tag, als der Vater den Hengst mitgebracht hatte, war ihr heimisches Glück zerstört und die Herzen der Familie in Stücke gerissen worden, und doch hatte die Mutter nicht aufgehört, den Vater zu lieben und ihr Leben, *la vida,* mit unverminderter Energie und Zuversicht weiterzuführen.

»Mama, verrate mir, wie es kommt, daß du trotz des ganzen Elends niemals deine Stärke und Weisheit und dein Vertrauen verlierst?«

Ein verschmitztes Lächeln erschien auf Doña Margaritas Gesicht, und sie antwortete lachend. »Haben wir Frauen denn eine andere Wahl, hm? Zu leben und Leben zu spenden, das ist unsere Aufgabe. Es sei denn, wir beschlössen, unsere eigenen Kinder aufzufressen, um sie wieder in unseren Leib zurückzubefördern, so wie die Sau ihre Ferkel.«

Die beiden Frauen lachten vergnügt. Lachen reinigte die Seele. Seit Gott die Dinge als Paar erschaffen hatte, Himmel und Erde, Mann und Frau und Sonne und

Mond, ist es immer das Lachen und das Weinen gewesen, das die Seelen der Frauen geheilt hat.

Auf dem Weg zu den Koppeln versuchte Juan vergeblich, mit José Luis Schritt zu halten. Der Junge, der die Bemühungen des Kleinen bemerkte, schritt absichtlich noch rascher aus und begann zu hüpfen, so daß die beiden unter vergnügtem Gelächter ihren Weg zwischen den mächtigen Eichen hindurch fortsetzten. Sie fanden José in der größten Koppel, wo er das Fohlen trainierte. Das junge Tier war das genaue Ebenbild des ersten Four White Stockings, der inzwischen so alt war, daß José nur noch selten mit ihm arbeitete.

»José«, rief José Luis, »dein kleiner Bruder ist hier. Er hat eine Nachricht von deiner Mutter.«

José kam herangeritten. Sein schmales, dunkles Gesicht war wie immer ernst und traurig. Er und José Luis waren seit Jahren befreundet. José war der erste richtige Freund überhaupt gewesen, den José Luis gefunden hatte, nachdem er mit seiner ledigen Mutter vor Jahren in dieses Tal gezogen war. Die Leute hatten sich sofort das Maul über seine Mutter zerrissen. Sie konnten nicht begreifen, daß eine unverheiratete Frau mit einem Kind sich einfach mir nichts dir nichts in einer kleinen Berggemeinde niederließ und dann mit derartiger Arroganz und Tüchtigkeit ihren Angelegenheiten nachging. Viele Leute behaupteten daher auch, es sei José Luis' Mutter recht geschehen, als sie Jahre später von einem Maultiertreiber vergewaltigt und geschwängert wurde.

»Mach schon«, forderte José Luis den kleinen Juan mit einem Lächeln auf. »Sag ihm, was deine Mutter dir aufgetragen hat.«

»Also«, begann Juan, »Mama ist von der Kirche nach Hause gekommen und hat gesagt, daß sie der Witwe Mariposa versprochen hat, dich so bald wie möglich rüberzuschicken, damit du Holz für sie hackst.«

Ohne eine Miene zu verziehen, wandte José sich seinem Freund José Luis zu. Seit er im Alter von zwölf Jahren gezwungen gewesen war, sein Elternhaus zu verlassen, hatte er stets darauf geachtet, seine Gefühle nicht preiszugeben. José Luis dagegen, der immer darunter gelitten hatte, kein richtiges Zuhause und keine Freunde zu haben, denen er sich mitteilen konnte, lachte und scherzte unentwegt und trug das Herz auf der Zunge.

»Das ist 'ne Nachricht, was?« fragte er jetzt und grinste von einem Ohr zum anderen. »Dann sieh mal zu, daß du deinen Arsch so schnell wie möglich da rüberschaffst.«

José erwiderte nichts. Er saß ruhig auf dem Pferd und ließ sich die Neuigkeit eine Weile durch den Kopf gehen. Im Laufe der vergangenen sieben Jahre hatte er die Wachsamkeit einer Eule entwickelt. »Gut«, sagte er schließlich, wendete sein Pferd und machte sich auf den Weg, blieb jedoch nach ein paar Schritten wieder stehen. »Juanito.« Er drehte sich zu seinem kleinen Bruder um. »Ich möchte, daß du mich begleitest.«

»Oh, keine schlechte Idee.« José Luis lachte laut auf. »Du wirst einen Anstandswauwau brauchen können!«

Josés Gesicht wurde so rot wie eine Chilischote, doch er erwiderte nichts. Juan blickte verdutzt von einem zum anderen.

»Er soll doch bloß Holz hacken«, wunderte er sich.

»Klar! Holz hacken!« bestätigte José Luis und stapfte vergnügt pfeifend zu seinem Pferd. Er zog den Sattelgurt an und schwang sich mit den Worten: »Bis morgen, *amigos*!« auf sein Pferd. Lachend galoppierte er durch das Tal zu der kleinen Hütte, die er mit seiner Mutter und dem Bruder teilte.

»Was ist denn daran so lustig?« erkundigte sich Juan.

»Nichts«, antwortete José und sah seinem großen, breitschultrigen Freund durch das weite grüne Tal hinterher. »So benehmen sich manche Leute nun mal, wenn sie verliebt sind.« Er führte das Fohlen dicht neben den Zaun. »Komm, kletter rauf. Wir bringen Little Stockings in den Stall, und dann kümmern wir uns um das Holz.«

José sattelte eines seiner erstklassig trainierten Pferde, schwang sich hinauf und zog den kleinen Bruder hinter sich in den Sattel. Sie ritten aus den Koppeln hinaus, am Haus vorbei, durch die kleine Siedlung. Die Hufe des Pferdes klapperten in raschem Stakkato über das Kopfsteinpflaster, bis sie das Ende des Dorfes erreicht hatten. Als sie an der kleinen Kirche vorüberritten, bekreuzigten sich die beiden Brüder. Dann setzten sie ihren Weg über die schmutzige, von rotbraunem Staub bedeckte Straße vorbei an den Mais- und Luzernenfeldern fort, bis zum Haus der Witwe, das am Rande der Siedlung lag. José sprach während des ganzen Rittes kein einziges Wort mit seinem kleinen Bruder.

Seine Gedanken arbeiteten fieberhaft. Er konnte sich nicht erklären, weshalb seine Mutter eine solche Abmachung über seinen Kopf hinweg getroffen hatte. Dabei wollte er am liebsten zum Haus der Witwe fliegen. Sein Herz hämmerte so heftig, daß er zu schwitzen begann und die Zügel in seinen Händen feucht wurden.

Seit Jahren schon, lange bevor sie sich in jene Schönheit verwandelt hatte, die sie heute war, betete er Mariposa aus der Ferne an. Als Pferdekenner wußte José um die Möglichkeit, einem anderen Mann eine schäbige, abgehalfterte Mähre vor der Nase wegzukaufen und das gleiche Tier innerhalb von sechs Monaten in ein Juwel zu verwandeln. Dazu mußte man das Tier lediglich gut füttern und ihm eine sanfte, liebevolle Behandlung zuteil werden lassen, damit es wieder Vertrauen und Zuversicht entwickeln konnte.

Genau das war es, was er seit Jahren tat. Er kaufte mißhandelte, heruntergekommene Stuten und verwandelte sie mit Geduld und Liebe in die prachtvollen Geschöpfe, die sie eigentlich waren, und ließ sie von Four White Stockings decken. Für ihn war Mariposas wundersame Wandlung daher auch keine Überraschung gewesen. Waren doch ihr Liebreiz, ihre Anmut und ihr so lange verborgenes Selbstbewußtsein schon immer zu ahnen gewesen und hatten nur auf eine Möglichkeit gewartet, zu erblühen.

Das einzige, was José einigermaßen verwirrte, war die Tatsache, daß Mariposas Wandlung sich buchstäblich über Nacht vollzogen hatte. Darüber grübelte er seit Camachos Tod nach, wenn er nachts allein mit den Tieren in der Scheune lag. Ein Pferd benötigte für eine derartige Wandlung mindestens drei oder vier Monate, wie konnte diese Frau so etwas also in einer Nacht vollbringen? Oh, die junge Witwe war in der Tat ein herrlicher Anblick, ein engelgleiches Geschöpf und ein Kleinod für jeden Mann, der sie richtig zu berühren wußte. Aber es würde nicht leicht sein, herauszufinden, welche Art der Berührung für Mariposa angemessen war. Im Laufe der Jahre hatte José gelernt, daß jede Stute einzigartig in ihrem Wesen war. Deshalb würde ein Pferdeliebhaber auch niemals auf die Idee verfallen, sich einem fremden Tier unvermittelt zu nähern. Im Gegenteil, der ersten Berührung ging eine lange Zeit der aufmerksamen Beobachtung voraus. Ungeduld würde das Vertrauen nur voreilig zerstören, denn Liebe wird nur mit Geduld erworben.

»Gut«, sagte José zu Juan, als sie das Haus der Witwe erreichten, »du kannst jetzt runterklettern, aber bleib in der Nähe.« Er half seinem Bruder vom Pferd und blickte sich aufmerksam um. Camacho hatte seiner Frau ein gutes Haus mit einer soliden Scheune und gepflegten Koppeln hinterlassen. Das Haus und die kleine Scheune hatten sogar ein rotes Ziegeldach. »Denk dran, Juan«, fügte José hinzu, »ich möchte, daß du die ganze Zeit in meiner Nähe bleibst.«

»Alles klar«, antwortete Juan und sah seinen Bruder an. Er spürte, daß José nervös war, was ihn einigermaßen verwirrte, denn sein Bruder war einer der mutigsten und angesehensten jungen Männer der ganzen Region, der halsbrecherische Sprünge über *barrancas* wagte, die alle anderen mieden. Weshalb bloß hatte er dann vor dieser Witwe solche Angst?

José stieg ab und führte sein Pferd zu der kleinen Scheune, in der ein Kuhverschlag und ein Schweinekoben untergebracht waren, um das Tier dort anzubinden, als Mariposa in einem langen, schwarzen Kleid aus ihrem Haus trat. Juan fand, daß sie ziemlich alt und häßlich aussah. »Hallo«, begrüßte sie die beiden. »Ich habe nicht damit gerechnet, daß du so schnell herkommen würdest, José. Hoffentlich mache ich dir keine Unannehmlichkeiten?«

Beim Erscheinen der Witwe hatte José seinen Hut abgenommen. Allein ihr Anblick reichte aus, ihm den Atem zu rauben. »Aber nein«, antwortete er, »ich wollte gerade, äh ...!« Er kratzte sich verlegen am Kopf und versuchte sich vergeblich zu erinnern, was er hatte sagen wollen. »Wo ist das Holz?« platzte er schließlich heraus.

»Na, da liegt es doch, direkt vor dir«, wies der kleine Juan seinen Bruder verwundert zurecht. »Bist du blind?«

»Oh, ach ja«, erwiderte José und wurde feuerrot, als er den Holzstapel vor sich bemerkte. Er kratzte sich noch heftiger als zuvor am Kopf und wandte sich stumm dem Holzstoß zu, um sich mit der Axt ans Werk zu machen.

»Sollten wir nicht zuerst über den Preis reden?« fragte die Witwe.

»Welchen Preis?« fragte José.

»Deine Bezahlung. Wieviel soll ich dir zahlen?«

»Sie meinen, für's Holzhacken?«

»Aber ja. Hat deine Mutter dir nicht gesagt, daß ich regelmäßig jemanden brauche, der mir zur Hand geht? Wir sollten uns also erst über deinen Lohn einigen, bevor du anfängst«, erklärte sie.

José schluckte, atmete tief ein und sah Mariposa zum ersten Mal direkt an. Sie war so schön und ihre Haut so makellos weiß, daß es ihm fast die Sprache verschlug.

»Sie brauchen mir nichts zu zahlen«, sagte er dann galant. »Ich liebe dich, Mariposa«, hätte er am liebsten hinzugefügt. »Ich liebe dich schon seit Jahren. Ich besitze die besten Pferde der Region und habe viel Geld gespart, und jetzt möchte ich dich mit Geschenken und mit meiner Liebe überhäufen – und du glaubst ja gar nicht wie froh ich war, als ich von Camachos Tod erfuhr, für mich bist du schon immer eine Königin, nein, ein Engel gewesen, den er schändlich mißhandelt hat. Soll seine gierige Seele in der Hölle schmoren!« All das und vieles mehr hätte er am liebsten herausgesprudelt. Doch er schwieg. Denn um dieser Frau zu sagen, was er wirklich für sie fühlte, hätte er Engelszungen gebraucht, und die besaß José ebensowenig, wie er in all den Jahren in der Lage gewesen war, seinem Vater zu sagen, wie sehr er ihn liebte. Also blieb er stumm und starrte die Witwe mit bebendem Herzen an.

Mariposa sah in die dunklen Augen, die in dem schmalen Gesicht des Jungen brannten, und versuchte, sich über ihre Gefühle klar zu werden. Wie jedermann im Tal kannte sie seine Geschichte, und schon deshalb flog ihr Herz ihm entgegen. Denn sie selbst wußte nur zu gut, welches Leid gerade derjenige, von dem man sich Liebe erhoffte, einem zufügen konnte. Nur mit Mühe hielt sie daher die Tränen zurück, die der Anblick des Jungen in ihr rührte.

»Aber nein«, erwiderte sie gefaßt. »Ich möchte dir auf jeden Fall etwas zahlen. Es tut mir leid, daß deine Mutter das nicht erwähnt hat, aber ich möchte keinem Mann – ich meine, niemandem – etwas schuldig sein.«

José sah sie an und verstand plötzlich, was sie damit meinte. Er nickte. »In Ordnung. Ich kann allerdings nur zweimal die Woche für einen halben Tag kommen. Also – mal sehen, für einen ganzen Tag in der Woche – im Moment liegt der Lohn bei zehn Cents pro Tag, wäre das okay?«

»Zehn Cents!« wiederholte sie überrascht. »Nun ja, in Ordnung. Das werde ich mir allerdings nur für kurze Zeit leisten können.«

Er sah sie an, und sie erwiderte seinen Blick. Er atmete tief. »Dann sind wir uns also einig?« fragte er.

Ja«, antwortete sie, »ich denke schon.«

»Gut, dann schlagen Sie ein«, sagte er und streckte ihr die Hand entgegen. Sie nahm seine Hand nicht sofort, sondern sah zuerst einen Moment auf diese schmale Jungenhand hinunter, die sich so grundlegend von den groben Pranken ihres Mannes unterschied. Dann ergriff sie die Hand, die fast noch die eines Kindes war, und blickte ihm wieder in die Augen. Seine Hände waren sanft und warm, gänzlich anders als die meisten Männerhände, die sie kennengelernt hatte, so daß sie wie verzaubert war. Dennoch fühlte sich sein Händedruck fest und zuverlässig an.

»Abgemacht«, sagte sie und lächelte trotz ihrer Verwirrung.

»Abgemacht«, bestätigte er und hatte dabei das Gefühl, soeben das Paradies betreten zu haben. Allein die Berührung ihrer Hände versetzte ihn in den siebten Himmel. Er lächelte. Es war das erste Lächeln, das seit Jahren auf seinem Gesicht erschien, und es sah hinreißend aus. »Dann werde ich mich mal an die Arbeit machen.«

»Gut«, antwortete sie und sah, wie schön seine dunklen Züge waren, wenn er lächelte. Summend ging sie zurück ins Haus. Etwas war mit ihr geschehen, etwas Magisches hatte von ihr Besitz ergriffen, aber was es war, wußte sie nicht, und sie wollte es auch gar nicht wissen. Alles, was sie spürte, war ein Gefühl glücklicher Wärme und Geborgenheit.

Juan schaute verständnislos von einem zum anderen. Auch ihm war nicht entgangen, daß hier irgend etwas vor sich ging, und er beobachtete verwirrt, wie José die Ärmel aufkrempelte und sich pfeifend an die Arbeit machte. Noch nie hatte er seinen Bruder pfeifen gehört.

»Ich wußte gar nicht, daß du pfeifen kannst«, sagte er zu ihm, während er die Holzstücke einsammelte, die sein Bruder zerkleinerte.

»Nein?«

»Nein!« versicherte Juan.

»Da siehst du mal«, meinte José. Er fuhr fort zu pfeifen, während er einen Holzscheit nach dem anderen auf dem großen Baumstumpf plazierte und mit einer einzigen, weit ausholenden Bewegung spaltete. Juan sagte nichts mehr; er huschte hin und her und sammelte die versprengten Holzstücke ein, die durch die Axt seines Bruders in alle Richtungen geschleudert wurden. Die Witwe trat kurz darauf mit einer großen *olla* in der Hand aus dem Haus. Sie hatte sich inzwischen das Haar frisiert und ein frisches Kleid angezogen, dessen Blau die Farbe ihrer Augen widerspiegelte.

»Ich habe Saft aus wilden Erdbeeren für euch zubereitet«, sagte sie.

»Oh, mein Lieblingsgetränk!« rief Juan. »Haben Sie auch Honig hineingetan? Wir haben hart gearbeitet! Sehen Sie nur, wieviel Holz ich schon gestapelt habe!«

Angesichts seines Eifers brachen Mariposa und José gleichzeitig in Gelächter aus. Jetzt war Juan sich sicher, daß hier etwas sehr Merkwürdiges vor sich ging. Diese beiden benahmen sich plötzlich genauso lächerlich wie Luisa und ihr künftiger Ehemann. Trotzdem fiel Juan in ihr Gelächter ein, denn es war wunderbar, von heiteren Menschen umgeben zu sein.

Als Juan am späten Nachmittag wieder nach Hause kam, stand die Mutter in der Küche und erkundigte sich sogleich, wie sein erster Arbeitstag im Haus der Witwe verlaufen war.

»Oh, ich habe richtig geschuftet, Mama«, berichtete Juan und schnappte sich eine heiße Tortilla von dem kleinen Holzofen. »Ich mußte fast die ganze Arbeit allein machen, weil José sich stundenlang mit der alten Witwe unterhalten hat, die dauernd rauskam und uns Erdbeersaft und süßes Brot brachte.«

Die Mutter lachte. »›Alte Witwe?‹ Na, für wie alt hältst du sie denn?«

»Ach, ich weiß nicht genau«, antwortete Juan voller Ernst. »Aber ich weiß, daß sie viel älter ist als der alte Four White Stockings, also muß sie scheintot sein.«

Doña Margarita lachte vergnügt. »Dann werde ich dich vorsichtshalber nie fragen, für wie alt du mich hältst. Weil ich wahrscheinlich fast dreimal so alt bin wie sie; für dich demzufolge schon jenseits des Todes.« Sie holte tief Luft. »Soso, sie hat euch also Saft und süßes Brot angeboten?« fuhr sie fort. »Da kannst du ja nicht mehr so hungrig sein. Laß also die Tortillas liegen, sonst schaffst du das Abendessen nicht mehr.«

»Doch, ich sterbe vor Hunger!« beteuerte Juan, während er die Maistortilla verschlang. »Schließlich habe ich schwer geschuftet. Das kannst du mir glauben.«

»Habt ihr alle Arbeiten erledigt, die sie für euch hatte?« fragte die alte Frau.

»Nein«, erwiderte Juan und streckte die Hand nach der nächsten Tortilla aus.

»Hör auf damit, habe ich gesagt! Du verdirbst dir den Appetit!«

»Bestimmt nicht, Mama. Bitte! Ich könnte ein ganzes Pferd auffressen und mich dann noch über einen Esel hermachen!«

Er stibitzte die zweite Tortilla vom Herd, streute etwas Salz darauf, rollte sie auf und biß hinein.

»Dann hat sie wohl noch mehr Arbeit für euch?« erkundigte sich seine Mutter.

»Ja, wir müssen morgen wieder hin«, bestätigte Juan kauend.

»Ich verstehe«, lächelte Doña Margarita. »Ich verstehe.« Sie fuhr mit den Essensvorbereitungen fort. »Aber vielleicht solltest du morgen lieber hierbleiben. Du hast deine Pflichten hier zu erledigen, und José kommt dort oben bestimmt ganz gut allein zurecht.«

»Oh nein! Das wird er nicht. Er hat mir ausdrücklich gesagt, daß er auf jeden Fall immer meine Hilfe braucht, wenn er zum Haus der Witwe geht. Er gibt mir sogar die Hälfte des Lohnes ab, den sie ihm zahlt. Ich muß ihn begleiten. Er kommt ohne mich bestimmt nicht zurecht, Mama!«

»Na gut«, sagte die Mutter. »Wenn dein Bruder das sagt, dann wird es wohl stimmen.«

Doña Margarita werkelte summend vor sich hin und begann dann, eine heitere Melodie zu pfeifen.

»José hat heute auch gepfiffen«, erzählte Juan.

»Wirklich?«

»Ja. Er kann sogar richtig gut pfeifen. Ich wußte gar nicht, daß er das überhaupt kann, Mama. Ich habe ihn früher noch nie pfeifen gehört.«

Doña Margaritas Augen füllten sich plötzlich mit Tränen.

»Mama, was ist los? Habe ich etwas Falsches gesagt?«

»Aber nein, *mi hijito*, ganz im Gegenteil.«

»Wieso weinst du denn dann? Ich glaube, José Luis hat recht; wir Männer werden euch Frauen nie verstehen.«

Die alte Frau seufzte. »Komm mal her zu mir, *mi hijito,* nimm mich in den Arm und gib mir einen dicken Kuß.«

Rasch ging Juan zu seiner Mutter und umschlang sie in einer herzlichen *abrazo.* Sie strich ihm über sein Haar und begann wieder ruhiger zu atmen.

»Nach dem Essen setzen wir beide uns zusammen«, sagte sie zu ihm. »Dann erzähle ich dir die Geschichte von der Füchsin und dem Kojoten, die dir helfen wird, die Frauen besser zu verstehen. Glaub mir, wenn die Männer sagen, sie könnten die Frauen niemals verstehen, dann irren sie sich ganz gewaltig. Kein Wesen auf dieser Welt ist leichter zu verstehen als wir Frauen.«

»Wirklich«?«

»Ja, ganz bestimmt.«

»Und wie ist das mit den Männern, Mama? Sind sie auch einfach zu verstehen? Manchmal begreife ich nämlich nicht, daß zum Beispiel Domingo nie vor irgend etwas Angst hat, während ich mich immerzu vor allen möglichen Dingen fürchte.«

»Darüber werden wir auch sprechen, *mi hijito*«, versprach sie und küßte ihn. »Angst zu haben ist etwas ganz Natürliches, das uns allen widerfährt.«

»Aber wieso behaupten dann immer alle Männer, daß sie sich vor nichts fürchten? So wie Papa – er hatte nicht einmal Angst, als er letztes Jahr ohne seinen Colt diesem bewaffneten Mann gegenüberstand, der ihn erschießen wollte. Er hat einfach einen Stein genommen und ihm die Zähne eingeschlagen.«

»Es stimmt, das hat dein Vater zwar getan, *mi hijito,* aber das heißt noch lange nicht, daß er keine Angst hatte. In Wirklichkeit war es nämlich wahrscheinlich gerade die Furcht, die ihn veranlaßte, so überstürzt zu handeln, und wir werden nie erfahren, ob der Mann tatsächlich die Absicht hatte, deinen Vater zu erschießen. Allerdings hat dein Vater seitdem einen Feind mehr, der arme Mann. Ach, *mi hijito,* es gibt vieles, über das wir beide noch reden müssen. Du bist ein ganz besonderes Geschenk, das Gott mir in meinem hohen Alter noch beschert hat, und ich schwöre dir, ich werde nicht zulassen, daß wir bei dir die gleichen Fehler wie bei unseren anderen Söhnen machen.«

»Was denn für Fehler, Mama?«

»Das wirst du schon beizeiten erfahren, *mi hijito.* Es gibt vieles, was ich dir noch erzählen muß.«

»Fein, ich mag deine Geschichten, Mama. Sie sind immer so lustig.«

»Das freut mich, mein Kleiner. So soll das Leben auch sein. Eine lange, amüsante Geschichte, von Gott geschenkt, damit wir sie voll *gusto y amor* leben.«

»Wirklich? Aber ich dachte, das Leben wäre voll harter Arbeit und Gefahren, und daß wir Gott stets dabei helfen müssen, den Teufel zu bekämpfen? Deshalb brauchen wir doch immer so viele Messer und Pistolen und schnelle Pferde ... und die vielen Rosenkränze!« fügte er eifrig hinzu.

Die alte Frau brach in Gelächter aus. »Das ist doch alles Unsinn, *mi hijito,* so muß das Leben wahrlich nicht sein. Vor noch gar nicht so langer Zeit, vor der großen Flut, herrschte auf der Welt eitel Sonnenschein und Freude, und glaub mir, wenn wir es geschafft haben, die letzten unserer verlorenen Brüder in *nuestra tierra madre zu* verwurzeln, dann wird es wieder so sein.«

»Au prima! Und erzählst du mir jetzt von der Füchsin und dem Kojoten, Mama!«

»Später, nach dem Essen, *mi hijito.* Erinnere mich daran.«

»Na gut«, erwiderte er enttäuscht. Aber dann schnappte er sich flink noch eine Tortilla und rannte davon, bevor die Mutter ihn erwischen konnte.

»*Sinvergüenza!*« rief sie ihm lachend nach.

An diesem Abend versammelten sich zwölf Personen um den großen Eßtisch: Don Juan, Doña Margarita, Teodoro, Agustín, Jesús, Mateo, Luisa, Lucha, María, Emilia, Domingo und Juan. Die Mahlzeiten für José wurden ihm immer hinausgebracht. Aber heute abend aß er nicht allein. Cousin Everardo, der soeben aus den Vereinigten Staaten zurückgekehrt war, leistete José in dem kleinen Verschlag neben der Sattelkammer, wo er sich häuslich eingerichtet hatte, Gesellschaft. Außerdem hatten sich Josés Brüder Alejo und Vicente dazugesellt, um mit Everardo zu schwatzen. Die vier Jungen standen sich sehr nahe. Als ihre Eltern, die beiden Villaseñor-Brüder und die Castro-Schwestern sich vermählten, hatten sie geschworen, ihre Kinder wie Geschwister aufwachsen zu lassen, und genau das hatten sie auch getan.

Im Haus ließ Don Juan seinen Blick über die Tischrunde schweifen. Nachdem er befriedigt festgestellt hatte, daß zwölf Personen anwesend waren, genau die richtige Zahl für ein gutes, christliches Mahl – beugte er den Kopf zum Gebet. Die anderen taten es ihm nach. Der kleine Juan rutschte unruhig auf seinem Stuhl hin und her, während ihm der Anblick der vielen herrlich duftenden Schüsseln voller Reis, Bohnen, Fleisch, Kaktusherzen, süßer Kartoffeln und frischem Mais, das Wasser im Munde zusammenlaufen ließ. Eine wahrhaft himmlische Tafel. Manchmal haßte er die Tischgebete seines Vater zutiefst, sie dauerten so lange, bis das Essen schließlich kalt war. Und nach dem endlosen Gebet war es den Kindern nicht einmal gestattet, bei Tisch zu sprechen.

»Vater im Himmel, Herrscher des Universums, wir, deine bescheidenen, unwürdigen Diener bitten dich, diese unsere Mahlzeit zu segnen, damit ...«

Und so ging es weiter und weiter, genau wie Juan befürchtet hatte, und er beobachtete verdrossen, wie die Schüsseln immer mehr abkühlten. Doña Margarita, der Juans Ungeduld nicht entging, zwinkerte ihm zu und bedeutete ihm, still zu sitzen, bevor der Vater ärgerlich wurde. Juan zwinkerte zurück und gab vor, den Worten des Vaters andächtig zu lauschen. In Wirklichkeit hielt er diese langen Gebete jedoch für reine Zeitverschwendung. Schließlich war der liebe Gott doch nicht schwer von Begriff; sein Vater könne es also ruhig kürzer machen.

Endlich wurde mit der Mahlzeit begonnen, aber Juan war inzwischen so müde geworden, daß er eingenickt war.

»Weck ihn auf«, forderte Don Juan seine Frau auf, während er die Platte mit dem *carne asada* weiterreichte.

»Nein, laß ihn ein wenig schlafen«, erwiderte sie. »Er hat vor dem Essen bereits ein paar Tortillas gegessen.«

»Wieso läßt du ihm das durchgehen? Gib mir bitte die Bohnen, Teodoro!«

Überall wurden jetzt die Schüsseln hin- und hergereicht, und alle füllten hastig ihre Teller. Jeden Abend standen mindestens fünf oder sechs reichlich gefüllte Schüsseln auf dem Tisch, und fast immer waren sie bereits kalt, wenn die Mahlzeit endlich begann.

»Du verwöhnst ihn«, sagte Don Juan jetzt.

»Das hoffe ich«, erwiderte Doña Margarita.

»Wie bitte?« donnerte Don Juan.

Es wurde still am Tisch, und einen Moment lang sah es so aus, als würde Doña Margarita es nicht wagen, ihre Worte zu wiederholen. Doch dann machte sie den Mund auf. »Ich sagte, das hoffe ich.«

»Das hoffst du? Das kann doch wohl nicht dein Ernst sein!« brüllte Don Juan. »Du weißt doch wohl sehr gut, daß die Bibel sagt …«

»Bitte«, unterbrach ihn Doña Margarita mit geschlossenen Augen und fester Stimme. »Sag du mir nicht, was in der Bibel steht!«

Don Juan blickte in ihr entschlossenes Gesicht; er presste die Zähne zusammen, bis seine Wangenmuskeln hervortraten, und bemühte sich vergeblich, sich eine Erwiderung zu verkneifen. »Gut, schließlich bin ich nicht derjenige, der sie auf der Toilette liest«, knurrte er und schob sich ein großes Stück Tortilla, gefüllt mit *carne asada,* in den Mund.

Doña Margarita lachte. »Das solltest du aber mal ausprobieren, lieber Ehemann«, sagte sie vergnügt. »In aller Frühe die Bibel zu lesen, während ich meinen Körper von der ersten *caca* erleichtere, reinigt mich mehr, als du dir vorstellen kannst. Wirklich, ich kann es nur empfehlen«, fügte sie lachend hinzu. »Es kann Wunder bewirken.«

»Ekelhaft!« erwiderte Don Juan. »In diesem gottverlassenen, hinterwäldlerischen Land wird die ganze Reinheit unserer Heiligen Katholischen Kirche nach Strich und Faden verdreht.«

»Ekelhaft?« wiederholte Doña Margarita. »Die Bibel auf der Toilette zu lesen ist nicht ekelhafter, als es bei Geburten, Beerdigungen oder den anderen großartigen Wundern des Lebens zu tun, Don Juan.« Sie war jetzt ganz in ihrem Element. »Es ist doch nichts Schlimmes dabei, eine gesunde Scheißerei mit einem anständigen Furz und dem Lied König Davids zu begleiten!«

Don Juan kaute wortlos. Noch nie hatte er sich gegen seine Frau behaupten können, wenn sie erst einmal in dieser Stimmung war. Stumm setzte er seine Mahlzeit fort, und seine älteren Söhne folgten seinem Beispiel. Das einzige männliche Wesen, das jetzt noch sprach, war der kleine Juan, der inzwischen erwacht war und die Schwestern und seine Mutter mit unbekümmertem Geplapper unterhielt.

Nach dem Essen erhoben sich die Männer und gingen hinaus. Die Frauen machten sich daran, den Tisch abzuräumen und das Geschirr zu spülen. Der kleine Juan lief den Männern eilig hinterher. Bei Tisch noch von den weiblichen Familienmitgliedern verwöhnt, pochte er nun auf sein Recht, ein Mann zu sein und deshalb nicht beim Abwasch helfen zu müssen. Außerdem hatte er gehört, daß José an diesem Abend eines seiner besten Pferde gegen die 38er Special eintauschen wollte, die Everardo aus Huntington Beach, einem Ort an der Küste Kaliforniens, mitgebracht hatte.

Doch gerade als er aus der Tür laufen wollte, erinnerte er sich wieder an die Geschichte von der Füchsin, die die Mutter ihm versprochen hatte. Also rannte er wieder zurück.

»Oh, Mama!« rief er aufgeregt. »Ich möchte wirklich gern deine Geschichte von der Füchsin und dem Kojoten hören, aber weißt du, Everardo und José wollen heute abend einen Handel abschließen, und das darf ich auf keinen Fall verpassen!«

Das Handeln um den Austausch wertvoller Besitztümer zwischen zwei Männern oder Frauen war ein wichtiges Ereignis. Manchmal zog es sich über Tage hin, in anderen Fällen wiederum war in wenigen Minuten schon alles abgemacht. Man konnte nie vorhersagen, wie es ausgehen würde, und mußte von Anfang an dabei sein, wenn man den Verlauf des Handels verstehen wollte.

»Die Geschichte kann warten, *mi hijito*«, versicherte Doña Margarita lächelnd. Sie war bester Dinge und überaus zufrieden mit sich selbst, weil sie ihrem Gatten heute abend die Stirn geboten hatte. Diesmal hatte sie Don Juan nicht, wie so oft, nachgegeben. Außerdem hatte ihr Sohn José heute vergnügt gepfiffen, und jeder wußte, daß Pfeifen der Gesang der Seele war, deshalb war sie zuversichtlich, daß ab heute eine glücklichere Zeit beginnen würde. »Geh und amüsier dich, *mi hijito*«, sagte sie. »Aber vergiß nicht, daß wir uns auf jeden Fall unterhalten müssen, denn wenn ein Mann die Frauen nicht verstehen lernt, ist das der größte Fehler, den er im Leben begehen kann.«

»Danke, ich werde es nicht vergessen. Bis später Mama«, rief Juan und spurtete erneut los, um die anderen Männer, die sich das Schauspiel ebenfalls nicht entgehen lassen wollten, einzuholen. Als er jedoch unter der *ramada* entlangrannte, sah er aus den Augenwinkeln etwas derart Merkwürdiges, daß er sich sein ganzes Leben fragen sollte, ob er es wirklich gesehen hatte. Es war sein Vater, der wie eine schemenhafte Traumgestalt voller Trauer zum Mond emporblickte, wobei er so einsam und verlassen wirkte, daß Juans kleines Herz sich zusammenzog. Fast wäre er zum Vater hinübergerannt, um ihn in die Arme zu nehmen, doch dann sagte er sich, daß er sich bestimmt geirrt hatte, denn sein großer, mächtiger Vater konnte unmöglich traurig oder einsam sein. Außerdem war er klug genug, nicht das Risiko einzugehen, daß der Vater zornig wurde und ihn wieder einmal auf den Kopf schlug. Also lief er weiter zu den Koppeln und den anderen Männern, die sich in der Scheune versammelten, um dem Handel zwischen José und Everardo beizuwohnen.

Aber die flüchtige Beobachtung des kleinen Juan war richtig gewesen. Nach dem Essen hatte Don Juan sich, wie jeden Abend, eine dicke Zigarre angezündet. Anschließend wollte er, wie immer, einen Verdauungsspaziergang durch die kopfsteingepflasterte kleine Siedlung machen, so wie es schon sein eigener Vater zu Hause in der Provinzhauptstadt Guadalajara stets gehalten hatte, als Don Juan noch ein kleiner Junge gewesen war. Doch heute war Don Juan zu niedergedrückt, um durch die

Straßen zu spazieren. Statt dessen zog er sich in den Schatten hinterm Haus zurück, schleuderte seine Zigarre zu Boden und fragte sich, während er verzweifelt zum Himmel emporblickte, weshalb Gott ihn fortwährend bestrafte.

Manchmal hatte er das Gefühl, daß Gott es nur auf ihn abgesehen hatte. Es war doch nicht seine Schuld gewesen, daß er sich – womit die ganzen Schwierigkeiten begannen – so heftig in seine Cousine verliebt hatte, die er schon von Kindesbeinen an kannte. Aber als er erfuhr, daß ein elender, alter Weiberheld hinter seiner jungen Cousine her war, die, genau wie er, erst siebzehn Jahre alt war, hatte er vor Verzweiflung fast den Verstand verloren. Er konnte einfach nicht zulassen, daß dieser alte Kerl sich an ihr vergriff. Also war es soweit gekommen, daß er die Stadt hatte verlassen müssen, und auch das war nur möglich gewesen, weil sein Vater der Familie des Getöteten ein Vermögen hingeblättert und dadurch verhindert hatte, daß die Geschichte auf eine endlose Blutfehde hinauslief. Er wurde in die Fremde verbannt, und zu seiner Überraschung hatte sein Bruder Teodoro sich erboten, ihn zu begleiten. Jahrelang waren sie unterwegs gewesen, bis zu jenem märchenhaften Tag, an dem sie das Hochland von Jalisco erreichten – eine Region voller Musik, fröhlicher Trinkgelage und außerdem bekannt für die flinkesten Pferde Mexikos.

Bei Sonnenuntergang waren sie dem jungen Indio in ein vielversprechendes Bergdorf gefolgt, wo sie Don Pío, einen aufrechten, angesehenen Mann und Oberhaupt einer großen Familie, kennenlernten. Damals hatte Juan Jesús das Gefühl gehabt, endlich sein Zuhause gefunden zu haben.

Nicht lange, und er und Teodoro lernten die beiden bildhübschen, dunkeläugigen Töchter Don Píos kennen und begannen, den beiden Mädchen den Hof zu machen. Ein Gefühl inneren Friedens hatte zu jener Zeit von Juan Jesús Besitz ergriffen, daß er zuvor nie für möglich gehalten hätte. Seine Tage hatten wieder einen Sinn erhalten, und seine Nächte waren erfüllt von Verzauberung und glücklichem Gelächter.

Schon bald hatte die prächtige Doppelhochzeit stattgefunden, bei der er und Teodoro die beiden Castromädchen zur Frau nahmen, genau wie auch ihre eigenen Eltern einst eine Doppelhochzeit als Bruder- und Schwesternpaar gefeiert hatten. Die ersten Jahre ihrer Ehe waren traumhaft gewesen. Voller Eifer hatte sich Juan Jesús daran gemacht, das Land zu bestellen, mit dem Ziel, eines Tages eine so große Ranch zu besitzen, daß sogar die Träume seines Vaters dagegen verblassen würden, der seit dem Tage seiner Verbannung nie wieder ein Wort mit Juan Jesús gesprochen hatte. Aber dann waren all seine Träume in jenem schrecklichen Winter auf einen Schlag zunichte gemacht worden. Tag und Nacht hatte er geschuftet und versucht, seinen Traum zu retten, aber vergeblich, denn Gott hatte sich gegen ihn gewandt. Selbst seine Hoffnung, sich als Pferdezüchter einen Namen zu machen, hatte sich in nichts aufgelöst.

Don Juan sah verzweifelt zum Mond und grübelte darüber nach, welchen Fehler er in seinem Leben begangen hatte, daß alles in solch einem Desaster enden mußte. Er hatte seinen Vater aufrichtig geliebt und sein Bestes versucht, ihm ein guter Sohn zu sein, aber es schien in seiner Bestimmung zu liegen, daß alles, was er berührte, sich in Unglück verwandelte. Seinem Bruder dagegen ging es prächtig; er schien hier unter diesen gottlosen Indios förmlich aufzublühen, und obwohl er weder Geld noch Macht besaß, war Teodoro offensichtlich außerstande zu erkennen, daß Gott sich gegen ihn gewendet und ihn bestraft hatte. Hätte Don Juan es nicht besser gewußt, er hätte manchmal schwören können, daß sein Bruder sich in ein schwaches Weib verwandelt hatte. Zum Teufel, er tat die halbe Zeit über nichts anderes als beten.

Jetzt bemerkte Don Juan seinen jüngsten Sohn Juan, der aus dem Haus gerannt kam. Er sah, wie der Junge den Kopf mit den stark ausgeprägten indianischen Zügen in seine Richtung wandte, und einen Moment sah es aus, als wolle er mit ausgebreiteten Armen auf ihn zurennen, doch dann wandte er sich ab, als hätte er den Vater nicht bemerkt und steuerte auf die Scheune zu, in der sich die Männer an diesem Abend versammelten. Und diese Scheune, diese verfluchte Scheune, in die er seinen Sohn José verbannt hatte, um in Schande zu leben, schien heute abend ein Ort voller Gelächter und Fröhlichkeit zu sein.

Wieder blickte Don Juan zum Mond hinauf, und der Schmerz in ihm wurde so übermächtig, daß er keinen klaren Gedanken mehr fassen konnte. Sein Leben lang hatte er stets getan, was von ihm erwartet wurde. Auch er hatte fast jeden Tag zu Gott gebetet, warum zum Teufel behandelte das Leben ihn, als sei er von Anfang an von den Mächten des Universums verdammt worden?

Verzweifelt bohrte er seine Zigarre mit der Spitze seines Stiefels in den Boden.

In der Scheune hatten sich inzwischen über ein Dutzend junger Männer eingefunden. Einige drehten sich Zigaretten, andere warteten stumm auf den Beginn des Spektakels. José, der als langsamer Esser bekannt war, beendete soeben seine Mahlzeit, wobei er jeden Bissen kaute, als wäre es der letzte seines Lebens. In diesem Moment stürmte der kleine Juan voller Energie herein.

»Hat der Handel schon begonnen?« platzte er heraus.

Alle erstarrten. Juan hatte sich des schlimmsten Verstoßes schuldig gemacht, den man vor dem Beginn eines Tauschhandels begehen konnte. Eine solch unverblümte

Frage zerstörte den Kern dessen, was einen solchen Handel überhaupt erst ausmachte.

Denn ein Handel bestand darin, daß zwei Personen jeweils etwas besaßen, das der andere gerne besitzen wollte, wobei jedoch keiner der beiden jemals zugegeben hätte, was es war, das sein Interesse derart erregte. Diese Art von Tauschhandel war eine Kunst, die höchste Geduld und diplomatisches Geschick erforderte und deren Ursprung ganz am Anfang unserer Zeitrechnung zu suchen ist, als die Menschen noch als Nomaden in kleinen Stammesverbänden umherzogen. Wenn zwei Stämme aufeinandertrafen, errichteten sie ein gemeinsames Lager, setzten sich zusammen, tauschten plaudernd und scherzend Neuigkeiten aus und brüsteten sich mit den Dingen, die sie auf ihrer Wanderschaft gefunden oder mit ihren Händen gefertigt hatten.

Wenn schließlich einer der Männer oder Frauen bei den anderen etwas entdeckte, daß sie selbst gern gehabt hätten, begannen sie, umeinander herumzutanzen, sich gegenseitig zu bewirten und sich Geschichten zu erzählen und zu lachen, immer vorsichtig darauf bedacht, das begehrte Objekt nicht zu erwähnen. Der Grund für diese Zurückhaltung lag darin, daß jeder einzelne Gegenstand, den die Menschen damals besaßen, einen persönlichen Reichtum bedeutete, ein geheiligtes Besitztum oder ein einzigartiges Werkzeug, daß für ihren Überlebenskampf unentbehrlich war. Daher war der Austausch eines solchen Besitzes eine äußerst emotionale Angelegenheit, bei der man sich nicht selten von etwas trennte, das einem zutiefst am Herzen lag, und zu heilig, als daß man direkt darüber gesprochen hätte.

So wußte in der Scheune nun niemand, was er sagen sollte. Juanito hatte in seiner Naivität möglicherweise den ganzen Abend ruiniert. Doch dann ergriff José – der sogar mit den Pferden sprechen konnte – das Wort.

»Ja, Juanito, es hat schon begonnen. Schon vor langer Zeit, dort drüben hinter dem kleinen Hügel, als Mutter *Luna zu* Vater *Sol* sprach: ›Fürchte dich nicht, großer Vater. Es gibt für uns beide Platz am Firmament.‹ So begann zwischen Nacht- und Taghimmel der größte Handel aller Zeiten; der Handel um Licht und Dunkelheit, Gut und Böse und Mann und Frau.«

Alle lachten. Der Junge hatte die Situation fabelhaft gemeistert. »Komm, setz dich neben mich«, sagte José gutmütig. »Aber keinen Mucks mehr heute abend, Juanito. Unser Ehrengast, Cousin Everardo, wollte uns gerade von Hun-tun-tun Beach erzählen, und daß die besten Maultiertreiber da unten in Kalifornien *mejicanos* sind, die alle aus unserer Region stammen.«

»Das ist wahr«, fuhr Everardo, ein hochgewachsener, gutaussehender Mann, der fast das Ebenbild Alejos war, fort. Der Grund, daß die beiden Cousins sich so ähnlich sahen, war der, daß in ihren Adern das Blut der Villaseñor-Brüder und der Castro-Schwestern floß. Daher konnte man Everardo und seine Geschwister nicht nur als Cousins, sondern durchaus als Blutsbrüder des kleinen Juan und seiner Geschwister bezeichnen. »Zugegeben, einige *gabachos* können gut mit Pferden umgehen; aber im großen und ganzen behandeln sie die Tiere so lieblos und roh, daß diese letzten Endes gegen sie arbeiten, und nicht mit ihnen. So wie hier. Glaub mir, José, wenn du mit mir zurückgehen würdest, könnten wir dort mit deiner Pferdekenntnis ein Vermögen machen. Warte, ich zeige dir auch, wieso«, sagte Everardo.

Er zog sein Messer hervor und zeichnete mit der Klinge eine Landkarte in die Erde. »Siehst du, das hier oben ist Mexiko, und unter uns, bis zum Arsch der Erde, erstrecken sich die Vereinigten Staaten. Und die *gringos,* die *gabachos,* wollen eine Straße von der mexikanischen Grenze durch Kalifornien bis runter nach San Francisco bauen. Dafür werden sie Jahre brauchen, und wir könnten jede Menge Maultiere und Arbeitspferde für sie abrichten – ich meine zähmen – und würden reich werden, José.«

Die jungen Männer lauschten aufgeregt und waren zutiefst beeindruckt von Everardos Weltgewandtheit. Die meisten von ihnen waren noch nicht einmal in Guadalajara gewesen, das drei Tagesritte entfernt lag.

»Ich werde drüber nachdenken«, antwortete José, obwohl er sicher war, daß er seine geliebten Berge nie verlassen würde. Niemals würde er seine Mutter mit dem Vater allein lassen, der von Jahr zu Jahr verstockter wurde und sich immer mehr seinem religiösen Wahn zuwandte.

Und nicht zuletzt war die Witwe Mariposa ein Grund, der ihn zu Hause festhielt. Seit dem Tod ihres Mannes hatte José Nacht für Nacht ihr Haus beobachtet. Von Zeit zu Zeit hatten lüsterne Betrunkene in der Nähe des Hauses herumgelungert und versucht, mit obszönen Bemerkungen die Aufmerksamkeit der Witwe zu erregen; dann war José aus dem Schatten getreten und hatte vorgegeben, zufällig vorbeigekommen zu sein. Er hatte die Betrunkenen weggeführt und ihnen angeboten, bei ihm in der Scheune ihren Rausch auszuschlafen. Nur einmal war es zu einer Schlägerei gekommen, doch es war José nicht schwergefallen, dem Betrunkenen die Hände zu verschnüren, bevor dieser seine Pistole ziehen konnte, ihn niederzuschlagen und wegzuschleppen. Jetzt jedoch, wo jeder sehen konnte, daß er ein paarmal in der Woche beim Haus der Witwe arbeitete, konnte er nicht mehr den Unschuldsengel spielen, der zufällig mit einem Seil in der Hand vorbeispazierte.

Mariposas Verehrer wurden von Tag zu Tag aufdringlicher, vor allem der neue Colonel, der sich vergangenen Monat mit seinen Truppen in der Region niedergelassen hatte. Obwohl der Colonel ein äußerst charmanter, gutaussehender, großer Mann war, hatte José mit dem Instinkt eines Tieres schon auf fünfzig Meter Entfernung gespürt, daß in ihm eine teuflische Seele wohnte. Und in all jenen Männern wurde sofort das Begehren geweckt, Mariposa zu besitzen, wenn sie die junge Frau sahen und erfuhren, daß sie Witwe war. Für sie war es unbegreiflich, daß eine derart schöne Frau – die doch dem Manne aus seiner eigenen Rippe geformt wurde – allein lebte, ohne daß ein Mann mit der ihm von Gott gegebenen Macht über ihren Körper verfügte.

José war sich darüber im klaren, daß er künftig eine Waffe tragen mußte, wenn er weiter für die Witwe arbeitete. Unbewaffnet war er in diesen Bergen so wehrlos wie das Wild, wenn es einem Rudel hungriger Wölfe in die Klauen fiel, vor allem, wenn es sich bei den Wölfen um den neuen Colonel und seine Horde rücksichtsloser *Rurales*[1] handelte, die im Auftrag der Regierung ihr Unwesen trieben.

»Erzähl mal, was du sonst noch in den Vereinigten Staaten gelernt hast«, sagte José freundlich zu Everardo.

»Ich habe gelernt, daß ihre Goldmünzen weniger wiegen als unsere, aber mehr Wert besitzen«, fuhr Everardo fort, »und daß die Menschen dort unten nicht besonders herzlich sind. Sie berühren und umarmen einander niemals, wie wir es tun. Und ich habe herausgefunden, daß ein *gringo* dich, selbst wenn er dich anlächelt, trotzdem aus tiefstem Herzen hassen kann. Allerdings wirst du das nie erfahren, denn bei ihnen sind Kopf und Herz nicht miteinander im Einklang, also können sie dich anlächeln, obwohl sie tiefen Groll gegen dich in ihrem Herzen hegen. Und was auch sehr interessant ist: Ich habe erfahren, daß unser *presidente,* Don Porfirio[2], der gerissene alte Fuchs, sich zu seinem Geburtstag das rauschenste Fest zum Geschenk macht, das es je in der Geschichte der Menschheit gegeben hat. 20 000 000 *pesos* in Gold wird der Spaß kosten. Und die Menschen hier in Mexiko ahnen nichts von diesem *desmadre*!«

»Nein«, erwiderte Vicente, der eine Menge Bücher las. »Das ist unmöglich! Das ist mehr Geld, als für den Bau des Vatikan ausgegeben wurde. Und bei uns herrschen schlechte Zeiten! Das muß ein Irrtum sein!«

»Das ist kein Irrtum!« beteuerte Everardo und blickte seinen Cousin an. »Habt ihr hier denn nicht gemerkt, daß die *rurales* auf dem Land immer härter vorgehen und den Leuten ihren Willen aufzwingen?«

»Schon, wir haben sehr wohl bemerkt, daß dieser neue Colonel und seine Leute rücksichtsloser denn je vorgehen. Ja, es stimmt, letzten Monat haben sie sogar einen Jungen aus unserem Tal erschossen, nur weil er in der Tiefebene aus Hunger einen Maiskolben stahl.«

»Ja, sagt euch das denn nichts?« fragte Everardo.

»Du meinst, da steckt irgendein Plan dahinter? Ach was, das sind doch bloß Einzelfälle, da bin ich sicher«, widersprach Vicente.

»Einzelfälle, von wegen!« rief Everardo. Wie Alejo wurde auch er immer laut, sobald er sich über etwas ereiferte. Er meinte es jedoch nie böse, sondern dachte, ein echter Villaseñor müsse so sein. »Mal ehrlich, Vicente, kommt es nicht auch bei dir schon mal vor, daß du deinen Freunden Dinge erzählst, die du deiner Familie verschweigst?«

»Nun ja. Manchmal ist es eben einfacher, mit Freunden zu reden, als mit der eigenen Familie.«

»Siehst du«, triumphierte Everardo. »Genau das ist es, was auch die Staatsmänner tun. Dieser Arsch Don Porfirio will vor seinen ausländischen Freunden mit seinem Reichtum angeben. Mann, die amerikanischen Zeitungen sind voll davon. Sogar Präsident Teodoro Roosevelt wird teilnehmen. Und hier in Mexiko wissen die Leute einen *caca* davon. Auf die Art kann unser feiner *presidente* weiter den schlauen Fuchs spielen und uns weismachen, daß sein Herz an uns – dem mexikanischen Volk – hängt. Dabei ist alles Lüge! Deshalb will ich ja auch ein Pferd haben, damit ich selbst in die Hauptstadt reiten und mich mit eigenen Augen von diesem Fest, das unser Volk 20 000 000 *pesos* kostet, überzeugen kann!«

»Oh, du willst also ein Pferd haben«, unterbrach José die Diskussion mit sanfter Stimme und leitete so geschickt den Beginn der Verhandlungen ein.

Die anwesenden jungen Männer waren wieder einmal beeindruckt, wie gelassen José auf seine indianische Art im Hintergrund gesessen und auf einen geeigneten Augenblick gewartet hatte, dem anderen den Köder zuzuspielen.

»Nun«, erwiderte Everardo, dem klar wurde, daß er an einen äußerst geschickten und geduldigen Partner geraten war, »es ist wahr, ich habe daran gedacht, daß ich möglicherweise ein Pferd gebrauchen könnte.«

»Ich habe zufällig ein paar erstklassige Pferde da«, erwiderte José lächelnd. »Allerdings weiß ich nicht recht, ob du etwas besitzt, das ich gebrauchen könnte.«

Everardo grinste, begeistert von der Art, wie José ihm die Tür geöffnet hatte. »Wie wäre es denn mit meiner 38er Special, du weißt schon, das Ding, von dem du deine Augen nicht lassen konntest.«

»Oh, die kleine Pistole?« ging José lächelnd auf den Tonfall ein. »Nun, ich denke, für die Kaninchenjagd wäre sie schon zu gebrauchen. Aber im Ernstfall hält sie keinem Vergleich mit dem 45er Colt meines Vaters stand.«

»Warten wir's ab«, erwiderte Everardo. »Wer von euch hat einen Colt wie den von Don Juan?«

Keiner besaß eine solche Waffe.

»Ich laufe und hole die von Papa!« rief Juan eifrig und flitzte los, bevor irgend jemand ihn aufhalten konnte.

»Papa! Papa!« schrie er schon, während er aus der Tür rannte. »Wir brauchen deinen 45er Colt!«

Keiner wagte, sich zu bewegen oder ein Wort zu sagen. In seinem unschuldigen Eifer hatte Juan soeben ein weiteres Tabu gebrochen, denn in den vergangenen sieben Jahren hatte Don Juan nicht ein einziges Mal die Scheune betreten, wenn José sich darin aufhielt. Alle warteten nervös, was als nächstes geschehen würde. Würde Don Juan seine 45er rüberschicken und sich weigern, selbst zu kommen? Oder würde er höchstpersönlich auftauchen, und José würde den ganzen Handel für heute abend abbrechen? Der kleine Juan war aber auch wirklich nicht zu bremsen. Er verbrachte so viel Zeit mit den Frauen, daß ihm das Gespür für die Sitten unter Männern gänzlich verlorengegangen war.

»Na ja«, sagte Everardo, in dem Bemühen, das Thema zu wechseln und den Abend vielleicht doch noch zu retten. »Ich habe gehört, daß unser Großvater, der große Don Pío, auch mit dem Gedanken spielt, zu den Feierlichkeiten in die Hauptstadt zu reisen.«

»Ja, das stimmt«, bestätigte José. »Letzte Woche hat er jemanden aus Fat Rock heraufgeschickt, um sich zu erkundigen, ob Four White Stockings den Ritt schaffen würde.«

»Und, was hast du geantwortet?« fragte Everardo.

»Ich sagte, ›klar, warum nicht.‹ Solange er nachsichtig mit ihm umgeht und berücksichtigt, daß er kein junger Hengst mehr ist. Weißt du«, fuhr José mit leuchtenden Augen fort, »ich gehe jede Wette ein, daß Four White Stockings immer noch der beste und schnellste Hengst dieser Gegend ist, wenn es zu einem Wettreiten käme. Wenn man allerdings ein Pferd braucht, das tagelang wie der Wind reiten soll, ist er dafür ein wenig zu alt.«

»Genau wie unser *abuelito* mit seiner neuen Braut, was?« warf Alejo ein und schlug sich lachend auf die Schenkel.

Hätte irgendein anderer diesen Einwurf gewagt, wären innerhalb von Sekunden die Waffen gezogen worden, und es wäre augenblicklich Blut geflossen. Denn niemand durfte es ungestraft wagen, respektlos von dem großen Don Pío zu sprechen, der sich als erster Siedler in dieser Gegend niedergelassen hatte. Aber Alejo war eine Ausnahme; er war der älteste Sohn der Villaseñor-Familie, und obwohl er ein ebenso ungezügeltes Temperament besaß wie Don Juan, hatte er doch auch den Humor seiner Mutter geerbt und wagte es, Dinge auszusprechen, an die niemand anders gerührt hätte.

Also lachten alle, denn es war richtig. Jedermann in der Stadt war zutiefst überrascht gewesen, als Don Pío, der bereits auf die Neunzig zuging, die junge, zwanzigjährige Indianerin, die ihm seit dem Tode seiner Frau Silveria den Haushalt führte, zur Frau genommen hatte. Schon nach einem Monat war das Mädchen schwanger geworden. Niemand hatte es gewagt, sich darüber lustig zu machen, denn es bestand kein Zweifel darüber, daß sie ihn ehrlichen Herzens liebte und verehrte. Und sie gestand jedem freimütig, daß noch nie zuvor ein Mann in dieser Weise ihr Herz berührt hätte, und daß die Jahre mit ihm, obwohl sie gezählt seien, die schönsten ihres Lebens sein würden.

Während noch alle lachten, öffnete sich das Scheunentor, und der mächtige Don Juan Villaseñor erschien, in der Hand seinen 45er Colt, begleitet vom kleinen Juan.

»Ich habe ihm gesagt«, erklärte Juan, noch ganz außer Atem, »daß wir seinen Colt brauchen, um ihn mit der 38er zu vergleichen. Deshalb ist Papa gleich mitgekommen, um uns zu zeigen, welche Waffe besser schießt«, schloß er stolz.

Das Gelächter verebbte. Selbst Alejo, dem Don Juan als seinem Liebling das Lachen gewiß nicht verübelt hätte, hielt den Mund.

»Also gut«, sagte Don Juan und blickte sich in der Runde der jungen Männer um. »Worauf warten wir noch? Laßt mich die 38er mal sehen, dann zeige ich euch, welche besser schießt.«

Einige der jungen Männer hätten beinahe erneut zu lachen begonnen; es stimmte zwar, daß Don Juan früher ein erstklassiger Schütze gewesen war, diese Zeit lag aber schon Lichtjahre zurück. Jeder wußte, daß inzwischen José der beste Schütze der ganzen Region war. Er sollte also derjenige sein, der beide Waffen testete, nicht ein Vertreter der vergangenen Zeiten, der zu dem Handel noch nicht einmal eingeladen worden war. Aber niemand wagte es, Don Juan zu widersprechen, und rasch reichte man ihm die 38er. Es war eine doppelläufige Smith & Wesson mit einem Neun-Millimeter-Geschoß, eine völlig andere Waffe also als Don Juans alter 45er Colt. Er wog die 38er prüfend in seiner Hand und schüttelte den Kopf.

»Die kommt nie gegen meinen Colt an. Sie ist nicht ausgewogen und liegt nicht richtig in der Hand. Aber wir werden sehen, vielleicht irre ich mich ja.«

Alle traten hinaus und gingen die vom Mondlicht erhellte Straße ein Stück herunter. Sie wollten sich weit genug von der Scheune entfernen, damit das Vieh durch die Schüsse nicht aufgeschreckt wurde. Sechs weiße Steine wurden am Straßenrand vor einer Sandböschung plaziert, damit mögliche Irrläufer im Sand steckenblieben und nicht versehentlich ein Pferd oder eine Kuh trafen, die auf der dahinterliegenden Weide grasten.

»Okay, wer will den ersten Schuß abfeuern?« fragte Don Juan.

Keiner meldete sich.

»Los, José«, sagte Vicente, »du warst es doch, der gesagt hat, daß die 38er es im Ernstfall niemals mit dem Colt deines Vaters aufnehmen könnte.«

»Das hast du gesagt, José?« fragte Don Juan stolz, daß sein Sohn eine so hohe Meinung von seiner Waffe hatte.

Der Junge nickte. »Ja, das stimmt.«

»Nun, dann wollen wir mal sehen, ob du recht behältst«, sagte Don Juan und bot ihm mit einem breiten Lächeln seine Waffe an.

José wußte vor Stolz nicht, wie er reagieren sollte. Verlegen blickte er um sich. Nie hätte er es für möglich gehalten, daß sein Vater Juans Aufforderung tatsächlich nachkommen würde. Und noch viel weniger hätte er erwartet, daß der Vater ihm noch einmal seine Waffe anbieten würde, so wie er es früher oft getan hatte, als José noch ein kleiner Junge war. Tränen stiegen dem Jungen in die Augen, und er wollte erwidern, »es ist mir eine Ehre, mit deinem Colt zu schießen, Papa«, doch dazu kam er nicht mehr.

Josés kurzes Zögern veranlaßte Don Juan zu der Vermutung, daß sein Sohn ihm sein Erscheinen in der Scheune verübelte, und Zorn stieg in ihm hoch. Also sagte er jetzt: »Dann eben nicht, zurückgebliebener Indianerbengel! Hier, nimm du sie, Alejo!«

»Ich werde schießen, Papa«, erwiderte Alejo. Er trat eifrig vor und nahm seinem Vater schnell die Waffe aus der Hand.

José wandte sich beschämt ab. Dabei hatte er aber durchaus nicht das Gefühl, ungerecht behandelt oder von Vater und Bruder übergangen worden zu sein. Vielmehr wurde ihm in diesem Augenblick zum ersten Mal bewußt, wie hervorragend sein Vater und sein Bruder miteinander harmonierten. Ihr Verhalten war von der gleichen Spontaneität und Entschlossenheit geprägt, und beide steckten voller Tatendrang. Er selbst dagegen war eher langsam; wenn es darum ging, Entscheidungen zu fällen, pflegte er erst stundenlang jedes Für und Wider abzuwägen, wie eine wiederkäuende Kuh. Wahrscheinlich hatte der Vater gar nicht so unrecht, wenn er ihn für einen ›zurückgebliebenen Indianerbengel‹ hielt, er war in der Tat in vielerlei Hinsicht langsam.

Während José diesen Überlegungen nachhing, krachte der Schuß der 45er, und der erste weiße Stein zersprang in tausend Stücke. Dann folgte der nächste Stein. Alejo war ein ausgezeichneter Schütze. Jetzt reichte Everardo ihm die 38er Smith & Wesson.

Alejo zielte sorgfältig auf den dritten Stein – und die Kugel schoß hoch über das Ziel hinweg. Er legte erneut und noch genauer an, und der nächste Treffer verfehlte sein Ziel noch höher als der vorhergehende. Everardo lachte und nahm die 38er wieder an sich.

»Seht ihr«, sagte er, »das ist einer der grundlegendsten Unterschiede zwischen der alten 45er und der neuen 38er. Die 38er ist schneller, deshalb verfehlt sie bei größeren Entfernungen seltener das Ziel. Allerdings ist die 45er auch nicht gerade schlecht, und auf so kurze Entfernung trifft die Kugel natürlich viel zielsicherer.«

»Aber Alejo hat doch beide Male mit der 38er danebengeschossen«, wandte Juanito ein.

»Ja, aber er hat jedesmal zu hoch gezielt. Mit etwas mehr Übung wäre er auch auf kurze Distanzen mit der 38er so zielsicher wie mit der 45er, und dann würde sie ihm automatisch auch auf weite Entfernung von größerem Nutzen sein als die 45er.«

»Laßt mal sehen«, mischte sich Don Juan ein, dem es gar nicht behagte, daß seine geliebte 45er kritisiert wurde. »Das sind doch nur Worte, was zählt, ist die Tat. Laßt uns noch ein Stück zurückgehen, dann sehen wir es ja.«

Alle gingen noch ein Stück die Straße hoch, bis die weißen Steine winzig im Mondlicht wirkten. Von der Weide ertönte das unwillige Muhen des Viehs, das durch die Schüsse aufgeschreckt worden war.

»Hier«, sagte Everardo zu José, »du bist der beste

Schütze. Also mußt du es aus dieser Entfernung versuchen.«

Josés Herz klopfte erregt. Er wünschte, sein Cousin hätte das nicht gesagt. »Oh, ich? So gut bin ich doch gar nicht. Vielleicht bei Tageslicht, aber in der Nacht habe ich manchmal Probleme«, log er.

»Nun, wie ist es mit dir, Don Juan?« fragte Everardo.

»Ich?« fragte Don Juan und starrte seinen dunkelhäutigen Sohn an, den man soeben den besten Schützen genannt hatte. »Ich schieße eigentlich nur mit meiner 45er, aber, zum Teufel, warum nicht.« Er ergriff die 38er und hob den Arm.

»Zieh den Abzug nur ganz leicht, Don Juan«, riet Everardo. »Er reagiert sehr schnell, du brauchst also ...«

Der Schuß krachte, noch bevor Don Juan Gelegenheit gehabt hatte, sein Ziel anzuvisieren, und die Kugel flog fast drei Meter darüber hinweg.

»Was ist das denn für ein Schrott?!« schrie er. »Gebt mir meine 45er wieder her. Diese Entfernung ist ohnehin nur etwas für Narren. Richtige Männer stehen sich von Angesicht zu Angesicht gegenüber, und nicht so wie feige *putos, cabrones*!«

Er legte auf einen nahegelegenen Baumstumpf an und feuerte siegessicher ab. Der Stumpf zerbarst in tausend Splitter. Jeder war beeindruckt und gratulierte Don Juan, der sich sehr geschmeichelt fühlte. José ging auf seinen Vater zu.

»Das war ein großartiger Schuß, Papa, wirklich großartig«, sagte er in ehrlicher Bewunderung.

Don Juan drehte sich zu seinem Sohn um, diesem Jungen, der inzwischen ein Mann geworden war. »Nun, ich habe es zumindest versucht«, sagte er mit dröhnender Stimme. »Na los, Meisterschütze, jetzt zeig du mal, was du kannst!« fügte er boshaft hinzu.

José schluckte hilflos, und sein Herz begann nervös

zu hämmern. Er wollte die Hand nach der Waffe ausstrecken, aber er war unfähig, sich zu rühren. Er wollte einfach nicht vor seinem Vater und all den anderen schießen, genausowenig wie er jemals vor Zuschauern seine Pferde zähmte. Er war tatsächlich ein Meister im Umgang mit Waffen und Pferden, eine Gabe, die ihn zutiefst in Verwirrung stürzte, weil er sich nicht erklären konnte, woher diese Fähigkeit, die ihm selbst oft wie Zauberei vorkam, stammte. Und das letzte Mal, als er diese Gabe vor Zuschauern gezeigt hatte, war er für immer aus seinem Elternhaus verbannt worden.

»Nein«, sagte er schließlich. »Ich kann nicht.«

»Was soll das heißen, du kannst nicht?« fragte Don Juan. »Komm schon, und hör endlich auf, ein dummer zurückgebliebener Indio zu sein wie deine Mutter, und zeig uns, was in dir –«

Als José hörte, wie seine Mutter als zurückgeblieben beschimpft wurde, ergriff er entschlossen die 45er und ließ sich ein paar Kugeln geben. Nachdem er beide Waffen geladen hatte, forderte er alle auf, zurückzutreten. José holte ein paarmal tief Luft und steckte die 38er in seinen Gürtel. Er hob zwei kleine Holzstücke von dem Stumpf auf, den sein Vater zuvor zerschossen hatte, und warf sie über seine linke Schulter in die Luft. Dann wirbelte er mit schlafwandlerischer Sicherheit herum, ging in die Hocke und zerfetzte die Stücke mit einer Salve von Schüssen in tausend winzige Späne. Anschließend zog er die 38er aus dem Gürtel, und noch bevor jemand seine Bewegung richtig verfolgen konnte, zersprangen auch schon die weißen Steine, die in der Ferne noch am Wegrand lagen, unter den exakt ausgerichteten Kugeln der 38er.

Atemlose Stille folgte. Noch nie hatte jemand solch meisterhafte Schießkunst erlebt. José reichte seinem Vater die beiden leergeschossenen Waffen, drehte sich um und ging mit raschen Schritten davon. Er hatte keine Ahnung, wo er hinwollte, doch er konnte die Anwesenheit der anderen keine Sekunde länger ertragen. Als er außer Sichtweite war, fiel er auf die Knie und flehte Gott tränenüberströmt um Hilfe an. Verzweifelt und von Unruhe getrieben, erhob er sich wieder, begann ziellos zu laufen und fand sich unvermittelt vor dem Haus der Witwe wieder. Als hätte sie ihn erwartet, öffnete Mariposa die Tür, und wortlos fielen sie sich im fahlen Mondlicht in die Arme.

Im Inneren des Hauses sanken sie gegen die harte Holztür und begannen einander scheu und voller Zärtlichkeit zu küssen. Mariposa sah, daß Tränen Josés Wangen hinabrannen, und war zutiefst gerührt. Sie bedeckte sein Gesicht mit sanften, kurzen Küssen und leckte die salzigen Tränen fort, was ihn zum Lachen reizte, so daß beide schließlich wie kleine Kinder zu kichern anfingen. Plötzlich traten sie verlegen zurück. Seit dem Öffnen der Tür war alles so schnell gegangen, daß sie nun vollkommen überrumpelt waren.

»Ach«, sagte sie unsicher, »hast du vielleicht Hunger?«

»Nein«, erwiderte er.

»Oder Durst?«

»Ein wenig«, antwortete er.

»Oh, gut.« Sie wandte sich zur Küche. »Soll ich dir etwas Saft aus wilden Erdbeeren machen?«

»Nein, bitte ...« stammelte er, und wieder schossen ihm die Tränen in die Augen.

»Was ist passiert?« fragte sie.

»Ich ... ich weiß nicht, aber ... aber ich habe so lange davon geträumt, dich zu küssen. Und jetzt ist es wahr geworden, und es ist so wundervoll ... so unglaublich, und daß du mir jetzt auch noch Erdbeersaft anbietest ... ist einfach zuviel ...«

»Wie wäre es dann mit etwas Wasser?«

»Ja«, sagte er lachend, »ich glaube, das wäre in Ordnung.«

Sie reichte ihm einen Becher Wasser aus der großen Schüssel, die in der Ecke stand, und er kippte es in einem Zug herunter.

»Du scheinst ja wirklich Durst zu haben«, bemerkte sie. »Was ist heute abend passiert? Ich hatte so ein komisches Gefühl, daß dir etwas zugestoßen sei, und dann spürte ich, daß du zu mir kommen würdest, noch bevor ich die Tür öffnete.«

Er schüttelte den Kopf. »Bitte, ich möchte nicht darüber reden. Frag mich bitte nicht danach.« Doch plötzlich brach er schluchzend zusammen. »Mein Vater! Ich liebe ihn so sehr, aber er haßt mich. Ich verstehe es nicht, ich bin doch sein Sohn, warum behandelt er mich wie einen Feind?«

»Oh, mein Gott«, Mariposa trat auf den Jungen zu und schloß ihn wieder in die Arme. »Glaub mir, es liegt nicht an dir. Ich weiß es genau. Ich habe meinen Mann auch sehr geliebt, als ich ihn heiratete, und doch hat auch er mich von Anfang an behandelt, als sei ich seine Feindin. Ich weiß nicht, was in den Männern vorgeht, aber viele von ihnen sind so. Mein Vater hat sich meiner Mutter gegenüber genauso verhalten und immer behauptet, als Mann sei es seine Pflicht, sie in die Schranken zu weisen. Heute begreife ich auch, weshalb so viele Frauen Tag für Tag in der Kirche Trost suchen und warum so viele von uns Nonne werden. Es ist der Versuch, Frieden und die Liebe zu finden, auf die man sich verlassen kann, und nicht jener Art Liebe, die sich auf einmal in Haß verwandelt und sich gegen dich wendet.«

»So ist es auch bei den Pferden«, bestätigte José nachdenklich. »Ich kaufe Stuten, die mißhandelt und vernachlässigt wurden, und verwandele sie innerhalb von wenigen Monaten in herrliche Wesen, nur dadurch, daß ich sie füttere und mit liebevoller, sanfter Hand behandele, mit ihnen spreche und ihnen das Gefühl gebe, daß sie geliebt werden. Das ist die Art Vertrauen, die jedes Lebewesen braucht, nicht nur Frauen.«

»Mit liebevoller, sanfter Hand«, wiederholte sie nachdenklich. »Genauso habe ich es empfunden, als du mich berührt hast, als wir unsere Absprache besiegelten. Dein Händedruck war so … ich war wie verzaubert.«

Er lächelte. »Und deine Berührung hat mich geradewegs in den siebten Himmel versetzt.«

»Meine Berührung? Wirklich?«

»Ja, weißt du, ich habe schon lange gewußt, daß in dir ein Engel steckt – lange bevor Camacho starb und du dich in eine solche Schönheit verwandelt hast.« Er seufzte. »Du bist hinreißend, Mar-i-posa.«

»Ich? Hinreißend?«

»Und ob! Der hinreißendste Schmetterling, den die Welt je gesehen hat!«

»Meinst du das ehrlich? Findest du wirklich, daß ich schön bin?«

»Aber natürlich. Weißt du das denn nicht? Alle Männer haben nichts anderes im Sinn, als dich zu berühren.«

»Oh, aber sie sehen mich nicht richtig, José. Sie sehen nur meine großen … du weißt schon, was ich meine. Wahrscheinlich hat man ihnen die Mutterbrust zu früh entzogen, als sie Babys waren«, fügte sie lachend hinzu.

Er erwiderte ihr Lachen und blickte ihr in die Augen. »Du bist ein Engel, Mariposa«, versicherte er ihr. »Eine Königin. Du bist die schönste Frau der Welt.« Er begann aufs neue zu schluchzen. »All die Jahre war ich so verliebt in dich, mein Schmetterling. Ich konnte es kaum ertragen, wie Camacho dich behandelte und wie er vor den anderen Männern auch noch damit angab. Jedesmal, wenn ich dich vorübergehen sah, habe ich diese *mari-*

posa, diesen wunderschönen Schmetterling – wie du zu Recht heißt – gesehen, und mir hat das Herz vor Kummer weh getan.

Und als Camacho dann starb und die Männer begannen, nachts wie Kojoten um dein Haus zu schleichen, überzeugt, daß du nur auf sie warten würdest, war ich so außer mir, daß …«

»Dann bist du das also?« unterbrach sie ihn. »Du bist derjenige, der nachts mein Haus bewacht und die Männer verjagt?«

Er nickte. »Ja.«

»Oh, mein Gott!« rief sie. »Zuerst dachte ich, du wärest auch einer von denen. Aber dann habe ich gemerkt, wie du mir Nacht für Nacht diese Männer vom Hals gehalten hast und war überzeugt, daß Gott mir einen Schutzengel geschickt hat. Ich habe dich insgeheim sogar ›Erzengel Gabriel‹ genannt. Oh, José, du bist also mein Schutzengel, nicht wahr?«

»Ja«, bestätigte er, »das bin ich.«

Sie musterte ihn aufmerksam und begriff, daß dieser Junge, der seit seinem zwölften Lebensjahr mit den Tieren lebte, in der Tat ein Engel sein mußte, und schloß ihn in die Arme. Doch dieses Mal vergaß sie ihre Zurückhaltung. Sie legte die Hände um seinen Kopf, zog sein schmales Jungengesicht entschlossen zu sich heran und preßte ihre Lippen leidenschaftlich auf seinen Mund. Ihre Lippen wanderten über seinen Hals zu seinen Schultern hinab. Und während sie ihn entkleidete und jeden Zentimeter seines sehnigen, schlanken Oberkörpers mit ihren Küssen bedeckte, führte sie ihn in ihr Schlafzimmer.

Im Schimmer des Mondlichtes, das durch das kleine Fenster fiel, gab sich Mariposa dem engelsgleichen Jungen mit all der Leidenschaft hin, die während ihrer dreizehnjährigen Ehe tief in ihrem Inneren verschlossen gewesen war. Sie war neunundzwanzig Jahre alt, und während des von Gefühllosigkeit gezeichneten Beischlafs mit ihrem Mann hatte sie nie erfahren dürfen, was körperliche Liebe wirklich bedeutete. Doch nun, wo ihr Begehren erwacht war, brannte sie vor Lust und gab sich seufzend der berauschenden Welt jenseits der Wirklichkeit hin. Zitternd und stöhnend vor Verlangen überließ sie sich der Verzückung und glitt immer weiter jenen tiefen, dunklen Tunnel hinab, an dessen Ende – davon war sie überzeugt – sie vor Wonne sterben würde.

Einen Augenblick verharrte sie, dachte daran, die Augen zu öffnen und in die sichere Wirklichkeit zurückzukehren, doch Josés liebkosende Hände, die sie mit unbeschreiblicher Zärtlichkeit berührten, während er ihr leise Worte ins Ohr flüsterte, zwangen sie mit sanfter Bestimmtheit, sich weitergleiten zu lassen, den Weg zu wagen, zu jenem Ort in ihrem Inneren, von dessen Existenz sie bis dahin nicht einmal etwas geahnt hatte. Und die Welt schien in einem Farbenmeer zu explodieren, als sie mit lautem Aufschrei ihr Ziel erreichte, dem ihr Körper sich wie von selbst entgegenbäumte, um anschließend zitternd vor Glück zurückzusinken. Ihre Seele war für immer aus ihrem Gefängnis befreit.

Glücklich seufzend legte sie sich nieder und umschloß ihn mit ihren kräftigen Schenkeln, preßte ihn fest an sich und gab sich dem Rhythmus seiner Bewegungen hin. Und diesmal tanzte sie schwerelos die zerklüfteten Stufen zu jener Himmelspforte hinauf, von der sie nun wußte, daß dort nie gekannte, unbändige Freude auf sie wartete. Wie wunderbar war es, sich gehen zu lassen und dem wilden Spiel der Liebe hinzugeben; viel zu wunderbar, um es jemals wieder aufzugeben. Zufrieden wie ein kleines Kätzchen glitt sie schließlich in den Schlaf hinüber und träumte friedlich, wie ein neugeborenes Baby. Und selbst im Traum war ihr bewußt, daß er bei ihr war. Er war tatsächlich da, und Seite an Seite schwebten sie in dieser Nacht immer wieder durch die unendlichen Weiten des Universums.

Wenn einer erwachte, schlug auch der andere die Augen auf, und wieder begannen sie ihr selbstvergessenes Spiel, bis das Licht des anbrechenden Tages sie überraschte.

José wollte sich anziehen und so schnell wie möglich ihr Haus verlassen, um ihren guten Ruf nicht zu gefährden, doch sie schmiegte sich lachend an ihn und hielt ihn mit ihrem nackten Körper gefangen. »Nein, mein Liebling. Ich will, daß das ganze Universum erfährt, daß ich zum ersten Mal in meinem Leben die Liebe kennengelernt habe.«

Sie lächelte unter Tränen, während sie ihren Schutzengel anblickte. Zärtlich berührte sie seine Wangen und strich ihm das lange, schwarze Haar aus den Augen, dann rollte sie sich auf ihn, und wieder begann es, und wieder war es wundervoll. Zwei verlorene Seelen, die endlich ihr Lebenselixier gefunden hatten: die Liebe.

2

Und so blickte der Himmel lächelnd auf ihn herab, während er, das neunzehnte Kind und Nesthäkchen seiner familia, staunend dem Treiben der Götter und Schlangen um ihn herum zusah

Zum hundertsten Male nahm Juan den Stock auf und warf ihn schwungvoll über seine linke Schulter. Dann wirbelte er herum und schleuderte den Stein, den er in der Rechten hielt, nach dem Stock ... und endlich, dieses Mal traf er sein Ziel. Seine Augen weiteten sich vor Begeisterung als er schrie: »Ich hab's geschafft! Bald bin ich so gut wie José!«

»Ja, beinahe«, ertönte eine tiefe Stimme hinter ihm. »Aber erst, wenn du es jedesmal hinkriegst, bist du wirklich so gut wie dein Bruder.«

Juan drehte sich um und erblickte José Luis, den zukünftigen Ehemann seiner Schwester Luisa. José, der neben ihm stand, wirkte im Vergleich zu seinem großen, breitschultrigen Freund wie ein Kind. »Aber wie kann man es denn immer schaffen?« seufzte Juan. »Ich versuche es jetzt schon seit Stunden, und das war mein erster Treffer.«

»Ganz einfach«, erwiderte José Luis lachend, »dein Bruder wird es dir schon zeigen. Ich selbst habe es allerdings nie fertiggebracht, obwohl José behauptet, es sei die leichteste Sache der Welt und sich Stunden damit abgemüht hat, es mir beizubringen. Na los, José, zeig's ihm.« José sah seinen Freund kopfschüttelnd an und machte sich dann zu Juans Begeisterung daran, dem kleinen Bruder den Trick zu erklären. Seit José dieses geniale Meisterstück demonstriert hatte, mühte sich jedes Kind im Tal damit ab, ihm nachzueifern. Einige hatten tatsächlich schon beträchtliche Geschicklichkeit mit ihren Stöcken und Steinen erworben und hofften insgeheim, bald mit echten Waffen weiterüben zu dürfen. Sie träumten davon, daß, wenn sie erst so geschickt wie José mit Waffen umgehen könnten, ein Dutzend von ihnen ausreichen würde, die unverschämten *rurales zu* vertreiben, die Monat für Monat plündernd durch ihre Berge zogen.

Erst drei Tage zuvor war wieder ein Junge aus der Nachbarschaft von den *rurales* erschossen worden, weil er auf seinem Weg durch die Tiefebene bei einer reichen *hacienda* haltgemacht und eine Luzerne für sein hungriges Pferd gepflückt hatte. Der neue Colonel und sein Regierungstrupp waren die schlimmsten Banditen, die es je in dieser Gegend gegeben hatte, seit Don Pío vor dreißig Jahren die brutalen Banden der Gesetzlosen aus der Region vertrieben hatte.

»Komm her«, sagte José zu seinem Bruder, »stell dich hier neben mich, mit dem Rücken zu den Rindern da drüben. Genau, so ist es richtig. Jetzt kannst du das Vieh nicht mehr sehen, stimmt's?«

»Stimmt.«

»So, jetzt paß auf. Auf diesen Trick bin ich gekommen, als ich nachts mit den Pferden arbeitete. Ich weiß nicht wieso, aber nachts, wenn die Pferde schlechter sehen, sind sie viel aufmerksamer und lernen schneller als tagsüber. Manchmal verstehen sie nachts sogar Dinge, die sie tagsüber nie begreifen würden. Ich kann es nicht genau erklären, es ist, als ob ... ja, du kennst doch die blinde Alte aus dem Dorf, die jeden Tag den kurvigen, steinigen Pfad zur Kirche runtergeht, ohne jemals hinzufallen? Nun, eines Tages habe ich die alte *India* gefragt, wie sie das fertigbringt, und sie sagte, daß Gott Blinden ein ganz besonderes Wahrnehmungsvermögen geschenkt hat, das direkt aus dem Herzen kommt. Sie hat sogar behauptet, das sei der Grund, weshalb Sehende sich oft so schwer damit tun, Gott zu erkennen, weil sie nämlich durch all das, was von außen auf sie eindringt, viel zu abgelenkt sind.

Verstehst du, worum es geht? Sie meint damit, daß wir nur dann wirklich sehen, wenn wir wenig sehen, besonders wenn wir unser Herz öffnen und unserem Körper vertrauen lernen. Du hast ja oft genug erlebt, wie sicher sie den Pfad geradezu hinuntergetanzt ist. Es ist wie ein Wunder, und du bist auch in der Lage, ein solches Wunder zu vollbringen, Juanito. Um einen Adler am Himmel zu erspähen, mußt du ihn nicht erst mit den Augen suchen, du brauchst lediglich deine Vision von dem Adler zum Himmel zu schicken, dann tun deine Augen den Rest, und schon wird der Adler ganz klar am Himmel für dich zu erkennen sein!

Okay, bist du bereit?« fragte José seinen kleinen Bruder. »Also, du hast die Rinder hinter uns jetzt eine Weile nicht gesehen, stimmt's, Juanito? Du kannst dich nicht mehr erinnern, wo genau die einzelnen Tiere sich befinden?« Juan nickte eifrig. »Gut, aber glaub mir, mit dem Blick, der direkt aus deinem Herzen kommt, wirst du sofort erfassen, wo sie sind. Paß auf, ich werde es dir beweisen.

Hier, nimm den Stock. Halt ihn von dir weg wie einen Speer, und wenn ich sage ›jetzt‹, dann gehst du ganz leicht in die Hocke und drehst dich so schnell und locker wie möglich um und zielst mit deinen Augen und deinem Speer auf die Rinder, die dir am nächsten stehen. Fertig?«

Juan nickte aufgeregt. »Fertig!«

»Gut. Und vergiß nicht, handle so schnell wie möglich, aber ohne nachzudenken oder zu zielen. Richte den Stock unmittelbar, wie einen Blitzstrahl, auf die Kühe, und vertrau deinem Instinkt, genau wie die alte Frau, wenn sie leichtfüßig den Pfad zur Kirche hinabgeht. Achtung! Jetzt!«

Mit ausgestrecktem Arm wirbelte Juan so schnell er konnte herum. »Peng! Peng! Peng!« schrie er den am nächsten stehenden Kühen mit vergnügt funkelnden Augen zu. »Mann! Ich hab' sie erwischt. Ich hab' sie wirklich alle erwischt!«

»Na klar hast du das«, lachte José. »Du siehst also, ein Mann, der sich aufrecht hinstellt und sein Ziel erst lange anvisiert, unterdrückt den natürlichen Fluß seiner Bewegungen. Deshalb kannst du damit nie wirklich gut werden, ganz gleich, wie lange du übst. Aber wenn du herumschnellst, ohne zu sehen oder nachzudenken, haben deine Gedanken keine Zeit, sich dem Befehl deines Körpers in den Weg zu stellen, und deine Vorstellung wird eins mit der Wirklichkeit. Ich kann es nicht besser erklären, aber es ist ein bißchen wie Zauberei. Willst du es jetzt mal mit meinem Revolver versuchen?«

»Mit deinem Revolver?« fragte Juan und traute seinen Ohren nicht. »Mit einer echten Waffe?« Vor Aufregung verschlug es ihm die Sprache, so daß er nur eifrig nicken konnte.

Juan entlud die 38er, die er im Tausch gegen eines seiner besten Pferde von Everardo erworben hatte, und reichte sie Juanito. »Okay, zuerst einmal ohne Kugeln. Wirf den Stock hinter dich und dann los! Tu es einfach!«

Ehrfürchtig und stolz ergriff Juan die Waffe. Er hob einen Stock auf, warf ihn hoch über die Schulter in die Luft, schnellte herum und gab vor, die leere 38er abzufeuern. Und wirklich, es war wie Zauberei. Er wußte mit unerschütterlicher Gewißheit, daß er sein Ziel haarscharf getroffen hätte.

»Ich hab's geschafft!« schrie er. »Ich hab'getroffen!«
»Da bin ich ganz sicher«, bestätigte José.
Juan gab José die Waffe zurück und drückte den großen Bruder mit aller Kraft an sich. »Oh, ich liebe dich, José. Ich wünschte, du wärest unser Vater.«
José seufzte. »Ja, Juan, manchmal wünsche ich das auch«, sagte er. »Oder daß ich in der Lage wäre, zu ...« Er verstummte, als er plötzlich spürte, daß ihm Tränen über die Wangen liefen.
Auch Juan begann zu weinen. Seit der unglückseligen Geschichte mit dem Hengst hatte sich der Vater auch von ihm abgewandt. José und Juan waren von allen Brüdern der Villaseñor-Familie die beiden dunkelhäutigsten.
Als José Luis seine beiden Freunde weinen sah, kamen auch ihm die Tränen. Er und José waren seit ihrer Kindheit befreundet. Bevor sie sich kennenlernten, war José Luis stets der Meinung gewesen, er habe ein schweres Los, weil er seinen Vater nicht kannte. Doch seit er über die Geschichte der Villaseñor-Brüder Bescheid wußte, war er regelrecht froh über diese Tatsache, denn sein Vater konnte ihn wenigstens nicht so verächtlich behandeln. Seufzend trat José Luis einen Schritt vor und umschloß die beiden Brüder tröstend mit seinen bärenstarken Armen.

Einige Wochen später, José und Juan reparierten gerade einen Zaun für die Witwe, kamen der Colonel und sechsunddreißig seiner *rurales* auf prächtigen, wohlgenährten Pferden ins Tal geritten. José hatte seine 38er hinter sich auf einem Stein abgelegt; jetzt zog er rasch sein Hemd aus, streckte sich und ließ das Hemd beiläufig über die Waffe gleiten. Selbst für Juan war es nicht schwer zu begreifen, daß der Colonel ein gefährlicher Mann war und sein Bruder José offensichtlich mit so etwas gerechnet hatte. Colonel Alfonso Montemayor de los Santos ritt einen großen, fabelhaft gepflegten, grauen Hengst und trug, wie immer, eine tadellose Uniform.

»Arbeite ruhig weiter«, sagte José gelassen. Beide Jungen trugen abgerissene Arbeitskleidung. »Wir wollen keinen Ärger.«

Juan nickte.

Der Colonel ritt mit seinen bewaffneten Männern auf das Haus der Witwe zu.

Drinnen überlegte Mariposa, die die *rurales* ebenfalls erblickt hatte, fieberhaft, was sie tun sollte. Sie hatte nicht die geringste Lust, mit dem Colonel zu reden. Vor allem jetzt nicht, seit sie und José ein Liebespaar waren. Für Mariposa war der junge Indio ein Geschenk des Himmels, und sie hätte ihn auf der Stelle geheiratet, wäre er nicht so jung gewesen. Doch sie ging bereits auf die dreißig zu, und er war gerade neunzehn Jahre alt.

Vor dem Haus sah der Colonel sich um und ließ seinen Blick schließlich auf José ruhen, der sich größte Mühe gab, möglichst unbeteiligt zu erscheinen. Doch es gelang ihm nicht, seine Unruhe vollkommen zu verbergen, und der Colonel, dank vieler Schlachten ein geschulter Beobachter, betrachtete den Indiojungen und das Kind mit wachsamem Interesse.

»Sag«, wandte er sich an José, »weißt du, wer ich bin?«

Juan lachte und hätte beinahe geantwortet: »Na, mit dreißig bewaffneten Männern im Rücken und so einer teuren Uniform am Leib bist du wohl kaum der Priester oder der Trunkenbold des Dorfes, du Arschloch!« Aber sein Bruder versetzte ihm rechtzeitig einen Tritt.

»Autsch!« entfuhr es Juan.

»*Sí señor,* ich weiß, wer Sie sind«, antwortete José.

»So? Und wieso siehst du mich dann nicht an?«

José tat einen tiefen Atemzug und blickte dem Colonel ins Gesicht. »Verzeihen Sie, ich wollte Sie nicht beleidigen. Ich versuche nur, mit meiner Arbeit weiterzukommen, das ist alles.«

»Aha, ich verstehe. Und wie es aussieht, habt ihr beide schon eine Menge Arbeit für die Lady erledigt. Bezahlt sie euch dafür?«

José warf einen verstohlenen Blick zum Haus. Er wußte genau, worauf der Mann hinauswollte. Sagte er nein, würde der Colonel sofort vermuten, daß er und Mariposa ein Verhältnis hatten, und ihn in einen Kampf verwickeln, bei dem er mit Sicherheit von den Männern des Colonels erschossen würde. José schluckte.

Mariposa, die jedes Wort gehört hatte und sich ebenfalls denken konnte, worauf die Sache hinauslief, war außer sich vor Angst. Aber wenn sie hinausging, wie in aller Welt sollte sie ihre Gefühle für José vor den Augen dieser Männer verbergen? Die innige, ergebene Liebe, die sie für ihn empfand, würde ebensowenig unbemerkt bleiben, wie ein glutroter Sonnenaufgang von ein paar Wolken verdeckt wurde.

»Ja, sie bezahlt mich«, antwortete José, dem jetzt erst klar wurde, wie klug Mariposa gewesen war, darauf zu bestehen.

»Wieviel?«

José tat erneut einen tiefen Atemzug. Wie gern hätte er gesagt, ›was geht dich das an, du fettes, arrogantes Arschloch‹, doch statt dessen blickte er auf die schwer bewaffneten Männer, die inzwischen einen engen Kreis um ihn geschlossen hatten. »Zehn Cents pro Woche«, antwortete er und wollte gerade erklären, daß er allerdings nur zwei halbe Tage pro Woche arbeitete, als das grölende Gelächter der Männer die angespannte Atmosphäre zerriß.

Der Colonel gelangte zufrieden zu dem Schluß, daß er die Bedeutung dieses Jungen, der doch in Wirklichkeit nichts als ein hirnloser *Indio sin razón* war, weit überschätzt und in seiner Reizbarkeit einfach überreagiert hatte.

Juan, wütend darüber, daß jemand es wagte, seinen Bruder auszulachen, erhob sich und reckte sich zu seiner ganzen Größe empor, um den Männern die Meinung zu sagen. »Niemand darf es wagen, meinen Bruder auszulachen! Er ist der beste Reiter und Schütze, den die Welt je gesehen hat! Ja, er würde die Hälfte von euch Kerlen abknallen, bevor ihr euch überhaupt gerührt hättet!« Aber bevor Juan ein Wort herausbrachte, hatte José ihm wieder einen unsanften Tritt versetzt.

»Auuuh«, schrie Juan.

Das Lachen des Colonels erstarb. »Wieso trittst du deinen Bruder andauernd?«

»Weil, äh ich ...«

In diesem Augenblick trat Mariposa aus dem Haus. »Oh, Colonel! Wie geht es Ihnen?« Ihre Schönheit zog die Männer so in ihren Bann, daß sie José und Juan auf der Stelle vergaßen und ihre Blicke statt dessen lüstern auf den üppigen Busen Mariposas hefteten.

Der Colonel nahm seinen Hut ab. »Du meine Güte«, sagte er, »Sie sehen noch atemberaubender aus als das letzte Mal, da ich vorbeikam. Ich muß unbedingt öfter hierherkommen, damit ich mich an Ihrem Anblick weiden kann.« Der hochgewachsene, wohlgenährte Colonel stieg vom Pferd und befahl seinen Männern, die Packesel zu holen. »Ich habe mir erlaubt, Ihnen etwas Seide in Guadalajara zu kaufen.«

Mariposa hätte sich gern mit einem Blick auf José überzeugt, daß alles in Ordnung war, aber sie wagte es nicht. Sie atmete tief ein, um ihre Empörung zu unterdrücken, denn sie wußte nur zu gut, daß dieser Colonel nicht das geringste für sie gekauft hatte. Was immer er wollte, beschlagnahmten seine Männer einfach im Namen von Don Porfirios großartiger, moderner Regierung, und am liebsten hätte er mit ihr dasselbe gemacht. Sie lächelte.

»Oh, vielen Dank, das ist äußerst liebenswürdig von Ihnen. Aber ich trage niemals Seide.«

Der Blick des Colonels wurde eisig. Doch dann besann er sich und verzog das Gesicht zu einem charmanten Lächeln. »In einigen Wochen findet im Hause meines Freundes Juan Villaseñor eine Hochzeit statt, gleich hier, am Ende der Straße. Ich würde mich sehr geehrt fühlen, wenn Sie dabei als meine Begleiterin dieses herrliche Kleid trügen.« Er reichte ihr das Kleid. »Ich schicke Ihnen einen Wagen mit Eskorte«, fügte er in einem Tonfall hinzu, der keinen Widerspruch duldete. Dann ergriff er ihre Hand und küßte sie.

Mariposa schwieg. Was hätte sie auch erwidern sollen. Dies war keine Einladung, sondern ein Befehl gewesen.

»Auf Wiedersehen«, sagte der Colonel und drehte sich zu Juan und José um. »Und ihr seht zu, daß ihr mit eurer Arbeit vorankommt, bei dem, was ihr hier verdient. Zehn Cents sind viel zuviel für euresgleichen!«

Seine Männer brachen erneut in schallendes Gelächter aus, und Juan hätte am liebsten laut hinausposaunt, daß sie die Söhne von Juan Villaseñor waren, und daß der Colonel ein fetter Eselsarsch sei, aber José legte ihm warnend die Hand auf die Schulter. »Nicht«, sagte er. Also schwieg Juan.

»Nun, Mariposa«, sagte der Colonel und schwang sich auf sein Pferd. »Wir sehen uns bei der Hochzeit.«

Ohne eine Erwiderung abzuwarten oder zu fragen, ob sie an jenem Tag überhaupt Zeit und Lust habe, ihn zu begleiten, wendete er sein Pferd und galoppierte mit seinen Männern davon. Einige von ihnen machten sich einen Spaß daraus, mit ihren Gäulen den Zaun zu zertrampeln, den José und Juan gerade repariert hatten.

Ihrer Meinung nach hatte ein indianischer Tölpel wie José, der für solch einen geringen Lohn arbeitete, es nicht anders verdient. Dann waren sie endlich in der Weite des wunderschönen, langgestreckten Tales verschwunden.

»Warum durfte ich Ihnen denn nicht erzählen, daß wir die Kinder unseres Vaters sind?« fragte Juan seinen Bruder.

José seufzte. »Weil er dir das niemals geglaubt hätte. Oder noch schlimmer: Hätte er dir geglaubt, wäre er wahrscheinlich völlig verwirrt gewesen, und ein verwirrter Mann ist gefährlich, besonders, wenn er Macht besitzt.«

José nahm sein Hemd und zog es sich über. Als Juans Blick auf die Waffe fiel, fragte er mit geweiteten Augen: »Wieviele hättest du umlegen können, José?«

»Wieviele Kugeln habe ich?«

»Fünf«, antwortete Juan. »Weil du nie eine Kugel in die Kammer unter dem Abzugshahn steckst, für den Fall, daß die Waffe einmal herunterfällt.«

»Exakt«, erwiderte José. »Mehr hätte ich also nicht erledigen können. Aber vergiß nicht, was Großvater immer sagt: Ein kluger Mann handelt nie unbesonnen und im Zorn, sondern mit der Geduld des Löwen. Und der Löwe und der Jaguar gehen niemals das Risiko ein, verletzt zu werden. Sie warten geduldig ab, bis sie sicher sein können, ihre Beute mit einem einzigen, gewaltigen Satz zu erwischen. Ihr Ziel ist es nicht, Mut oder Stärke zu beweisen, sondern zu überleben.«

»Stimmt es, daß unser Großvater auch einmal ein Colonel war?« fragte Juan.

»Ja«, bestätigte José. »Er war einer der besten Männer in Benito Juarez'[3] Armee.«

»Aber er war doch nicht so wie dieser Colonel, oder?«

»Natürlich nicht. Unser Großvater stammt aus einer armen Familie, sein Herz hat immer den Unterdrückten gehört. Dieser Colonel gehört zu den Reichen – nicht zu den guten, fleißigen Reichen, sondern zu denen, die sich feige hinter den Gesetzen des Landes verstecken.«

Mariposa ging zu den beiden und nahm José bei der Hand. Der Colonel und seine Truppe waren nur noch in weiter Ferne zu erkennen, wie sie am Haus von José Luis' Mutter vorüberritten, in deren Garten die herrlichsten Pfirsiche des Tals wuchsen. Juan beobachtete, wie die Finger seines Bruders Mariposas Hand liebkosten. Ihre beiden Hände sahen hübsch zusammen aus, die eine weiß, die andere dunkel.

In der Woche vor Weihnachten ging es im Haus der Villaseñors hoch her, denn Luisas Hochzeit sollte kurz nach dem Geburtstag des Jesuskindes stattfinden, und es gab alle Hände voll zu tun.

Nach dem Abendessen erhob sich Domingo, ging zur Hintertür und signalisierte seinem kleinen Bruder Juan, ihm zu folgen. Juan zögerte, er verspürte nicht die geringste Lust, Domingos Aufforderung nachzukommen; viel lieber wollte er drinnen, bei *la familia,* bleiben. Aber Domingo, der Juan weit überragte und fünf Jahre älter war, sah Juan mit einem Gesicht an, das besagte: ›Du machst besser, daß du nach draußen kommst, sonst wirst du es später bereuen, wenn keiner von den anderen dabei ist, um dich zu beschützen.‹

Juan schluckte; er sah ein, daß es vor Domingos Zorn kein Entrinnen gab, und trottete resigniert zur Hintertür. Kaum waren sie außerhalb der Sichtweite der Erwachsenen, packte Domingo Juan und verpaßte ihm eine heftige Kopfnuß.

»Vorwärts, *indiocabezón*! Du weißt doch, daß die anderen am Bach hinter dem Schweineverschlag auf uns warten!«

Als sie unten ankamen, war Lucha bereits dort. »Wo wart ihr denn so lange?« fragte sie. Lucha war zwei Jahre älter als Domingo und hatte die gleichen rotbraunen Haare und blauen Augen wie er. »Ich hab' mich aus der Vordertür davongeschlichen, als keiner hingesehen hat, und die ganze Zeit auf euch gewartet.«

»Kommt Emilia noch?« fragte Domingo.

»Nein, du weißt doch, was für ein Feigling sie ist.«

»Ja, genau wie dieses Küken hier«, erwiderte Domingo. »Ich mußte ihm erst auf die Sprünge helfen.«

Plötzlich ließ das durchdringende Quieken eines Schweines hinter ihnen sie zusammenzucken. Die Dorfhunde begannen zu winseln und zu bellen, und aus der Ferne antwortete ihnen eine Kojotenfamilie mit lautem Geheul. Die nächtliche Szenerie wurde noch unheimlicher, als der Vollmond hinter einer weißgezackten Wolke verschwand.

»Was ist?« fragte Lucha.

»Ach, wahrscheinlich gar nichts«, antwortete Domingo, »es sei denn, die Kojoten sind näher, als sie sich anhören, dann ist irgendwas im Busch.«

»Mir gefällt es nicht hier draußen«, meldete sich Juan zu Wort, »können wir die ganze Sache nicht auf ein anderes Mal verschieben?«

»Nein«, erwiderte Domingo. »Du weißt doch, daß heute die letzte Vollmondnacht ist, also mußt du es heute erledigen!«

Juans Mund wurde trocken. »Aber wieso denn?« fragte er wieder. Die anderen wollten, daß er zu José Luis' Haus schlich und dort den Teufel herausforderte, denn alle wußten, daß José Luis' Mutter eine Hexe war, und wenn José Luis und Luisa erst einmal verheiratet wären, würde diese Hexe zu ihrer Familie gehören, und ihren Seelen drohte die ewige Verdammnis. »Wäre es nicht besser«, schlug Juan vor, »wenn wir abwarten, bis die Kraft der *bruja* nachläßt? Dann stünden meine Chancen bestimmt besser.«

»Hm, da hat er nicht ganz unrecht«, warf Lucha ein. »Wir dürfen kein Risiko eingehen. Die Zukunft der ganzen *familia* hängt davon ab. Vielleicht wäre es tatsächlich besser zu warten.«

»Lucha!« sagte Domingo im Tonfall eines entrüsteten Priesters. »Hast du denn alles vergessen, was wir in der Kirche gelernt haben? Der Teufel ist stark, weißt du das nicht mehr? Früher war er einmal einer der glorreichen Engel Gottes, und wenn wir ihm beweisen wollen, daß wir ihn nicht fürchten, geht das nicht zu einem Zeitpunkt, wenn die Kräfte der *bruja* am schwächsten sind. Wir müssen es bei Vollmond erledigen, wenn die Macht der *bruja* auf ihrem Höhepunkt ist. Nur dann – so sagt der Priester – ist das Vertrauen eines guten Christen fähig, den Fluch zu bannen, mit dem der Teufel *nuestra familia* belegen wird.«

Juan zitterte vor Angst am ganzen Körper. Er blickte verzweifelt zum Mond hinauf und dann über den kleinen Fluß zum anderen Ende des Tals. Es war eine klare Vollmondnacht. In der Ferne konnte er auf einem der eichenbewachsenen Hügel deutlich das Licht im Haus von José Luis und im danebenliegenden Garten die herrlichen Pfirsichbäume seiner Mutter erkennen. Er seufzte tief, während sein Herz wie wild hämmerte.

»Sieh mal«, sagte Lucha und kauerte sich vor Juan auf den Boden. »Wenn ich dir diese Aufgabe abnehmen könnte, kleiner Bruder, würde ich es gern tun.

Aber es geht nun mal nicht. Ich bin älter als du und nicht mehr reinen Herzens. Deshalb hätte es überhaupt keine Wirkung, wenn ich an deiner Stelle *la bruja* gegenüberträte.«

Juan wehrte Luchas Hand unwirsch ab. Von all seinen Schwestern traute er Lucha am wenigsten über den Weg.

Sie hatte wunderschöne, große Augen und bekam mit viel Koketterie und Getue immer ihren Willen. Juan wußte, daß sie ihm zuliebe genausowenig tun würde, wie ein fettes Schwein einem anderen sein Futter überlassen hätte.

»Und wieso bist du nicht mehr reinen Herzens?« erkundigte er sich.

»Oh«, sagte sie, ganz die vornehme Dame. »Was bist du für ein Mann, daß du einer Lady solch eine Frage stellst?«

»Ich bin ein Junge«, antwortete Juan. »Ein Junge, der sich schrecklich davor fürchtet, zum Haus der Hexe zu gehen. Und du bist älter, Lucha, und viel stärker und schneller, deshalb will ich wissen, weshalb du es nicht übernehmen kannst.«

»Nun, wenn du es unbedingt wissen willst«, sagte Lucha und spielte mit einer Strähne ihres Haares, »also, letzten Sommer habe ich – aber ihr müßt schwören, daß ihr es keiner Menschenseele erzählt!«

»Wir schwören«, versprach Domingo aufgeregt. »Ganz bestimmt nicht! Also, rück schon raus damit«, fügte er schnell hinzu.

»Na ja, also«, begann sie lächelnd und sah die Brüder aus den Augenwinkeln an, »ihr kennt ja Cousin Agustín. Nun, als er bei uns wohnte, haben er und ich ...«, sie wurde knallrot, »nun, wir haben uns geküßt.«

»Du hast Agustín geküßt?« fragte Domingo. »Aber er ist ein Cousin ersten Grades! Wie kannst du so etwas tun?«

»Wir haben uns doch bloß geküßt. Wir wollen ja nicht gleich heiraten und ein Baby haben.«

»Das ist auch besser so«, sagte Domingo. »Es hätte nämlich einen langen Schwanz, weil es ein Kind des Teufels wäre!«

»Ich weiß, deshalb haben wir es ja beim Küssen belassen. Aber das stundenlang«, fügte sie lachend hinzu.

»Willst du damit sagen, daß dir das auch noch gefallen hat?« fragte Juan.

»Ja, und wie«, antwortete Lucha.

»Iiihh!« stieß Juan angewidert aus.

Lucha hob die Hand, um Juan einen Klaps zu versetzen, doch der lachte und wich geschickt aus. »Warte nur, dir werd' ich's zeigen!« drohte sie.

»Hört jetzt auf damit, alle beide!« schimpfte Domingo. »Schließlich haben wir heute nacht noch etwas Wichtiges zu erledigen. Wir müssen die Seelen der Villaseñor-Familie retten.«

Juan und Lucha sahen ein, daß Domingo recht hatte, und beruhigten sich wieder.

»Also, weißt du noch, was du zu tun hast?« fragte Domingo jetzt Juan.

»Ja, ich weiß.«

»Dann wiederhole es. Wir wollen keinen Reinfall erleben.«

Juan senkte den Kopf. »Ich soll zu ihrem Haus gehen und ...« Er brachte vor Angst kaum ein Wort heraus.

»Ich verstehe dich nicht. Sprich lauter! Und sieh mir dabei in die Augen wie ein Mann!« befahl Domingo. »Du weiß doch, daß ein guter Christ keine Furcht vor dem Teufel zeigen darf!«

Juan hob den Kopf und sah seinen Bruder an. Sein kleines Gesicht war tränenüberströmt, und er zitterte vor Angst. Trotzdem bemühte er sich, die Schultern zu straffen und wie ein Mann auszusehen.

»Ich soll zu ihrem Haus gehen«, wiederholte er, »und ihr dann laut ins Gesicht sagen, daß ich ihre Hexenkunst und die Macht des Teufels nicht fürchte und ... und ...«

»Und dann?!«

Juans Augen weiteten sich vor Angst. »Und dann soll ich das Zeichen des Kreuzes schlagen und schreien: ›Wir wandeln auf dem Pfade Gottes und fürchten den Teufel nicht!«

»Genau«, sagte Domingo. »So ist es recht.«

»Aber-aber-aber was ist, wenn ihre fünf Hunde aufwachen?« fragte Juan. »Vielleicht sollte ich doch lieber bloß flüstern, statt laut zu schreien.« Er preßte die Knie zusammen, um nicht vor Angst in die Hose zu machen. »Dieser große, schwarze Hund, den sie *El Diablo* nennt … was soll ich denn bloß tun, wenn die Hunde aufwachen und mich fressen wollen? Ihr wißt doch, was sie mit dem Fremden letztes Jahr gemacht haben. Sie haben ihn samt Pferd zu Boden gerissen und halb aufgefressen, bevor die Hexe sie zurückrufen konnte.«

»Das haben wir doch alles schon besprochen«, antwortete Domingo ungeduldig. »Deshalb sollst du dich durch den Pfirsichgarten an ihr Haus heranschleichen. Die Hunde schlafen auf der anderen Seite des Hauses. Wenn du dich geschickt anstellst, werden sie dich schon nicht hören.«

»Ach, Domingo«, jammerte Juan verrückt vor Angst, »wieso kannst du es denn nicht an meiner Stelle tun? Ich habe solche Angst und bin auch nicht so schnell und so stark wie du.«

»Sieh mal, *indiocabezón*, jetzt haben wir das alles schon ein Dutzend mal durchgekaut. Ich bin älter als du und schon lange nicht mehr reinen Herzens! Du weißt doch, wie gemein ich immer zu dir bin, und daß ich Hunde trete, Ameisen quäle und ununterbrochen fluche.«

»Du, ich bin aber auch nicht mehr ganz so rein«, entgegnete Juan. »Ich habe auch Ziegen und Käfer gequält. Und weißt du noch, wie der Priester letztes Jahr in der Kirche den leeren Klingelbeutel entdeckte? Ich war derjenige, der das Geld genommen hatte.«

»Du warst das!?« rief Lucha. »Wie abscheulich! Und du hast keinen Ton gesagt, als der Priester uns alle des Diebstahls verdächtigte! Es war furchtbar!«

Domingo sah seinen kleinen Bruder mit neu erwachtem Respekt an. »Das hast du wirklich getan?« fragte er.

»Oh ja, und noch andere schlimme Dinge!«

»Zum Beispiel?« fragte Lucha.

»Nun, ich habe mich schon mal versteckt und beobachtet, daß ihr Mädchen euch zum Pipimachen hinhocken müßt, während wir es im Stehen tun.«

»Du hast uns beobachtet?« schrie Lucha. »Du bist ein Schmutzfink!«

»Bin ich nicht, ich kann beim Pinkeln nämlich stehen bleiben«, widersprach er stolz.

»Ich werde dir eine Tracht Prügel verabreichen und alles Mama erzählen!« drohte Lucha und versuchte Juan zu packen und auf den Kopf zu schlagen. Doch er duckte sich, und Domingo trennte die beiden.

Ein paar der anderen Kinder liefen jetzt herbei. Es waren Mateo, Domingos bester Freund, mit seinen beiden kleinen Brüdern, Alfonso und Pelón, und ihre Schwester Carmelita. Mateo wollte sofort wissen, was los war. Er und Domingo waren von allen Jungen der Region am geschicktesten im Steinkampf. Sie waren so gefürchtet, daß selbst einige der erwachsenen Männer sich nicht auf einen Steinkampf *a las todas* mit ihnen einlassen wollten.

»Mein kleiner Bruder ist bereit«, verkündete Domingo stolz.

Mateo musterte Juan. »Er sieht mir aber gar nicht so aus«, sagte er. »Er sieht eher aus, als ob er verdammten Schiß hätte, und jeder weiß, daß sich die Erde auftut und einen verschlingt, wenn man dem Teufel mit Angst entgegentritt. Dann zerrt er dich nämlich tief, tief in seine Hölle hinab!« Mateo lachte angesichts seiner eigenen düsteren Prophezeiungen.

Domingo drehte sich blitzschnell zu Juan herum. »Hast du Angst?« rief er und versetzte ihm dabei einen

Stoß. »Los, sag schon! Hast du Angst? Was ist denn bloß los mit dir? Liebst du etwa deine Mutter nicht, liebst du deinen Vater nicht?«

Mateo, der Verständnis für Domingos rechtschaffenen Zorn hatte, schlug seine beiden kleinen Brüder auch vorsichtshalber ein paarmal auf den Kopf. »Damit ihr gleich wißt, was mit euch geschieht, wenn ihr feige seid! Ihr müßt immer mutig sein, sonst schnappt sich der Teufel eure Seelen.«

Alfonso und Pelón ließen die Knuffe ihres älteren Bruders ergeben über sich ergehen, ebenso wie Juan Domingos Erziehungsmaßnahmen hinnahm. So war es nun einmal in den Bergen von Jalisco. Wie der Priester stets verkündete: Ein Junge mußte eine Menge ertragen, um ein aufrechter Christ zu werden.

Jetzt kam auch Emilia angerannt. Sie war fast sechzehn Jahre alt und schon ein Stück größer als die anderen. »Hör auf, ihn zu schlagen!« rief sie Domingo zu. Emilia hatte die gleichen hellen Augen und Haare wie Domingo und Lucha, war aber nicht so kräftig gebaut. Sie war schlank und zartgliedrig wie die Wildblumen, die auf den umliegenden Hügeln wuchsen.

»Ich habe mir gleich gedacht, daß ihr Juan hier draußen wieder tyrannisiert«, sagte sie, faßte ihren Bruder bei den Schultern und drehte ihn zu sich herum. »Du weißt, daß du das nicht tun mußt«, sagte sie mit sanfter Stimme. »Wenn der Priester die beiden traut, wird er ihre Ehe segnen, dann hat dieser ganze Unsinn von Teufeln und Hexen sowieso ein Ende.«

»Das ist nicht wahr!« rief Domingo. »Der Priester würde es niemals wagen, José Luis' Mutter *una bruja* zu nennen. Du weißt ganz genau, daß seit damals, als die Hexe dem alten Priester in der Stadt den Korb mit dem fetten Huhn und den Pfirsichen geschickt hat, woran er dann erstickt ist, niemand – absolut niemand – es mehr wagt, ihren Namen zu erwähnen, vor lauter Angst, ebenfalls von ihrem tödlichen Fluch getroffen zu werden!«

»Das stimmt«, pflichtete Lucha ihrem Bruder bei. »Das mußt du doch zugeben, Emilia. Dieser neue junge Priester wird nie im Leben ihren Namen erwähnen.« Sie bekreuzigte sich. »Möge die Seele des alten Priesters in Frieden ruhen!« fügte sie hinzu.

Emilia blickte von Domingo zu Juan, und ihre Augen füllten sich mit Tränen. Sie nahm ihren kleinen Bruder fest in den Arm. »Ach Juan, mein lieber, kleiner Juan, ich weiß ja auch nicht, was ich tun soll. Vielleicht sollten wir Mama oder Luisa fragen. Sie wissen immer Rat.«

»Nein!« rief Domingo. »Das wäre das Dümmste, was wir tun könnten! Luisa kann doch unmöglich etwas gegen ihre zukünftige Schwiegermutter sagen. Und Mama, was wird sie uns schon raten, außer, daß wir beten sollen? Oder noch schlimmer, daß wir mit dem Priester reden sollen, von dem wir wissen, daß er eine Todesangst vor *la bruja* hat. Vergiß nicht, daß er derjenige war, der die letzten Worte des alten Priesters vernahm, ›Josefina, Josefina‹, bevor er ...«

»O mein Gott, Domingo!« rief Lucha. »Jetzt hast du ihren Namen ausgesprochen!«

Domingo fiel augenblicklich auf die Knie und bekreuzigte sich. »Oh, lieber Gott«, flehte er, »ich wollte ihren Namen gar nicht erwähnen. Bitte, Gott, der du bist im Himmel, beschütze mich!«

Alle fielen auf die Knie und rasselten ein Gebet herunter, außer Juan, der nachdenklich stehenblieb.

»He, wartet mal«, sagte er. »Wie konnten die letzten Worte des alten Priesters eigentlich ...« alle starrten ihn an. Juan hielt inne. »Ich meine, wenn jemand ein Stück Hühnerknochen im Hals stecken hat, kann er doch normalerweise nicht sprechen, oder? Also, wenn ich mich verschlucke, bringe ich kein Wort raus. Wie konnte der alte Priester also *la brujas* Namen aussprechen, wenn er gerade an einem Knochen erstickte, hm?«

»Bezweifelst du etwa die Worte des heiligen Priesters?« herrschte Domingo, der immer noch auf den Knien lag, ihn an.

»Nun ja, nein, natürlich nicht«, erwiderte Juan. »Ich dachte nur, vielleicht ...«

»Hör auf zu denken«, brüllte Domingo und stand auf. »Du weißt doch, daß ›Denken‹ zu den schlimmsten Sünden gehört und unsere Vertreibung aus dem Paradies zur Folge hatte. Predigt der Priester uns nicht ständig, daß wir das Wort Gottes nicht anzweifeln dürfen? Daß es nicht an uns ist zu fragen, sondern zu glauben?!«

»Ja, das weiß ich«, beteuerte Juan, »aber ich wollte doch bloß sagen, daß ...«

»Schluß jetzt, Juan«, donnerte Domingo. »Kein Wort mehr davon! Es wird langsam Zeit, daß du dich wie ein gläubiger Christ benimmst und deine Pflicht tust, um unsere Familie zu retten! Liebst du denn etwa deine Mutter nicht, hm? Antworte mir!«

»Doch, natürlich«, erwiderte Juan.

»Und unseren Vater?«

Darüber mußte Juan erst nachdenken. Manchmal war er sich da nicht so sicher. Sein Vater war immer so grob zu ihm, schlug ihn auf den Kopf und nannte ihn ›*indiocabezón*‹, daß er wahrhaftig nicht wußte, ob er seinen Vater nun liebte oder nicht.

»Sag schon«, forderte Domingo, »du liebst doch deinen Vater, oder nicht?«

Als Juan in diesem Augenblick zu seinem Bruder hochsah, wurde ihm wieder einmal bewußt, daß dessen Ähnlichkeit mit dem Vater geradezu unheimlich war. Vor allem, wenn sein Gesicht, wie jetzt, rot vor Zorn war und seine blauen Augen vor Wut hervortraten.

»Ja«, antwortete Juan, der genug von den Schlägen hatte, »ich liebe unseren Vater.«

»Gut«, sagte Domingo, »dann weißt du ja, was du zu tun hast.«

»Woher wissen wir eigentlich, ob er wirklich den ganzen Weg zum Haus der *bruja* geht und alles tut, was wir ihm aufgetragen haben?« fragte Mateo. »Woher wissen wir, ob er nicht auf halbem Weg kehrtmacht? Wenn der Mond, wie im Augenblick, dauernd hinter den Wolken verschwindet, können wir ihn schon hinter der ersten Mauer nicht mehr erkennen.«

»Das stimmt«, murmelte Lucha nachdenklich und blickte über das Tal. »Nach dem ersten Steinwall verlieren wir ihn aus den Augen, sobald der Mond verschwindet.«

»Mein Gott, so laßt ihn doch in Ruhe«, rief Emilia, der schon wieder die Tränen in die Augen stiegen. »Reicht es euch denn nicht, daß er überhaupt versucht, es zu tun? Wenn ihr Größeren solche Zweifel habt, wieso geht ihr dann nicht mit ihm, oder noch besser, macht es gleich selbst!«

»Nein, das geht nicht«, verteidigte sich Lucha. »Wir, äh- bestimmt würden ihre Hunde aufwachen und uns die Kehle durchbeißen, wenn wir zu mehreren gingen.«

Domingo versetzte Lucha einen Stoß. »Etwas Blöderes fällt dir wohl nicht ein?« schimpfte er. »Wir wollen ihm doch nicht noch mehr Angst einjagen.« Er drehte sich zu Juan um. »Sieh mal, Juan, die Hunde sind nicht der Grund, warum wir nicht mitgehen, stimmt's, Mateo?«

»Nein, absolut nicht«, bestätigte Mateo.

»Der Grund, mein Kleiner, warum wir nicht mitgehen und dich beschützen, ist der, daß du dann keine Gelegenheit hättest, deinen Mut unter Beweis zu stellen. Und Mut ist nun mal das einzige, was *El Diablo* in die Flucht schlägt; der Mut, mit dem ein Mann bereit ist, sich ihm von Angesicht zu Angesicht zu stellen, mit keiner anderen Waffe gegen die ewige Verdammnis, als seinem unerschütterlichen Vertrauen in Gott.«

»Genau«, pflichtete Mateo ihm bei, bekreuzigte sich und küßte die Rückseite seines Daumens, den er über seinem Zeigefinger zur Form eines Kreuzes verschränkt hatte. »Die einzige Waffe, die ein wahrer Christ gegen den Teufel braucht, steckt hier, in seinem Inneren. Ach, ich beneide dich, Juan. Wenn du deine Mission heute nacht erfüllst, rettest du nicht nur die Seelen deiner Familie, sondern die der ganzen Welt. Denk an die Worte des Priesters. Der Sieg eines einzigen Mannes über den Teufel ist ein Sieg für die ganze Menschheit!« Mateo lächelte selbstgefällig, stolz darauf, wie gut er sich das Wort Gottes, daß sie in der Kirche lernten, gemerkt hatte.

Juan sah die strahlend weißen Zähne in Mateos' schönen indianischen Zügen aufblitzen, als er lächelte, und fühlte plötzlich eine Welle von Kraft. Ja, Mateo hatte recht; auf diese Weise hatte er die ganze Sache noch nicht betrachtet. Dies war tatsächlich eine Chance für ihn, Juan, nicht nur seiner Familie, sondern der ganzen Welt zu beweisen, wie sehr er sie liebte, genau wie Jesus es am Kreuz bewiesen hatte.

»Ich werde bestimmt nicht versagen«, beteuerte er. »Ich schwöre es! Und die Erde wird sich auch nicht auftun und mich verschlingen, denn ich liebe meine Mutter, ganz bestimmt, und ich werde uns alle retten!«

Er wandte sich um und stapfte mit Tränen in den Augen, doch voller Zuversicht, auf den Bach zu.

Pelón eilte Juan nach. Obwohl ihre beiden älteren Brüder sie immer wieder zwangen, gegeneinander zu kämpfen, waren die beiden Jungen enge Freunde. »Hier«, sagte Pelón und gab Juan seinen Lieblingsstein. »Den habe ich in der Kirche gefunden. Ich glaube, er ist von den Füßen des Herrn Jesus abgefallen, als man damals die Mauern reparierte.«

»*Gracias*«, erwiderte Juan und nahm den blankgeriebenen kleinen Stein dankbar entgegen. Pelón verabschiedete Juan mit einer raschen *abrazo* und sah ihm nach, wie er den Hang zum Bach hinabging und von Stein zu Stein ans andere Ufer hüpfte, um keine nassen Füße zu bekommen.

»Aber woher wissen wir, ob er wirklich bis zum Haus geht?« fragte Mateo wieder.

»Ja«, sagte Lucha, »wie sollen wir das wissen?«

Domingo dachte einen Moment nach und rief dann Juan, dessen kleine Gestalt in der Dunkelheit immer schemenhafter wurde, hinterher: »Bring uns einen Pfirsich mit!«

Juan trottete weiter.

»Vielleicht hat er dich nicht gehört«, sagte Lucha und wiederholte schreiend: »Bring uns einen Pfirsich mit, damit wir wissen, daß du auch dort warst!«

»Still«, fauchte Emilia sie an. »Wollt ihr die Hunde jetzt schon aufwecken, um sicherzugehen, daß sie ihn töten?«

»Aber er hat nicht geantwortet«, verteidigte sich Lucha.

»Er hat uns gehört«, sagte Domingo grinsend. »Hör jetzt auf mit dem Geschrei! Emilia hat recht. Wir wollen die Hunde nicht aufwecken, schließlich verdient mein kleiner Bruder eine faire Chance.« Er seufzte beglückt. »Seht ihn euch an! Ist er nicht ein tapferer kleiner Kerl?«

»Ja«, bestätigte Pelón, über dessen indianische Züge Tränen kullerten. »Sehr, sehr tapfer.«

»›Bring einen Pfirsich mit‹, schreien sie mir auch noch hinterher«, murmelte Juan angewidert vor sich hin, während er weitermarschierte. »Wofür halten die mich eigentlich, für einen der Weisen, der ihnen Geschenke bringt? Verdammt, dem letzten armen Schlucker, der versuchte, ihr ein paar Pfirsiche zu stehlen, hat sie derart eins mit dem Stock übergezogen, daß er sein Gedächtnis verlor. Und jetzt hält er sich für ihren Sklaven und schuftet von morgens bis abends für sie.«

Juan wischte sich die Tränen fort und rieb den Stein, den Pelón ihm gegeben hatte, in seiner Tasche, während er weiter vor sich hinmurmelte. »O Gott, warum muß immer mir so etwas passieren? Wieso immer ich? Wenn ich nicht gerade auf den Kopf gehauen werde, weil ich wieder einmal eine Ziege an die Kojoten verloren habe, dann schlagen sie mich garantiert, weil ich nicht verhindert habe, daß das große Schwein die Chayotepflanze fraß. Ich wünschte, es wäre zur Abwechslung mal jemand anders, der bestraft würde, lieber Gott.

Ach, übrigens«, fuhr Juan fort, während er blinzelnd auf die erste der flachen Steinmauern zuging, »nächste Woche ist der Geburtstag deines Sohnes, nicht wahr?« Er legte die rechte Hand auf die kleine Mauer und blickte zum Himmel empor, wo der Mond soeben zwischen zwei Wolken hervorgekrochen kam. »Dann werde ich das, was ich diese Nacht vorhabe, deinem geliebten Sohn als Geburtstagsgeschenk widmen. Wie findest du das?«

Lachend kletterte Juan über die Mauer, und setzte seinen Weg zum Haus der Hexe fort. Jetzt, da er die Angelegenheit sozusagen in Gottes Hände gelegt hatte, war er plötzlich voller Zuversicht. Da das, was er zu tun beabsichtigte, ein Geschenk für Gottes Sohn werden sollte, konnte Gott doch unmöglich zulassen, daß er versagte, oder? Also war es beschlossene Sache; Gott würde dafür sorgen, daß er, Juan, seine Sache gut machte, damit sein geliebter Sohn an seinem Geburtstag keine Enttäuschung erlebte.

Mit forschen Schritten trabte er durch das Tal. Da Gott ihm nun verpflichtet war, konnte nichts mehr schiefgehen. Die fünf großen Hunde würden fest schlafen, und die größten und saftigsten Pfirsiche würden an den unteren Zweigen leicht zu erreichen sein.

Juan blieb stehen. Jetzt konnte er schon die einzelnen Pfirsichbäume neben dem Haus von *la bruja* ausmachen. Er tat einen tiefen Atemzug. Man erzählte sich, daß ihre Pfirsiche deshalb die größten, süßesten und saftigsten der ganzen Region waren, weil sie die Bäume mit dem Blut und den Eingeweiden ihrer Hühner düngte.

Vor langer Zeit, als Domingo und Mateo noch klein gewesen waren, hatten sie sogar einmal behauptet, sie hätten mit eigenen Augen gesehen, wie die Hexe ihre Bäume versorgte. Die beiden hatten sich in der Dämmerung herangeschlichen, um ein paar der köstlichen Früchte zu stehlen, als sie singend, mit einem fetten Huhn unter dem Arm, aus dem Haus getreten war. Zuerst hatte sie das Huhn zärtlich getätschelt und dann auf einmal ein kleines Messer hervorgezogen und dem Tier so blitzschnell die Kehle durchgeschnitten, daß die beiden Jungen ihren Augen nicht getraut hatten. Daraufhin war sie voller Freude singend um ihre geliebten Bäume herumgetanzt, wobei sie das Huhn an den Beinen hochhielt, damit das heruntertropfende Blut in den Boden unter den Bäumen sickern konnte. Anschließend hatte sie das tote Huhn zum Himmel emporgehalten, und die beiden hatten mit eigenen Ohren vernommen, wie sie die Kräfte des Teufels beschwor, damit er ihr die größten Früchte bescherte, die die Welt je gesehen hatte. Mateo und Domingo durften sich glücklich schätzen, mit dem Leben davongekommen zu sein, denn die Hexe verstand es, blitzschnell mit ihrem Hühnermesser umzugehen.

Während er sich diese Geschichte ins Gedächtnis rief, seufzte Juan. »Denk dran, lieber Gott«, sagte er, »wir haben eine Abmachung. Ganz egal, wie flink sie mit ihrem Messer ist, sieh zu, daß du mich nicht aus den

Augen verlierst und mir gegebenenfalls aus der Patsche hilfst«.

Inzwischen war das Haus der Hexe nicht mehr weit. Er mußte jetzt einen ganz klaren Kopf behalten und sich vergewissern, daß ihre Hunde nicht irgendwo auf den Feldern oder in der Nähe des Hauses herumschnüffelten. Angeblich besaß sie die schärfsten Wachhunde der Gegend, weil sie ihnen absichtlich nur wenig zu fressen gab.

An der zweiten flachen Steinmauer blieb Juan stehen, um Atem zu holen. Das Haus lag jetzt nur noch wenige Meter entfernt, und hinter der nächsten Mauer begann schon ihr Obstgarten. Juan sah zum Mond hinauf und warf einen Blick zurück durch das Tal, zu der Stelle, wo er Domingo und die anderen zurückgelassen hatte. Er konnte nicht einmal mehr die dahinterliegenden Umrisse des Schweinekoben und die Koppeln erkennen. Nur das Haus der Eltern, mit der hellerleuchteten Küche, war noch leicht auszumachen. Eigentlich hätte er jetzt gut umdrehen und zurückgehen können. Daß er sich in der Dunkelheit überhaupt so weit vorgewagt hatte, bewies dem Teufel doch wohl auch hinreichend, wie mutig er war.

»Sieh mal, lieber Gott«, sagte er laut, »die Leute machen extra einen Bogen um diesen Teil des Tals, damit sie der Hexe nicht zu nahe kommen. Ich bin heute nacht schon viel näher gekommen, als die meisten Sterblichen sich wagen würden. Was glaubst du, lieber Gott? Muß ich wirklich noch weitergehen? Der Teufel kann doch auch jetzt schon sehen, daß ich ganz schön tapfer bin.«

Der Mond verschwand plötzlich hinter einer weißen Wolke, und sofort war die Nacht dunkel und kalt. Juans Augen weiteten sich verängstigt.

»Ist ja schon gut, Gott«, versicherte er rasch. »Ich gehe ja weiter, aber bitte verdeck den Mond nicht, ich brauche wenigstens etwas Licht.«

Der Mond kam wieder hervor und erfüllte die Nacht mit seinem weißen Licht.

Juan seufzte erleichtert auf und bekreuzigte sich. Dann küßte er seinen Daumen, den er, wie er es bei Mateo gesehen hatte, über dem Zeigefinger zu einem Kreuz verschränkt hielt. Er holte tief Luft und setzte seinen Weg über das offene Feld fort, auf das Haus jener Hexe zu, die die köstlichsten Pfirsiche der Region besaß.

Plötzlich glaubte Juan ein Geräusch zu hören und blieb zu Tode erschrocken stehen. Vorsichtig blickte er sich um und flehte Gott an, daß es keiner ihrer Hunde war, der seine Witterung aufgenommen hatte, doch er konnte nichts entdecken. Der Mond war jetzt von keiner Wolke mehr verdeckt und strahlte so riesig und hell, daß Juan fast so gut wie bei Tageslicht sehen konnte. Ihr Haus stand klar und deutlich vor ihm, und er konnte sogar die einzelnen Steine der flachen Mauer, die um das Haus verlief, erkennen.

Und dann, während er das Grundstück genau in Augenschein nahm, fiel sein Blick plötzlich auf den riesigen Hund. Juans Herzschlag setzte einen Moment lang aus. Gütiger Gott, da war er, der berüchtigte Köter, den sie *El Diablo* nannte. Er saß auf ihrer Veranda, streckte sich und heulte mit seinem gewaltigen, offenen Maul den Mond an. Juan war überzeugt, daß ein ganzes Bein von ihm in diesen riesigen Schlund paßte.

Er schluckte und wagte keinen Muskel zu bewegen, während der große Hund sich weiter rekelte und jaulte. Wenn dieses Monster *El Diablo* hier draußen umherstreifte, waren die anderen Hunde bestimmt auch nicht weit. Ohne den Kopf zu bewegen, rollte Juan seine Augen so weit wie möglich nach rechts und links, um die anderen Hunde zu erspähen. Er wußte nur zu gut, daß die größte Gefahr für ihn nicht der riesige *El Diablo* war, sondern *Cara Chata,* der kleinste Köter. In dieser Gegend

Mexikos hielt man auf jeder Farm ein Rudel Hunde, und immer war es das kleinste, nervöseste Tier, das den leichtesten Schlaf hatte und die anderen Hunde mit seinem Gekläff aufscheuchte.

Juan tastete die Veranda mit den Augen ab. Jeden Blumenkübel, jeden Korb, jeden Strauch und dann den Boden unter ihrem berühmten Mangobaum. Eigentlich hieß es, daß in diesem Teil von Mexiko, in Jalisco, keine Mangobäume gedeihen könnten, weil solche Tropengewächse nur weiter im Süden, in Guerrero oder Oaxaca, Früchte tragen könnten. Und doch stand neben Josefinas Haus ein Mangobaum, so ausladend wie eine Eiche und voll von Früchten, so dick wie …

Juan unterbrach seine Überlegungen. »Mein Gott«, sagte er zu sich selbst, »jetzt habe ich in Gedanken ihren Namen ausgesprochen! Ob sie wohl merkt, wenn Leute an sie denken?« Er hatte den Gedanken noch nicht ganz beendet, da öffnete sich mit einem lauten Knall die Haustür, und die Hexe höchstpersönlich erschien auf der Bildfläche. Sie war eine große, stämmige Frau mit kräftigen Händen und schwieligen, nackten Füßen. Man erzählte sich, daß sie immer barfuß arbeitete und nie ohne Schaufel oder Hacke in der Hand anzutreffen sei. Sie hatte ihre ganze Arbeit immer allein gemacht – Zäune bauen, Bäume pflanzen, Sand in Körben hin- und herschleppen –, bis sie dann diesem armen alten Kerl auf den Kopf geschlagen hatte. Jetzt schuftete der Alte von morgens bis abends an ihrer Seite.

»Hier habt ihr ein paar Reste, *perros*!« sagte sie zu den Hunden. »Mehr bekommt ihr heute abend nicht.«

Sofort waren alle Hunde bei ihr, und sie warf ihnen ein paar Knochen hin. Juan kauerte sich zu einer winzigen Kugel zusammen und versuchte, den Atem anzuhalten. Er hockte mitten auf dem Feld, und es gab nichts, was ihn vor dem Blick der schrecklichen Hexe schützen könnte. Der Steinwall, über den er zuletzt geklettert war, lag ein ganzes Stück hinter ihm.

»Oh, bitte, lieber Gott«, betete er, »mach, daß sie mich nicht sieht.«

»Daß ihr mir gut aufpaßt heute nacht«, sagte sie und tätschelte ihre hungrigen Biester. »Wir haben Vollmond, es kann gut sein, daß irgendwelche faulen Nichtsnutze auf die Idee kommen, sich ein paar von meinen Früchten unter den Nagel zu reißen. Also, gebt acht, oder ich schneide euch die Eier ab und dünge meine Bäume damit. Hier, *Diablito*«, sie nannte den großen schwarzen Hund zärtlich ›Teufelchen‹, »du mußt heute nacht besonders wachsam sein. Ich habe so ein merkwürdiges Gefühl, daß irgend etwas geschehen wird.«

Plötzlich drehte sie sich um und sah genau in Juans Richtung. »Was ist denn das für ein komischer Klumpen da drüben auf meinem Feld? He, antworte mir! Bist du ein Stein, der sich aus der Mauer gelöst hat, oder was?«

Juan preßte die Augen fest zusammen und wünschte, er würde sich in Luft auflösen. »Lieber Gott«, sagte er tonlos, »was tust du bloß? Ich dachte, wir hätten ein Abkommen? Oh, bitte, lieber Gott, hilf mir, ich bin doch bloß ein kleiner Junge!«

»Ach, du willst also nicht antworten!« rief die Hexe dem vermeintlichen Steinbrocken zu. »Na gut, dann bekommst du das hier!« Sie nahm einen von den Steinen, die sie aufgehäuft auf der Veranda lagerte und schleuderte ihn mit aller Kraft in Juans Richtung, wobei sie ihn nur knapp verfehlte. »Ich sehe dich, du gottverdammter Dieb! Glaub ja nicht, daß ich in der Dunkelheit nichts sehen kann, der Vollmond ist mein Freund! Wenn du meinen Pfirsichen auch nur einen Zentimeter näherkommst, dann hetze ich augenblicklich die Hunde auf dich!«

Juan bewegte keinen Muskel. Zu einer kleinen Kugel

zusammengerollt, preßte er sich so dicht wie möglich auf den Boden. Er wagte nicht einmal, die Augen zu öffnen. Wie paralysiert fixierten sie einen schwarzen Punkt im Inneren seiner verängstigten Seele. Er hörte, wie sich ihre Tür mit einem lauten Knall schloß und vermutete, daß sie wieder ins Haus gegangen war. Ihre Hunde zermalmten krachend und schmatzend die Knochen und verschlangen die paar Fleischbrocken. Juan dachte, daß dies wahrscheinlich die letzte Gelegenheit für ihn war, heil zu entkommen. Da er es jedoch nicht wagte, einfach aufzuspringen und davonzurennen, kroch er so schnell er konnte rückwärts auf die Steinmauer zu.

Genau in diesem Augenblick begann die kleine Hündin, die sie *Cara Chata* nannte, zu kläffen.

»Oh, mein Gott«, stöhnte Juan, »sie hat mich entdeckt. Jetzt bin ich verloren. Gütiger Himmel, wie konnte ich mich bloß zu so etwas überreden lassen?«

Juan hörte das laute Knurren von *El Diablo,* und schon stürmte die Meute der Hunde von der Veranda herunter, genau auf ihn zu.

»O Gott!« Juan machte sich beinahe in die Hose. »Was soll ich denn jetzt nur tun? Wenn ich hierbleibe, reißen sie mich bestimmt in Stücke und fressen mich bei lebendigem Leibe auf. Aber wenn ich renne, kriegen sie mich auch, oder … vielleicht schaffe ich es bis zu den Pfirsichbäumen und kann mich auf einen Baum retten? Ja, das ist es!« sagte er sich erregt.

Juan versuchte aufzustehen und so schnell wie möglich die Obstbäume zu erreichen, aber er konnte nicht. Er wurde wie von unsichtbarer Hand auf den Boden gepreßt. Die teuflisch heulende Meute kam immer näher, und Juan versuchte vergeblich, sich mit beiden Händen vom Boden hochzustemmen, doch irgendeine gigantische Macht schien fest entschlossen, ihn mit aller Kraft auf die Erde zu drücken.

Schließlich gab er auf. Und in dem Augenblick, in dem sein Widerstand brach und er sich ein wenig entspannte, fiel sein Blick auf das Kojotenweibchen, das nur wenige Meter vor ihm die Nase witternd in seine Richtung streckte. Juan und die Kojotenhündin starrten einander einen atemlosen Augenblick lang in die Augen. Dann lächelte das Kojotenweibchen – ja, es lächelte tatsächlich – und warf einen Blick auf die kläffende Hundemeute, bevor es aufheulend mit einem Sprung, der Juan vorkam, als flöge das Tier wie ein Traumwesen über die mattweiße Scheibe des Mondes, über die Steinmauer setzte.

Juan konnte kaum glauben, was seine Augen gerade gesehen hatten: ein lächelndes Kojotenweibchen, das den Mond übersprungen hatte. Und so fügte er sich ergeben der Wärme der unsichtbaren, starken Hand, die ihn auf die warme, vertraut riechende Erde preßte. Auf einmal fühlte er, wie die Angst nachließ, und spürte instinktiv, daß er jetzt in Sicherheit war. Er brauchte lediglich abzuwarten, bis die Hunde der Fährte des Kojoten folgten.

Die Meute stürmte mit ohrenbetäubendem Gebell an ihm vorbei, und Juan beobachtete, wie einer nach dem anderen mit allen vieren auf der Mauer landete, um dann ebenfalls, jedoch bei weitem nicht so elegant wie die Kojotenhündin, zum Sprung über den Mond anzusetzen.

Dann waren die großen Hunde verschwunden, und Juan wollte endlich erleichtert aufseufzen, als er geradewegs in die funkelnden Augen von *Cara Chata* blickte. Der kleine Hund hatte es nicht geschafft, seinen Gefährten über die Mauer zu folgen, und stand nun mit hechelnder Zunge und nach Luft schnappend genau vor Juan; der schluckte und rührte keinen Muskel. »Gütiger Gott«, sagte er zu sich selbst, »jetzt ist es aus mit mir.«

Auf der anderen Seite des Tals hatten Domingo und die anderen das Schlagen von *la brujas* Tür und ihre laute Stimme vernommen, die durch die Nacht hallte.

»Glaubt ihr, sie hat ihn gesehen?« fragte Emilia. »Oh, mein Gott, wir hätten ihn niemals gehen lassen dürfen!«

»Sei ruhig!« sagte Domingo. »Horcht mal!«

Wieder ertönte die Stimme, diesmal noch lauter als zuvor, gefolgt von einem erneuten heftigen Schlagen der Tür.

»Was glaubst du, Mateo?« fragte Domingo. »Ob sie ihn entdeckt hat?«

»Nein, ich glaube nicht«, erwiderte Mateo, »dann würden wir doch die Hunde hören.«

Sie lauschten in die Stille der Nacht und fragten sich, was wohl gerade mit Juan geschah. Auf einmal ertönte das schrille Kläffen des kleinsten Hundes der Hexe, gefolgt von dem heiseren, unheimlichen Geheul *El Diablos*, das jetzt drohend durch das Tal hallte.

»Oh, mein Gott!« rief Emilia. »Sie bringen Juanito um! Schnell, wir müssen Mama Bescheid sagen!«

»Nein!« befahl Domingo. »Willst du, daß wir alle Schwierigkeiten bekommen?«

»Außerdem haben sie ihn ja noch nicht«, fügte Mateo hinzu, »so bellen Hunde nur, wenn sie ihrer Beute hinterherjagen; nicht, wenn sie sich schon darüber hermachen.«

»Er hat recht«, bestätigte Lucha. »Hunde, die über ihre Beute herfallen, klingen ganz anders. Sie jagen ihn bloß. Und hört sie euch an, unser kleiner Bruder muß verdammt schnell sein«, sagte sie stolz lächelnd. »Er ist tatsächlich bis zu ihrem Haus gegangen. Mann, das hätte ich nie gewagt! Und du, Domingo?«

»Still!« antwortete Domingo. »Hört doch! Die Köter spielen total verrückt, hört euch das an! Er muß im Obstgarten sein. Wahrscheinlich ist er auf einen Baum geklettert, oder so was.

»Siehst du, Mateo«, wandte sich Domingo an seinen Freund. »Ich hab' dir ja immer gesagt, daß mein kleiner Bruder ein schneidiger Kerl ist. Du wirst dich ganz schön anstrengen müssen, damit Alfonso und Pelón ihm das Wasser reichen können.«

»Abwarten, abwarten«, erwiderte Mateo. »Woher wissen wir, daß die Hunde nicht bloß hinter 'nem Kojoten oder einem anderen Tier her sind? Dein Bruder kann sich genauso gut hinter irgendwelchen Felsen verkrochen haben.«

Die Stimme eines Erwachsenen schreckte sie plötzlich auf. »Was geht denn hier vor sich?« fragte José Villaseñor, der hinter ihnen aufgetaucht war. Die sechs Kinder drehten die Köpfe und blickten José und seinen Freund José Luis, der wie ein Hüne danebenstand, erschrocken an.

»He?« bohrte José weiter und sah die Kinder streng an. »Wieso machen die Hunde solchen Lärm? Was habt ihr wieder ausgeheckt? Los, antwortet! Mama hat uns geschickt, sie dachte sich schon, daß ihr irgendwelchen Unsinn vorhabt.«

José sprach wie immer ruhig und gelassen. »Domingo«, fuhr er fort, »du brauchst gar nicht so zu Emilia rüberzuschielen, sonst zieh' ich dir hier vor allen die Hosen stramm. Raus jetzt mit der Sprache! Was geht hier vor?«

Mateo wagte sich nicht zu rühren. Der riesige José Luis hatte sich genau neben ihm aufgebaut, bereit, ihn am Kragen zu packen, sollte er einen Mucks von sich geben. Kein Zweifel, sie waren ertappt. Emilia fand als erste ihre Sprache wieder.

»José«, sagte Emilia, »sie haben Juan zu *la bruja* … ich wollte sagen, zum Haus von José Luis' Mutter geschickt. Ich habe ihnen gesagt, sie sollten es nicht tun, aber Domingo hat darauf bestanden, daß …«

»Oh, nein!« stöhnte José Luis.

José hatte sich wortlos umgedreht und war schon unterwegs zu den Koppeln. In Sekundenschnelle sprang er auf den blanken Rücken eines der Pferde und setzte in halsbrecherischem Galopp über den kleinen Bach.

José Luis schnappte sich ebenfalls ein Pferd und folgte José. Domingo und die anderen sahen den beiden jungen Männern hinterher, die jetzt unter dröhnendem Hufgeklapper in der Dunkelheit verschwanden, während das wütende Geheul der Hunde in der Ferne anschwoll.

Der kurzbeinige kleine Hund namens *Cara Chata* war wieder bei Atem und begann nun aufgeregt kläffend seine Kameraden, die der Fährte des Kojotenweibchens folgten, zurückzurufen.

»Also, lieber Gott«, sagte Juan zu sich selbst, während er aufsprang. »Ich renne jetzt flugs zu *la brujas* Haus, beschwöre den Teufel, und dann flitze ich durch den Obstgarten, schnappe mir ein paar Pfirsiche und mache, daß ich verschwinde, bevor ihre Hunde zurückkehren!«

Überzeugt, jetzt leichtes Spiel zu haben, lachte Juan dem empört bellenden *Cara Chata* ins Gesicht. Er lief dem Hund im Zickzackkurs entgegen, machte einen beherzten Satz über das kurzbeinige Tier und rannte zielstrebig auf den Obstgarten der Hexe zu. Doch er war kaum drei Meter weit gekommen, da hatte das unerschrockene kleine Tier ihn auch schon eingeholt und sich so in seinen Knöchel verbissen, daß er zu Boden fiel.

»Du blödes Vieh«, fluchte Juan. »Weißt du nicht, daß ich in Gottes Sache unterwegs bin?« Der kleine Hund blieb ungerührt und zerrte weiter knurrend an Juans Bein.

Schließlich gelang es ihm, sich zu befreien und weiterzurennen. Doch *Cara Chata* war nun vom Jagdfieber gepackt und zerrte ihn alle paar Meter erneut zu Boden.

»Was tust du mir nur an, lieber Gott? Hältst du mich zum Narren? Findest du es etwa lustig, mich einer Meute Killerhunde entkommen zu lassen, bloß damit mir dann so ein kleiner Pinscher die Füße abknabbert?«

Auf einmal hörte Juan ein lautes, grölendes Lachen und sah verwirrt zum Mond hinauf, in der Annahme, daß Gott ihn tatsächlich auslachte. Doch dann wurde ihm klar, daß das Gelächter von hinten kam. Er drehte sich um, und dort, in kaum sechs Meter Entfernung, stand die Hexe leibhaftig und schwenkte eine Schaufel wie einen Schlagstock in seine Richtung. Das Herz klopfte ihm bis zum Halse. »Was haben wir denn da? Einen Babydieb?« brüllte sie bösartig.

Juan schluckte. »Nein!« schrie er und sprang auf. »Ich bin hier, weil ich den Teufel beschwören will ... und ihm sagen will, daß ich mich weder vor ihm noch vor ... vor deiner Hexenkunst fürchte, weil ... unsere *familia* wandelt nämlich auf dem Pfad des allmächtigen Gottes!«

Die große Frau blieb wie vom Donner gerührt stehen. So etwas hatte sie nicht erwartet, schon gar nicht von solch einem winzigen Kerl. Die kleine Hündin, *Cara Chata,* war ebenfalls verstummt und blickte Juan mit schräg angelegtem Kopf von unten erstaunt an.

Juan bekreuzigte sich, küßte seinen Daumen und sagte: »Jetzt kann die Erde mich nicht mehr verschlingen, und das Böse kann meiner Mutter und meiner Familie nichts mehr anhaben, weil ich nämlich die Liebe Gottes in mir trage und du jetzt machtlos bist.«

Bei Juans letzten Worten löste sich die vorübergehende Verblüffung der Hexe. »Was sagst du da? Ich sei machtlos? Du kleines Stück Hühner-*caca*! Das werden wir ja sehen! Das werden wir sehen!« Sie stürzte mit der Schaufel auf Juan zu.

Doch Juan, der im Laufe seines Lebens eine wahre Meisterschaft darin entwickelt hatte, Schlägen und

Knuffen zu entgehen, wich ihr geschickt aus und rannte in Richtung Obstgarten. Sein kleines Herz pochte dabei so heftig, daß er überzeugt war, es würde ihm jeden Augenblick aus dem Hals springen. Er rang verzweifelt nach Atem. Aber schon war *Cara Chata* wieder hinter ihm her und schnappte nach seinem Bein. Nur mit Mühe gelang es Juan, auf einem Bein hüpfend und um sich tretend, den Obstgarten zu erreichen.

Schnell hielt er nach den Früchten Ausschau, aber die Pfirsiche hingen alle in den oberen Zweigen. Es war schon merkwürdig, daß außer *la bruja* kein Mensch im Tal Winterpfirsiche hatte. Juan überlegte gerade, auf welchen der Bäume er klettern sollte, als er das laute, unheimliche Geheul *El Diablos* vernahm. Die Meute war auf dem Rückweg.

Flink wie ein Eichhörnchen kletterte Juan auf den nächststehenden Baum und pflückte eins, zwei, drei, vier, fünf, sechs große Pfirsiche. Dann sprang er wieder hinunter, steckte die Früchte geschwind in seinen Beutel und nahm die Beine in die Hand. Die wütende Meute, gefolgt von der Hexe, war ihm dicht auf den Fersen.

»Gütiger Gott!« sagte Juan zu sich selbst, während er lief, »ich habe es geschafft! Ich habe es wirklich getan! Und das genau vor ihrer Nase. Bitte laß nicht zu, daß diese Killer-Hunde mich jetzt noch erwischen!« So schnell ihn seine Füße trugen, raste er über das freie Feld, in der Hoffnung, den ersten Steinwall zu erreichen, darüberzuspringen und – oh, was er dann tun sollte, wußte er allerdings noch nicht. Die große Frau hinter ihm tobte vor Wut und feuerte ihre Hunde an, sich zu beeilen und den Jungen zu packen. »Er ist ein Dieb! Ein elender Dieb! Faß ihn, *Diablo*! Faß ihn und friß ihn zum Abendessen!«

Juan hatte jetzt die erste Mauer erreicht. Er kletterte hinauf und sah sich um. Die tobende Meute war kaum mehr als hundert Meter entfernt und kam mit furchterregendem Getöse näher. Und rechts hinter ihm kam auch schon die Hexe.

Juan entdeckte auf dem nächsten Feld einen großen Steinhaufen. »Wenn ich es bis dahin schaffe, habe ich wenigstens die Chance zu kämpfen«, sagte er sich. »Aber ich bräuchte einen Stock, um mich gegen die Hunde zu wehren. Oh, bitte, lieber Gott, so hilf mir doch!« flüsterte er und blickte flehend zum Himmel.

Genau in diesem Augenblick blieb die Hexe etwa dreißig Meter hinter ihm stehen. Sie schwang die Schaufel wie ein Lasso über ihrem Kopf und schleuderte sie mit aller Kraft in Juans Richtung. »Auf daß du in der Hölle schmorst, du elender Dieb!« schrie sie ihm zu.

Juan beobachtete aufmerksam, wie der lange Holzstiel mit der löffelartigen Eisenschaufel zischend auf ihn zu flog. Lächelnd duckte er sich, sprang von der Mauer herunter, und die Schaufel segelte geradewegs über seinen Kopf hinweg.

»*Gracias*!« rief er der alten Hexe zu, lief zu der Schaufel, hob sie auf und rannte damit zu den aufeinandergestapelten Felsbrocken.

»Du brauchst dich gar nicht zu bedanken!« schrie *la bruja* und näherte sich dem Steinwall. »Soll deine diebische Seele bis in alle Ewigkeit in der Hölle schmoren! Ich muß hart arbeiten für das, was ich besitze!« Sie war bei der flachen Steinmauer, die sie mit ihren eigenen Händen errichtet hatte, stehengeblieben und fuhr fort, Juan zornige Verwünschungen hinterherzuschleudern. »Du hast kein Recht, die Früchte meiner Arbeit zu genießen! Hoffentlich verschluckst du dich daran ZU TODE!«

Als Juan das hörte, überlegte er, daß es in der Tat töricht von ihm gewesen war, so viele Früchte mitgehen zu lassen. Wie sollte jemand Pfirsiche genießen, die aus dem Garten der Hexe stammten? Wo doch bereits ein alter Priester daran erstickt war, daß er eines ihrer Hühner gegessen hatte? Er ließ die Pfirsiche fallen. Inzwischen hatte er den Steinhaufen fast erreicht, aber auch die Hunde kamen unerbittlich näher.

»Oh, lieber Gott«, betete Juan, während seine Füße über den unebenen, grasbewachsenen Boden flogen, »ich weiß, es war nicht recht von mir, ihre Pfirsiche zu stehlen, sie arbeitet ja wirklich schwer dafür. Ehrlich, ich sehe es jetzt ein. Bitte vergib mir meinen Fehltritt. Ich verspreche, daß ich von heute an auch der großzügigste Mensch sein werde, wenn es darum geht, die Fehler der anderen zu verzeihen. Ganz bestimmt, lieber Gott, ich meine es ernst! Du wirst sehen!«

Das Gebell der Hunde kam immer näher. Juan blickte zurück und sah den großen, schwarzen Hund, der die Meute anführte. Sie waren höchstens noch dreißig Meter entfernt, und die Nacht war erfüllt von ihrem blutgierigen Geheul. »Oh Mama! Mama! Bitte hilf mir!« rief Juan. »Ich glaube, Gott hat mich vergessen!«

Seine kleinen Beine rasten so schnell sie konnten über den Boden. Er hoffte inbrünstig, den Steinhaufen noch zu erreichen, bevor die Meute über ihn herfiel. Wenn er es schaffte, könnte er schnell hinaufklettern und sich die Hunde vielleicht mit der Schaufel vom Leib halten. Der Steinhaufen wurde immer größer vor seinen Augen, je näher er darauf zukam.

»Du schaffst es nicht mehr zu den Felsbrocken!« brüllte die Hexe höhnisch hinter ihm her. »Und wenn doch, wird dich *El Diablo* trotzdem herunterzerren und bei lebendigem Leib verschlingen!«

Sie lachte und begann zu singen. »Ha ha ha! Du wirst dein Fett schon kriegen! Ha ha ha! Wie alle diebischen Kerle wirst du deine Strafe bekommen!«

»Mein lieber Mann, sie scheint nicht besonders geneigt, anderen ihre Verfehlungen zu vergeben«, dachte Juan bei sich.

Er widerstand der Versuchung, einen Blick zurückzuwerfen und nachzuschauen, ob sie womöglich auch tanzend herumhüpfte, denn die Hunde waren ihm zu dicht auf den Fersen. Er konnte bereits ihr schnaufendes Röcheln hören und den ekelhaften Gestank riechen, den sie verströmten.

Endlich erreichte er den Steinhaufen und wollte gerade hinaufklettern, als er einen stechenden Schmerz in seinem linken Fuß spürte. Er sah hinunter und erblickte *El Diablo*, der sich in seinen Fuß verbissen hatte und mit tiefem Knurren daran zerrte. Juan trat aus vollem Halse schreiend um sich und versuchte, dem riesigen Köter die Schaufel auf den Kopf zu schlagen, doch da waren auch schon die anderen Bestien und stürzten sich von allen Seiten auf ihn, bereit, ihn mit Haut und Haaren zu verschlingen.

Das letzte, was Juan wahrnahm, bevor er das Bewußtsein verlor, war ein riesiges, geflügeltes Pferd, das sich wie aus dem Nichts in die rasende Meute stürzte und von dessen Rücken ein mächtiger Engel mit einem eisernen Knüppel die vor Schmerz aufheulenden Hunde rechts und links von sich erschlug. Dann erschien ein noch größerer Engel, packte *El Diablo* bei der Kehle und erwürgte ihn mit bloßen Händen.

Während des gesamten Schauspiels hatte *la bruja* hysterisch geweint und gefleht. »Nein! Nein! Bitte nicht! Nein!« Nachdem der größere der beiden Engel *El Diablo* getötet hatte, wandte er sich um und schloß *la bruja* zu Juans Überraschung voller Zärtlichkeit in die Arme und nannte sie ›Mama.‹ Nie im Leben wäre er auf die Idee gekommen, daß eine Hexe gleichzeitig eine liebevolle Mutter sein konnte, schon gar nicht die Mutter eines Engels. Und das war das letzte, woran Juan sich erinnerte, bevor er in Bewußtlosigkeit versank.

Juan erwachte im Schlafzimmer seiner Eltern. Sein ganzer Körper tat weh, und selbst die Bewegung seiner Augen verursachte ihm Kopfschmerzen. Er versuchte, seine trockenen Lippen zu benetzen, doch sein Mund war so verdorrt, daß er die Zunge kaum bewegen konnte. Er schluckte ein paarmal. Wasser! Sein Durst war unerträglich, und er lechzte nach Wasser, doch als er versuchte, sich zu rühren, schossen stechende Schmerzen durch seinen Körper.

»Oh Gott!« ächzte er. »Was ist mit mir passiert?«

»Mama! Er ist aufgewacht!« hörte Juan wie aus weiter Ferne Emilias Stimme.

»Das wurde aber auch Zeit«, erklang darauf die Stimme seiner Mutter aus dem Nebenraum. »Drei ganze Tage!« Er hörte die Schritte der Mutter, die, gefolgt von Emilias Schritten, über den Holzboden eilten.

»So, bist du also endlich von den Toten auferstanden«, sagte die Mutter und lächelte ihn an. »Oh, *mi hijito,* du weißt ja nicht, was für eine Angst du uns eingejagt hast. Was ist bloß in dich gefahren, bei so einer törichten Idee mitzumachen? Du weißt doch, wie Domingo und diese anderen ungezogenen Jungen sind. Hast du wirklich geglaubt, daß das, was sie unter Gottes Wille verstehen, etwas anderes ist als das, was sie selber möchten?«

Behutsam stützte sie seinen Kopf mit ihrer Rechten, damit sie ihm mit einem Löffel die in Wasser aufgelösten Kräuter einflößen konnte, die sie extra für ihn zubereitet hatte.

»Ach, *mi hijito,* ich muß mich wirklich über dich wundern. Du bist mein letztgeborenes Kind, und all die Jahre habe ich versucht, dir beizubringen, daß du deinen eigenen Kopf gebrauchen sollst. Doña Josefina ist doch keine Hexe. Sie ist bloß eine verbitterte, einsame Frau. Was du getan hast war falsch, *mi hijito.*«

Die Worte der Mutter drangen wie durch einen Nebel

zu Juan vor. Er hätte ihr gern geantwortet, daß es sein einziger Wunsch gewesen war, die Seelen ihrer *familia zu* retten, aber er war so erschöpft, daß er sofort wieder in seine Traumwelt zurückglitt, wo Engel auf fliegenden Pferden vom Himmel kamen, um rasende Hundemeuten zu erschlagen. Dann begegnete ihm die Kojotenhündin noch einmal und lächelte ihn an. Juan fühlte sich warm und geborgen in ihrer Nähe. Zwischendurch wurde sein Kopf sanft angehoben, und warme Flüssigkeit wurde in seinen Mund geflößt, und jedesmal wenn er die Augen öffnete, erkannte er in den Zügen der Mutter das Gesicht der Kojotenhündin, das lächelnd auf ihn herabblickte, während sie ihn fütterte. Jetzt begriff Juan, warum die Kojotenhündin die Hundemeute so bereitwillig von ihm abgelenkt hatte. Das Kojotenweibchen war niemand anders als seine innig geliebte Mutter gewesen.

»Trink«, sagte die Mutter und schob ihm die gefüllte Holzkelle zwischen die Lippen. »Und vergiß nie wieder, daß ich mich in all diesen Jahren immer bemüht habe, dich zu einem Gentleman zu erziehen, *mi hijito,* nicht zu noch einem dieser verlorenen Kerle, die alles vernichten, auf das sie ihre Hand legen, weil sie nie um das Wunder wissen werden, das es bedeutet, Leben zu schenken.

Ich liebe dich so sehr, *mi hijito,* aber du mußt mir versprechen, daß du so etwas nie wieder tust, ohne vorher mit mir darüber zu sprechen. Du bist inzwischen zu einem kleinen Mann herangewachsen, *mi hijito,* und ein Mann sollte stets auch die Sichtweise einer Frau kennen, um sein eigenes Urteil abzurunden. Genau wie die abgebrochenen Felsbrocken den Fluß des Wassers brauchen, um ihre scharfen Ecken und Kanten zu glätten, benötigen die Entscheidungen des Mannes den Einfluß der Frau, um vollkommen zu sein.

Domingo und die anderen waren im Unrecht, *mi hijito.*

Josefina ist ebensowenig eine *bruja* wie ich es bin. Sie ist nur eine arme, einsame Frau, deren ganze Hingabe in all den Jahren allein ihrem Garten galt, weil ihr einst von einem Mann großes Unrecht angetan wurde – wie es so vielen Frauen seit dem Beginn der Zeit widerfahren ist. Deshalb ist sie ein wenig eigenartig geworden und traut niemandem mehr, vor allem, seit dieser alte Maultiertreiber sie mißbraucht hat. Aber im Grunde ihres Herzens ist sie ein guter Mensch, *mi hijito,* nur ein bißchen verschroben und verletzlich, wie so viele, die ihr Vertrauen in Gott verloren haben. Aber glaub mir, sie ist ganz bestimmt keine Hexe. Das sind nur Gerüchte, die die Menschen verbreiten, vor allem Männer, die es nicht begreifen wollen, daß eine Frau auch allein zurecht kommt.

Jetzt trink, damit du wieder zu Kräften kommst. Weihnachten steht vor der Tür, und eine Woche später feiern wir Hochzeit. Die arme Frau, sie arbeitet so schwer für ihre Pfirsiche; wenn sie euch Jungen nicht durch diese wilde Art davon fernhalten würde, hätte sie hinterher keine mehr übrig, um sie zu verkaufen.«

Juan vernahm schwere Schritte, als José und José Luis den Raum betraten.

»Juan«, sagte José, »José Luis ist hier, um dich zu besuchen. Seit dem Unfall war er jeden Tag hier.«

»Das war kein Unfall«, unterbrach ihn José Luis mit *gusto,* sondern eine Botschaft direkt von Gott für mich und Luisa! Jetzt können wir frohen Herzens unsere Hochzeit feiern. Dadurch, daß du die Gerüchte ans Licht gebracht hast, die seit Jahren im Tal kursieren und die niemand gewagt hat, meiner Mutter offen ins Gesicht zu sagen, hast du diesen Tag für uns gerettet, Juanito!«

»Wart ihr die ... die Engel, die mir die Hunde vom Leib gehalten haben?« fragte Juan, der José und José Luis jetzt in einem ganz neuen Licht sah.

José grinste. »Ja, diese Engel waren wir.«

José Luis trat näher und ergriff liebevoll Juans Hand. »Wir haben alle Hunde getötet, *amo.* Jetzt kannst du jederzeit zu unserem Haus kommen und brauchst keine Angst mehr zu haben, das schwöre ich. In der anderen Welt gibt es das Böse nicht, nur in dieser Welt, wo die Menschen so viel Furcht und Mißgunst in ihren Herzen verbergen.«

»Du wirst immer mein *amo* sein«, fuhr José Luis fort, »mein kleiner Freund und Held. Und wenn meine arme Mutter erst den Verlust ihrer geliebten Hunde verwunden hat, wird sie dir das gleiche sagen. Wir mußten alle töten, außer *Cara Chata.* Sie war die einzige, die nicht über dich hergefallen war, als wir hinzukamen. Die wackere kleine Hündin war wohl der Meinung, daß sie ihre Pflicht erfüllt hat, indem sie die anderen Hunde herbeigerufen hatte. Sie saß zufrieden im Hintergrund und beobachtete mit schiefem Kopf das Spektakel.« José Luis lachte. »Kleiner *amo,* du verdienst wirklich Respekt!« Er küßte Juan behutsam auf die Stirn.

»So, das reicht für heute«, mischte sich Doña Margarita ein. »Er braucht noch viel Schlaf, damit er wieder zu Kräften kommt. Ach, ich habe gleich geahnt, daß die Bengel nichts Gutes im Schilde führten, als ich euch losschickte, sie zu suchen. Ich habe es in meinen alten Knochen gespürt.«

»Und du hattest recht, Mama«, pflichtete José ihr bei. »Wir sind gerade noch rechtzeitig gekommen.«

»Ja«, bestätigte José Luis, »und wenn José nicht so ein fabelhafter Reiter wäre, hätte er es auf dem blanken Pferderücken nie geschafft, über die Steinmauern zu springen und dort anzukommen, bevor die Hunde noch schlimmeren Schaden anrichten konnten.«

Juan hörte sie schon nicht mehr. Er war wieder in seinem Traum; die Kojotenhündin saß lächelnd an seiner

Seite und wachte über seinen Schlaf. Im Traum lächelte Juan voller Freude zurück, während Josés Worte *en el otro mundo* sich wie eine Melodie in seinem Kopf wiederholten. Und plötzlich begriff er, daß auch seine geliebte Mutter, die es vermochte, sich in ein Kojotenweibchen zu verwandeln, deshalb noch lange keine Hexe war. Nein, es bedeutete lediglich, daß sie eine machtvolle Frau mit einem unbezwingbaren Herzen war. Auf der anderen Seite gab es das Böse nicht. Es waren alles nur Gerüchte, entstanden aus Angst und Mißgunst in den Herzen der Menschen.

Am Weihnachtstag duftete es im ganzen Haus nach Backwerk und köstlichen Gerichten. Die gesamte Familie, die aus fast dreißig Vettern und Cousinen, Onkeln, Tanten und Eltern bestand, war anwesend. Selbst Don Pío, Juans Großvater mütterlicherseits, war mit seiner jungen Gemahlin aus Piedra Gorda die Fat Rock-Berge hinabgekommen. Der würdige alte Mann war fünfundsechzig Jahre älter als das junge Indiomädchen, das er zur Frau genommen hatte, doch niemandem wäre es in den Sinn gekommen, über die beiden zu lachen. Don Pío wirkte wohlauf und kräftiger denn je, und das Mädchen brauchte man nur anzusehen, um zu erkennen, daß sie vor Liebe zu ihm förmlich glühte.

Emilia und José kamen zu Juan ins Schlafzimmer. »Los, Faulpelz«, sagte Emilia lächelnd zu ihm. »Mama hat gesagt, wir sollen dich ins Wohnzimmer bringen, wir haben einen Extrastuhl für dich aufgestellt«, berichtete sie ihm fröhlich. Die offene Zuneigung seiner beiden Geschwister ließ Juans Herz höher schlagen.

José nahm Juan auf den Arm. Er achtete sorgfältig darauf, das verletzte Bein, das *El Diablo* so böse zugerichtet hatte, nicht zu berühren und trug Juan durchs Haus. Die anderen Kinder stürmten sofort auf Juan zu; er war das Gesprächsthema Nummer eins im ganzen Tal. Man erzählte sich inzwischen, dieser kleine Junge sei so tapfer, daß das Blut in seinen Adern rückwärts fließe.

Domingo beobachtete eifersüchtig das Getue, das die Vettern und Cousinen um Juan machten, und wie sie ihn mit Fragen bestürmten. Hatte er der Hexe tatsächlich Auge in Auge auf dem Feld gegenübergestanden und eigenhändig gegen ihre Hunde gekämpft?

Auf einmal spürte Domingo, wie eine Hand sich auf seine Schulter legte. Er drehte sich um und erblickte José, dem es einzig am Weihnachtstag gestattet war, das Haus in Anwesenheit des Vaters zu betreten.

»Wenn du willst, daß die Leute dich genauso bewundern, kleiner Bruder«, sagte José zu Domingo, »dann mußt du das nächste Mal die Drecksarbeit selber machen und sie nicht von Schwächeren erledigen lassen.«

»Aber er ist der Jüngste«, verteidigte sich Domingo beleidigt. »Und er ist reinen Herzens! Der Priester hat uns immer gesagt, daß ...«

»Komm mir nicht mit diesem Unsinn«, unterbrach ihn José. Ein Stück abseits stand Mariposa und beobachtete die beiden. »Wir wissen doch beide, daß man sich die Worte des Priesters und der Bibel für jede Schandtat zurechtbiegen kann. Mama fügt den Bibel- und Priesterworten nicht umsonst immer hinzu: ›Schadet es irgend jemand? Verursacht es Schmerzen oder Dunkelheit? Oder bringt es ein wenig Frieden und Licht in unsere Herzen?‹

Domingo«, fuhr José in ruhigem, aber bestimmtem Ton fort, »schau mich an. Du bist doch kein Narr. Du bist klug und wärst der geborene Anführer, wenn du endlich aufhören würdest, dich bei deinen sogenannten Heldentaten hinter dem Schweinekoben zu verstecken.« Beide Brüder blickten sich fest in die Augen. »Du wußtest doch verdammt gut, daß es Unrecht war, was du vorhattest, sonst hättest du es doch nicht heimlich getan.«

José hielt dem Blick seines jüngeren, hellhaarigen Bruders, der ihn überragte, unerbittlich stand. Die Spannung zwischen ihnen wuchs, und Domingo, kurz davor, zu explodieren, dachte nicht im Traum daran, den Blick als erster zu senken. Doch plötzlich öffnete sich die Eingangstür, und José Luis trat mit seiner Mutter ins Haus. Die kräftige Frau hatte sich fein herausgeputzt und trug einen Strohkorb, der mit einem Tuch bedeckt war, in der Hand. Noch nie hatte jemand *la bruja* in der Aufmachung einer feinen Lady gesehen. Die Gespräche im Raum verstummten schlagartig. Selbst Don Juan, der mit einigen Verwandten zwischen diversen Tequilas in eine lautstarke Unterhaltung vertieft gewesen war, unterbrach seinen Redefluß. Niemand regte sich mehr; alle – Kinder wie Erwachsene – starrten Josefina überrascht an. Doña Margarita, die sich mit Don Pío und seiner jungen Frau Herlinda unterhalten hatte, war diejenige, die die allgemeine Erstarrung schließlich brach. Sie schritt geradewegs auf die große, elegant aussehende Frau und ihren hochgewachsenen Sohn zu.

»Willkommen in unserem bescheidenen Heim, Josefina«, begrüßte Doña Margarita sie. »Das ist wirklich eine Freude für uns, daß wir Sie endlich unter unserem Dach begrüßen dürfen. Gesegnete Weihnacht!«

»*Feliz Navidad*«, erwiderte die stattliche Frau und blickte befangen über die unzähligen Gesichter im Raum, die sie zwar in all den Jahren aus der Ferne, niemals jedoch von Nahem gesehen hatte. »Die Ehre ist ganz auf meiner Seite, Doña Margarita. Ich bin … ich freue mich sehr, daß Sie so freundlich waren, meinen Sohn und mich einzuladen, um den Geburtstag unseres Herrn Jesus mit Ihnen und Ihrer *familia zu* feiern.«

Einige der Anwesenden schnappten empört nach Luft. Wie konnte diese Frau es wagen, den Heiligen Namen von Gottes Sohn in den Mund zu nehmen?

Doch Doña Margarita war nicht im geringsten irritiert und sagte: »Von heute an sind Sie und Ihr Sohn eingeladen, den Geburtstag Jesu immer mit uns zu feiern. Und damit es gleich jeder weiß«, fuhr sie fort, ergriff *la brujas* Hand und drehte sich mit ihr zu den anderen um, »von heute an gehören Josefina und ihr Sohn José Luis zu *nuestra familia*, und sie sollen wie alle Mitglieder unserer Familie geliebt und respektiert werden, hier auf Erden und später im Himmel!«

Einige der jüngeren Kinder kicherten. »Hier auf Erden ja vielleicht«, flüsterte eins von ihnen. »Aber wie soll eine Hexe denn in den Himmel kommen?« Die anderen prusteten los.

Doña Margarita hörte das Gekicher und drehte sich zu Juan und den Kindern um. Die Hexe an der Hand hinter sich herziehend, schritt sie entschlossen auf die Gruppe zu. »So, Kinder, ich möchte, daß jeder von euch Doña Josefina persönlich begrüßt und ihr die Hand gibt.«

Die Kinder verstummten entsetzt. Domingo und ein paar andere duckten sich und versuchten, sich zu verdrücken. Aber José und José Luis bauten sich zu beiden Seiten der Kinder auf, so daß Domingo und seinen Freunden nichts übrig blieb, als auf ihrem Platz zu verharren.

»Also, jeder tritt einzeln vor und gibt Doña Josefina die Hand«, wiederholte Doña Margarita, aber die Kinder rührten sich nicht, sondern drängten sich verängstigt zusammen. Sie scherten sich nicht darum, was Doña Margarita sagte; sie wußten ganz genau, daß diese Frau mit dem Teufel im Bunde stand.

Als Doña Josefina erkannte, welche Angst die Kinder vor ihr hatten, seufzte sie und sagte mit Tränen in den Augen: »Lassen Sie nur, die Kinder brauchen mir nicht die Hand zu geben, Doña Margarita. Sie tun doch ohnehin nur ... was ihre Eltern gern tun würden, aber nicht den Mut haben zu tun!«

Ein Raunen ging durch den Raum.

Doña Josefina wischte sich die Tränen fort und wandte sich an ihren Sohn. »Komm, laß uns gehen. Ich habe dir gleich gesagt, daß es falsch ist, mich hierherzubringen. Diese feinen Leute werden mich nicht in einer Million Jahren akzeptieren!«

»Aber Mama«, erwiderte José Luis hilflos, »wir sollten doch wenigstens versuchen ...«

»Dann bleib, wenn du unbedingt willst«, schnappte sie. »Ich gehe!« Sie wandte sich, so würdevoll sie konnte, zur Tür, als eine Stimme hinter ihr sagte: »Ich würde gern Ihre Hand schütteln, *señora*!«

Es war die Stimme eines Kindes. *La bruja* blieb wie angewurzelt stehen. Alle reckten die Köpfe, um zu sehen, wer da gesprochen hatte. Die Gruppe der Kinder trat zur Seite, und zum Vorschein kam Juan, der dahinter in dem Stuhl, den man für ihn angefertigt hatte, thronte. Er schluckte und wiederholte seine Worte. »Ich würde gern Ihre Hand schütteln, *señora.*«

»Hey, bist du nicht derjenige ...« Die große Frau hielt inne. Juans Arme und Hände waren mit Blutergüssen und rotverkrusteten Wunden übersät.

»Ja«, sagte Juan, »ich bin derjenige und ich ... äh, ich wollte mich dafür entschuldigen, daß ... daß ...« Tränen stiegen ihm in die Augen. Es war totenstill im Raum, und Juan mußte sich ein paarmal räuspern, bevor er weitersprechen konnte. »Ich wollte sagen, ich weiß jetzt, daß Sie sehr hart für Ihre Früchte arbeiten müssen, *señora,* und daß ich kein Recht hatte, sie zu stehlen, auch wenn ich glaube, daß Sie eine Hexe sind.«

Erschrockenes Hüsteln und Raunen erfüllte plötzlich den Raum. Einige der Anwesenden begannen sich nervös Luft zuzufächeln.

»Juan, entschuldige dich sofort für das, was du gesagt hast«, mahnte Doña Margarita.

»Nein, *señora*«, bat Doña Josefina. »Er soll sich nicht dafür entschuldigen müssen, daß er sagt, was er wirklich denkt. Die Wahrheit ist doch, daß die Hälfte der Leute in diesem Raum der gleichen Meinung ist, es aber nicht wagt, sie mir ins Gesicht zu sagen.« Sie blickte nacheinander in die Gesichter der Anwesenden und wandte sich dann wieder Juan zu. »Ich danke dir, mein Kind, daß du erkannt hast, daß ich hart arbeiten muß für meine Pfirsiche. Ich nehme deine Entschuldigung an. Und was die Tatsache angeht, daß du mich für eine Hexe hältst, nun, was kann ich sagen, außer daß ...«

»Du brauchst dich nicht zu rechtfertigen, Mama!« rief José Luis, dessen Wangenmuskeln vor Zorn hervortraten.

»Ich möchte es aber erklären«, beharrte seine Mutter. »Denn ich möchte nicht, daß du auch eines Tages aus diesem Tal flüchtest, so wie dein Bruder es getan hat!« Das Gerede über ihren zweiten Sohn, die Frucht ihrer Vergewaltigung durch den Maultiertreiber, hatte so überhand genommen, daß der Junge eines Tages davongelaufen war, um woanders ein neues Leben zu beginnen. Die hochgewachsene, kräftige Frau tat einen verzweifelten Atemzug. Noch nie in ihrem Leben hatte sie vor so vielen Leuten gesprochen. »Ich bin keine Hexe«, sagte sie eindringlich zu den anwesenden Männern, Frauen und Kindern. »Hört Ihr? Ich bin keine *bruja*!« Ihre Augen füllten sich erneut mit Tränen. »Mag sein, daß ich mich in all den Jahren merkwürdig benommen habe, weil ich meine Bäume übertrieben bewachte, und daß ich Tiereingeweide und Blut verwende, um die Bäume zu düngen, mag auch viel Gerede verursacht haben, aber ...aber das macht mich noch lange nicht zur Hexe! Es zeigt höchstens, daß ich nicht viel Vertrauen zu den Menschen – insbesondere zu Männern – habe, aber sehr wohl weiß, wie man mit Pflanzen umgeht.

Mein Mangobaum, meine Winterpfirsiche sind nicht durch Hexerei gediehen. Sie sind nur das Ergebnis von …« jetzt strömten die Tränen ungehindert über ihr Gesicht, » von jenem Wissen, in das der alte Priester aus der Stadt mich neben so vielen anderen Wundern des Lebens einweihte.« Sie hielt schluchzend inne. José Luis schloß seine Mutter in die Arme und drückte sie zärtlich an sich. Auch Luisa trat hinzu und streichelte ihre künftige Schwiegermutter tröstend.

Einige Leute begannen zu flüstern, aber keiner wagte es, laut zu sprechen. Alle waren gleichermaßen erstaunt und geschockt. Nie hätten sie erwartet, diese große, unbezähmbare Frau – die sie alle für eine Hexe hielten – einmal so herzzerreißend an der starken Schulter ihres Sohnes weinen zu sehen.

»Nun gut«, sagte Doña Margarita nach einem Augenblick des Schweigens, »wie ich schon sagte, ich möchte, daß ihr Kinder Doña Josefina der Reihe nach begrüßt, und Juan hier hat freiwillig den Anfang gemacht.«

»O ja, entschuldigt mich«, sagte Doña Josefina, »ich will mir nur rasch die Augen trocknen.«

Alle schauten zu, wie die große Frau sich die Tränen wegtupfte und dann auf den kleinen Juan zuging. »Ich freue mich, dich persönlich kennenzulernen«, sagte sie lächelnd. »Mein Sohn José Luis hat mir in den vergangenen Tagen viel von dir erzählt.«

Sie streckte Juan ihre große, kräftige Hand entgegen. Juan blickte auf ihre langen, schwieligen Finger und ergriff ihre Hand, die sich so hart wie ein Stein anfühlte.

»Fröhliche Weihnachten«, sagte sie zu ihm, und in ihren Augen blitzte jetzt Heiterkeit. »Schau, ich habe dir einen Korb Pfirsiche mitgebracht.« In dem Korb lagen tatsächlich die größten und schönsten Pfirsiche, die man je gesehen hatte. »Und von nun an kannst du, wann immer du Lust auf ein paar Pfirsiche hast, zu mir kommen, und wir pflücken sie gemeinsam. Dann erwischst du auch nicht wieder die grünen, so wie neulich nachts.«

»Die waren noch grün?« fragte Juan erstaunt.

»Ja«, antwortete sie lachend, »knallgrün.«

»Ach je«, fiel Juan in ihr Lachen ein. Dann blickte er auf den Korb mit den herrlich duftenden Früchten, nahm eine heraus und biß herzhaft hinein. »Oh, das ist himmlisch!« schwärmte er.

»Genau!« bestätigte die große Frau. »Das sind exakt die Worte, die der alte Priester jedesmal benutzte«, sagte sie, und wieder glänzten ihre Augen verdächtig. »Er war so ein guter Mensch. Möge seine Seele in Frieden ruhen«, fügte sie hinzu und bekreuzigte sich. »Ich habe ihn wirklich geliebt. Er hat alles auf dieser Welt für mich bedeutet. Mein Ein und Alles, vereint in einem einzigen menschlichen Wesen, so wahr mir Gott helfe!«

In diesem Augenblick begriffen die Menschen im Raum, wer José Luis' Vater war. Wahrhaftig, diese merkwürdige Frau und der alte Priester waren ein Liebespaar gewesen.

Auf einmal bekreuzigten sich alle. Dies war in der Tat ein bewegender Augenblick. Gott war zur Erde hinabgekommen zu ihnen, seinem Volk, in all seiner Kraft und den Geheimnissen und Wundern der Liebe.

Eines der Kinder, das eben erst sprechen gelernt hatte, erhob sein Stimmchen. »Wenn ich dir die Hand gebe und dir erlaube, mich zu drücken und zu küssen, wirst du mir dann auch einen Pfirsich schenken?« fragte das Mädchen.

Die Erwachsenen lachten befreit auf, und die Spannung löste sich allmählich.

»Aber natürlich«, sagte Doña Josefina.

»Au prima, *Señora* Hexe«, rief die Kleine begeistert und breitete die Ärmchen aus.

Jetzt bebte der Raum vor Gelächter, und selbst Domingo konnte sich der Heiterkeit des Augenblicks nicht entziehen. Josefina herzte und küßte die Kinder der Reihe nach, während die Erwachsenen vor Erleichterung nicht mehr aufhörten zu lachen und zu scherzen. Don Juan wandte sich wieder seinem Tequila zu, und Doña Josefina schritt unter der *ramada* hindurch, um Don Pío einen Pfirsich anzubieten. Immerhin war es Don Pío gewesen, der an jenem Tag bei ihr erschienen war, als der Maultiertreiber sie mißbraucht hatte. Er hatte den Mann festnehmen, auspeitschen und aus dem Tal verjagen lassen.

»Es ist nicht viel, das ich Ihnen geben kann, Don Pío«, sagte Josefina, »aber ich möchte Ihnen diesen Pfirsich schenken und Sie um Verzeihung bitten. Ich hatte keine Ahnung, daß er Ihr Enkel ist. Es tut mir so leid.«

»Dafür besteht kein Grund«, erwiderte Don Pío. »Außerdem feiern wir Weihnachten, das Fest der Versöhnung. Und wie könnten wir Sterblichen uns erdreisten, einander unsere Sünden nicht zu vergeben, wenn Gott uns seinen eigenen Sohn sandte, um für unsere Sünden zu sterben?

Laß uns feiern, Josefina. Du bist jetzt Teil von *nuestra familia,* und in unserer Familie versuchen wir fröhlich und respektvoll miteinander zu leben. Denn glaub mir, andernfalls würden wir an unseren unterschiedlichen Charakteren zugrunde gehen. Du bist eine großartige Frau, und wir sind stolz, dich und deinen Sohn José Luis bei uns willkommen zu heißen.«

Don Juan und ein paar andere verfolgten die Unterhaltung zwischen Don Pío und Josefina neugierig, bis es Zeit für die gemeinsame Mahlzeit war, deren Vorbereitungen die ganze Woche in Anspruch genommen hatten, und alle versammelten sich um den langen Tisch. Don Juan wollte gerade ansetzen, das Dankgebet zu sprechen, als Doña Margarita ihm das Wort abschnitt und ihren Vater, Don Pío, fragte, ob er ihnen die Ehre erweisen würde, sie im Tischgebet zu führen.

»Aber gern, warum nicht«, erwiderte der alte Mann, dem nicht entgangen war, daß Don Juan soeben mit dem Gebet hatte beginnen wollen. Er wollte sich die Gelegenheit jedoch nicht nehmen lassen, besonders, da es sich um den einzigen Tag im Jahr handelte, an dem es seinem Enkel José gestattet war, in diesem Haus zu weilen, das er, Don Pío, mit seinen eigenen Händen erbaut und seiner Tochter zum Geschenk gemacht hatte.

Und so führte Don Pío sie alle im Gebet, und die meistgefürchtete Frau des Tales schloß sich ihnen an. Nun konnten sich alle davon überzeugen, daß sie sehr wohl imstande war, sich wie jeder gute Christ zu bekreuzigen, ohne daß die Erde sich auftat, um sie zu verschlingen, und daß auch sie nur eine verlorene Seele war, wie jeder von ihnen.

José und Mariposa saßen an der einen Seite des kleinen Juan und José Luis und Luisa auf der anderen. Juan fühlte sich wie ein König mit all den glücklichen Gesichtern um sich herum. Und als es an der Zeit war, das Geburtstagslied für Gottes geliebten Sohn anzustimmen, hätte Juan schwören können, daß das traurige Gesicht des Jesus, der an seinem Kreuz über der Eingangstür hing, sich zu einem breiten Lächeln verzog, während er Juan mit seinem linken Auge zuzwinkerte.

3

Und so schenkte El Sol *eines Tages jenem kleinen Kometen das Leben, der mit einem Feuerschweif auf die Erde hinabsauste und ihren Bewohnern den Beginn eines neuen Paradieses auf Gottes* sagrada tierra *ankündigte*

Am Tag von Luisas und José Luis' Hochzeit hatte die ganze Familie sich zu einem fröhlichen Fest mit Tanz und Gesang zusammengefunden, als Colonel Alfonso Montemayor de los Santos und zwei seiner *rurales* auf prächtigen Pferden erschienen.

Der gutaussehende Colonel trug einen prachtvollen, hellgrauen *charro* mit Silberknöpfen, welche die Außennähte seiner Hose bis zu den Füßen zierten, und sah äußerst beeindruckend aus auf seinem wohlgenährten, glänzend gestriegelten Hengst. Don Juan Villaseñor begrüßte ihn am Eingang der *ramada* und bat Vicente und Alejo, sich um das Pferd und die beiden Begleiter des Colonels zu kümmern und anschließend zu der Feier zurückzukehren.

»Herein mit Ihnen, *mi coronel*!« sagte Don Juan liebenswürdig. »Endlich kann ich Ihnen meine Tochter und meinen Schwiegersohn vorstellen. Die Trauungszeremonie haben Sie leider gerade verpaßt - aber zur Feier sind Sie genau rechtzeitig eingetroffen!«

Er geleitete den Colonel durch die Menge zu José Luis' und Luisas Tisch. Der Colonel war hochgewachsen, fast ebenso groß wie Don Juan, aber neben der breitschultrigen, bärenhaften Gestalt José Luis', der sich mit freundlichem Lächeln erhob, um den Colonel zu begrüßen, wirkten die beiden Männer wie Zwerge.

»*Coronel*«, sagte Don Juan, »darf ich Sie mit meiner Tochter Luisa bekanntmachen und mit ihrem Ehemann José-Luis, dessen Mutter die herrlichsten Pfirsichbäume im ganzen Tal besitzt.«

»Sie meinen die ...«

»Ja, genau«, lachte Don Juan. »Das ist die Mutter von José Luis, die Frau mit dem – nun, sagen wir, etwas ungewöhnlichen Ruf!«

»Du liebe Zeit, ich wußte gar nicht, daß sie einen Sohn hat ... und einen so großen dazu«, staunte der Colonel.

»Ja, er ist ein richtiger Bär!« bestätigte Don Juan stolz, »und wahrscheinlich der einzige Mann hier in der Gegend, der es an Kraft mit mir aufnehmen kann!« fügte er lachend hinzu.

Als sie einander die Hände schüttelten, verschwand die Hand des Colonels vollkommen in José Luis' mächtiger Pranke. »Wie kommt es, daß ich Sie noch nie getroffen habe?« fragte er.

José Luis lachte. »Ich arbeite unten in León. Außerdem habe ich schon vor langer Zeit gelernt, daß es besser ist, nicht zu oft mit der Autorität zusammenzutreffen.«

Der Colonel brach in Gelächter aus. »Da stimme ich Ihnen voll und ganz zu. Das Leben ist wahrhaftig einfacher, wenn man sich von ihr fernhält. Ich würde sogar sagen, daß darin das Geheimnis des Lebens überhaupt besteht. Leider sind heutzutage viel zu wenige Menschen in der Lage, diese einfache Lebensregel zu begreifen. Bei mir zu Hause haben wir früher alles getan, um nicht den Zorn meines Vaters zu erregen.«

»Richtig«, bestätigte Don Juan. »Jeder sollte Respekt vor der Autorität zeigen. Wenn Sie und Ihre Männer nicht regelmäßig diese Berge kontrollieren würden, könnten wir uns vor Diebespack nicht retten. Auf diese

Art gibt es wenigstens nur einen Halunken, mit dem wir regelmäßig rechnen müssen«, fügte er lachend hinzu. »Kommen Sie!« Er legte dem Colonel den Arm um die Schulter. »Holen wir uns etwas zu essen und zu trinken!«

Der Colonel wußte nicht recht, was er von der letzten Bemerkung seines Freundes Juan Villaseñor halten sollte. Hatte er etwa andeuten wollen, daß er ihn und seine *rurales* für Diebe hielt? Da er sich jedoch unter Freunden befand, beschloß der Colonel, die Sache auf sich beruhen zu lassen und ließ sich durch den Patio zu dem langen Tisch führen, der sich unter herrlichen Speisen bog. Neben unzähligen anderen köstlichen Gerichten war ein ganzer Stier geschlachtet und gegrillt und ein fettes Schwein zu *carnitas* verarbeitet worden. Und der Tequila war der beste in ganz Mexiko und wurde *a lo gallo* genossen, mit Limonenscheiben, Salz und natürlich vielen Hochrufen.

Der Colonel leckte seine linke Faust ab und streute etwas Salz auf die gut angefeuchtete Stelle. Dann gesellte er sich, ein Stück Limone zwischen Daumen und Zeigefinger der linken Hand, in die Reihe der anderen Männer und nahm lächelnd den großen tönernen Becher mit purem Tequila entgegen, den man ihm reichte. Er nickte Don Juan zu, und beide Männer legten gleichzeitig die Köpfe zurück und kippten sich den Tequila in die Kehle. Sie leckten das Salz ab, bissen in die Limonenscheibe und atmeten kräftig ein, um das Aroma des Tequilas mit dem Geschmack des Salzes und einer kräftigen Prise Sauerstoff zu vermischen. Als die Wirkung des Alkohols in ihren Köpfen einsetzte, stießen sie einen begeisterten *grito de gusto* aus.

Die Gruppe der *charros* applaudierte, und der Colonel und Don Juan wiederholten das Ritual noch fünfmal kurz hintereinander. Dann gingen sie Arm in Arm zu der

Tafel mit Steaks und *carnitas,* Tellern voller Bohnen und Tortillas und Schüsseln, gefüllt mit köstlichen *salsas,* Gemüsegerichten und Früchten. Der Colonel, der nicht wie Don Juan bereits den ganzen Tag genascht hatte, merkte jetzt, wie hungrig er war und wie rasch die Wirkung des Tequilas sein Hirn umnebelte.

Und in diesem Moment fiel sein Blick auf die atemberaubende Gestalt Mariposas, die sich mit José und einem Dutzend Kinder unter der großen Eiche im Tanz drehte. Ausgelassen wirbelten die beiden jungen Leute und die Kinder unter dem Baum, durch dessen Blätter das Sonnenlicht schimmerte, zu der fröhlichen Musik im Kreis herum.

Der Colonel blieb abrupt stehen, wischte sich den Mund ab und marschierte entschlossen auf die Gruppe zu. Juanito und die Kinder bemerkten die große Gestalt, die sich mit energischen Schritten näherte, als erste und hörten auf zu tanzen, worauf Mariposa und José ebenfalls innehielten.

»Wo bist du gewesen?« brüllte der Colonel die Witwe an. »Wir haben Stunden gebraucht, bis wir mit der Kutsche dort oben waren, um dich abzuholen. Und dann war niemand da!«

Die Musik verstummte.

Doña Margarita, die sich mit ihrem Vater und seiner jungen Frau Herlinda unterhalten hatte, unterbrach ihr Gespräch. Jeder im Patio war betroffen über den plötzlichen Wutausbruch des Colonels.

»Nun«, erwiderte Mariposa mit Bedacht, »ich habe auf Sie gewartet, wie Sie es wünschten, aber als es immer später wurde, wußte ich nicht recht, was ich tun sollte und bin einfach ...«

Sie hielt verwirrt inne. Ihr zuvor so strahlendes Gesicht fiel in sich zusammen. José ergriff ihre Hand.

»Ich habe sie gebeten, mit mir zu kommen«, sagte er

und blickte den Colonel offen an, »damit sie nicht zu spät zur Hochzeit meiner Schwester erscheint. Sie wollte Sie gewiß nicht beleidigen, *mi coronel*!«

Der Colonel achtete nicht auf Josés Worte, sondern starrte nur auf dessen schmale, dunkle Hand, die die makellose weiße Hand der Witwe umschlossen hielt, was diese bereitwillig zuließ. Als seine Erstarrung sich löste, schrie er José wutentbrannt an: »Wie kannst du es wagen, ihre Hand zu nehmen, du indianischer Bauerntölpel!« Der Anblick ihrer reinen, weißen Hand brachte ihn fast um den Verstand. »Ich werde dich hinter ein Pferd binden und auspeitschen lassen!«

Die beiden Begleiter des Colonels, die soeben mit Alejo und Vicente lachend und scherzend den Patio betreten hatten und sich gerade ein paar Tequilas genehmigen wollten, griffen instinktiv nach ihren Pistolen, als sie das Gebrüll des Colonels vernahmen. Doch José Luis, der so etwas vorausgesehen hatte, war im Nu hinter ihnen. Er versetzte dem einen mit seiner mächtigen Faust einen Schlag auf den Kopf, so daß dieser, wie von einem Eisenhammer getroffen, zu Boden ging, und verpaßte dem anderen einen gezielten Hieb auf das linke Ohr, und während auch dieser Mann zusammensackte, schnappte er sich sein Gewehr.

»Laß sie sofort los!« schrie der Colonel immer noch. Er packte Mariposas Arm und zerrte sie an sich. »Du wirst jetzt mit mir tanzen! Worauf wartet ihr noch?« brüllte er den Musikern zu. »Fangt gefälligst wieder an zu spielen!«

Die Musik setzte wieder ein, und der Colonel drehte sich mit Mariposa im Kreis, wobei er seine Füße hoch in die Luft schwang, so, wie er es bei den Kindern und José gesehen hatte. Er wollte die Freude und den Spaß, die beim Tanz mit den Kindern in ihren Augen gestanden hatte, wieder heraufbeschwören, aber es gelang ihm nicht. Erneut stieg Zorn in ihm hoch. Wütend versetzte er Mariposa eine Ohrfeige und brüllte sie an: »Was ist los mit dir? Habe ich dich nicht wie eine Königin behandelt, dir Seide und eine goldene Kutsche gebracht! Was verlangst du denn noch, du tückisches Weib?«

Mariposas Kopf dröhnte von dem Schlag, aber es war nicht das erste Mal, daß sie von brutaler Hand geschlagen wurde. Dieses Mal jedoch, als sie hörte, wie er sie ›tückisches Weib‹ nannte, zersprang etwas in ihr, und unbändige Wut machte sich in ihr breit – eine Wut, die sogar ihre Angst und ihren Schmerz betäubte. »Was ich will«, sagte sie und wünschte sich in diesem Augenblick, in all den Jahren ihrer Ehe einmal den Mund aufgemacht zu haben, »ist, mit Respekt behandelt zu werden! Und mit Liebe!« Ihr Herz hämmerte, doch sie stand mit zurückgeworfenem Kopf vor ihm. »Welche Frau möchte schon wie eine Königin behandelt werden, *mi coronel*? Eine Frau wünscht sich Zärtlichkeit und Vertrauen und eine gütige Hand!«

»Du meinst wohl seine, wie? Die Hand eines beschränkten Indios?« brüllte er. Nicht nur, daß dieses Weib das Wort gegen ihn erhoben hatte, sie gab auch noch unumwunden zu, daß sie diesen dunkelhäutigen, armseligen Indianerjungen ihm vorzog. Er holte aus, um ihr mit aller Kraft die geballte Faust ins Gesicht zu rammen, doch bevor er sein Vorhaben in die Tat umsetzen konnte, hatte José sein Handgelenk gepackt und ihn zur Seite gerissen.

Der Colonel war wie vom Donner gerührt, als ihm bewußt wurde, daß dieses kleine, unbedeutende indianische Stück *caca* ihn, einen Kerl von fast zwei Metern mit einer einzigen Bewegung um ein Haar zu Boden geworfen hätte. Er konnte es nicht fassen, und hätte er nicht den unbändigen Haß gesehen, der aus den Augen des Jungen funkelte und sich bis in seine Seele zu bohren schien, wäre er überzeugt gewesen, jeden Augenblick aus einem bösen Traum zu erwachen.

Der große Mann griff nach seiner Pistole, doch zu seinem Entsetzen wurde ihm die Waffe aus der Hand getreten, noch bevor er sie ganz aus dem Halfter gezogen hatte. Und wieder traf ihn der haßerfüllte, furchtlose Blick der großen, schwarzen Augen und ließ seine Bewegungen erstarren. Zu spät wurde dem Colonel klar, daß sein Gefühl ihn nicht getrogen hatte, als er diesen Indiojungen einen Monat zuvor beim Haus der Witwe das erste Mal gesehen hatte. Er hätte ihn auf der Stelle hinrichten lassen sollen, so wie er und seine Männer in den vergangenen zwei Jahren mit allen Indios verfahren waren, die das Feuer des Hasses in ihren Augen nicht hatten verbergen können. Denn Mexiko würde erst dann zur Ruhe kommen, wenn es dem Beispiel seines Nachbarlandes, den Vereinigten Staaten, gefolgt war und alle seine aufsässigen Indios für immer ausgelöscht hatte. Der Colonel rief zornerfüllt nach seinen beiden Männern.

»Hier sind sie«, sagte José Luis gelassen und zog die beiden auf die Beine. »Die armen Kerle sind hingefallen. Aber in ein paar Minuten sind sie bestimmt wieder okay.«

Der Colonel war ratlos. »Don Juan«, rief er aufgebracht. »Was hat das zu bedeuten? Warum erledigen deine Söhne und du diesen Indio nicht für mich?«

Don Juans Blick wanderte über die zahlreichen dunkelhäutigen und hellhäutigen Mitglieder seiner *familia,* bevor er an die Seite seines Sohnes José trat. »Weil er mein Sohn ist«, sagte er und legte den Arm um Josés Schulter. »Das sind alles meine Söhne.«

Die Augen des Colonels weiteten sich vor Überraschung, und er fühlte sich plötzlich wie ein Narr, als er die übrigen Anwesenden musterte und sah, daß tatsächlich jede Frau, jeder Mann und jedes Kind dieser Familie mehr oder weniger stark ausgeprägte indianische Züge hatte.

Er drehte sich um und streckte die Hand nach seinem Colt aus, der noch auf dem Boden lag. Doch er hatte den Gedanken kaum zu Ende gedacht, als der unscheinbare Indianerjunge, der ruhig an der Seite seines hochgewachsenen, rothaarigen Vaters gestanden hatte, mit einer geschmeidigen Bewegung an ihm vorbeischoß und die Waffe mit einem Fußtritt aus seiner Reichweite beförderte.

Rasend vor Zorn stolperte der Colonel seiner Waffe hinterher, besessen von dem Wunsch, blindwütig in die Menge zu feuern und alle niederzumähen. Doch wieder war der Junge schneller und hielt dem Colonel die Waffe, die er blitzartig an sich genommen hatte, genau zwischen die Augen.

Innerhalb von Sekunden verwandelte sich *El Coronel* zurück in den hilflosen, fetten, reichen, kleinen Jungen, der gegenüber den wilden Straßenkindern keine Chance hatte.

José senkte die Waffe, entlud sie und gab sie dem Colonel zurück, wie einem unachtsamen Kind, das er davor bewahren wollte, sich mit seinem Spielzeug zu verletzen. *El Coronel* sank erschöpft und beschämt in sich zusammen; er war nicht mehr der beeindruckende, große Mann, sondern ein alter, feister Kerl, der aussah, als würde er gleich in Ohnmacht fallen.

Don Juan ergriff seinen Arm und führte ihn weg. Vicente und Alejo brachten die Pferde und verfrachteten die drei Männer auf ihre Tiere. Auf dem Rücken seines Hengstes erlangte der Colonel ein wenig seines Selbstbewußtseins zurück und blickte hochmütig auf die Menge herab.

»Ich komme zurück!« wollte er rufen, brachte jedoch nur ein heiseres Krächzen hervor, »ich kriege euch schon, ihr hinterhältiges Indianerpack! Macht euch darauf gefaßt!« Verzweifelt räusperte er sich, um seine Stimme wiederzufinden. »Ihr hinterwäldlerischen, ignoranten Villaseñors! Ihr verdient es nicht zu leben!«

Don Juan, der den Hengst des Colonels geduldig an den Zügeln festgehalten und bisher sogar ein wenig Mitleid mit dem Mann verspürt hatte, fühlte, wie der Zorn in ihm emporwallte, als der Colonel den Namen seiner Familie beleidigte. Am liebsten hätte er den Mann wieder vom Pferd gezerrt und ihm eigenhändig das Genick gebrochen. Doch ihm war klar, daß der Colonel sein Gesicht längst verloren hatte. Um seiner Wut dennoch Ausdruck zu verleihen, holte Don Juan aus und rammte dem Hengst des Colonels mit aller Macht seine kräftige Faust auf die Schläfe, so daß das große Tier wie vom Blitz getroffen zu Boden fiel.

Der Colonel sprang entsetzt von dem unter ihm zusammenbrechenden Tier und flüchtete torkelnd die Straße hinunter, wobei sein fetter Hintern heftig auf und ab hüpfte. Es sah zum Brüllen aus, und alles schrie vor Lachen.

Kurze Zeit darauf rief Don Pío persönlich alle Gäste zusammen. »Genießt dieses Fest«, forderte er sie auf, »seid heute nacht von Herzen fröhlich und feiert, denn so wahr mir Gott helfe, ich fürchte, dies wird für viele Jahre das letzte Fest dieser Art sein, und bis dahin werden wir viele unserer hier versammelten Lieben begraben müssen!« Er bekreuzigte sich mit Tränen in den Augen. »Dieser hinterhältige Feigling wird seinen Soldaten mit Sicherheit nicht die Wahrheit über den Verlauf der heutigen Geschehnisse berichten. Im Gegenteil, er wird es hinstellen, als hätten wir ihn beleidigt, und daß allein zwanzig Mann von uns nötig gewesen seien, ihn zu überwältigen, und er wird sie überzeugen, daß er hundert tüchtige Soldaten braucht, um zurückzukehren und uns wie Ratten niederzumetzeln. Glaubt mir, er wird lügen, und sie werden ihm seine Lügen glauben und innerhalb einer Woche mit Hundertschaften hier erscheinen und über uns herfallen.

Ich weiß, wovon ich rede, ich bin diesem Typ des hinterhältigen Feiglings immer wieder begegnet, als wir im Süden gegen die reichen deutschen *haciendados* und später gegen die Franzosen kämpften. Bald wird es in unseren Bergen zu blutigen Kämpfen kommen, also genießt diese Nacht! Denn *mañana* wird unser Blut die Erde unserer Heimat von neuem rot färben!«

Mit diesen Worten ergriff der weise alte Mann den Arm seiner jungen Indiofrau und begann sich mit ihr im Kreis zu drehen. Die anderen sahen den beiden einen Augenblick lang zu und schlossen sich ihnen dann an. Bald lachten, tanzten, sangen und feierten alle, wie sie es vor der Ankunft des Colonels getan hatten.

In der Zwischenzeit verschwanden Juan und die anderen Kinder in Richtung der Weiden, um auszuprobieren, ob auch sie wenigstens ein Kalb mit der bloßen Faust niederschlagen konnten. Doch als die Mutterkuh sie sah, ahnte sie, daß diese Jungs nichts Gutes im Schilde führten, und rannte ihnen mit gesenktem Kopf laut muhend entgegen, so daß die Kinder vergnügt schreiend die Flucht ergriffen.

El Sol verschwand am Horizont, und wieder neigte sich ein Tag auf Gottes wunderbarer Erde dem Ende zu, während José sich unermüdlich mit Mariposa im Kreise drehte. Liebe schwebte in der Luft. Auf einen magischen Tag in *el paraíso* de Los Altos de Jalisco würde eine magische Nacht folgen, eine jener schlaflosen Nächte voller Liebe, in der die Menschen, umringt von Blumen, Tieren, Steinen und ihren Schutzengeln, die lächelnd auf sie herabblickten, den harmonischen Rhythmus der Natur fortsetzten.

Zwei Tage später hatte Don Pío alles vorbereitet, um mit fünfundzwanzig Männern über die Berge in die Hauptstadt Mexiko-City zu reiten. Er wollte seinem alten Freund und Kampfgefährten, Don Porfirio, dem *presidente* persönlich, von den zunehmend brutaler werdenden Übergriffen der *rurales* in den vergangenen Jahren berichten. Er wollte Don Porfirio dazu bringen, das Massaker zu stoppen, bevor es richtig begann. Don Pío bat Juanito, sein Pferd Four White Stockings zu halten, und nahm José beiseite.

»José«, begann er, »ich lasse dich absichtlich zurück, denn wenn mir etwas zustoßen sollte, bist du es, der hier in unseren Bergen für Ruhe und Ordnung sorgen muß. Ich will keine Namen nennen, aber einige von uns besitzen leider mehr Stolz als Klugheit und mehr Kraft als Besonnenheit. Wenn wir ein Blutvergießen nicht um jeden Preis vermeiden, wird sich der Boden unter uns in kürzester Zeit in ein Schlachtfeld verwandeln. Verstehst du, was ich damit sagen will?«

»Ich höre dir zu, *abuelito.*«

»Ich weiß, mein Junge.« Er legte José seine dunkle, von Falten durchzogene Hand auf die Schulter. »Wenn sie zuschlagen, bevor ich zurück bin, dann lauft davon, hörst du. Lauft davon, und laßt euch auf keinen Kampf ein. Ich weiß, daß das, was ich verlange, für jeden heißblütigen jungen Mann eine Zumutung ist, aber ich will nicht, daß jemand getötet wird, wenn es sich irgendwie vermeiden läßt. Außerdem, wenn wir immer wieder davonrennen, werden sie glauben, daß wir Feiglinge sind. Und sollten wir eines Tages tatsächlich gezwungen sein, gegen sie zu kämpfen, werden wir sie in eine Falle locken, so daß zwanzig gute Männer von uns leicht mit zweihundert von ihnen fertigwerden.«

José grinste. Sein Großvater war wirklich ein Genie. Nicht umsonst hatte er als junger Mann zum engsten

Kreis um Benito Juarez gehört. Er schloß den alten Mann liebevoll in die Arme. Was wäre ohne die innige Zuneigung seines Großvaters wohl aus ihm geworden, seit der Vater ihn aus dem Haus verbannt hatte? »In Ordnung, *abuelito*«, versprach José. »Bis du zurückgekehrt bist, werden wir jedem Kampf aus dem Weg gehen.«

»Ich danke dir. Du bist ein großartiger Junge, José. Der beste von allen. Laß dir von niemandem etwas anderes einreden. Und du, Juanito«, wandte er sich an Juan, »hast hoffentlich genau zugehört, hm? Dafür hat der liebe Gott dir nämlich so einen großen Kopf und so große Ohren geschenkt. Damit du aus allem, was um dich herum vor sich geht, lernst und eines Tages ein so großer Mann wie Don Benito Juarez wirst, du kleines Wunderkind«, fügte er hinzu und drückte Juan an sich. »Du bist ein besonderes Geschenk des Himmels, das deiner Mutter im Alter gewährt wurde, kleiner Spitzbauch, du!«

Don Pío hatte den kleinen Juan in einer herzlichen Umarmung fest umschlossen. Dann hielt der Kleine wieder die Zügel fest, und José half dem Großvater auf den Hengst. Die anderen Reiter saßen bereits abmarschbereit auf ihren Pferden. Alejo, Vicente und Everardo würden den Großvater begleiten. Alle trugen ihre besten Reitanzüge und hatten ihre tüchtigsten Pferde ausgewählt. Juan ging zu seiner Mutter, die neben Don Juan und Domingo stand, um den davonziehenden Reitern zum Abschied zuzuwinken. Don Juan und Alejo schlossen einander noch einmal rasch in die Arme. Alejo war Don Juans erklärter Lieblingssohn, aber auch Vicente stand dem Vater sehr nahe. Don Juans Augen wurden feucht, als er den beiden gutaussehenden, hellhaarigen und blauäugigen Söhnen nachblickte, die sich an der Seite ihres dunkelhäutigen Großvaters auf den Weg machten.

Don Píos junge Frau stand wie angewurzelt da und sah ihrem geliebten Ehemann stumm hinterher, als alle anderen schon lange weg waren.

In dieser und in der darauffolgenden Woche blieb der erwartete Angriff des Colonels und seiner Truppe aus. Gerüchten zufolge war er in einer dringenden Angelegenheit nach Norden beordert worden. Man hörte jetzt immer häufiger davon, daß die Menschen in Mexiko sich offen gegen das gnadenlose Vorgehen der *rurales* zur Wehr setzten.

José schärfte Mariposa ein, sich durch die Abwesenheit des Colonels nicht täuschen zu lassen. »Du mußt sehr vorsichtig sein, wenn ich dich morgens verlasse und auf die Felder gehe«, ermahnte er sie. »Sei immer auf der Hut! Beim geringsten Anzeichen, daß der Colonel hier wieder auftaucht, mußt du sofort verschwinden! Er wird sich auf jeden Fall an dir rächen wollen, mein Liebling«, fügte er hinzu, »also flieh in die Kirche oder versteck dich bei Nachbarn. Alle im Tal wissen Bescheid. Wir müssen Ruhe bewahren und jedem Konflikt aus dem Weg gehen, bis mein *papá grande* zurückkehrt. Ich hoffe nur, daß Don Pío *Presidente* Porfirio zur Vernunft bringen und die Dinge geradebiegen kann, bevor es wieder zu einer Revolution kommt, *querida.*«

»José, das erzählst du mir jeden Tag,« erwiderte Mariposa, »hör endlich auf damit, und küß mich lieber. Verstehst du denn nicht, daß es mir gleich ist, ob ich lebe oder sterbe, solange ich weiß, daß wir beide zusammengehören. Du bist mein Leben. Halt mich fest, mein Liebling, und laß uns diese Nacht mit unseren Wundern füllen.«

Und so verbrachten sie die Nacht, wie stets, eng aneinandergeschmiegt, bis er am Morgen zur Arbeit in den Feldern aufbrach.

Eines frühen Abends, die Sonne war soeben untergegangen, kehrten Domingo und Juan mit einem Sack voller Orangen aus der *barranca* zurück, wo sie mit dem zahmen Bullen Chivo und ihren beiden Großonkeln Basilio und Agustín Ziegen gehütet hatten.

Basilio und Agustín waren die beiden Söhne von Don Píos älterem Bruder Cristóbal und einer großen, dunklen Indianerin aus dem Dorf, die kurz nach der Geburt des zweiten Sohnes gestorben war. Inzwischen waren beide Mitte dreißig, besaßen jedoch noch immer das Gemüt von Kindern. Ihnen fehlte jegliches Interesse an Geld oder privaten Besitztümern, und sie hätten einem völlig Fremden, ohne mit der Wimper zu zucken, ihr letztes Hemd überlassen, wenn dieser sie darum gebeten hätte. Beide waren kräftige, hochgewachsene Kerle und die einzigen Männer in der ganzen Region, die sogar Don Juan und José Luis überragten. Im Gegensatz zu letzerem, der eher wie ein großer, tapsiger Bär wirkte, besaßen sie jedoch muskulöse, stählerne Körper, die wie aus Eisen gegossen anmuteten. Sie waren so stark, daß sie mit Leichtigkeit ein drei Monate altes Kalb mit den Zähnen beim Schwanz packen und anheben oder einen toten Bullen auf ihrem mächtigen Rücken transportieren konnten. Angesichts ihrer außergewöhnlichen Stärke und der geradezu legendären Größe ihrer Geschlechtsorgane behauptete man sogar, sie seien unmöglich in der Lage, sich mit einer gewöhnlichen Frau zu paaren. Trotz alledem waren diese beiden Riesen die schüchternsten und unbedarftesten Wesen, die man sich vorstellen konnte, und zweifellos die glücklichsten Männer der ganzen Region. Wenn es donnerte und Sturm und Regen den Himmel verdüsterten, streiften sie fröhlich ihre Kleider ab und rannten splitterfasernackt und jauchzend mit den Blitzen, die den Himmel erhellten, in den Eichenwäldern um die Wette.

Juan und Domingo liebten die beiden ungestümen Riesen, denen jede Art von Trübsal fremd war, abgöttisch. Ein Tag mit den beiden war immer ein Tag voller Freude, Schabernack und guter Laune.

Es war der Abend des siebzehnten Januar 1910, als Juan und Domingo mit Basilio, Agustín und dem Bullen Chivo aus der *barranca* zurückkehrten. Domingo und Juan hatten den Sack Orangen bei einem *arriero,* einem Maultiertreiber, gegen eine junge Ziege eingetauscht. Sie hatten ihre beiden Onkel in dem Glauben gelassen, sie besäßen die Erlaubnis ihrer Eltern, eine Ziege herzugeben, und zerbrachen sich jetzt den Kopf darüber, was sie mit all den Orangen, die sie noch übrig hatten, machen sollten. Sie wollten sie nicht einfach wegwerfen, denn Orangen waren ein wahrer Luxusartikel in den Bergen. Die beiden Jungen waren ratlos; wenn sie die Früchte mit nach Hause nähmen, würden die Eltern schnell herausfinden, daß sie dafür eine Ziege geopfert hatten, was zweifellos ziemlichen Ärger zur Folge haben würde.

So in Gedanken versunken, trotteten sie also nun nach Hause, als ein riesiger Feuerball, der geradewegs auf sie zuzukommen schien, den Abendhimmel erhellte. Menschen und Tiere blieben wie vom Donner gerührt stehen und starrten dieses Wunder sprachlos an. Die große, gleißendrote Kugel sauste in atemberaubender Geschwindigkeit am Himmel entlang genau auf sie zu und ließ dabei einen langen, blendenden Feuerschweif am Firmament zurück. Noch nie zuvor hatte ein Mensch ein solch großartiges Schauspiel zu sehen bekommen.

Domingo fiel augenblicklich auf die Knie und bekreuzigte sich. »Das ist Gott, der gekommen ist, uns zu bestrafen!« sagte er furchterfüllt. »Oh, bitte, lieber Gott, Herrscher des Universums, ich verspreche, daß ich nie wieder eine Ziege ohne Erlaubnis hergebe. Solange ich lebe! Aber bitte, bitte töte mich nicht, und laß die Welt nicht untergehen! Ich bin noch jung und noch immer unberührt und möchte diese Welt nicht verlassen müssen, ohne wenigstens einmal eine Frau geliebt zu haben!«

Während Domingo flehend auf dem Boden kniete, lachten die beiden Riesen sich halb tot vor Freude. »Seht nur!« sagte Basilio, als der Feuerball immer näher kam, »Gottes Hintern steht in Flammen, und jetzt kommt er runter auf die Erde, um wieder mit uns zu spielen!«

»Ja«, jubelte Agustín und begann bereits, sich zu strecken und seine Muskeln zu dehnen, »und diesmal gewinnen wir!«

Rasch streiften die beiden ihre Kleider ab und hielten sich bereit, mit dem mächtigen Feuerball um die Wette zu laufen, so wie sie es schon tausend Mal mit den Blitzen getan hatten, wenn ein Gewitter am Himmel tobte.

Juan stand wie angewurzelt neben dem Bullen Chivo und betrachtete sprachlos dieses Wunder, während Domingo weiter betete und die beiden Riesen sich lachend reckten und dehnten, bereit für den Start zum großartigsten Rennen ihres Lebens: einem Wettlauf mit Gott persönlich.

»Du meine Güte«, sagte Juan ehrfurchtsvoll, »das Ding sieht aus wie eine kleine Sonne mit Feuerschweif! Seht nur, wie es den ganzen Himmel erhellt!«

Basilio hielt in seinen Lockerungsübungen inne und betrachtete nachdenklich den dahinschießenden Kometen. »Ja, du hast recht, Juan«, erwiderte er . »Das ist ein Kind der Sonne«, fügte er philosophisch hinzu. »Bestimmt hat Gott mit seinem großartigen Freund, *El Sol*, eine *gran fiesta* gefeiert und viel zu viel gegessen. Hinterher haben sie einen Riesenfurz gelassen, und dabei ist diese kleine Sonne herausgekommen.« Er lachte. »Los, Juan, mach mit! Jetzt ist der Zeitpunkt gekommen, mit Gott um die Wette zu laufen und ihm zu zeigen, daß wir bereit sind, uns mit ihm zu messen und wieder in den Himmel zurückzukehren!«

Mit diesen Worten schossen Basilio und Agustín davon. Nackt, wie Gott sie schuf, rannten sie unter Freudengeheul auf die Eichenwälder zu.

Juan schnappte sich den Sack mit Orangen und setzte den beiden, ebenfalls *gritos de gusto* ausstoßend, nach. Chivo, der zahme Bulle, den Domingo und Juan großgezogen hatten, galoppierte seinem kleinen Freund schnaufend hinterher und machte sich begeistert über die Orangen her, die Juan unterwegs verlor. Und die Ziegen, die die Nachhut bildeten, verschlangen genußvoll die restlichen süßen Orangenstücke, die der Bulle übrigließ.

An einer kleinen Lichtung oberhalb seines Elternhauses legte Juan eine Pause ein, um Atem zu schöpfen. Er hörte das Stampfen Chivos und das Meckern der Ziegen hinter sich, und weit voraus vernahm er das Geschrei der beiden Riesen, die mit unverminderter Geschwindigkeit durch den Wald preschten und deren Freudenschreie von den Wänden der *barrancas* zurückgeworfen wurden.

Juan blickte zum Himmel und stellte fest, daß der Feuerball inzwischen viel näher gekommen war und sich strahlender und blendender als zuvor seinen Weg zwischen den Sternen hindurchbahnte. Juans kleines Herz hämmerte wie wild, und eine unerklärliche Freude ließ ihm die Tränen in die Augen steigen. Inzwischen kam auch Domingo, der nach wie vor leise und voller Angst betete, den Pfad emporgetrottet.

»Domingo«, sagte Juan, »begreifst du denn nicht, daß Gott überhaupt nicht böse auf uns ist? Sieh doch nur, wie wundervoll der Himmel aussieht! Durch diesen kleinen Kometen will Gott uns bestimmt nur mitteilen, daß jetzt wieder eine Zeit der Freude beginnt.«

»Unsinn, du Idiot«, schrie Domingo ihn an. »Das ist das Ende der Welt! Siehst du nicht, daß der ganze Himmel in Flammen steht und wir alle in die Hölle fahren werden?« Hysterisch setzte er seine Gebetslitanei fort, in dem verzweifelten Wunsch, in der kurzen Zeit, die ihm noch blieb, Vergebung für all seine Sünden zu erwirken.

Daheim standen Doña Margarita und der Rest der *familia* vor der *ramada* und beobachteten ebenfalls das unglaubliche Schauspiel. Don Juan nahm einen großen Schluck aus der Flasche, die er in seiner Hand hielt, und ließ sie unter den Männern, die furchterfüllt zum Himmel starrten, herumgehen, während die Frauen und Kinder sich dicht aneinanderdrängten und beteten. Auf einmal klang das ohrenbetäubende Freudengeheul der beiden Riesen zu ihnen herüber, die jetzt auf der Anhöhe aus dem Wald auftauchten und splitternackt über die Weiden unterhalb des Dorfes rannten.

Doña Margarita lachte lauthals auf. »Oh, da sind ja unsere beiden unschuldigen Riesen. Ich gehe jede Wette ein, daß sie fest davon überzeugt sind, dieses himmlische Gottesgeschenk diesmal einzuholen und in den Boden zu stampfen, bevor es dort hinten über dem Berggipfel verschwindet!«

»Weib!« schnauzte Don Juan sie an. »Hör auf, solchen Unsinn zu reden! Diese verdammten Narren fordern die Geduld des Allmächtigen einmal zu oft heraus und werden uns noch alle ins Verderben stürzen!«

Seine Frau lachte nur. »Ach was, *querido,* sie zeigen bloß der ganzen Welt und dem Himmel, was Freude ist. Hör sie dir doch an!« Und schon begann Doña Margarita, die beiden anzufeuern. »Vorwärts, Basilio! Los, Agustín! Schnappt euch den Kometen und öffnet das Tor zum Himmel für uns alle!«

Die Frauen fielen begeistert in Doña Margaritas Rufe

ein. »Ja, los, Basilio! Agustín! Öffnet das Tor zum Himmel für uns!«

»Genau!« schrie eine der Frauen. »Schließt uns das große Tor mit den gewaltigen Schlüsseln auf, die zwischen euren Beinen baumeln!«

Die Frauen brachen in kreischendes Gelächter aus. In diesem Augenblick erschien Juan mit Chivo und den Ziegen auf der Spitze des Hügels, gefolgt von Domingo.

Den Sack mit den restlichen Orangen hinter sich herziehend, trottete Juan über das Kopfsteinpflaster auf die Gruppe vor der *ramada zu.* Er sah verwundert, daß die Frauen sich vor Lachen bogen, während die Männer mit verärgerten Gesichtern die Flasche kreisen ließen. Einer der Männer – empört über das Verhalten seiner Frau – zog erbost seinen Revolver, um die beiden Riesen einfach niederzuschießen, doch ein anderer schlug seine Hand zur Seite, und der Schuß ging ins Leere. Die Frauen, denen der Zwischenfall nicht entgangen war, bemühten sich verzweifelt, ihr unbändiges Gelächter und Gekicher zu zügeln.

Mit dem Ruf: »Ich fürchte mich nicht vor fliegenden Sternen!« zog nun auch Don Juan seinen Revolver und legte auf den Kometen an, wobei er das Magazin seiner 45er leerte.

Erschrocken von dem Lärm stampfte Chivo mit den Hufen und galoppierte mit wütendem Gebrüll auf die Gruppe der Männer zu, die entsetzt auseinanderstob. In dem Getümmel zerriß der Sack mit den Orangen, und die Früchte kullerten in alle Richtungen. Die Frauen schrien beim Anblick der rotgoldenen Orangen entzückt auf und stürzten sich darauf. Nachdem sie die seltenen Früchte geschält und gekostet hatten, stimmten alle darin überein, daß es die süßesten Orangen seien, die sie je probiert hatten. »Ein Geschenk des Himmels!« behauptete eine von ihnen überzeugt. Juan ging zu seiner

Mutter und überreichte ihr die letzte Orange. »Hier Mama, die ist für dich.«

»Oh, danke dir, *mi hijito*«, erwiderte die alte Lady und zog ihren jüngsten Sohn an sich. Juan fühlte sich geborgen und glücklich, während er an der Seite seiner Mutter das spektakuläre Schauspiel am Himmel verfolgte.

Domingo hatte sich unter die Männer gemischt und ein paar Schlucke aus der Tequilaflasche ergattert, die sie herumgehen ließen. Es war eine wahrhaft wundersame Nacht, und jeder hatte seine ureigene Erklärung für dieses einzigartige Ereignis gefunden, das den Nachthimmel in magischem Licht erstrahlen ließ.

Noch lange hörte man das fröhliche Gelächter und die Jubelschreie der beiden Riesen, die es nicht müde wurden, sich mit der Kraft des Allmächtigen zu messen und dem Kometen hinterherzujagen.

Am nächsten Tag – nach jener Nacht, in der der Halleysche Komet in all seiner Pracht am Himmel erschienen war – schlug der Colonel zu. Doch die Bewohner, frühzeitig gewarnt, hatten längst Zuflucht in den Wäldern gesucht, bevor der Trupp das Dorf erreichte.

Voller Wut darüber, die Siedlung völlig ausgestorben vorzufinden, machte sich der Colonel mit seinen Männern daran, die Weidenzäune niederzutrampeln und die Häuser niederzubrennen, als plötzlich, wie aus dem Nichts, ein Dutzend junger Reiter auftauchte. Die jungen Männer waren jedoch derart miserable Schützen, daß sie fast ihre gesamten Magazine auf den Colonel und seinen Trupp abfeuerten, ohne ein einziges Mal zu treffen. Der Colonel und seine *rurales* stürzten sich natürlich sogleich auf die Gruppe der widerspenstigen jungen Männer, die allerdings nur aus elenden Feiglingen zu bestehen schien. Denn sie stellten sich nicht wie anständige Kerle dem Kampf, sondern flüchteten Hals über Kopf in die Wälder, wo sie mit ihren Pferden über die *arroyos* setzten und schnell zwischen den mächtigen Eichen verschwunden waren. Der kräftige, gutgenährte Hengst des Colonels war bald so erschöpft von der Verfolgungsjagd, daß er zu straucheln begann. Der Colonel und seine Männer ritten große, kräftige Flachlandpferde, die den behenden und ausdauernden kleinen Bergpferden dieser Region nicht gewachsen waren. Daher hob der Colonel die Hand und blies die Verfolgung ab. »Laßt sie ziehen«, sagte er. »Wir kommen in ein paar Tagen mit zusätzlichen Pferden zurück, und dann nehmen wir uns diese dreckigen Feiglinge vor Tagesanbruch vor! Ihr könnt Gift darauf nehmen, daß diese elenden Indianerbastarde für die Schmach, die sie mir angetan haben, bezahlen werden!«

Zweimal noch tauchte der Colonel mit seinem Trupp in der Siedlung auf, und beide Male hinderten José und seine Freunde sie daran, ihre Häuser und Felder zu zerstören, indem sie die Soldaten vom Dorf fortlockten. Aber José und der stellvertretende Anführer der Gruppe, der kleine, sommersprossige Felipe Juan Kelly, bezweifelten, daß ihre Methode noch lange funktionieren würde. Zwei ihrer Freunde hatten bereits leichte Wunden davongetragen, denn die Schüsse, die der Colonel und seine Männer abfeuerten, waren darauf angelegt zu töten, während José und seine Freunde lediglich feuerten, um die Angreifer abzulenken.

Eines späten Nachmittags endlich kehrte Don Pío aus Mexiko-City zurück, und das ganze Dorf strömte zusammen, um ihn zu begrüßen. Der Empfang verlief in gedrückter Stimmung, denn der alte Mann konnte sich vor Erschöpfung kaum noch auf seinem Pferd halten, und die Hälfte der Männer, die mit ihm aufgebrochen waren, fehlte jetzt.

»Sie haben Alejo getötet!« verkündete er. »Sie haben

Vicente getötet! Und sie haben Eduardo, Ramón, César und sogar meinen alten Freund Felipe umgebracht, der so viele Kämpfe an Porfirios Seite geschlagen hat! Sie haben sie alle massakriert! Obwohl die Männer unbewaffnet und mit einer weißen Flagge in die Stadt geritten sind!«

Don Pío brach weinend zusammen, und sie halfen ihm behutsam von Four White Stockings herunter, der beängstigend abgemagert war. Don Pío war die fast dreihundert Meilen von Mexiko-City ohne Unterbrechung zurückgeritten. »Wir haben Mexiko verloren! Porfirio hat sich in einen reichen, weißen Franzosen verwandelt! Seine Leute haben uns, *los mejicanos,* den Zutritt in unsere eigene Hauptstadt verwehrt!«

Der Mann, der so stolz und zuversichtlich in die Hauptstadt aufgebrochen war, murmelte jetzt wie ein verwirrter alter Mann vor sich hin. Sie brachten ihn zu seinem Haus, wo seine junge Frau ihm entgegeneilte und ihn in die Arme schloß. Und Don Pío, der große Kriegsheld und Verfechter des Friedens, der Mann der Liebe und des Lebens, klammerte sich schluchzend wie ein Kind an ihre Schulter.

José führte Four White Stockings fort. Er erkannte sogleich, daß das Tier am Ende war. In seinem Alter würde sich der Hengst nie wieder von den Strapazen des langen Rittes erholen.

Auch Don Juan erlitt in dieser Nacht einen Zusammenbruch. Nachdem er vom Tod seiner beiden Lieblingssöhne erfahren hatte, flüchtete er sich in die Einsamkeit der Wälder. Als er nach zwei Wochen endlich wieder auftauchte, war er betrunken und wie von Sinnen und sah um Jahre gealtert aus. Don Juan war ein gebrochener Mann.

José traf sich in der Nacht nach Don Píos Rückkehr mit seiner Gruppe im Wald nördlich des Dorfes.

»Also gut«, sagte er, »wir haben auf die Rückkehr meines Großvaters gewartet, und jetzt ist er wieder da.«

Es gab keinen in der Gruppe, der nicht einen Vater, Onkel oder Bruder bei dem Massaker in Mexiko-City verloren hatte. Und das, obwohl die Männer unbewaffnet gewesen waren und eine weiße Fahne getragen hatten, wie Don Pío berichtete.

»Also werden wir das nächste Mal, wenn der Colonel kommt, nicht davonlaufen. Diesmal locken wir sie in unser famoses kleines Höllenloch, aus dem es keine Wiederkehr für sie geben wird.«

»*Con gusto*! So wahr uns Gott helfe!« rief der drahtige kleine Juan Kelly. »Ich bin es sowieso leid, mich beschießen zu lassen, ohne zurückfeuern zu dürfen!«

»Können wir die Waffen von den Männern, die wir umlegen, behalten?« fragte Jorge, der ältere Bruder von Mateo und Pelón. Jorge war der älteste Sohn einer großen, mittellosen Familie, und die einzige Waffe, die er besaß, war eine alte Machete.

José nickte. »Natürlich. Auf diese Art werden wir von heute an für unsere eigene Ausrüstung sorgen: mit ihren Waffen und ihrer Munition.«

Jorge grinste seinen jüngeren Bruder Manuel begeistert an.

»Großartig!« rief ein anderer Junge. Es war Chango, der eben erst sechzehn geworden war. »Und ich werde diese beiden Bastarde, die meinen Bruder wegen eines Maiskolbens umgelegt haben, höchstpersönlich erledigen und mir ihre Waffen unter den Nagel reißen. Dann können wir in ganz *Méjico* mit den *rurales* aufräumen!«

»Okay«, sagte José, »aber jetzt beruhigt euch, damit wir uns eine vernünftige Strategie zurechtlegen können. Wir müssen einen kühlen Kopf bewahren und einen genauen Schlachtplan haben, sonst funktioniert es nicht. Vergeßt nicht: Wir haben es nicht mit Narren zu tun!«

Und so wurde der Colonel, als er das nächste Mal mit seinen über hundert bis auf die Zähne bewaffneten Soldaten über die Berge aus León, Guanajuato, heraufkam, bereits am Zugang des Tals von José und seinen beiden schnellsten Reitern, Jorge und Juan Kelly, erwartet. José und Juan Kelly hatten beschlossen, dem Colonel einen kleinen Anreiz zu bieten, damit er sich erneut auf eine Verfolgungsjagd einließ, also tauchten sie aus dem Schutz der Bäume auf und ritten geradewegs auf den Colonel und seine Männer zu.

»Verehrter Colonel«, sagte José und lüftete seinen *sombrero*, »haben Sie Ihren Leuten eigentlich je die Wahrheit über jenen Abend erzählt? Daß es nur ein einzelner Indianerjunge war, der Sie beleidigt hat? Oder haben Sie vielleicht behauptet, es seien mindestens zwanzig gewesen?«

»Du unverschämter kleiner Bastard!« schrie der Colonel und zog seinen Revolver. Doch bevor er dazu kam, auch nur einen einzigen Schuß abzufeuern, hatten José und seine beiden jungen Kameraden bereits in meisterhafter Reitkunst ihre Pferde herumgewirbelt und waren im Wald verschwunden.

Der Colonel bohrte seinem Hengst die Sporen in die Flanken und nahm schießend die Verfolgung auf. Seine Männer hefteten sich ohne zu zögern an seine Fersen und preschten José und seinen Freunden durch den Eichenwald hinterher. Doch die Jungen kannten diesen Wald, in dem sie von Kindesbeinen an gespielt und getobt hatten, in- und auswendig. Sie lockten den Colonel und seinen Trupp quer durch das Unterholz, über Bachläufe und über eine Ebene, von der sie in einen weitläufigen, harmlos wirkenden Cañon abschwenkten. Die Männer folgten ihnen blindlings. Es wäre dem Colonel nie in den Sinn gekommen, daß dieser schmächtige, dunkelhäutige Indianerjunge und seine Freunde so etwas wie Verstand besitzen könnten. Für ihn waren sie nichts als eine wilde Horde Hohlköpfe, und seine Männer – seit Jahren daran gewöhnt, leichtes Spiel mit diesen Menschen zu haben – teilten seine Meinung.

Doch nach einem kurzen Stück schloß sich der Cañon zu einer tiefen, engen Schlucht, deren Felswände kein Pferd erklimmen konnte. Und gerade als der Colonel frohlockte, die einfältigen Jungen in der Falle zu haben, segelten riesige Bälle brennenden Buschwerks auf die Köpfe der Männer hinab und verwandelten das kniehohe Gras zu ihren Füßen in ein knisterndes Flammenmeer, so daß die verängstigten Pferde panisch ausschlugen und sich im Kreise drehten.

Aus einer Entfernung von weniger als dreißig Metern eröffneten jetzt neun Jungen, die sich oberhalb des Cañongrundes in den Felsen verborgen hatten, das Feuer auf die Männer. Im gleichen Augenblick zog José seinen *serape* über die Augen seines Pferdes, wie er es schon so oft des Nachts mit dem Tier geübt hatte, gab ihm die Sporen und brachte den Hengst dazu, blindlings durch die züngelnden Flammen geradewegs auf den Colonel und dessen Trupp zuzugaloppieren, wobei er eine Salve von Schüssen auf die Männer abfeuerte. Juan Kelly und Jorge, die die Augen ihrer Pferde ebenfalls mit ihren Umhängen bedeckten, hielten sich dicht an seiner Seite und folgten seinem Beispiel. José erwischte fünf der Soldaten mit seiner 38er, bevor er mit seiner Machete zwei weitere Soldaten niedermähte. Plötzlich sah er sich dem Colonel gegenüber, und die beiden Männer blickten sich einen Augenblick wortlos an. Als der ältere Mann das Feuer auf ihn eröffnete, schwang José mit einem *grito de gusto* seine Machete, die im Licht der Sonne aufblitzte, und stürzte auf den Colonel zu. Angesichts der todesmutigen Unbekümmertheit, mit der dieser verrückte Junge auf ihn zustürmte, machte der Colonel entsetzt kehrt und tauchte in der Menge seiner kämpfenden Soldaten unter.

Juan Kellys Pferd war inzwischen von einer Kugel getroffen worden und unter ihm zusammengebrochen, was ihn nicht davon abhielt, den flüchtenden Soldaten zu Fuß nachzurennen und weitere Kugeln hinterherzuschicken. Das blanke Entsetzen, das in den Augen des Colonels und seiner Männer gestanden hatte, die jetzt Hals über Kopf die Flucht ergriffen, versetzte José und seine Freunde in einen ekstatischen Freudentaumel. Die Jungen, die sich in den Felsen versteckt hatten, kamen jetzt flink herab, versetzten den am Boden liegenden, verletzten Soldaten den Todesstoß und nahmen deren Waffen und Munition an sich. Sie hatten fünfunddreißig Soldaten erledigt, ohne selber einen einzigen Mann zu verlieren.

»Mann, das war sagenhaft!« schrie Jorge. »*Los chingamos*! Und du hast großartig ausgesehen, José, als du auf deinem Hengst durch die Flammen geprescht bist und sie rechts und links von dir niedergemacht hast. *Los chingamos a todo dar*!«

»Ja! Und ich habe einen der Hurensöhne erwischt, die meinen Bruder getötet haben!« schrie der sechzehnjährige Chango. »Seht her! Ich habe ihm die Ohren abgeschnitten, die bringe ich meiner Mutter mit!« Blutspuren rannen an seinem Arm herunter, als er die beiden Ohren für alle sichtbar in die Höhe hielt. »Diese Hurensöhne! Habt ihr die Angst in ihren Augen gesehen? Sie, die Menschen für *nada* umbringen, *cabrones*!«

»Gut, sagte José und versuchte seiner Erregung Herr zu werden. Er hatte sieben Männer getötet, die ihm Auge in Auge gegenübergestanden hatten, und fühlte sich noch etwas zittrig. Alles war so schnell gegangen. Innerhalb von Sekunden waren der Mut und die Geschicklichkeit, die er und die anderen sich im Laufe vieler Jahre angeeignet hatten, zum Einsatz gekommen, und jetzt war es schwer, die aufgewühlten Gemüter wieder zu beruhigen. »Ich will, daß jetzt jeder von euch nach Hause geht. Aber feiert nicht zu sehr und gebt nicht mit unserem Erfolg an. Das heute war erst der Anfang. Sie werden zurückkehren, mit noch mehr Soldaten und voller Heimtücke. Ein Erfolg wie heute wird uns nie wieder beschieden sein. Von heute an rechnen sie mit uns, und wir ... *chingonese, a todo dar*!«

»Genau!« schrie einer der jungen Krieger, der noch wie ein Kind aussah. »*Chingonese*!«

»Laßt uns in Gruppen von zwei oder drei hier verschwinden«, sagte José. »Und seid vorsichtig, ich will nicht, daß irgendeiner von euch unterwegs in einen Hinterhalt gerät.«

»Keine Sorge«, beruhigte ihn Juan Kelly. »Diese Feiglinge sind damit beschäftigt, mit zusammengekniffenen Ärschen nach Hause in ihre Garnison zu rennen! Mann, hast du die Angst in ihren Augen gesehen? Wir haben es diesen feigen *cabrones* wirklich gezeigt!«

»Ja, aber das dürfen wir uns nicht zu Kopf steigen lassen, Kelly. Wie ich schon sagte, es war erst der Anfang.«

Juan Kelly holte ein paarmal tief Luft und beruhigte sich etwas. »Wirst du mit deinem Großvater darüber sprechen?« fragte er José.

»Ja«, antwortete José.

»Nun, dann würde ich dich gern begleiten, schließlich bin ich stellvertretender Kommandeur«, sagte der dunkle, rothaarige Junge. »Jesus, ich hätte nie gedacht, daß es so gut laufen würde. Wir haben diese Bastarde tatsächlich erledigt!«

»Mein Großvater hat mir immer eingeschärft, niemals die Einfältigkeit eines hochmütigen Mannes zu unterschätzen. Der Colonel hätte es nie riskieren dürfen, uns in den Cañon zu folgen«, sagte José, während er sich an der Seite von Juan Kelly auf den Weg machte. »Er war wirklich ein Narr, aber das wird sich nicht wiederholen.«

Auf dem Weg nach Fat Rock war José ungewöhnlich still. Viele Dinge, die der Großvater ihn im Laufe der Jahre gelehrt hatte, gingen ihm jetzt durch den Sinn. Dazu gehörte unter anderem die Einsicht, daß der Mensch stets nur wenige Schritte davon entfernt war, wieder zu jener wilden Bestie zu werden, die er einst gewesen war, und daß ein guter Anführer seine Männer bedachtsam lenken mußte, damit sie sich nicht in die gleichen grausamen und gewissenlosen Monster verwandelten, die sie bekämpften. Die Ohren, die der Junge dem Soldaten abgeschnitten hatte, waren ein Zeichen für eine solche Entwicklung. Die *rurales* tyrannisierten die Menschen schon seit Jahren, und in den Herzen dieser jungen Männer hatte sich eine Menge Wut angestaut. Und hatte ein Mann erst einmal den Geruch des Blutes in seiner Nase gespürt, konnte er leicht zu einer gefährlichen Bestie werden. Auch das hatte sein *papá grande* ihm eingeschärft. Und der ganze Cañon war erfüllt gewesen von süßlichem, durchdringendem Blutgeruch. Der einzigartige Rausch der Erregung, der ihn erfüllt hatte, als er, blindlings um sich schießend, in die Menge der Soldaten stürzte, bereitete José jetzt Unbehagen.

Kurz vor Piedra Gorda zügelten José und Juan Kelly ihre Pferde. Abgesehen von der Tatsache, daß er sich am Scheitelpunkt einer Abkürzung zu den Städten León in Guanajuato und Guadalajara in Jalisco befand, besaß dieser kleine Ort keinerlei Bedeutung. Diese beiden Städte waren jedoch Provinzhauptstädte, und der Colonel und seine Männer waren dafür zuständig, die Verbindungsstraßen sicher zu halten.

Als sie in die Stadt hineinritten, begegneten José und Juan Kelly zwei jungen Männern, die sie kannten. Die beiden berichteten, daß der Colonel an diesem Tag eine schwere Niederlage erlitten hatte und die ganze Stadt das freudige Ereignis feierte.

Bevor Juan Kelly etwas erwidern konnte, drängte José seinen Hengst an Kellys Pferd und brachte ihn zum Schweigen. »Oh«, sagte er dann, »davon wußten wir noch gar nichts. Danke für die gute Neuigkeit.«

Sie setzten ihren Weg fort, und die Hufe ihrer Pferde hallten über das Kopfsteinpflaster.

»Aber wieso sollte ich ihnen denn nicht erzählen, daß wir diejenigen waren, die dem Colonel die Niederlage beigebracht haben?« fragte Kelly.

»Wenn es hart auf hart kommt, werden es vielleicht eines Tages unsere eigenen Leute sein, die uns verraten«, antwortete José, »und ich will das Schicksal nicht noch mehr herausfordern.«

»Aber du irrst dich«, sagte Juan Kelly. »Die Leute sind auf unserer Seite! Sie hassen den Colonel und seine Männer genauso wie wir!«

»Ja, ich weiß«, erwiderte José. »Aber auf lange Sicht, und auch das habe ich von meinem *papá grande* gelernt, sind es im seltensten Fall deine Feinde, die dir das Genick brechen, sondern der Judas unter deinesgleichen.« Mit diesen Worten gab José seinem Hengst die Sporen. Er fühlte sich außerstande, seinem jungen Freund Juan Kelly die Dinge zu vermitteln, die er wußte. Von dem Tag an, da man ihn im Alter von zwölf zu den Tieren in die Scheune verbannt hatte, hatte sich Josés Sicht auf die Welt verändert. Er hatte aufgehört, mit anderen Kindern zu spielen und herumzualbern, und angefangen, die Welt um sich herum mit neuen, wacheren Augen, wie ein Fremder auf diesem Planet, zu betrachten. Dadurch war er bereits in sehr jungen Jahren fähig gewesen, den weisen Worten seines Großvaters mit uneingeschränkter Aufmerksamkeit zu lauschen, und seine Neigung, alles und jedes genau zu beobachten und zu hinterfragen, war zu einer Passion geworden, die dazu führte, daß sich ihm das Leben in einem völlig neuen Licht präsentierte.

Da war zum Beispiel der Tag gewesen, an dem er zum ersten Mal die blinde Alte bewußt wahrgenommen hatte, die den steinigen Pfad von ihrer Hütte zur Kirche hinabstieg. Er war so fasziniert gewesen, daß er sich nicht vom Fleck rührte und wartete, bis die Messe vorüber war, um die Alte dabei zu beobachten, wie sie den Pfad nach Hause wieder hinaufstieg. Als er so dasaß und sie gebannt beobachtete, schien alles andere um ihn herum zu versinken. Obwohl die Alte diesen Weg tagtäglich zurücklegte, was längst zur Selbstverständlichkeit geworden war, so daß die übrigen Dorfbewohner sie gar nicht mehr beachteten, zog jede ihrer Bewegungen den aufmerksamen José vollkommen in ihren Bann, und er war überzeugt, daß diese alte Frau die Bewahrerin eines jener Mysterien war, die Gott den Menschen schenkte. Die meisten hatten jedoch längst die Fähigkeit verloren, diese Wunder zu erkennen.

Nachdem José die Alte noch mehrere Male mit zunehmender Bewunderung beobachtet hatte, war er schließlich zu ihr hingegangen und hatte sie gefragt, wie sie ein solches Wunder zustande bringen konnte. Als sie antwortete, daß Gott den Blinden eine besondere Gabe des Sehens schenkte, die direkt aus dem Herzen stamme, konnte er tagelang über nichts anderes mehr nachdenken. José war sicher, daß – hätte er nicht so ein einsames, isoliertes Leben geführt – er weder auf die Idee verfallen wäre, es der Alten nachzutun und des Nachts mit geschlossenen Augen den Pfad hinabzusteigen, noch er diesen Versuch so oft wiederholt hätte, bis sich auch bei ihm eines Tages tatsächlich die Fähigkeit einstellte, mit den Augen des Herzens zu sehen und den Pfad mit geschlossenen Augen und der gleichen schlafwandlerischen Sicherheit wie die blinde Alte zurückzulegen.

Er hatte sein Zuhause, seine Familie und den Vater, den er so liebte, verloren, aber es schien, als hätte der Himmel sich seiner gerade deswegen besonders angenommen.

José setzte in dieser Nacht seinen Ritt schweigend fort, denn wie sollte er seinem jungen Freund diese Dinge, die in seinem Inneren verborgen waren, mitteilen? Vielleicht würde sein Großvater ja die richtigen Worte finden. Also stellte er Juan Kelly seinem Großvater Don Pío vor, und die drei saßen die ganze Nacht beisammen. Der alte Krieger klärte sie über viele Dinge auf, die im Land vor sich gingen, zum Beispiel, daß Zwischenfälle, wie sie selbst ihn am Nachmittag herbeigeführt hatten, sich zur Zeit in ganz Mexiko ereigneten.

»Wißt ihr«, sagte der alte Mann, »nachdem sie eure Brüder in der Hauptstadt erschossen hatten, fielen sie bei Tagesanbruch über unser Lager her. Wir waren gerade dabei, unser Frühstück zuzubereiten, ein paar von uns schliefen sogar noch. Ich schwöre euch, Soldaten kennen Liebe und Loyalität nur dem Militär gegenüber. Da waren wir nun, wir, die Männer, die Don Porfirio dazu verholfen hatten, an die Macht zu kommen, und plötzlich hetzt er uns, seinen eigenen Leuten, seine neuen Militärs auf den Hals. Wir wenigen, die wir überlebten, haben geschworen, die Nachricht über diesen Frevel in ganz *Méjico zu* verbreiten. Deshalb glaubt mir: das, was ihr heute in diesen Bergen getan habt, geschieht in diesem Moment überall in unserem Land.«

Er lächelte grimmig. »Die *rurales* kontrollieren das Land jetzt schon seit über dreißig Jahren für Porfirio, aber das wird sich schnell ändern. Das Volk hat genug ertragen, *mi hijitos,* nicht mehr lange, und alle werden sich erheben. Aber ihr müßt trotzdem vorsichtig sein. Ein Erfolg wie heute abend wird euch nicht wieder beschieden sein. Von jetzt an wird der Colonel auf der Hut sein und alles in seiner Macht Liegende unternehmen, sein Gesicht zu wahren.«

»Ja, ich weiß, *papá grande*«, nickte José. »Wir haben schon auf dem Weg hierher darüber gesprochen.«

»Dann ist es ja gut«, erwiderte der alte Mann und sah seinen Enkel und dessen sommersprossigen Freund aufmerksam an. »Ich bin froh, daß ihr euch darüber im klaren seid. Und denk auch daran, was ich dir immer gesagt habe, José: langfristig sind es nicht deine Feinde, die dir den tödlichen Schlag versetzen, sondern deine Freunde und deine eigene Gier.«

»Aber muß es denn immer so sein?« fragte Juan Kelly, dem der Gedanke überhaupt nicht behagte. »Wieso kämpft man denn überhaupt gegen seine Feinde, wenn es doch nur darauf hinausläuft, daß deine eigenen Freunde dich betrügen oder man selbst sich verrät?«

Der alte Mann lächelte nachsichtig und tätschelte die Hand des Jüngeren. »Eine gute Frage, Juan Kelly«, sagte er. »Genau das ist der Grund, weshalb jeder junge Krieger die Dämonen in seinem Inneren ebenso – wenn nicht stärker – bekämpfen muß, wie die Dämonen, denen er auf dem Schlachtfeld begegnet. Nimm nur das Beispiel unseres *gran* Porfirio, der von Tag zu Tag mehr davon überzeugt ist, ein wahrer Gott zu sein. Und jetzt sind es seine früheren Freunde und seine eigene Gier, die ihn letztendlich zu Fall bringen werden. Glaub mir, Juan Kelly, du darfst niemals vergessen, auf dein Inneres zu hören. Auch Don Porfirio war einmal ein guter Mensch, bis er aufhörte, auf die Stimme seines Herzens zu hören.«

Juan Kelly war immer noch wie benommen, als sie bei Tagesanbruch ihre Pferde sattelten und sich auf den Weg zurück in die Berge machten. Er verstand allmählich, woher José, der doch auch erst neunzehn Jahre alt war, seine Weisheit und Ernsthaftigkeit hatte.

»Du meine Güte«, sagte er zu José, »ich habe noch nie jemanden kennengelernt, der die Dinge so klar ausdrücken kann. Sich mit deinem Großvater zu unterhalten ist, als säße man vor dem Thron der Weisheit! Dabei hat er nicht ein einziges Mal gesagt, tu dies nicht oder tu das nicht, wie die meisten Erwachsenen. Er hilft einem nur, die Dinge zu sehen, wie sie sind, und sich klarzumachen, was einen erwartet, wie auch immer man sich entscheidet. Jetzt begreife ich auch, was er damit meint, wenn er sagt, daß, je stärker wir werden, die wahre Gefahr nicht von außen, sondern in unserem Inneren lauert.«

José lächelte. Er wußte nur zu gut, wie Juan Kelly, der vor Aufregung in einem fort redete, sich fühlte. Ihm war es ebenso gegangen, als sein Großvater, kurz nach seiner Verbannung aus dem Elternhaus, das erste Mal auf diese Weise mit ihm gesprochen hatte. José hatte sich damals in der Scheune die Augen ausgeweint, überzeugt, daß seine Welt für immer zusammengebrochen war, und sich eingeredet, daß es seine eigene Schuld sei, daß der Vater ihn so haßte. Doch eines Nachts hatte plötzlich sein Großvater vor ihm gestanden und zu ihm gesagt: »Jetzt vergiß dein Selbstmitleid, José, und danke Gott für die Herausforderung, die er dir zuteil werden läßt. Denn dein Vater weiß ebensowenig was er tut, wie die Männer, die unseren Herrn in Golgatha hinrichteten. Steh auf und öffne deine Augen und Ohren, und mach dir bewußt, daß das Leben ein einzigartiges Geschenk Gottes ist, und daß jeder Schmerz nur dazu beiträgt, dich stärker als zuvor zu machen!«

Am nächsten Morgen war José sich nicht mehr sicher gewesen, ob der Großvater tatsächlich bei ihm gewesen war, oder ob er nur geträumt hatte. Doch von da an folgten viele Gespräche mit dem Großvater, und er begann, das Leben mit anderen Augen zu betrachten. In jener Zeit hatte er auch die blinde Alte bemerkt und durch ihr Beispiel allmählich sein Herz geöffnet. Später war er dann auf die Idee gekommen, seine Pferde bei Nacht zu trainieren, und er entwickelte sich bald zum geschicktesten Pferdetrainer der Region. Mit fünfzehn Jahren besaß er bereits einige der prächtigsten Pferde der Gegend, verdiente sein eigenes Geld und unterschied sich grundlegend von den übrigen Jungen seines Alters.

O ja, er wußte nur zu gut, wie aufregend es sein konnte, einen Abend lang den Worten seines *papá grande* zu lauschen. Juan Kelly würde nie mehr der gleiche sein wie zuvor, denn auch seine Seele hatte durch die richtigen Worte zur rechten Zeit Flügel bekommen.

Nachdem sie die Stadt verlassen hatten, beschleunigten die beiden Jungen ihr Tempo. Die Pferde waren ausgeruht und gefüttert, und da sie durch ihr Training an die Arbeit während der Nacht gewohnt waren, war es für die Tiere ein leichtes, in der Dunkelheit der frühen Morgenstunden ihren Weg zu finden.

Es war spät in der Nacht, als Mariposa aus der Hintertür ihres Hauses schlich, um sich in den Wäldern südlich der Stadt mit José zu treffen. Fast zwei Wochen waren seit ihrem letzten Treffen vergangen, und Mariposa sehnte sich unendlich nach ihm. Sie war schwanger und konnte es kaum erwarten, ihm zu sagen, daß sie bereit war, ihn zu heiraten.

Doch als sie die verabredete Stelle erreichte, war keine Spur von José zu sehen. Durch das aufgeschreckte Gezwitscher der Nachtvögel, das den Wald erfüllte, wurde Mariposa schnell klar, daß man sie verfolgt und in eine Falle gelockt hatte. Und bevor sie sich besinnen und die Flucht ergreifen konnte, war sie bereits von einem Dutzend Männer umringt, unter ihnen der Colonel.

»Knebelt sie, und bringt sie von hier weg. Ich werde mich später persönlich um sie kümmern, aber zuerst knöpfen wir uns ihren kleinen Kampfhahn ein für allemal vor!«

Die Männer packten Mariposa und schleppten sie fort. Der Colonel instruierte seine Männer, damit sie José schnappten, sobald er auftauchte, um sich mit Mariposa zu treffen.

In der Gewißheit, daß der Indio ihm dieses Mal nicht entwischen würde, machte der Colonel sich anschließend auf den Weg zum Bach, wo man Mariposa festhielt.

»Nun, meine Liebe«, sagte er lächelnd, »so trifft man sich wieder. Mein Gott, selbst jetzt, wo Angst und Haß aus deinen Augen sprühen, bist du noch atemberaubend«, fügte er hinzu und strich ihr mit der Hand über die Wange. »Wie kann eine einzige Frau nur so viel Schönheit besitzen.

Du willst also nicht wie eine Königin behandelt werden? Nun, darüber können wir reden, ich bin schließlich ein aufgeschlossener Mann«, sagte er und fuhr fort, ihre Wange zu streicheln. »Du willst einen Mann, der dich mit Respekt und Zärtlichkeit behandelt, he?« Seine Finger strichen langsam und sanft über ihr Gesicht, bis sie sich unmerklich entspannte und aufhörte, an ihren Fesseln zu zerren, die jede Gegenwehr unmöglich machten. Und genau in dem Augenblick, als ihre Anspannung ein wenig nachließ, packte er mit Daumen und Zeigefinger brutal ihre Wange und quetschte sie mit aller Kraft, wobei sich seine Nägel so tief in ihr Fleisch bohrten, daß die Haut aufplatzte und Blut über ihre Wange strömte.

»Das hast du davon, du Hexe! Ich habe dich freundlich behandelt!« fuhr er sie an. Er gab seinen Männern ein Zeichen, sich zu entfernen und öffnete seinen Gürtel. »Ich werde dir zeigen, was ein richtiger Kerl ist! Ich zeige dir, wofür ihr Frauen gut seid, du undankbare Schlampe!«

Der Colonel ließ sein Pistolenhalfter zu Boden fallen und streifte sich die Hose über die Knie. Er genoß das Entsetzen in ihren Augen und die Macht, die er endlich über dieses hinreißende Wesen besaß. Jetzt war sie sein, und sie würde sein Geschöpf bleiben, bis sie starb. Und das konnte seiner Meinung nach nicht früh genug geschehen. Schließlich hatte sie ihn in aller Öffentlichkeit lächerlich gemacht und bloßgestellt. Durch ihre Schuld war es überhaupt erst so weit gekommen, daß er wie ein verängstigter Schuljunge Reißaus nehmen mußte.

Er kniete sich nieder und zwang ihre Beine auseinander. »Ich werde meinen Schwanz in dich hineinrammen, bis du vor Schmerzen schreist. Ich werde dich aufreißen, daß dir Hören und Sehen vergeht!«

Als Mariposa seine Worte vernahm, wußte sie, daß sie sterben würde. Sie mit Gewalt zu nehmen, würde diesem Monster nicht genügen. Er würde erst Ruhe geben, wenn sie tot war. Ein Gefühl unendlichen Friedens senkte sich über Mariposa, denn was er ihr niemals würde nehmen können, war die Gewißheit, daß jemand sie liebte; daß ein Engel vom Himmel zu ihr herabgestiegen war und sie gelehrt hatte, was Liebe bedeutete.

Sie schloß die Augen und dachte an José. In Gedanken zog sie den Geliebten fest in ihre Arme, während das Monster ihren Leib mißbrauchte. Und als er wieder und wieder in sie hineinstieß, löste sich ihr Bewußtsein von ihrem Körper, und sie beobachtete, wie ihre Seele sich hoch emporschwang und Zeuge wurde, wie die brutale Bestie ihren irdischen Körper beschmutzte. Doch es war nicht mehr wichtig, denn was dort unten lag, war nur noch eine leere Hülle. Ihre Seele schwebte sicher und in unerreichbarer Höhe über der Erde und streckte die Arme nach dem ungeborenen Kind aus, das vom Himmel zu ihr hinabstieg und seine winzigen, dunklen Finger in ihre legte. Die Berührung der kleinen Hand war so unendlich zart, so engelsgleich, daß Mariposa wußte, daß sie nun ganz Seele war. Sie würden für immer vereinigt sein, Mutter und Sohn. Ihr Sohn würde niemals in diese Welt hineingeboren werden, und es war gut und richtig so, denn für ihn würde es eine andere, neue Welt geben.

Josés Sohn ergriff die Hand seiner Mutter und führte sie fort von der Stelle, an der ihr irdischer Leib als jämmerliche Siegestrophäe von dem Mann, der sie mißbrauchte, in Stücke gerissen wurde.

Schreiend und mit schier unmenschlicher Kraft versuchte José sich gegen die Hände und Arme seiner Freunde zu wehren, die ihn am Boden festhielten, um ihn davon abzuhalten, ihr zur Hilfe zu eilen. Er brüllte, schlug um sich und verwünschte sie, doch sie hielten ihn unerbittlich fest. Mit jeder Faser seines Körpers fühlte er, was ihr in diesem Augenblick widerfuhr, und er hatte nur den einen Gedanken, auf sein Pferd zu springen, sie zu retten und jeden ihrer Peiniger eigenhändig umzubringen. Sie war sein Leben! Aber Juan Kelly und einige andere seiner Kameraden versuchten, ihn zur Vernunft zu bringen. »José, José! Es ist eine Falle, und du weißt es. Seit Jahren hast du uns eingeschärft, was dein Großvater dir beigebracht hat: an alle Menschen Mexikos zu denken, nicht nur an dich allein!«

»Mexiko ist mir gleichgültig«, schrie José. »Ich liebe sie! Sie ist mein Leben! Oh, mein Gott, Mariposa! Mariposa!!«

Wie sehr er sich auch wehrte und aufbäumte, sie ließen ihn nicht gehen. »José, wir brauchen dich! Du bist unser Anführer, wir können nicht zulassen, daß du in dein Verderben rennst.«

»Feiglinge!« schrie er. »Ihr seid nichts als eine Bande Feiglinge! Ich werde allein mit ihnen fertig!«

»Wir sind keine Feiglinge, José. Und das weißt du. Wir würden dir in die Hölle folgen. Aber wir sind nur zu zwölft, und wer weiß, wieviele Männer dort im Hinterhalt lauern.«

Sie hielten ihn fest auf den Boden gepreßt, ungeachtet seiner Befreiungsversuche und Beschimpfungen.

Doch mit einem Mal brach sein Widerstand. Seine Augen weiteten sich, und sein Körper erschlaffte. Sie war tot. Er fühlte es mit unerschütterlicher Gewißheit. In der gleichen Sekunde, in der Mariposa den sicheren Hafen des Todes erreichte, verlor José das Bewußtsein und betrat jenen Tunnel, an dessen Ende die große Unendlichkeit wartet. Und dort sah er Mariposa in ihrer ganzen Schönheit, und sie schwebte wie ein Engel über dem Boden. Sie hielt ein winziges Kind an ihre Brust gedrückt, lächelte mit glücklich strahlenden Augen auf ihn hinab.

»Ich warte auf dich, Geliebter«, versprach sie.

»Ja«, antwortete er, »es wird nicht lange dauern. Ich liebe dich.«

»Und ich liebe dich auch. Sieh nur, dies ist dein Sohn.«

»Er ist wunderschön!«

»Wie sollte es auch anders sein. Er wurde in Liebe empfangen, und wenn er das nächste Mal geboren wird, wird die Welt für ihn bereit sein.«

Josés Körper bebte. »Dafür werde ich sorgen«, versprach er. »So wahr mir Gott helfe, dafür werde ich sorgen.«

Sein Körper bäumte sich noch einmal auf, bevor er in tiefen Schlaf sank. Als er nach sechzehn Stunden wieder erwachte, waren seine Augen groß und glänzend und unheimlich in ihrer endgültigen Entschlossenheit.

Er richtete sich auf und blickte in die Runde seiner Kameraden. Dankbar nahm er den Becher mit Wasser an, den sie ihm reichten. »Ich werde nach Hause reiten, um meine Eltern ein letztes Mal zu sehen. Ich will, daß ihr inzwischen dafür sorgt, daß Mariposas sterbliche Überreste in einem Sarg zum Dorf gebracht werden, damit sie ein anständiges, christliches Begräbnis erhält.«

Ohne ein weiteres Wort stieg er auf sein Pferd und machte sich auf den Weg zu seinem Elternhaus. *La familia* blickte erschrocken auf, als José trotz der Anwesenheit des Vaters das Haus betrat.

»Ich bin wieder zu Hause«, sagte er und umarmte Doña Margarita und seinen kleinen Bruder Juan. »Ich bin zurück, Papa«, wiederholte er und ging zu seinem Vater.

Don Juan war betrunken, ein Zustand, den er seit dem Tod seiner beiden Söhne Alejo und Vicente stetig pflegte. José bückte sich, um den Vater, der auf einem Stuhl saß, ebenfalls zu umarmen, aber Don Juan weigerte sich, die Umarmung seines Sohnes zu erwidern und wehrte ihn unwirsch ab.

»Ich kann nicht mehr«, jammerte Don Juan. »All diese Jahre, all diese Jahre, und jetzt? Alejo und Vicente sind tot, Jesús und Teodoro sind mit Everardo nach Kalifornien gegangen, um Arbeit zu suchen. ICH HABE ALLE MEINE SÖHNE VERLOREN!« rief er zitternd und schluchzend. »Ich habe alles verloren, wofür ich gelebt habe!«

José ignorierte die Kränkung in den Worten des Vaters. »Ich weiß, Papa«, sagte er ruhig. »Ich weiß, du hast hart für alles gearbeitet, und jetzt ist alles verloren. Komm, laß dich umarmen.« Er zog den Vater auf die Füße und umschloß ihn mit einer innigen *abrazo.* Alle, einschließlich des kleinen Juans und Doña Margarita, begannen bei diesem Anblick zu weinen. Endlich, nach acht langen Jahren, hatten Vater und Sohn wieder zusammengefunden. »Ich liebe dich, Papa«, sagte José, »ich liebe dich so sehr.«

Der alte Mann erwiderte nichts, doch José ließ sich nicht entmutigen. »Ich weiß, daß du mich auch liebst, Papa. Ich weiß es, auch wenn du es nie aussprichst. Ich habe nie aufgehört, dich zu lieben, genau wie du mich immer geliebt hast. Und an dem Tag, an dem du die große Schlange besiegt hast, war ich dein Zeuge.«

»Du hast mich gesehen? Du hast wirklich gesehen, wie ich es getan habe?«

»Ja.«

»Warum hast du das nie gesagt?«

»Weil, nun … ich glaube … ich weiß nicht recht. Ich habe dich immer so sehr bewundert – wollte immer so sein wie du. Und wie du dann dieses Monster ohne das geringste Anzeichen von Furcht angegriffen hast … wie du dein Pferd, das außer sich vor Panik war, herumgerissen hast … ich war jedesmal wie gelähmt, wenn ich nur daran dachte, und … ich konnte nie …«

»Dann bist du also tatsächlich Zeuge meiner Tat geworden, und du warst stolz auf mich?«

José seufzte tief. »Und wie, Papa. Von ganzem Herzen.«

Don Juan starrte seinen Sohn, in dessen aufrichtigem Blick Tränen schimmerten, aufmerksam an. »Ich habe immer gedacht, du würdest mich hassen, und dein Großvater sei der einzige Mensch, den du bewunderst.«

»Aber nicht doch, Papa. Du warst immer mein Held, mein Gott, mein Vater.«

»OH, MEIN GOTT!« schrie Juan Jesús Villaseñor. »Gütiger Himmel!« Von plötzlicher Verzweiflung gepackt, begann er, sich rasend selbst in Arme und Schultern zu beißen. »Was bin ich nur für ein Ungeheuer!« heulte er, während er sich selbst attackierte.

Der kleine Juan starrte seinen Vater in ungläubigem Entsetzen an und konnte nicht fassen, was er sah: einen riesigen, massigen Mann, der sich selbst zerfleischte wie ein wildgewordener Hund und dessen Lippen und Zähne von seinem eigenen Blut verschmiert waren.

Doña Margarita stürzte sich auf ihren Mann und brachte ihn dazu, sich hinzusetzen. Seine Arme und Schultern waren mit blutigen Wunden bedeckt. Er hielt seinen Blick unverwandt auf José gerichtet, diesen schlanken, zartgliedrigen jungen Mann, der sein eigen Fleisch und Blut war, und den er jetzt nach langer Zeit zum ersten Mal wieder wirklich wahrnahm. Er brach zusammen und begann, hemmungslos zu schluchzen.

»Das habe ich nicht gewußt! Ich wußte es nicht!« schrie er immer wieder und öffnete schließlich die Arme, um seinen schmalen, dunklen Sohn an sich zu ziehen. »Ich liebe dich auch, José. Wirklich, ich habe dich immer geliebt, aber ich habe dich nie verstanden. Du bist immer so schweigsam gewesen. Du … du scheinst nur aus Gefühlen zu bestehen. Und ich, ich hasse es, Gefühle zu zeigen. Es ist falsch und macht einen Mann schwach! Das ist es doch, woran dieses ganze, verfluchte Land krankt!«

Doña Margarita, der Freudentränen über die Wangen liefen, sank auf die Knie und bekreuzigte sich. »Ich danke dir, Gott«, flüsterte sie angesichts dieses wunderbaren Beweises Gottes unermeßlicher Liebe. »Ich danke dir so sehr, mein Gott!«

Juan tat es seiner Mutter nach und sank auf die Knie, und auch Emilia, Lucha, María, und Luisa folgten ihrem Beispiel und begannen ehrfürchtig zu beten. Denn es war in der Tat ein denkwürdiger Augenblick. Gott war zur Erde herabgestiegen und hatte ihnen einen weiteren Beweis für die Unergründlichkeit des menschlichen Wesens geliefert. Doña Margarita führte sie im Gebet, daß vom fernen Geläut der Kirchenglocken begleitet wurde.

Am nächsten Morgen fand eine großartige Begräbnisfeier für Mariposa statt, an der sogar Bewohner der nächsten und übernächsten Stadt teilnahmen. Juan Kelly und seine bewaffneten jungen Kameraden übernahmen die Aufgabe, den Zugang zum Tal zu überwachen. Der kleine Juan wurde Zeuge, wie die jungen Männer seinen Bruder José mit ›*mi General*‹ ansprachen, wenn sie das Wort an ihn richteten. José lauschte den Worten seiner Freunde gelassen und antwortete ihnen mit ruhiger Stimme, als hätte er sein Leben lang nichts anderes getan, als Anweisungen zu erteilen.

José hatte endlich seine eigene Sprache gefunden. Es war die Sprache des Volkes, die Sprache der Engel, die Stimme des offenen Herzens. Es war die Stimme Gottes, die wiederzufinden er verzweifelt gekämpft hatte, seit er als kleiner Junge Zeuge geworden war, wie der Heilige Geist in Gestalt eines *charro de Los Altos de Jalisco* in den Körper seines Vaters gefahren war und ihn befähigt hatte, die mächtige Schlange zu besiegen. Es war die Sprache, die José nie wieder verlieren sollte, denn sie war verbunden mit der Gewißheit, daß alle Taten, die er von nun an auf dieser Erde vollbrachte, in Übereinstimmung mit Gott selbst geschehen würden.

Die Beerdigung war vorüber, und *El Sol* senkte sich zum Horizont herab. Die jungen Männer warteten ungeduldig auf den Aufbruch, aber José stand immer noch mit seinem *sombrero* in der Hand vor Mariposas Grab und nahm von seiner großen Liebe Abschied.

Juan und seine aufgeregten kleinen Spielgefährten wünschten sich nichts sehnlicher, als sich José und seiner bewaffneten Bande anzuschließen und mit ihnen in den Bergen zu leben. Man erzählte sich, daß die Menschen in ganz Mexiko jetzt zu den Waffen griffen, und Juan und die anderen Jungen wollten unbedingt mit von der Partie sein, bevor José und seine Bande alle *rurales* allein erledigt hätten.

Erst als José und die jungen Männer endlich aufsaßen

und sich nach allen Seiten verabschiedeten, fiel ihm die funkelnde Erregung in den Augen des kleinen Bruders auf, der ihn flehentlich anbettelte, ihn doch mitzunehmen. José tat einen tiefen Atemzug und blickte Domingo, Mateo, Pelón, Alfonso, Juan und noch sieben weitere Jungen an. Er stieg wieder vom Pferd und nahm die Jungen beiseite.

»Seht mal«, begann er und überlegte, welche Worte wohl sein Großvater in diesem Fall gewählt hätte. »Ich weiß, ihr glaubt, das Ganze sei ein aufregendes Abenteuer und daß ihr euch uns gerne anschließen würdet. Aber würdet ihr eure Augen wirklich öffnen, dann wäre euch klar, daß ihr längst zu uns gehört.

Großvater hat mir immer wieder erklärt, daß Kriege nicht von den Soldaten gewonnen werden, die in den Bergen kämpfen, sondern von den Frauen, Alten und Kindern, die daheim bleiben. Seht ihr, wir sind zwar eure Arme und Beine in diesem Krieg, aber ihr seid das Herz, und der Grund für uns, durchzuhalten. Ihr seid nicht nur die Hüter unserer Ziegen und Schweine und Felder, ihr seid die Hüter unserer Heime, unserer Eltern, Schwestern und Babys, damit wir wissen, daß es etwas gibt, wofür es sich zu kämpfen lohnt!«

Er blickte in die kleine Schar dunkler Gesichter, deren schwarze, hungrige Augen gebannt an seinen Lippen hingen, und bemerkte gerührt, daß sie längst keine Kinder mehr waren. »Hier ist unser Zuhause!« sagte er. »Vergeßt das niemals! Hier ist die Heimat unserer Herzen! Der Boden, auf dem wir uns erheben und von dem wir niemals weichen werden! Und wir werden nicht sterben! Wir werden leben, um welchen Preis auch immer! Aber das schaffen wir nur mit eurer Unterstützung. Ihr Jungen müßt zu Hause bleiben, damit es jemanden gibt, der sich um die tägliche Arbeit kümmert. Versteht ihr das? Wir brauchen euch, um das Herz und die Seele unserer Heimat zu bewahren! Das Herz unserer Familien und unserer Heiligen Mutter Erde!«

Juans kleines Herz klopfte vor Bewunderung für die Worte seines Bruders. »Ja!« rief er. »Ich verstehe dich. Und ich werde mich von ganzem Herzen dafür einsetzen!«

»Ja!« rief Domingo. »Ich verstehe dich! Und auch ich werde meine Seele und mein Herz dafür geben!«

»Ja! Ja!« fielen die anderen ein. »Wir auch! Wir auch!«

La gente hatte sich inzwischen um die kleine Gruppe geschart und lauschte den ruhigen Worten José Villaseñors, die ihre Herzen ebenso rührten, wie einst die Worte des Großvaters José.

»Doch – Gott möge uns davor bewahren«, fuhr er fort, »wenn der Kampf sich hinzieht, werdet ihr eines Tages die Waffen eurer Brüder aufnehmen müssen. Aber bis dahin ist es eure Anwesenheit hier, in unserem Heimatdorf, die uns den Rücken stärkt!

Domingo«, sagte er, »und du, Mateo, ihr seid die cleversten Jungen in diesen Bergen und am geschicktesten im Kampf mit Steinen und Stöcken. Ihr habt oft genug bewiesen, wie stark ihr seid und daß man sich auf euch verlassen kann. Wir brauchen euch hier mehr denn je. Ich verlasse mich darauf, Domingo, daß du jeden Morgen früh aufstehst, dich darum kümmerst, daß das Vieh gemolken wird und daß du deine Intelligenz darauf verwendest, dafür zu sorgen, daß die Ranch in Schuß bleibt.

Und du, Mateo, du wirst dich um die Maisfelder kümmern, die deine Familie angepflanzt hat, damit wir im Winter nicht verhungern. Und ihr, die Jüngsten, ihr kennt jeden Winkel in dieser Region, und wir brauchen eure Fähigkeiten jetzt dringender als zuvor. Ich möchte, daß ihr eure Brüder in jeder Hinsicht unterstützt, und daß ihr Augen und Ohren offenhaltet, damit ihr uns beim geringsten Anzeichen für das Auftauchen von Soldaten oder Fremden sofort unterrichtet. Denn der Kampf hat gerade erst begonnen!« rief José. »Das gräßliche Monster des Krieges, das Don Porfirio in seiner Machtgier heraufbeschworen hat, wird sein wahres, furchtbares Gesicht erst noch zeigen!«

José hatte selbst keine Ahnung, woher diese Worte kamen, die wie von selbst aus seinem Mund strömten. Das einzige, was er seit dem Tod seiner einzigen Liebe fühlte, war, daß es nun niemals mehr einen Zufluchtsort für sein Herz geben würde. Statt dessen hatte eine Klarheit von seinem Geist Besitz ergriffen, deren Kraft ihn selbst erschaudern ließ.

Diese Klarheit war es auch gewesen, die es ihm ermöglicht hatte, nach Hause zu kommen, seinen Vater in die Arme zu schließen und endlich jene Mauer zu durchbrechen, die seit Jahren zwischen ihnen gestanden hatte.

Einmal im Leben die Macht der Liebe erfahren zu haben, das Gefühl kennengelernt zu haben, rückhaltlos von einem Menschen geliebt zu werden und diese Liebe zu erwidern, hatte ihm eine innere Stärke und Kraft verliehen, die ihm niemand jemals wieder würde nehmen können. Diese Stärke war es, die ihm nun die Fähigkeit verlieh, die Menschen mit seinen Worten in seinen Bann zu ziehen.

Doña Margarita bahnte sich ihren Weg durch die Menge und bekreuzigte sich, als sie ihren Sohn erblickte und seine Worte vernahm. Sie erkannte die Wandlung, die sich an ihm vollzogen hatte, jenes Wunder, das wieder einmal durch Liebe entsprungen war und nun seinen Lauf nahm. Der kleine Junge, der einst zu den Tieren verbannt worden war, hatte Engelsflügel bekommen und sich emporgeschwungen. »Ich danke dir, Gott«, murmelte sie. »Danke, daß ich diesen Tag noch erleben darf!«

»Einen Jungen nur dafür zu töten, daß er einen Maiskolben stahl«, fuhr José fort, »oder ein Kind dafür, daß es eine Luzerne für sein Pferd pflückte, hinzurichten, eine Gruppe alter Freunde, die sich unbewaffnet und mit einer weißen Fahne näherte, kaltblütig niederzuschießen, daß sind die Auswüchse einer kranken, verdorbenen Regierung! Und eine Frau zu vergewaltigen und zu töten, nur weil sie ... sie ...«, Tränen liefen über seine Wangen, und er wischte sie nicht fort, » ...nur weil sie die Liebe ihres Peinigers nicht erwiderte, das ist die Handlungsweise von Menschen, die so besessen von ihrer Macht und ihrem irdischen Reichtum sind, daß sie ihre Seele verloren haben!«

José hielt inne und wischte sich die Augen. Er war in dieser Woche zwanzig Jahre alt geworden. Doch ungeachtet seiner Jugend, hingen alle an seinen Lippen, als wäre er der weiseste und stärkste Mann, der je gelebt hat. »Ich zähle auf jeden von euch«, fuhr er gefaßt fort und blickte sich um. »Glaubt mir, jeder einzelne von euch hat seine Aufgabe in unserer Truppe. Wir alle kämpfen für unser Volk, unsere Heimat, für unsere Herzen und ... unsere Mütter und Väter, Großväter, Kinder und Enkelkinder, so wahr mir Gott helfe.« Tränenüberströmt trat José einen Schritt vor und schloß Domingo, der ebenfalls mit den Tränen kämpfte, in die Arme.

Jorge und Manuel umarmten ihre drei jüngeren Brüder. Juan und Doña Margarita und alle anderen weinten, kein Auge blieb trocken. Denn José hatte mit der Stimme des Volkes gesprochen, die jeden einzelnen mitten ins Herz traf und ihren Seelen Flügel der Hoffnung verlieh.

Zuletzt zog er den kleinen Juan an sich und flüsterte ihm zu: »Gib acht auf Mama, Juan. Sie ist unser Engel, ein ganz besonderes Geschenk, das der liebe Gott unserer *familia* gemacht hat. Ich liebe dich, kleiner Bruder!«

»Ich liebe dich auch so sehr«, schluchzte Juan. »Ganz bestimmt.«

»Das ist gut«, erwiderte José und gab ihm einen Kuß.

Sie gingen durch die Menge auf Doña Margarita zu, und Juan sah zu, wie der große Bruder die Mutter voller Liebe überschwenglich an sich drückte. Überall umarmten sich jetzt Mütter und Söhne, Brüder und Schwestern, Väter und Söhne. Und dann sah Juan seinen Vater, der durch die Menge auf José zukam, um sich persönlich von ihm zu verabschieden. Es war tatsächlich wahr. Der mächtige Don Juan, der ihn all die Jahre ignoriert hatte, ging nun auf seinen Sohn zu, gab ihm seinen 45er Colt und drückte ihn fest an sich.

Mit anzusehen, wie Don Juan seinen Sohn José mit unverhohlener, aufrichtiger Liebe umarmte, kam einem Wunder gleich. Juan ergriff die Hand seiner Mutter und betrachtete sprachlos dieses unfaßbare Schauspiel.

José blickte dem Vater in die Augen und versuchte vergeblich, in Worte zu fassen, was er fühlte. Doch es spielte keine Rolle mehr, denn dieses Mal verstand Don Juan ihn auch ohne Worte. Sie hatten einander wieder berührt, und wo Liebe und Vertrauen regierten, war kein Platz mehr für Mißverständnisse.

»Ich muß gehen, Papa«, sagte José endlich. »Danke für die 45er. Ich werde gut darauf acht geben.«

»Andersrum«, erwiderte Don Juan. »Ich hoffe, sie wird gut auf dich aufpassen, *mi hijito. Con Dios,* mein Sohn! *Con Dios*!«

»*Con Dios,* Papa!«

Der hochgewachsene, stolze Mann, dessen rotbraunes Haar und weiße Haut unleugbare Zeichen seiner europäischen Abstammung waren, umarmte ein letztes Mal seinen Sohn, jenen kleinen, dunkelhäutigen Mestizenjungen mit dem tiefschwarzen, glänzenden Haar.

Dann schwang José sich auf Little White Stockings, ließ das Pferd sich aufbäumen und rief den zurückbleibenden Jungen zu: »Vergeßt nicht, ihr gehört alle zu unserer Bande! Wir verlassen uns auf euch! Also, seid fleißig und beherzt und erledigt eure Pflichten!« Dann stob er mit seinen bewaffneten Kameraden davon, und bald waren nur noch ihre dunklen Silhouetten zu erkennen, die sich gegen das strahlende Orangerot der untergehenden Sonne abzeichneten.

Als Juan an diesem Abend nach Hause ging, wußte er, daß von nun an ein neues Leben für ihn und seine *familia* beginnen würde. Die Eltern gingen Arm in Arm mit glücklichen Gesichtern, und Juan fiel auf, daß er die beiden noch nie zuvor so entrückt erlebt hatte.

An diesem Abend waren sie zwar nicht die zwölf Personen, die zu einem anständigen christlichen Mahl gehörten, doch Don Juan sprach trotzdem ein Gebet – ein kurzes diesmal – und sie leerten einträchtig ihre Teller. Soweit Juan sich erinnern konnte, war es das erste Mal, daß sie in harmonischer Stimmung miteinander zu Abend speisten. Und es war auch das erste Mal, daß er danach keine Magenschmerzen hatte.

4

Und so zeigte El Sol *der Welt mit dem kleinen Kometen, daß die Tore des Himmels den Menschen wieder offen standen und es an der Zeit war, sich von neuem dem unbändigen Rhythmus des Lebens und der Liebe hinzugeben*

Noch zweimal tauchte der Colonel mit seinem Trupp in den Bergen auf, um José und seine Freunde in einen Vergeltungskampf zu verwickeln. Doch José hatte sich kurz nach Mariposas Beerdigung mit seinen Kameraden in die Wälder zurückgezogen und ihnen eingeschärft, jeglicher Kampfhandlung aus dem Weg zu gehen, solange er fort sei. Er selbst wollte seinen Großvater aufsuchen und anschließend einige Zeit allein verbringen, um in Ruhe Mariposas Tod zu betrauern. Seine Freunde wußten, daß es sich dabei durchaus nicht um ein Zeichen der Schwäche, sondern vielmehr um eine Art Kräftesammeln handelte. Juan Kelly versicherte José, daß er sich keine Sorgen machen solle und daß sie geduldig auf seine Rückkehr warten würden.

Bei seinem Großvater angekommen, fiel José in einen tiefen, erschöpften Schlaf. Als er einen Tag und eine Nacht später erwachte, servierte Don Píos Frau Herlinda ihm eine kräftige Mahlzeit, während der Großvater ihm vor Augen führte, daß der Colonel Mariposa nicht ausschließlich aus Rachegelüsten getötet hatte, sondern in der Absicht, José dadurch so tief zu treffen, daß er sich in seiner Verzweiflung zur Unbesonnenheit hinreißen ließe.

»Denk immer daran, daß der Colonel Soldat ist, und Soldaten kennen keine Leidenschaft, außer der des Kampfes. Er weiß, daß er deinen wundesten Punkt getroffen hat, *mi hijito*, und jetzt wartet er nur darauf, daß du den Kopf verlierst und er dich und deine Kameraden für immer aus dem Weg räumen kann.«

»Aber was soll ich denn bloß tun, *papá grande*?« fragte José weinend und voller Verzweiflung. »Ich habe sie geliebt! Sie war alles für mich! Wie soll ich ohne sie weiterleben?«

»José«, erwiderte Don Pío, »sieh mich an und hör mir zu, *mi hijito*. Ich werde dir jetzt das gleiche sagen, was ich bereits Herlinda klargemacht habe. Die Liebe ist ein ganz besonderes Geschenk Gottes, das niemand, nicht einmal der Tod, zu zerstören vermag.«

Bei den Worten des Großvaters strömten José die Tränen übers Gesicht. »Ich hoffe so sehr, daß du recht hast, Großvater. Ich hoffe es wirklich.«

»Und ob ich recht habe, du mußt nur dein Herz öffnen und das Leben mit dem rechten Blick betrachten«, erwiderte Don Pío und strich seinem Enkel liebevoll übers Haar. »Weißt du noch, was du sagtest, als du hier ankamst? Daß du den Augenblick ihres Todes mit jeder Faser deines Herzens gespürt hast? Und daß du unmittelbar darauf so tief geschlafen hast wie nie zuvor, hm? Und als du erwachtest, war dein Verstand so klar, daß es dich selber verwirrte. Du hast selbst behauptet, es sei ein Gefühl gewesen, als seist du von einer langen Reise zur Erde zurückgekehrt und würdest nun alles in einem anderen Licht betrachten. Deshalb war es plötzlich auch so leicht für dich, das Verhältnis zu deinem Vater zu klären.

Du siehst also, *mi hijito*«, fügte der alte Mann lächelnd hinzu, »während du schliefst, war deine Seele tatsächlich im Himmel und du hast den Gesang der Engel gehört.« Er ergriff die Hand seines Enkels. »Ich schwöre dir, jeder von uns kann das erleben, wenn er nur seine Augen und sein Herz öffnet. Der Himmel steht uns allen offen und lädt jeden von uns ein, die Sprache der Sterne zu erlernen. Du siehst doch selbst, daß dein Blick für die Geschehnisse hier auf Erden klarer denn je geworden ist, und daß du längst niemanden mehr fragen mußt, was richtig oder falsch ist. Nein, *mi hijito,* inzwischen bist du derjenige, den wir um Rat fragen, denn du bist es, den die Sterne auserwählt haben.«

»Ich?« fragte José entgeistert.

»Natürlich«, entgegnete Don Pío. »Glaubst du etwa, es war ein Zufall, daß du schon in so jungen Jahren aus deinem Elternhaus vertrieben wurdest?« Tränen schimmerten in den Augen des alten Mannes. »Wie gern hätte ich dich damals zu mir geholt und deinen Vater am liebsten umgebracht. Aber ich habe mich beherrscht und auf Gott vertraut, und wie du heute sehen kannst, habe ich recht daran getan. Du hast ein Wunder vollbracht; du selbst warst in der Lage, die Dinge mit deinem Vater zu klären. Der Himmel ist stolz auf dich, mein Junge.«

»Dabei war es so einfach, Großvater«, sagte José. »Auf einmal konnte ich nicht mehr begreifen, wieso ich es nicht schon längst getan hatte.«

Der alte Mann konnte sich ein Lächeln nicht verkneifen. »So ist es nun einmal im Leben, *mi hijito.* Wenn wir unsere Ängste erst einmal loslassen und auf die Kraft der Liebe vertrauen, erscheint *la vida* um so vieles leichter.«

»Es scheint so«, antwortete José und erwiderte das Lächeln des Großvaters.

»Deshalb kann ich auch leichten Herzens sagen, daß meine Tage hier auf der Erde gezählt sind. Bald werde ich nicht mehr da sein. Von nun an mußt du deinen eigenen Instinkten vertrauen und die Herausforderung annehmen, die Gott dir auferlegt hat. Denn das macht dich stark für weitere Aufgaben, welche die Sterne zweifellos für dich bereithalten. Wie ich schon meiner Herlinda – Gott beschütze sie – so oft sagte: wir alle sind nichts als vorüberziehende Sterne in diesem Leben, die einander für kurze Zeit ein wenig Licht schenken.« Er lächelte, und José konnte sehen, daß sein Lächeln gesegnet war.

»Was wirst du also tun, José?« fuhr Don Pío fort. »Was hast du aus Mariposas Liebe gelernt? Dieser Colonel, er hat keine Frau, die ihn mehr als ihr eigenes Leben liebt. Glaub mir, Soldaten sind nicht wie du und ich. Für diese Männer ist der Krieg kein tragisches, notwendiges Übel. Ihr Lebensinhalt liegt im Kampf, und sie sind nur glücklich, wenn sie einen Anlaß haben, die Dinge durch Gewalt und Blutvergießen zu regeln und Schmerz und Terror zu verbreiten.

Denk darüber nach, *mi hijito*, und führe dir vor Augen, daß er dich nur deshalb bis aufs Blut reizen will, damit du den Kopf verlierst und er leichtes Spiel mit dir hat. Schlaf darüber, und laß deine Träume zu dir sprechen. Auf diese Art hast du auch gelernt, die Pferde zu verstehen. Ich bin sicher, wenn du nur lange genug darüber nachdenkst, wird dir etwas so Geniales einfallen, daß dem Colonel Hören und Sehen vergeht. Und vergiß eines nie«, fügte er hinzu und schloß konzentriert die Augen, »am Ende sind Soldaten immer die Verlierer, denn sie haben sich gegen das Leben und für den Kampf entschieden, und im Kampf wirst du niemals die Weisheit finden, die dir *la vida* und die Liebe vermitteln.«

Er öffnete die Augen und breitete die Arme aus. In einer innigen *abrazo* hielten sie einander lange umschlossen. Ohne daß sie es aussprachen, wußten beide, daß sie sich nie wieder sehen würden.

José verbrachte noch eine weitere Nacht im Haus des Großvaters, und am darauffolgenden Morgen sattelte er noch vor der Dämmerung sein Pferd und ritt davon. Doch anstatt sich gleich auf den Weg zu seinen Kameraden zu machen, suchte er sich eine einsame Stelle tief im Wald, um sich jenen Dämonen zu stellen, die in seinem Inneren kämpften und nach Rache schrien. Denn auch José war nur ein heißblütiger junger Mann, der dem Colonel am liebsten auf der Stelle im Zweikampf gegenübergetreten wäre, um ihm das Herz aus dem Leib zu reißen. Doch dann, in den frühen Morgenstunden des nächsten Tages, erschien Mariposa ihm im Traum und schloß ihn in die Arme. Und es war so wundervoll, so phantastisch und so schön wie in ihrer allerersten Nacht. Als José erwachte und feststellte, daß er nur geträumt hatte und Mariposa nicht bei ihm war, begann er voller Verzweiflung zu weinen. Doch noch während er sich seinem Schmerz hingab, öffnete sich vor seinen Augen das Tor zu *el paraíso*. Und das Paradies war ein Ort voller Lebenslust und Freude, in dem jedes Lebewesen, jeder Baum, jeder Grashalm von einem inneren Feuer durchdrungen schien.

Und dort erblickte er sie wieder. An einem Bach, der, eingefaßt von hohen Farnsträuchern, zwischen den Bäumen dahinplätscherte, schien sie gleichsam über dem Boden zu schweben. Glücklich lächelnd sahen sie einander an, und die Luft um sie herum vibrierte vom Gesang der Liebe. José fühlte, daß seine Seele sich zum zweiten Mal zum Himmel emporgeschwungen hatte, und er erkannte mit geradezu beängstigender Folgerichtigkeit, was das Leben, *la vida*, in Wirklichkeit war: ein phantastisches, immerwährendes Wunder.

Jetzt verstand auch er ohne den Schimmer eines Zweifels, daß der Tag, an dem man ihn aus seinem Elternhaus verbannt hatte, in der Tat das größte Geschenk seines jungen Lebens gewesen war – genau wie der Großvater gesagt hatte. Denn dadurch war er gezwungen gewesen, seine Augen zu öffnen und *la vida* in einem neuen Licht zu sehen. Und auch der Tod seiner großen Liebe, das begriff er jetzt mit absoluter Klarheit, war von jener großen Macht, die die Dinge des Universums lenkte, herbeigeführt worden, damit er seine Augen nur noch weiter öffnete.

Jene intuitive Kraft, die ihn einst befähigt hatte, die Sprache der Pferde zu erlernen und an sich selbst zu wachsen, wurde nun von ihm gefordert, um die Sprache der Sterne zu lernen; eine Sprache, welche die Menschen aus ihrer inneren Einsamkeit befreit, weil sie die Sprache Gottes und des universalen Verstehens ist. Und so wußte José jetzt, daß Mariposa, die ihm aus wenigen Metern Entfernung zulächelte, in der Dämmerung tatsächlich bei ihm gewesen war und seinen Körper voller Liebe umschlungen hatte.

Er lachte glücklich, erhob sich und schritt auf den Bach zu, wo er sich seiner Kleider entledigte und vorsichtig zwischen den flachen Felsen hindurch in das kühle Naß watete. Mariposa kam ihm entgegen und begann summend und mit sanften Bewegungen, seine Arme und Beine zu waschen. Der Großvater hatte die Wahrheit gesagt: Liebe war ein Geschenk Gottes, und niemand, auch nicht der Tod, konnte ein solches Geschenk zerstören. Alles, was ein Mensch tun mußte, um in den Genuß dieser Gabe zu kommen, war »innezuhalten« und auf die Stimme des Herzens zu hören. Doch welche Kraft hatte es José gekostet, bis er endlich dazu fähig gewesen war!

Mariposa streifte ihre Kleider ab und tauchte mit ihm in das seidenweiche Wasser. Alle Schmerzen, die ihm bis dahin zugefügt worden waren, erhielten nun einen Sinn. Denn jeder Schmerz hatte einen weiteren Schleier von seinen Augen genommen, so daß er es nun erkannte: *la vida*, das Leben, das durchdrungen von Gott und Liebe in wunderbarer Klarheit vor ihm lag.

José mußte eingeschlafen sein, denn als er die Augen

aufschlug, wurde ihm bewußt, wie kühl es geworden war und daß die Vögel über ihm nervös zwitscherten. Mariposa war fort, doch er konnte ihren Duft noch überall riechen. José streckte sich auf dem flachen, vom Wasser blankgeriebenen Felsen. Er lächelte in der Erinnerung daran, wie sie aus dem Bach auf diesen Felsen gestiegen waren und sich geliebt hatten und rekelte sich in den ersten Strahlen der Morgensonne. Das Leben war ein herrliches Wunder und der ständige Beweis für die Existenz Gottes. Das Gezeter der kleinen Spatzen schwoll an, als wollten sie José vor etwas warnen. Er erhob sich, machte sich bachaufwärts durch das Unterholz auf den Rückweg zu der Stelle, wo er seine Kleider zurückgelassen hatte, und zog sich an. Er fragte sich, was die Vögel wohl so aufgebracht hatte, wollte aber nicht bleiben, um es herauszufinden, sondern schwang sich in den Sattel und machte sich auf den Weg zu seinen Männern. Er hatte ihren nächsten militärischen Schritt bereits genau vor Augen. Es war so leicht und naheliegend, daß er sich wunderte, weshalb er nicht eher darauf gekommen war. In der folgenden Nacht versammelten sich die jungen Kampfgefährten im Wald nördlich des Dorfes, und José teilte ihnen mit, daß er einen Plan hatte.

»Was hast du vor?« fragte einer der Männer aufgeregt.

»Wart's ab«, vertröstete José ihn grinsend. »Aber ich verspreche dir, daß dieser Schachzug die endgültige Niederlage des Colonels herbeiführen wird. Danach werden sich sogar seine eigenen Leute über ihn lustig machen. Er wird so außer sich geraten, daß wir ein leichtes Spiel haben werden, ihn Stück für Stück auseinanderzunehmen.

Der kleine sommersprossige Juan Kelly stieß einen begeisterten *grito de gusto* aus, und die anderen schlossen sich seinem euphorischen Geschrei an. Sie vertrauten

Josés Urteilsvermögen blind und wären bereit gewesen, es mit dem Teufel persönlich aufzunehmen, wenn er es von ihnen verlangt hätte.

Als der Colonel das nächste Mal aufkreuzte, beobachteten José und seine Bande den Trupp aus dem Schutz einer kleinen Schlucht am Fuße des Gebirges. Schon aus einer Entfernung von sechs- oder siebenhundert Metern konnten er und seine Kameraden feststellen, daß der Colonel und seine über hundert Soldaten nichts dazu gelernt hatten. Nach wie vor trugen sie viel zu viele Waffen, deren Gewicht ihre Pferde sinnlos ermüdete; nach wie vor waren die Pferde überfüttert und hatten keine Chance, sich mit den flinken, kleinen Bergpferden zu messen.

Die Bande beobachtete aus ihrem Versteck, wie die Soldaten vorüberzogen. Wieder einmal konnte José sich davon überzeugen, daß es ein weiser Entschluß gewesen war, den ersten Four White Stockings mit den zähesten Bergstuten zu kreuzen, die er auftreiben konnte und dadurch eine eigene, ganz besondere Pferderasse in dieser Bergregion hervorzubringen. Als kräftiges, reinrassiges Vollblut hatte Four White Stockings seinen Nachkommen Stärke und Intelligenz mitgegeben, während die zähen kleinen Bergstuten ein kräftiges Herz und starke Lungen sowie einen intuitiven Überlebensinstinkt beigesteuert hatten, der den hochgezüchteten Vollblutpferden im Laufe der Jahrhunderte verlorengegangen war.

José und seine Männer sahen zu, wie der Colonel mit seinen Soldaten im Morgennebel den Berghang emporritt. Die Pferde schnauften bereits vor Anstrengung, und ihr Fell glänzte vor Schweiß. Ein paar von Josés Freunden lachten offen über den Colonel und fragten sich, wie dieser unverbesserliche Ignorant sich einbilden konnte, sie jemals zu fassen.

»Freut euch nicht zu früh«, dämpfte José die Euphorie seiner Kameraden. »Immerhin sind wir nur eine Handvoll Männer, und sie sind mehr als hundert, und wenn nicht bald ganz *Méjico* unseren Kampf unterstützt, dann sind unsere Tage gezählt, ganz gleich, wie clever wir sind.«

Sobald die letzten Soldaten hinter der Bergkuppe verschwunden waren, gab José seinem Pferd die Sporen und galoppierte mit seiner Bande ins weite Guanajuatotal hinab. Sie preschten die Hauptstraße entlang, die an reichen *haciendas* und üppigen Viehweiden vorüberführte. Die Menschen am Straßenrand blickten der wilden Horde verwundert nach. Außerhalb von León, Guanajuato, zügelte José sein Pferd, und sie legten eine kurze Rast ein, um ihre Pferde an einem kleinen Bach, der sich zwischen ein paar Bäumen dahinschlängelte, zu tränken.

»Also«, sagte José, »der Plan ist folgender: Wir werden die Garnison stürmen.«

Seine Kameraden trauten ihren Ohren nicht, selbst Felipe Juan Kelly war sprachlos.

»Aber wir sind doch bloß zwölf!« sagte einer von ihnen. »Sie müssen zu Hunderten sein. *Und* sie haben Kanonen!«

José ließ sich nicht aus der Ruhe bringen. »Hört zu«, sagte er, »mein Schwager, José Luis, hat bei seiner letzten Geschäftsreise für mich Erkundigungen eingezogen. Der Colonel ist mit all seinen einsatzbereiten Männern hierher gezogen und hat nur eine Handvoll alter Soldaten in der Garnison zurückgelassen.«

Einige der jungen Männer begannen zu grinsen, und aufgeregtes Gemurmel machte sich breit.

»Warte!« sagte Manuel, der ältere Bruder von Mateo und Pelón. »Es könnte genauso gut eine Falle sein.«

»Sehr gut, Manuel«, erwiderte José. »Ich habe das

ebenfalls in Betracht gezogen. Aber ich bin absolut sicher, daß es nicht so ist. Der Colonel hält uns immer noch für dumme Kinder. Nicht in seinen wildesten Träumen würde er mit so etwas rechnen«, versicherte José.

»Mann, ist das ein Ding!« sagte Juan Kelly. »Ich könnte schreien vor Freude! Vorwärts! Worauf warten wir noch!«

»Keine Sorge«, sagte José, »wir werden unser Vorhaben durchführen. Aber wir werden es ruhig angehen. Von jetzt an reiten wir nur noch in kleinen Gruppen, zu zweit oder dritt. Und mit mindestens, sagen wir, einem halben Kilometer Abstand. Kelly und Jorge, ihr kommt mit mir, wir drei bilden die Vorhut. Und der Rest von euch wird wie Kakerlaken in die Garnison einfallen. Aber seid auf der Hut. Diese alten Soldaten sind nicht alt geworden, weil sie nicht zu kämpfen verstehen. Die haben schon 'ne Menge junger Typen umgelegt, die sie unterschätzt haben.«

Sie saßen wieder auf und machten sich in kleinen Gruppen auf den Weg. Das Lächeln auf ihren Gesichtern war jetzt ernsten Mienen gewichen. Sie waren weit fort von zu Hause, und was sie zu tun im Begriff waren, übertraf ihre kühnsten Träume. Mein Gott, niemand, der halbwegs bei Verstand war, würde es wagen, eine Garnison anzugreifen!

Als José, Jorge und Kelly den militärischen Außenposten erreichten, der dem Colonel und seinen Männern als Unterkunft diente, stiegen sie neben dem kleinen *mercado,* der dem Tor der Garnison gegenüberlag, von ihren Pferden. José schlenderte zu einem der Stände und kaufte eine Tüte kandierter Früchte. Juan Kelly und Jorge blieben bei den Pferden und musterten unauffällig die Passanten und die Fassaden der kleinen Läden. Ein einzelner Posten bewachte das Tor zur Garnison, und auf der staubigen Straße befanden sich ein paar Dutzend

Passanten und einige streunende Hunde. José kam zurück, und die drei Freunde lutschten die kandierten Früchte und warteten auf die anderen.

Die nach und nach eintreffenden kleinen Gruppen verteilten sich an verschiedenen Stellen der schmalen Straße. Bisher hatte noch niemand von ihnen Notiz genommen.

»Gut«, sagte José, nachdem er sich überzeugt hatte, daß alle da waren. »Denkt dran, wir drei gehen unbewaffnet«, erinnerte er Juan Kelly und Jorge.

Widerstrebend ließ Jorge sein Gewehr zurück. Die drei hatten kaum ihren Fuß auf die staubbedeckte Straße gesetzt, als ein zweiter Wachposten, ein großer, breitschultriger Mann, auftauchte und seinem Kumpanen, der in seinem Stuhl halb eingenickt war, einen Tritt versetzte. José trat zwei Schritte zurück, drückte zwei vorübergehenden kleinen Jungen die Tüte mit den Süßigkeiten in die Hand und zog das Lasso von seinem Sattel. Er zwinkerte seinen Kameraden zu, und sie gingen zusammen weiter die Straße hinunter. Die beiden kleinen Jungen sahen ihnen bonbonlutschend hinterher. Trotz der frühen Vormittagsstunde brannte die Sonne bereits vom Himmel.

»Ich nehme den großen«, flüsterte Juan Kelly mit durchtriebenem Grinsen. Juan Kelly war noch kleiner als José, der von seinen Brüdern der schmächtigste war.

»In Ordnung, aber schnell und sauber«, erwiderte José. Nicht einmal er wußte, woher Juan Kellys Vorliebe rührte, es im Kampf stets mit den größten und stärksten Männern aufzunehmen, doch er war oft genug dabei gewesen, wenn sein drahtiger kleiner Freund kräftige Männer aufs Kreuz gelegt hatte.

»Beweg dich, und besorg uns 'n kaltes Bier!« forderte der breitschultrige Wachposten seinen Kumpanen auf. »Verfluchte Hitze!«

»Ich besorge Ihnen ein Bier«, sagte Juan Kelly und trat mit einfältigem Gesichtsausdruck vor. »Sie brauchen mir nur das Geld zu geben, *señor*.«

Die beiden Männer drehten sich zu Kelly um. Dieser trat mit ausgestreckter Hand zwei Schritte auf sie zu, als erwarte er, daß sie ihm das Geld aushändigten, doch dann sprang er blitzschnell, wie eine räudige Katze, auf den größeren der beiden bewaffneten Männer. José fesselte inzwischen den anderen, noch bevor dieser aufstehen konnte, mit seinem Lasso an den Stuhl. Jorge hob einen Stein auf, stürzte sich ebenfalls auf den größeren der beiden und hieb auf dessen Schädel ein. In Sekundenschnelle hatten die drei Jungen die beiden Posten außer Gefecht gesetzt. Jetzt schwärmten die anderen Jungen mit gezogenen Waffen auf der Suche nach den übrigen Soldaten über das Gelände der Garnison. Zwei von ihnen überraschten sie im Schlaf, und die beiden anderen im Aborthäuschen. José und seine beiden Freunde hatten die Soldaten so blitzschnell erwischt, daß nicht ein einziger Schuß abgegeben wurde.

Schon strömten die Stadtbewohner aus allen Richtungen herbei, und die beiden kleinen Jungen kauten mit großen, runden Augen auf ihren kandierten Früchten herum. Niemand konnte fassen, was diese wilden, abgerissenen Burschen soeben getan hatten.

José wies seine Leute an, rasch ein paar Maultiere vor zwei Karren zu spannen und sämtliche Waffen und Munition aufzuladen. »Wenn ihr fertig seid, zündet die Garnison an!« fügte er hinzu.

»Wenn ihr das wagt«, brüllte der alte Wachposten, der mit blutüberströmtem Gesicht auf dem Boden lag, »dann schwöre ich euch, daß wir euch bis ans Ende der Welt jagen werden!«

Juan Kelly brach in schallendes Gelächter aus. »Aber dafür, daß wir eure Waffen und Munition stehlen, werdet ihr uns nicht bis ans Ende der Welt jagen, was?« Er drehte sich zu José um. »Diese *cabrones locos* treiben mich zum Wahnsinn mit ihrer *caca de toro*! Seit Monaten versuchen sie nichts anderes, als uns zu töten, und jetzt sollen wir uns plötzlich vor Angst in die Hosen machen.« Er zog sein Messer. »Ihr Drecksäcke habt meinen Vater Felipe getötet!« tobte Kelly. Er rammte dem kräftigen Mann sein langes mexikanisches Messer in die Leiste und drehte es hin und her, bevor José ihn zurückhalten konnte. Der Mann schrie mit vor ungläubigem Entsetzen geweiteten Augen auf. »Will uns noch einer von euch drohen?« fragte Kelly und zog die Klinge mit einem Ruck wieder heraus.

Die anderen Soldaten schwiegen. Kein Laut war mehr zu hören, als José mit seinen Männern die Garnison in Brand setzte.

Eine große Menschenmenge hatte sich inzwischen zusammengefunden. Einige halfen Josés Bande jetzt sogar dabei, den Außenposten mit Fackeln anzuzünden. Seit Jahren schon litten die Menschen in dieser Region unter den ständigen Schikanen der Garnison, und nun wurde sie innerhalb von Minuten überfallen und angezündet. Der kräftige alte Soldat, der bekannt dafür gewesen war, junge Mädchen zu mißbrauchen, lag in seiner eigenen Blutlache und schrie wie am Spieß.

Ein hübsches junges Mädchen von etwa fünfzehn oder sechzehn Jahren kam angerannt und wollte wissen, wer dem Alten die *tanates* abgeschnitten habe. Als alle auf Kelly zeigten, fiel sie ihm stürmisch um den Hals und küßte ihn. Kelly war begeistert und zwinkerte José entzückt zu.

Noch bevor die zerlumpten jungen Krieger die Stadt verlassen hatten, wurde eine Ballade auf sie gesungen, in der man sie die wilde Horde aus den Bergen nannte, die an einem glorreichen Tag im Licht der aufgehenden

Sonne in die Stadt geritten kam und das Land von der Tyrannei befreit hatte.

Kurz hinter Piedra Gorda luden José und seine Freunde die Waffen und Vorräte, die sie für sich selbst benötigten, auf vier kleine Esel und überließen den Rest der Waffen den Stadtbewohnern, die diese zu ihrer eigenen Verteidigung verwenden sollten.

Mit diesem zweiten gewagten und genialen militärischen Schachzug hatte José dafür gesorgt, daß sich ihr Ruf einer jugendlichen Bande auf Rachefeldzug in den einer bestens organisierten Miliz verwandelte, die in der Lage war, sich im Kampf mit den großartigsten Soldaten, die Don Porfirio aufbieten konnte, durchzusetzen. Die Heldentaten Josés und seiner Bande verbreiteten sich wie ein Lauffeuer. Selbst auf den kleinsten *ranchitas* taten sich die jungen Männer jetzt zusammen, um sich ebenfalls zu organisieren und den Übergriffen der patrouillierenden *rurales* ein Ende zu setzen.

Gerüchten zufolge weilte der Colonel mit seinen Soldaten in Guadalajara, der Provinzhauptstadt Jaliscos, als die Nachricht vom Überfall auf die Garnison ihn erreichte. Man munkelte außerdem, daß die Offiziere des Colonels sich offen über ihn lustig machten und bereits vorgeschlagen hätten, daß es keine schlechte Idee sei, José direkt zu engagieren, damit er für Ruhe in der Region sorgte, anstatt dem Colonel weitere Waffen zur Verfügung zu stellen, die ohnehin früher oder später in Josés Händen landen würden.

El Coronel soll daraufhin so außer sich geraten sein, daß er nach Manier Victoriano Huertas[4] sein Brandyglas in der Hand zerbrach, den Raum verließ, seine Männer zusammentrommelte und aus der Stadt ritt. Später erzählte man sich, daß diese Nacht den Wendepunkt in Colonel Montemayor de los Santos' militärischer Laufbahn bedeutete. Seine Offiziere hatten es am Ausdruck seiner Augen bemerkt, aus denen jeder Funken Freude des bis dahin immer noch zu Späßen aufgelegten Mannes gewichen war. Innerhalb einer Nacht hatte er sich in eine Ausgeburt des Teufels verwandelt.

Kurz vor Morgengrauen fiel der Colonel über das kleine Bergdorf her. Er wußte sehr wohl, daß José und seine Kameraden nicht anwesend waren, doch das kümmerte ihn nicht. Diese feigen Schwachköpfe hatten einen seiner ältesten und besten Freunde umgebracht. Der alte, breitschultrige Wachposten, dem sie die *tanates* aufgeschlitzt hatten, war mit dem Colonel vom ersten Tag an, da er sich den Truppen Don Porfirios angeschlossen hatte, in der gleichen Garnison gewesen.

Natürlich, es hatte immer wieder Gerüchte gegeben, daß der alte Bulle seine Finger nicht von jungen Mädchen lassen konnte, wenn er ein Glas über den Durst getrunken hatte, aber solche Dinge kamen nun mal vor, wenn ein Mann sein Leben dem Kampf für die Gerechtigkeit verschrieb. Welcher tüchtige Soldat schlug nicht hin und wieder einmal über die Stränge? Oh, diese einfältigen jungen Feiglinge würden dafür bezahlen müssen, wie noch nie zuvor in ihrem Leben.

Und so galoppierten der Colonel und seine Männer in der Morgendämmerung schreiend und johlend in das kleine Dorf und schossen auf alles, was sich bewegte. Sie erschossen die Frauen, die auf der Plaza Wasser aus dem Brunnen holten; sie erschossen die blinde Alte auf ihrem morgendlichen Weg zur Kirche und trampelten Kinder und Hunde nieder, die ihnen schreiend auszuweichen versuchten. Als sie das Haus der Villaseñors erreichten, feuerten sie durch die Fenster und Türen hindurch auf alles, was sich drinnen regte.

Don Juan saß gerade in der Küche, um seine erste Tasse heißen Kakao zu sich zu nehmen, als die Schießerei begann. Augenblicklich griff er nach seinem Gewehr und rief seiner Familie zu, sich im rückwärtigen Teil des Hauses in Sicherheit zu bringen. In diesem Moment flogen auch schon die ersten Kugeln durch die Fenster. Don Juan und seine Familie hatte sich jedoch bereits zu Boden fallen lassen und krochen jetzt auf allen vieren nach hinten. »Seid mucksmäuschenstill!« flüsterte Don Juan. »Kein Wort!«

Als aus dem Haus keine Reaktion kam, wandten die Soldaten sich den Koppeln zu, in denen sie jedes einzelne Tier niederstreckten.

»Ich will, daß sie diesen Winter verrecken!« schrie der Colonel mit teuflisch verzerrter Grimasse. »Diese Bastarde sollen wünschen, sie wären nie geboren worden!« brüllte er und feuerte auf die Schweine, die quiekend in ihrem Verschlag hin und her liefen.

Basilio und Agustín, die neben einem flachen Steinwall unter einer Eiche geschlafen hatten, erwachten und sahen fassungslos, wie ihre geliebten kleinen Ziegen sinnlos abgeschlachtet wurden. Außer sich vor Zorn begannen sie, die Steine aus der kleinen Mauer zu reißen und auf die Soldaten zu schleudern.

Diese wandten sich sofort um und richteten ihre Gewehre jetzt auf die beiden Riesen, was jedoch lediglich dazu zu führen schien, daß die beiden noch zorniger wurden. Basilio stürzte sich auf einen der Reiter, zerrte ihn vom Pferd und brach ihm das Genick. Dann schleuderte er den Körper des Toten auf einen anderen Reiter, so daß dieser samt seinem Pferd zusammenbrach. Innerhalb von wenigen Augenblicken brachten Basilio und Agustín es fertig, ein halbes Dutzend Männer und Pferde zu Boden zu zwingen, doch der Colonel und die übrigen Soldaten feuerten unermüdlich ihre Kugeln auf die beiden ab, wie Jäger auf verwundete Bären.

Geschützt durch eine Mauer hinter ihrem Haus beobachtete Don Juans *familia* das Gemenge. Wie durch ein Wunder war niemand von ihnen verletzt worden, als die Soldaten ihr Haus unter Beschuß genommen hatten. Der kleine Juan, der mit ansehen mußte, wie Basilio und Agustín von Kugeln durchlöchert wurden, schrie laut auf und wäre den beiden auf der Stelle zur Hilfe geeilt, hätten Vater und Mutter ihn nicht eisern festgehalten.

Einer der Soldaten gab seinen Kameraden lachend ein Zeichen, zurückzubleiben. Er zog sein Lasso hervor und fesselte Basilio an den Füßen, um diesen riesenhaften *hombre* wie eine Trophäe um die Plaza hinter sich her zu schleifen. Doch Basilio gelang es selbst jetzt noch, das Seil mit seinen kräftigen Händen zu packen und Reiter samt Sattel vom Pferd zu zerren, welches wiehernd zusammenbrach.

Die anderen Soldaten begannen hysterisch zu lachen; sie legten nun ebenfalls ihre Waffen beiseite und griffen nach ihren *reatas.* Vier Reiter packten Basilio an Armen und Beinen, fesselten ihn und zerrten nach allen Seiten an ihm, Agustín, der versuchte, seinem Bruder zu Hilfe zu kommen, fesselten sie ebenfalls. Basilios Schmerzensschreie hallten durch die ganze Siedlung, als die vier Reiter ihren Pferden die Sporen gaben, um seinen Körper in Stücke zu reißen.

Der kleine Juan preßte verzweifelt die Hände auf die Ohren. Die beiden Riesen waren seine besten Freunde gewesen, und nun mußten sie sterben, nur weil sie versucht hatten, ihre kleinen Ziegen zu retten. Doña Margarita drückte ihren jüngsten Sohn fest an sich und hörte nicht auf zu beten.

Plötzlich, genau in dem Augenblick, als das gräßliche Krachen von Basilios Knochen zu hören war, explodierte ein Schuß, und Basilios Kopf zerbarst in tausend Splitter. Mitten auf der Straße stand Don Juan, in der Hand sein Gewehr.

Augenblicklich stürmten die Soldaten auf ihn zu, um ihn dafür aufzuknüpfen, daß er sich dem Gesetz in den Weg stellte, doch Colonel Montemayor de los Santos drängte sich mit seinem Pferd zwischen Don Juan und seine Soldaten.

»Nein! Laßt ihn gehen!« rief er haßerfüllt. »Er soll leben, damit er sieht, was wir jedem einzelnen Mitglied seiner *familia* antun werden!« Er brachte sein Pferd dicht vor Don Juan zum Stehen. »Hast du wirklich gedacht, daß du damit durchkommst, mein Freund?« fragte er. »Du hast dein Schicksal an dem Tag besiegelt, an dem du in diese Bande zurückgebliebener, ignoranter Indios hineingeheiratet hast! Und du mußt es gewußt haben!« fügte er selbstgefällig hinzu. »Denn es gibt keine zivilisierte Nation auf dem amerikanischen Kontinent, die es zu etwas gebracht hat, solange sie diese Wilden in ihrer Mitte duldete!« Er spuckte Don Juan ins Gesicht. »Schmor in der Hölle, Verräter!«

Don Juan wischte sich wortlos den Speichel vom Gesicht. Er starrte den Colonel nur stumm an, während dessen Männer ihn entwaffneten. Inzwischen hatte man auch Agustín an allen vieren gefesselt. Doch Agustín, noch stärker und größer als sein Bruder Basilio, riß mit einem gewaltigen Ruck erst eines der geflochtenen Seile entzwei, und dann das andere. Aber die beiden Männer, die ihn an den Beinen hatten, machten einen Satz mit ihren Pferden, bevor er auch diese Seile zu fassen bekam, und schleiften ihn johlend die kopfsteingepflasterte Straße entlang, um die Plaza herum und wieder zurück. Agustíns gepeinigte Schreie waren im ganzen Tal zu hören.

Der kleine Juan rannte zu seinem Vater. Es gab nichts, was sie tun konnten. Agustín würde nicht das Glück haben, schnell zu sterben oder bewußtlos zu werden, ganz gleich, wie oft sein Kopf auf der steinigen Straße aufschlug. Schließlich wurden die beiden Soldaten ihres Vergnügens müde, trieben ihre Pferde in entgegengesetzte Richtungen und gaben den Tieren die Sporen. Mateo stieß einen unmenschlichen Schrei aus, als die Seile sich spannten und seine Beine mit einem krachenden Geräusch auseinanderrissen. Sein Körper wurde genau in der Mitte gespalten, wobei seine mächtigen Eier und sein gewaltiger Schwanz an der linken Körperseite hängenblieben.

»Das wird mit allen von euch geschehen, jedesmal, wenn José und seine Bande auch nur die Hand gegen uns erheben!« rief der Colonel. »Habt ihr tatsächlich geglaubt, ihr könntet mich oder die Armee von *presidente* Don Porfirio zum Narren halten und damit durchkommen? Das nächste Mal kommen wir mit zehnmal soviel Männern!«

El Sol, der Hüter des Universums, zeigte soeben sein strahlendes Antlitz über dem großen Tal von Guanajuato, als der Colonel mit seinen Soldaten abzog. Der Tag hatte kaum begonnen, doch die kleine Bergsiedlung war bereits von tiefer Trauer erfaßt. Kaum jemand konnte begreifen, was soeben passiert war.

An diesem Tag hörte man ständig neue Berichte, daß der Colonel weitere kleine *ranchitas* der Region überfallen hatte. Mit diesen blitzartigen Attacken wollte er den Bewohnern der Region ein für allemal beweisen, was sie erwartete, wenn sie sich den Machthabern widersetzten.

Als José und seine Männer an diesem Nachmittag ins Dorf ritten, dröhnten dem kleinen Juan noch immer die Schmerzensschreie Agustíns in den Ohren. Obwohl er auf einer Ranch aufgewachsen war und das Gebrüll des Viehs, das geschlachtet oder kastriert wurde, ihm durchaus vertraut war, hatte er noch nie zuvor derart animalische Schreie vernommen. Er war überzeugt, daß dieses Geräusch ihn bis an sein Lebensende begleiten würde.

Auf ihrem Weg, der sie über die kopfsteingepflasterte Straße durch das Dorf führte, entdeckten José und seine Freunde als erstes das Gemetzel in den Koppeln. Kurz darauf sahen sie die Leichen von Basilio und Agustín, von den beiden Frauen, die am Brunnen erschossen worden waren und den toten Körper des Kindes, das niedergetrampelt worden war. Obwohl man Mateos Beine so weit wie möglich wieder zusammengefügt hatte, drehte der Anblick des monströs zugerichteten Körpers José den Magen um. Ein paar der Leute begannen José zu beschimpfen und warfen ihm vor, er sei verantwortlich für das Gemetzel. Einer schlug sogar vor, man solle José dafür erschießen, daß er diesen ganzen Wahnsinn angefangen habe.

»Haltet euer dummes Maul!« schrie Juan Kelly mit geballten Fäusten. »Er ist doch der einzige, der den Mut hatte, sich diesem Teufel entgegenzustellen, und jetzt macht ihr ihm das zum Vorwurf! Wenn noch einer es wagt, sich das Maul über ihn zu zerreißen, lege ich ihn um!«

»*Cálmate,* Juan!« José legte dem Freund beschwichtigend die Hand auf die Schulter. »Die Leute sind aufgebracht und meinen es nicht so. Aber ihr habt recht«, sagte er und blickte die Umstehenden offen an, »es war falsch, euch ohne Schutz zurückzulassen. Ich hatte erwartet, daß sie sich an unsere Fersen heften und uns in den Wald folgen würden, *mano a mano,* aber ich habe mich geirrt. Dieser Colonel ist kein Soldat, der mit ehrlichen Mitteln kämpft. Er ist ein Feigling, ein Vergewaltiger und Mörder, ein Monstrum, das direkt aus der Hölle kommt! Aber so etwas wie heute wird nicht wieder geschehen. Von jetzt an werden wir diejenigen sein, die angreifen!«

Die meisten der Leute blieben stehen und ließen sich von Josés Worten überzeugen, einige jedoch schüttelten den Kopf und gingen davon. Sie hatten genug und wollten nur noch ihre Sachen packen und das Dorf verlassen, in der irrigen Meinung, daß sie in einem anderen Teil Mexikos sicherer leben würden. Sie wollten nicht wahrhaben, daß überall in Mexiko – in den Bergen und Tälern des ganzen Landes – zur Zeit das gleiche geschah. Das geduldige Volk der Erde Mexikos hatte sich zu Tausenden erhoben, und die Tage der Reichen und Privilegierten waren gezählt. Denn *la tierra* liebte alle ihre Kinder, und kein doppelzüngiges Monster in Form einer kranken Regierung würde es auf Dauer schaffen, *la gente* zu unterdrücken.

Es war schon fast dunkel, als jemand zur Plaza kam und berichtete, er habe auf einem kleinen Hügel oberhalb des Dorfes die Leiche der blinden Alten gefunden.

José stand am Grab seiner Geliebten, als die Nachricht ihn erreichte. Er setzte seinen *sombrero* auf und machte sich mit den anderen Dorfbewohnern auf den Weg dorthin. Der kleine Juan ging an der Seite seines großen Bruders. Die Sonne war soeben untergegangen, und überall hatten die Menschen kleine Feuer entzündet, auf denen sie die Überreste des abgeschlachteten Viehs brieten. In der Ferne hörte man die Klänge einer Gitarre, und zwischen dem Weinen und Schluchzen, das von überall herzukommen schien, vernahm man das unbekümmerte Lachen spielender Kinder.

Als sie zu der Stelle kamen, an der der Körper der Toten lag, nahm José seinen Hut ab und kniete nieder. Er nahm die Alte in die Arme. »Sie war meine Lehrerin«, sagte er und drückte den leblosen Körper an sich. »Sie war der erste Mensch, der mir zeigte, wie man selbst in der Dunkelheit mit dem Herzen sehen kann.«

Zwei Männer nahmen den Körper der alten *India* und trugen sie den Hügel hinab zur Kirche, wo man sie neben den anderen Toten aufbahren wollte. Juan würde nie vergessen, was sein Bruder als nächstes tat. José erhob sich mit geschlossenen Augen und begann, den Pfad zur Kirche hinabzugehen. Er tastete sich nicht etwa vorsichtig Stück für Stück vor, sondern hüpfte, ja tanzte selbstvergessen zwischen den Steinen hindurch. Seinen Hut in der Hand, flog er geradezu den Hang hinab, während ihm die Prozession mit der Leiche der alten *India* folgte. Der Mann mit der Gitarre war inzwischen herbeigekommen und paßte sein Spiel Josés schnellen, rhythmischen Bewegungen an. Nun begannen auch die anderen zu tanzen, und im Nu war eine fröhliche, lachende und singende Prozession *de los muertos* entstanden, eine Prozession der Toten. Der Tag hatte mit Grauen und Totschlag begonnen, doch nun, nur wenige Stunden später, brutzelte auf den Feuern ein Festmahl und das ganze Dorf hallte wider von lebendigem, ausgelassenem Gelächter.

Die Dorfbewohner brachten Blumen, mit denen sie den Körper der Toten schmückten; wieder andere schlossen sich der Prozession mit brennenden Kerzen in der Hand an. Als José die Augen öffnete und die tanzenden Menschen um sich bemerkte, griff er nach der Hand des kleinen Juan und bezog ihn in seinen Tanz mit ein. Und obwohl Juan, der sein Leben lang mit den Ziegen durch die Berge getollt war, schnellfüßig und flink war, konnte er nicht mit seinem älteren Bruder mithalten, der sich, nun wieder mit geschlossenen Augen und wie von einem inneren Leuchten erfüllt, tänzerisch den steinigen Felspfad hinabbewegte.

Als die Prozession sich der Kirche näherte, empfingen Juan Kelly und ein paar andere von Josés Kameraden die Prozession mit Applaus. José setzte seinen faszinierenden Tanz bis in die Kirche hinein fort, und er sah dabei so anmutig aus, daß die Menschen ihn mit einem Engel verglichen.

»Seht nur!« rief eine der alten Frauen, die täglich die

Kirche besuchten, »der Geist der alten *India* ist in Josés Körper gefahren! Gelobt sei Gottes Name!«

Die Menschen bekreuzigten sich und fingen an zu beten, als sie erkannten, daß die Alte die Wahrheit sprach. Es gab keine andere Erklärung dafür, daß José imstande war, mit geschlossenen Augen den verschlungenen, felsigen Pfad genauso leichtfüßig hinabzusteigen wie die alte Blinde.

El Sol war soeben untergegangen und hatte ein breites Band zartgoldener Wolken am westlichen Abendhimmel hinterlassen, dessen sanftes Licht das kleine Bergdorf jetzt wie ein Schleier einhüllte.

»Schaut nur, dort ziehen die Seelen von Basilio und Agustín!« rief eine andere alte Frau aus. Die Menschen sahen zum Himmel, und tatsächlich, zwei kleine, silberfarbene Wölkchen zogen durch die blaßgoldenen Wolken des Sonnenuntergangs.

»Ich habe es doch gewußt!« sagte Doña Margarita, die neben der Alten stand. »Basilio und Agustín waren von Anfang an dazu bestimmt, die Himmelspforten wieder für uns zu öffnen!«

»Richtig, dafür hatten sie auch diese riesigen Schlüssel!« fügte ein lüstern dreinblickendes altes Weib grinsend hinzu. Es war Fatima, die Hebamme des Dorfes, die bekannt für ihr loses Mundwerk und ihre Vorliebe für kräftige, junge Männer war.

»Genau!« rief eine andere Alte.«Habt ihr die Gesichter der Soldaten gesehen? Sogar als sie Agustín in Stücke rissen, waren sie beim Anblick seiner enormen Juwelen noch ganz blaß vor Neid und Zorn!«

»Du respektloses, verdorbenes altes Weib!« rief ein aufgebrachter Ehemann. »Siehst du nicht, daß wir hier vor dem Heiligen Haus Gottes stehen?«

»Aber sicher doch!« lachte Doña Margarita. »Und wir tun nichts anderes, als den zahlreichen Juwelen des

Lebens, die Gott uns schenkt, unseren Respekt zu zollen! Sieh dir doch nur diese kleinen Silberwölkchen an. Nur zu, Basilio! Vorwärts Agustín! Öffnet die Himmelstore für jeden von uns!«

»Ja, benutzt eure mächtigen Schlüssel!« fügte Fatima hinzu und brach in heiseres Gelächter aus, in das alle anderen Frauen einfielen. José tanzte immer noch, und seine Freunde feuerten ihn rhythmisch klatschend an. Einige der älteren Männer waren verstimmt wegen der unverblümten Anspielungen der Weiber und begannen murrend, sich zu betrinken. Und so nahm das Fest der Lebenden und der Toten seinen Lauf. Denn es genügte nicht, daß Christus einst für die Sünden der Menschheit am Kreuz gestorben war; jede Dorfgemeinschaft, jede neue Generation verspürte in sich das tief verwurzelte Bestreben, jenen heiligen Ritus in stets neuer Pracht aufleben zu lassen.

Basilios und Agustíns Seelen setzten ihren Weg am Abendhimmel fort, und auf einmal erschien auch Mariposa, an der Hand ihren Sohn, und schloß sich ihnen an. José hielt in seinen Bewegungen inne und betrachtete ehrfürchtig diese wunderbarste aller Prozessionen – die Heimkehr der Seelen in den Himmel.

Doña Margarita ergriff Josés Hand. Auch Don Juan kam zu den beiden, obwohl er das Wunder, das sie erblickten, nicht zu erkennen vermochte. Alle, was er sah, war ein traumhaft schöner Abendhimmel. Der kleine Juan hingegen, der neben der Mutter und dem großen Bruder stand, erkannte sehr wohl, was dort am Himmel geschah. Seine Erziehung hatte nicht umsonst vorwiegend in den Händen der Mutter gelegen, daher empfand auch er das fortwährende Streben nach dem Licht und den Wundern Gottes als die natürlichste Sache der Welt.

»Nun«, bemerkte eine der alten Frauen, die täglich mit Doña Margarita und deren Freundinnen die Kirche besuchte. »Jetzt, wo wir so mächtige Freunde oben im Himmel haben, werden unsere Gebete mehr denn je erhört werden! Ich hätte mir allerdings nie träumen lassen, daß es einmal ein so junger Mensch wie Mariposa sein würde, die uns dort oben den Weg ebnet.«

»Sie war eine der unschuldigsten und reinsten unter uns«, entgegnete Doña Margarita und wischte sich die Tränen fort. »Und sie hatte kaum Gelegenheit, die wahre Bedeutung der Liebe kennenzulernen.« Sie drückte José an sich. »Jetzt ist sie in der Obhut Gottes, *mi hijito*. Sie ist daheim.«

»Ja, ich weiß«, erwiderte José. »Liebe ist ein Geschenk Gottes. Und niemand kann ein solches Geschenk zerstören, schon gar nicht der Tod.«

»Du hast deine Lektion gut gelernt, *mi hijito*«, sagte Doña Margarita lächelnd. »Nur wenige Männer sind zu solcher Weisheit fähig.«

Sie zog ihren Sohn dicht an sich.

»Hoffen wir, daß wir ebenso glücklich sind, wenn unsere Stunde kommt, *mi hijito*«, fügte Doña Margarita hinzu. »Schau nur, was für eine großartige Eskorte sie auf ihrem Weg begleitet. Die Seelen der beiden Riesen erhellen den ganzen Abendhimmel!«

Tatsächlich erstrahlte der Himmel in einem atemberaubenden Licht, dessen Farbpalette von Silber, Gold und Orange in flammendes Rot überwechselte. Und jene, die zu hören und sehen vermochten, sahen, daß die Tore des Himmels weit offenstanden, und vernahmen deutlich den Gesang der Engel, als Mariposa an der Seite von Basilio und Agustín durch sie hindurchschritt. Und so manch einer verspürte den heimlichen Wunsch, sich den dreien anzuschließen.

In dieser Nacht hielten alle Dorfbewohner die Nachtwache neben den aufgebahrten Körpern der sechs Ermordeten. Unzählige Kerzen wurden entzündet, und man betete bis spät in die Nacht. Anschließend folgte ein fröhliches Fest mit Tanz und Gesang zu Ehren der Toten. Eine mexikanische Feier *para los muertos*. Und inmitten der Tanzenden drehte sich Doña Margarita mit Don Juan ausgelassen im Kreis.

Nachdem der Colonel von dem fröhlichen Fest erfuhr, das, kurz nachdem er solch ein Gemetzel im Dorf angerichtet hatte, stattfand, soll er, vor Wut schreiend, alles um sich herum kurz und klein geschlagen haben. Weiter erzählte man sich, er habe die Dorfbewohner verflucht und behauptet, verlauste Wilde wie sie verdienten es nicht zu leben, da sie nicht einmal Respekt vor ihren eigenen Toten kannten.

Vor Zorn erkrankte der Colonel und litt unter solchen Blähungen, daß er kaum etwas zu sich nehmen konnte, und wenn er einen Brandy – sein Lieblingsgetränk – herunterkippte, begann er zu husten und wurde von Krämpfen geschüttelt. Er verbrachte fast einen ganzen Monat im Bett und versuchte wieder zu Kräften zu kommen, damit er diese Menschen endlich erledigen konnte, die keine Gelegenheit ausließen, ihn zum Narren zu halten.

Der kleine Juan sollte nie vergessen, wie seine Eltern, als sie von der Bettlägrigkeit des Colonels erfuhren, in Gelächter ausbrachen und ernsthaft überlegten, ob sie dem geplagten Mann nicht eine Flasche ihres besten Tequilas schicken sollten. Juan verstand zwar nicht den Grund, doch er registrierte voller Freude, daß seine Eltern, trotz der vielen Toten und der Zerstörung um sie herum, in dieser Zeit glücklicher waren und liebevoller miteinander umgingen als je zuvor.

Zweites Buch

GROSSMUTTER

Eine Zeit weiblichen Bewußtseins,
die etwa 78 000 v. Chr., also 26 000 Jahre vor dem Entstehen
der Sprache begann …
Zeit verträumter, stiller Geborgenheit
im Leib des Daseins; Zeit friedvollen
Innehaltens in Erwartung der vulkangleichen Geburt der
männlichen Kreatur.

Während Männer und Kinder noch tief schlummerten, erhoben sich die Frauen schlaftrunken, um sich vor Morgengrauen zum Gebet zu versammeln, jenem Gebet, das für sie vom Anbeginn der Zeit in der Zwiesprache mit den Sternen bestand. Seit Beginn der Schöpfung waren es die Frauen gewesen, die Gott mit der Aufgabe betraut hatte, die Saat des Lebens zu hüten, bis die Stunde der Erfüllung gekommen war.

Und die Frauen aus Los Altos de Jalisco erkannten, daß wieder einmal der Zeitpunkt gekommen war, an dem die Welt dank der *caprichos* der Männer in Scherben zu zerbrechen drohte. Also beschlossen sie – die Hüterinnen der Erde – das Schicksal ihrer *familias* in die eigenen Hände zu nehmen, zumal sie jetzt neue, zuverlässige Verbündete im Himmel besaßen, die dafür sorgen würden, daß ihr irdisches Schicksal dort oben nicht unbeachtet blieb.

Und so beobachtete der kleine Juan Salvador Villaseñor allmorgendlich, wie die Mutter sich vom gemeinsamen Lager erhob, ihr schwarzes Tuch umlegte und sich in der Dunkelheit mit ihren Freundinnen auf den Weg zur Kirche machte, um zu beten. Und wie sie beteten! Besonders an den Tagen, an denen der Priester nicht anwesend war, um ihre Zwiesprache mit dem Allmächtigen zu stören.

El Sol würde eben am Horizont emporgeglitten und das Haus bald vom Duft frischer Tortillas erfüllt sein, wenn Doña Margarita, ungeachtet des Elends um sie herum, fröhlich summend aus der Kirche heimkam. Erkundigten sich Juan oder seine Schwestern danach, was denn so erheiternd sei, antwortete sie mit schelmisch blitzenden Augen, daß die Heilige Jungfrau wieder einmal einen deftigen Witz zum besten gegeben habe. Während der Frühstücksvorbereitungen erzählte sie ihnen dann eine ihrer verrückten Geschichten, so daß die Küche bald vom gemeinsamen Gelächter erfüllt war. Es war das Lachen, das ihnen im Blut lag und ihre Herzen wie Musik erfüllte, ganz gleich, wie übel das Schicksal ihnen auch mitspielte.

Sobald der Colonel wieder genesen war, begann er aufs neue mit seiner Schlächterbande durch die Bergregion zu ziehen. Es gelang ihnen jedoch nicht mehr, tief genug in die Gegend von Los Altos vorzudringen, um weitere Farmen und Dörfer zu überfallen. Josés Bande bestand inzwischen aus weit über dreißig gut ausgerüsteten jungen Reitern, die selbstbewußt zurückschlugen, sobald der Colonel sich mit seinem Trupp zu weit vorwagte. Hier und dort unternahmen sie selbst kleinere Überraschungsangriffe, töteten zwei oder drei Soldaten und verschwanden wieder im Schutz der Wälder, was dazu führte, daß die nervös gewordenen *rurales* bald beim geringsten Geräusch auf jeden Zweig und jedes Blatt feuerten, das sich bewegte. Der Colonel und seine Männer begriffen jedoch allmählich, daß sie die Region ungehindert passieren konnten, solange sie niemanden schikanierten. Sobald sie allerdings jemanden verletzten oder gar töteten, mußten sie unweigerlich damit rechnen, daß Josés Männer ihren Trupps in der Nacht auflauern und Vergeltung üben würden. Als sie einmal einen alten Mann töteten, nur weil er es gewagt hatte, seine Hütte zu verlassen, wurden sechs der Soldaten nachts im Schlaf überrascht und hingerichtet. Man fand ihre Leichen, denen man menschliche Exkremente in den Mund gestopft hatte, am nächsten Morgen. Bald waren die Männer des Colonels überzeugt, daß José entweder der

Teufel selbst oder ein Racheengel des Allmächtigen sein mußte. Etwa zu jener Zeit erhielt der Colonel die Order, das Gebiet um Los Altos, das von José kontrolliert wurde, zu meiden. Man gab ihm zu verstehen, daß er seinen kleinen Privatkrieg gefälligst zurückstellen und mit seinen Männern den anderen Regimentern im Kampf gegen die Aufständischen, die sich auf einmal im ganzen Land erhoben, zur Seite stehen solle.

Kurz darauf kam das Gerücht auf, daß das Volk, *la gente del pueblo,* die Hauptstadt Mexiko-City zurückerobert hätte und Don Porfirio mit seiner Sippschaft reicher, ausländischer Freunde nach Europa geflohen sei.

Im ganzen Land brach Jubel aus. Das Volk, hervorgegangen aus dem Herzen der Erde, hatte gesiegt. Sie hatten die elenden *rurales* in die Flucht geschlagen, und *Méjico,* das Land der *mestizos,* gehörte wieder denen, die es liebten und die seinen Boden mit ihren eigenen Händen bearbeiteten.

In jener Zeit entschlief eines Nachts der großartige alte Don Pío. Noch am Abend vor seinem Tod hatte er seine junge Indiofrau voller Freude umarmt und gesagt: »Ich danke dir, Allmächtiger Herr, daß ich diesen Tag noch erleben durfte! *Méjico* gehört wieder *uns, la gente de la tierra*!«

Doch die Freude und die Feierlichkeiten währten nicht lange. Schnell kam die Kunde, daß der idealistische neue Präsident, Francisco Madero[5], durch den gefürchteten Victoriano Huerta, der die rechte Hand von Präsident Porfirio gewesen war, getötet worden sei. Ein neuer Krieg stand bevor, der den vorherigen an Grausamkeit noch weit übertreffen würde, denn jetzt war das Volk in zwei Lager gespalten.

Zur gleichen Zeit wurde bekannt, daß eine Belohnung von tausend *pesos* in Gold – die höchste Summe, die je aufgeboten wurde – auf Josés Kopf ausgesetzt war. Aber man wollte ihn auf jeden Fall lebendig, denn die Behörden in Guadalajara beabsichtigten, ihm ein Angebot zu machen, das er auf keinen Fall abschlagen konnte.

Und dieses Gerücht, daß man José lebendig wollte, war es, das einem Judas schließlich den Mut gab, ihn zu verraten.

Der kleine Juan hütete die letzten verbliebenen Ziegen, als sein dreiundzwanzigjähriger Cousin Agustín, dessen rotbraunes Haar im Wind flatterte, herangaloppierte und schrie: »Dein Bruder José ist verhaftet worden. Sie bringen ihn in Ketten herunter ins Tal!«

»Aber wie ist das passiert?« fragte Juan fassungslos.

»Ich hab' keine Ahnung, es heißt, er wurde von einem seiner eigenen Männer verraten!« sagte Agustín mit nervösem Lachen und stob auf seinem Pferd davon.

Juan ließ die Tiere an einem verborgenen Bachbett zurück und rannte, so schnell ihn seine kurzen Beine trugen, nach Hause. »Mama! Mama!« brüllte er, kaum daß er die *ramada* erreichte, doch als er sich umsah, bemerkte er, daß kein Mensch daheim war. Also rannte er weiter zur Kirche. Seit kurzem schlossen sich auch seine Schwestern Emilia und Luisa den Kirchgängen der Mutter sooft wie möglich an.

Im letzten Jahr hatte sich ihr Leben in Los Altos de Jalisco gänzlich verändert. Der Vater, Don Juan, war zwei Monate zuvor nach Del Mar, Kalifornien, aufgebrochen, um bei seinen Söhnen Jesús und Teodoro und dessen Cousin Everardo, Arbeit zu finden. Domingo war mit ihm gegangen. Das ganze Dorf war verwüstet, und bis auf ein paar Wurzeln und was sie sonst an genießbaren Pflanzen ergattern konnten, gab es nichts zu essen. Ihre ganze Hoffnung richtete sich darauf, daß Don Juan bald mit genügend Geld für Lebensmittel aus den Vereinigten Staaten heimkehren würde.

»Mama! Mama!« Juan sprang die Stufen zu der kleinen Kirche hinauf. »Cousin Agustín behauptet, José sei verhaftet worden, weil er von einem seiner eigenen Männer verraten wurde! Und daß sie ihn in Ketten ins Tal bringen!«

Doña Margarita gab keinen Ton von sich und bedeutete ihrem kleinen Sohn mit einer Handbewegung, näher zu kommen. Sie zog ihn zu sich heran und setzte ruhig ihr Gebet fort, während Juans Herz vor Aufregung raste. Wieso sprang die Mutter nicht auf und rettete José? Wenn es nach ihm gegangen wäre, hätte die Mutter sich auf der Stelle in ein Rudel reißender Wölfe verwandelt – er wußte, daß sie dazu in der Lage war – und wäre vom Himmel gefahren, um dem Colonel und seinen Männern ein für allemal ein Ende zu bereiten. Doch sie rührte sich nicht. Gelassen, als hätte sie kein Wort vernommen, setzte sie ihr Gebet fort. Und was taten die anderen alten Frauen, die neben ihr saßen? Auch sie beteten seelenruhig weiter!

Juan ließ seinen Blick umherschweifen und betrachtete den Leib Christi, der mit der schrecklichen Dornenkrone auf seinem Haupt an seinem Kreuz hing, Hände und Füße von Eisennägeln durchbohrt. Blut, das von den Dornen herrührte, die sich in seinen Kopf bohrten, vermischte sich auf seiner Brust mit dem Blut einer klaffenden Wunde, die ihm einer der Söldner mit dem Schwert zugefügt hatte. Der blutüberströmte Körper Christi sah einfach grauenhaft aus, und Juan hatte nie begreifen können, wie Gott es zulassen konnte, daß seinem einzigen Sohn ein solches Schicksal widerfuhr. Plötzlich kam ihm ein entsetzlicher Gedanke. »Oh, Mama«, flüsterte er, bemüht, die Stille des Gotteshauses nicht zu stören, »werden sie José etwa auch kreuzigen?«

Ein paar der Frauen lachten leise auf; Juan konnte sich nicht vorstellen, was an seiner Frage so komisch sein sollte. Jedermann wußte doch, was für ein Held José war, also würden die *rurales* keine Mühe scheuen, ihm so viele Schmerzen wie möglich zuzufügen.

»Nein«, antwortete Doña Margarita, die ihr Gebet beendet hatte und sich bekreuzigte, »sie werden deinem Bruder nichts zuleide tun – so wahr mir Gott helfe!«

»Aber was wirst du tun, Mama? Wirst du dich in ein Rudel Wölfe verwandeln und die Soldaten in Stücke reißen?« Die anderen Frauen, die ihr Gebet inzwischen ebenfalls beendet hatten, lachten jetzt laut heraus. Juan warf ihnen einen entrüsteten Blick zu.

Doña Margarita reichte ihrem Jüngsten lächelnd die Hand, damit er ihr half, sich zu erheben. Zusammen gingen sie aus dem kühlen Dunkel der Kirche, hinaus in die flimmernde Hitze. »Hab' Geduld, *mi hijito«*, sagte sie gelassen. »Warten wir erstmal ab, was geschieht, dann tun wir, was zu tun ist.«

»Aber du wirst ihn doch retten, oder? Du wirst doch nicht zulassen, daß ihm das gleiche passiert wie unserem Herrn Jesus?«

Nachdenklich blickte Doña Margarita ihren kleinen Sohn an. Sie waren vor dem großen Kirchenportal stehengeblieben, dessen weit geöffnete Türen den Blick auf das kühle Innere des Gotteshauses freigaben; eine Welt voller Statuen und Kerzen, deren gedämpftes Licht die kostbaren Holztäfelungen schimmern ließ, während vor ihnen die staubige Luft im heißen Sonnenlicht flirrte. »Sieh mal, *mi hijito!* Es steht uns nicht zu, Fragen zu stellen oder zu beklagen, was wir nicht verstehen, sondern wir haben zu akzeptieren, daß wir mit Gottes Hilfe zwar tun, was in unserer Macht steht, daß unser Schicksal jedoch vor langer Zeit im Himmel besiegelt und in der Tiefe der Erde verwurzelt wurde. Deshalb hat es keinen Sinn, vor Angst den Kopf und das Vertrauen zu verlieren, sondern – und dies ist ein sehr wichtiges ›sondern‹ –

wir müssen Ruhe bewahren und uns stets vor Augen führen, daß das Leben nichts als ein langer Traum ist, und daß geschieht, was geschehen muß.« Bei diesen Worten preßte sie die Lippen auf ihren alten, blankgeriebenen Rosenkranz.

Juan hatte den Worten der Mutter mit ernster Miene gelauscht, doch er ließ sich nicht so leicht überzeugen. »Aber Mama«, beharrte er ungeduldig. »Hast du denn nicht verstanden, was ich gesagt habe? Sie haben José in Ketten gelegt, und bestimmt haben sie ihn auch geschlagen!« Er konnte die Gelassenheit seiner Mutter nicht begreifen, er selbst war fast verrückt vor Angst.

»Und? Wurde Jesus Christus nicht auch ausgepeitscht und gezwungen, sein eigenes Kreuz nach Golgatha zu tragen? Versuch doch zu verstehen, *mi hijito*, daß die Dinge nun einmal ihren natürlichen Lauf nehmen, einen Lauf, der zugegebenermaßen nicht immer verständlich ist, aber doch auf wundersame Weise einen Sinn ergibt, wenn wir nur unser Vertrauen nicht verlieren!«

Juan wollte davon nichts hören. Er wünschte, die Mutter würde endlich mit diesem Unsinn aufhören und statt dessen etwas unternehmen. Er wußte doch, wozu sie fähig war. Nie würde er vergessen, wie sie sich in ein Kojotenweibchen verwandelt und ihn vor der Hundemeute gerettet hatte. Der Mutter standen doch sämtliche Mächte des Himmels und der Erde zur Seite, worauf wartete sie denn noch?

»Komm schon, *mi hijito*« , sagte Doña Margarita, der nicht entging, wie aufgebracht ihr kleiner Sohn war, »denk doch nur einmal daran, wie beharrlich das Wasser des tiefen Flusses sich seinen immerwährenden Weg durch Steine und Gebirge bahnt. Auf die gleiche Weise müssen wir Menschen uns unseren Weg bahnen – nicht mit Äxten und Gewalt, sondern furchtlos und durch unerschütterliche Liebe, wenn wir es schaffen wollen, lange zu überleben.« Sie küßte die Fingerspitzen ihrer linken Hand und berührte damit sacht ihre Stirn und ihr Herz. »José wird es gutgehen, *mi hijito.* Ich fühle es, hier, in meinem Herzen.« Bei diesen Worten preßte sie beide Hände auf ihre alten, ausgemergelten Brüste, während sie nebeneinander die Stufen hinabgingen und in die gleißende Hitze des Nachmittags eintauchten.

Juan spürte, daß seine Mutter offenbar tatsächlich keinerlei Befürchtungen hegte, und hätte sich dieser Überzeugung gern angeschlossen, doch es wollte ihm beim besten Willen nicht gelingen.

Und nun konnte man von Weitem bereits den Colonel und seine Männer erkennen. José unsanft vorwärts stoßend, ritten sie die schmutzige Straße entlang, die durch die abgebrannten Mais- und Alfalfafelder führte, und ließen eine dunkle Staubwolke hinter sich zurück. Als sie die Mitte der *plaza* erreichten, bemerkte das Volk voller Entsetzen, daß José vor Erschöpfung jeden Augenblick zusammenzubrechen drohte und daß sein Gesicht von Striemen und Schrammen bedeckt war. Die Soldaten zerrten ihn an Seilen, die um seinen Hals und seine gefesselten Hände geschlungen waren, vorwärts.

Die Dorfbewohner bekreuzigten sich, als sie sahen, wie man José zugerichtet hatte. Eine junge Frau wollte ihm einen Becher Wasser aus dem Brunnen auf der *plaza* reichen, doch einer der Soldaten schnitt ihr mit seinem Pferd den Weg ab, riß ihr den Becher aus der Hand und leerte ihn mit dreckigem Grinsen.

Doña Margarita, die den Zwischenfall beobachtet hatte, trug Juan rasch auf, dem Colonel und seinen Männern Wasser zu bringen. »Wenn etwa die Hälfte der Männer versorgt ist, bringst du José einen Becher«, instruierte sie ihn.

Dann ging sie zu ihrem Sohn. »Oh, *mi hijito, mi hijito*«,

flüsterte sie schmerzerfüllt. »Wir versuchen, dir so schnell wie möglich etwas Wasser zu geben!«

»*Gracias*, Mama«, antwortete José, der kaum sprechen konnte. Seine Augen blickten leer aus dem von Schlägen zugeschwollenen Gesicht. »Aber sei vorsichtig, Mama, ich will nicht, daß sie dir etwas zuleide tun!«

»Keine Sorge«, erwiderte sie, »Gott beschützt uns.«

Sie streichelte ihn, als Juanito kurz darauf mit einem Becher herbeieilte. »So, die Hälfte von ihnen hat jetzt Wasser«, sagte er außer Atem. »Hier ist ein Becher für dich, José.«

Doña Margarita ergriff den Becher und führte ihn an Josés Lippen, doch bevor er Gelegenheit bekam, einen Schluck zu trinken, trat der Colonel, der unterdessen von seinem Pferd gestiegen war, dazwischen und schlug Doña Margarita den Becher aus der Hand.

»Er bekommt nichts zu trinken!« rief der große Mann. In diesem Augenblick wurde Juan Zeuge, wie sich direkt vor seinen Augen ein Wunder ereignete: Seine zierliche, kleine Mutter wich nicht etwa zurück, sondern wirbelte herum und blickte dem Colonel fest in die Augen. Und im grellen Licht der brennenden Sonne verwandelte sich die alte Frau in eine fauchende Tigerin. Sie war die große Kojotenhündin und das wütende Jaguarweibchen in einer Gestalt, und sie war riesenhaft in ihrem Zorn. Juan zweifelte keine Sekunde daran, daß seine Mutter diesem sterblichen Wesen, das dort vor ihr stand, ohne zu zögern das Herz hätte aus dem Leib reißen können, doch sie tat nichts dergleichen. Sie stand nur da und blickte ihm ins Gesicht. Und der große, kräftige Mann erstarrte unter ihrem eisigen, furchtlosen Blick.

»NEIN!« rief Doña Margarita. »So wahr mir Gott helfe! Sie werden mich nicht daran hindern, meinem Sohn Wasser zu geben! Sie können ihn einsperren, ihn schlagen und sogar hinrichten, *Coronel* Montemayor!

Aber um nichts in der Welt werden sie mich, seine Mutter, davon abhalten, meinem eigen Fleisch und Blut Wasser zu geben!«

Juan beobachtete, wie der Colonel verunsichert blinzelte. Die Bestimmtheit und Autorität, mit der diese zerlumpte, alte *India* ihm gegenübertrat, verblüffte ihn. Doch dann ging ein Grinsen über sein Gesicht. Dies war also die heißblütige *India,* die Don Juan sich zur Frau gewählt und mit der er beschlossen hatte, Kinder zu bekommen. Sehr interessant, aber trotzdem weit unter der Würde eines Mannes vom Stande Don Juans. Sein Grinsen verschwand. Er vergewisserte sich mit raschem Blick, daß seine Männer, die von den umstehenden alten Frauen, die ihnen zahlenmäßig weit unterlegen waren, nicht aus den Augen gelassen wurden, bereitstanden, und begann zu sprechen.

»In Ordnung, gib dem dreckigen kleinen Bastard einen Schluck Wasser«, sagte er großspurig. »Sonst krepiert er uns noch, bevor wir ihn zu seiner rechtmäßigen Hinrichtung in die Provinzhauptstadt bringen können!« dröhnte er und lachte. Aber es war ein nervöses Lachen. Er fühlte sich unsicher.

»Aber es hieß doch, daß man ihn lebendig wollte, um ihm ein Angebot zu machen«, wandte die Mutter von Jorge und Manuel, zwei Kameraden von José, ein.

Der Colonel stieß ein hämisches Lachen aus. »Das habt ihr geglaubt?!« fragte er. »Mann, ihr stupiden *Indios* seid wahrhaftig so blöd, daß man sich fragen muß, wie ihr überhaupt überleben konntet, bis wir kamen und euch die Zivilisation brachten! Er ist ein Mörder, ein Verräter und ein Dieb von Regierungseigentum! Was habt ihr denn gedacht, was wir mit ihm vorhaben? Ihn zum Offizier machen?«

»Warum nicht!« entgegnete Doña Margarita mit ganzer Kraft. »Wenn ihr Verstand besäßet, würdet ihr genau das tun! Schließlich seid ihr kein einziges Mal in der Lage gewesen, ihn im offenen Kampf zu besiegen. Ohne jemanden wie ihn werdet ihr früher oder später untergehen. Ihr werdet das gleiche Schicksal erleiden, das euch einst, lange vor unserer Zeitrechnung, widerfuhr und wieder einmal mit *nada* in Euren Händen dastehen!«

»Aha«, erwiderte der Colonel, ohne auf den Inhalt ihrer Worte zu achten, »jetzt weiß ich auch, von wem José sein berühmtes großes Maul hat.« Er lachte wieder. »Nun, ab heute ist es jedenfalls vorbei damit, du häßliche alte *India*! Jetzt haben wir ihn nämlich, und damit ist er ein toter Mann!« Die letzten Worte schleuderte der große, kräftige Colonel Doña Margarita gehässig entgegen.

»Nicht in den Augen des Allmächtigen!« widersprach Doña Margarita ruhig. »Denn im Gegensatz zu Ihnen weiß mein Sohn José, was es heißt, zu lieben, deshalb wird seine Seele in alle Ewigkeit leben! Ihre Seele dagegen wird für immer in der Hölle schmoren, denn Sie werden niemals begreifen, was Liebe und Respekt vor dem Leben bedeuten. Niemals werden Sie Frieden finden, nicht hier, auf *nuestra sagrada tierra*, und schon gar nicht im Himmel!«

Nun hatte der Colonel genug. Er streifte seine langen Handschuhe ab, wickelte sie zu einer festen Kordel zusammen und schlug Doña Margarita damit so fest er konnte ins Gesicht, während er sie mit seinem haßerfüllten Blick durchbohrte. Josés Körper straffte sich innerhalb von Sekunden, und selbst gefesselt und mit einem Seil um den Hals schien er fähig, den Colonel jeden Augenblick zu töten. Auch Juan war bereit, sich auf den Colonel zu stürzen.

»Nein!« hielt Doña Margarita ihre beiden Söhne zurück. »Gönnen wir dem Colonel für heute seinen Triumph. Tief in seinem Inneren weiß er ohnehin, daß seine

Tage und die Tage seiner privilegierten Freunde gezählt sind. Der Himmel vergißt nie die Saat, die wir hier auf der Erde säen. Möge Gott Ihnen vergeben, mein lieber *Coronel*«, fügte sie hinzu, »daß Sie nicht vermochten, ein wenig Mitgefühl oder Liebe in ihrem irdischen Leben zu säen, um später einmal davon zu ernten!«

»Du doppelzüngiges, altes Weib!« schrie der Colonel. »Komm mir nicht mit den Worten, die wir euch gottlosen Wilden erst beigebracht haben! Glaubst du, du kannst mich mit meiner eigenen Religion einschüchtern, du stinkende Sau!« Er packte sie an der Gurgel und zerrte sie zu sich heran. »Versuch keine Wortspielereien mit mir, alte Hexe! Abschaum wie dich habe ich oft genug erlebt! Ihr versucht doch nur, alles was wir euch mühsam im Namen Gottes beigebracht haben, in den Dreck zu ziehen!«

Der kleine Juan stürzte sich auf den Colonel, wurde jedoch so brutal zu Boden gestoßen, daß er beinahe das Bewußtsein verlor.

»Keine Angst, ich habe nicht die Absicht, sie umzubringen«, sagte der Colonel zu Juan und José. »Im Gegenteil!« fügte er hinzu, »ich will, daß sie lebt, damit sie Zeuge wird, wie wir jedes ihrer Kinder töten und sich all ihre Träume in Rauch auflösen.«

»Denk nur nicht, daß ich nicht weiß, wer du bist«, herrschte er Doña Margarita an. »Ich habe gleich gemerkt, daß José viel zu clever für ein Bürschchen seines Alters ist und weiß längst, daß der gerissene alte Fuchs der Berge, sein Großvater Don Pío höchstpersönlich, sein Lehrmeister war. Jetzt ist der Alte tot! Leider ist der Verräter krepiert, bevor wir ihn uns persönlich vorknöpfen konnten. Aber ihr, der Rest der Sippschaft, ihr lebt noch!« schrie er und wandte sich zitternd vor Wut der Menge zu. »Ihr werdet hoffentlich nicht abkratzen, bevor wir jeden einzelnen von euch geistlosen Indios hingerichtet haben, wie es sich für Ratten wie euch gehört. Und dir, altes Weib, dir verspreche ich, daß du den Tag verfluchen wirst, an dem du Don Juan verhext und gezwungen hast, unter seinem Stand zu heiraten und dieses verlauste, stinkende Mestizenpack zu zeugen, daß unser heiliges, katholisches Land wie ein Pesthauch verseucht!«

Er stieß Doña Margarita so brutal von sich, daß sie zu Boden fiel. Dann drehte er sich rasch um und stieg auf sein Pferd. »Auf nach Guadalajara!« rief er seinen Männern zu. »Damit wir die Hinrichtung unter zivilisierten Menschen feiern können!«

Doña Margarita – klein, schmächtig und zerfurcht wie die Erde, mit der sie so verwurzelt war – hatte sich wieder erhoben und versuchte, ihren Sohn José ein letztes Mal zu umarmen, doch er wurde bereits fortgezerrt, bevor sie Gelegenheit hatte, ihn zu berühren. »Geh mit Gott, mein Sohn« rief sie ihm unter Tränen nach. »Und denk immer daran, daß der Wille des Allmächtigen geschieht, *mi amor*! Ich verspreche es dir! Es wird nur geschehen, was Gott befiehlt!«

Juan nahm seine Mutter in die Arme, der die Tränen jetzt ungehemmt über die Wangen strömten. Gemeinsam beobachteten sie, wie die Soldaten José über das Kopfsteinpflaster aus dem Dorf zerrten. Juan fühlte sich hilflos wie noch nie in seinem Leben, doch was hätte er, gerademal acht Jahre alt, schon tun können?

»Ach, Mama«, seufzte er, »wenn Gott wirklich mit uns ist, warum läßt er dann zu, daß uns all dies geschieht? Wieso schickt er keine Armee aus zehntausend Engeln vom Himmel herab, damit sie die schrecklichen *rurales* auf der Stelle vernichten?«

»Still«, fuhr eine alte Frau ihn an, die herangekommen war und Doña Margarita in die Arme schloß. »Sie hat doch soeben ein gottgegebenes Wunder vollbracht! Hast du nicht gesehen, daß der Colonel jedesmal kreidebleich wurde, wenn deine Mutter ihn ansprach? Der Himmel ist auf unserer Seite. Selbst jetzt, in diesem Augenblick«, fügte sie hinzu und bekreuzigte sich. »Wenn du deine Augen öffnen würdest, könntest du die Engel auch sehen, die unter uns weilen, *malcriado*!«

Juan wußte keine Erwiderung. Er konnte beim besten Willen keine Engel entdecken und fragte sich erschrocken, warum die alte Freundin der Mutter so böse auf ihn war.

»Ist schon gut«, sagte Doña Margarita zu ihrer Freundin, »ist schon gut. Er ist doch noch klein und weiß nichts von den Wegen des Himmels.«

»Ja, ja, und bald hat er Haare zwischen den Beinen und auch noch keinen Schimmer von den Wegen des Lebens, wenn wir uns nicht bald darum kümmern«, brummte die Alte.

»Ja, du hast ja recht«, erwiderte Doña Margarita. »Nicht nur der Colonel ist eine verlorene Seele; auch viele unserer eigenen jungen Männer denken inzwischen, daß Waffen und Gewalt die einzige Möglichkeit sind, die Dinge hier auf unserer Mutter Erde zu regeln.« Sie bekreuzigte sich und dankte Gott, daß er ihr solch einen klaren Verstand geschenkt hatte. Dann wandte sie sich ihrem kleinen Sohn zu. »Komm, laß uns nach Hause gehen und etwas essen. Und vergiß nicht, was ich dir immer sage, *mi hijito,* selbst Gott braucht Hilfe, um seine Wunder hier auf der Erde zu vollbringen. Morgen ist ein neuer Tag, ein neues Geschenk des Allmächtigen. Und alles wird *mañana* wieder möglich sein, solange wir – die Menschen der Erde – unser Vertrauen darauf nicht verlieren, daß sich alles zum Guten wenden wird. Die einzige Voraussetzung ist, daß wir keine Mühe scheuen, uns um diese verlorenen Seelen zu bemühen, die Gott uns sandte, damit wir sie in den Dingen des Herzens unterrichten und sie in dieser, unserer Erde verwurzeln. Sie sind so lange umhergeirrt, daß sie nicht mehr begreifen, was sie sich selbst und uns antun. Gott wird ihnen vergeben.«

»Ja, ja, kann schon sein«, antwortete Juan auf das sinnlose Geplapper der Mutter. »Ich gehe und kümmere mich um die Tiere. Bei Anbruch der Dunkelheit bin ich zurück.«

»Sei vorsichtig, *mi hijito*«, sagte sie und drückte ihn. »Sehr vorsichtig, kleiner *angelito*.«

Sie versuchte, ihm einen Kuß zu geben, doch er entwand sich unwirsch ihrer Umarmung und rannte so schnell er konnte davon. Juan hatte genug von seiner Mutter und dem lieben Gott. Sein Bruder wurde in Ketten zu seiner Hinrichtung geschleppt, und weder die Mutter noch Gott rührten deswegen einen Finger. Sein Vater, Don Juan, hätte bestimmt etwas unternommen. Zumindest hätte er wenigstens ein oder zwei Soldaten getötet, bevor sie ihn selbst umgebracht hätten.

»Frauen fällt einfach nichts anderes ein, als zu beten und sich zu verstecken«, murmelte er vor sich hin. »Damit will ich nichts mehr zu tun haben! Was ich brauche, ist eine Waffe! Genau! Eine große, glänzende 45er!«

»Peng! Peng!« rief Juan und zielte mit einem Stock auf jeden kleinen Felsbrocken und Stein, der ihm unter die Augen kam. In seiner Phantasie waren es Soldaten, von denen er jeden einzelnen mit einem Schuß mitten ins Herz tötete. Bis er am Abend mit Chivo und den anderen Tieren, die dem Gemetzel der *rurales* entgangen waren, heimkehrte, hatte er mindestens tausend Soldaten niedergestreckt. Den Colonel selbst hatte er auf hundert verschiedene Arten zur Strecke gebracht. Ach, die Mutter redete solch unsäglichen Unsinn. Niemals würde das Leben wieder so sein wie zuvor. Ihr Dorf lag in Trümmern, bis auf ein paar Tiere war sämtliches Vieh abgeschlachtet worden, und von ihrer einst so großen, mächtigen Familie waren außer Luisa, Emilia, Juan und der Mutter niemand mehr übrig. Selbst Lucha und María waren so klug gewesen, das Dorf eine Woche zuvor mit Cousin Agustín zu verlassen.

Plötzlich traf Juan die Erkenntnis wie ein Keulenschlag. Auf einmal erinnerte er sich, wie die Leute davon gesprochen hatten, daß Agustín irgendwie zu Geld gekommen war, daß er sich neue Kleider zugelegt hatte und plante, zusammen mit Lucha und María in die Vereinigten Staaten zu gehen.

Juan versuchte, sich ins Gedächtnis zurückzurufen, wie Agustín gewirkt hatte, als er mit der Nachricht von Josés Verhaftung ins Tal geritten kam. Er war vollständig neu eingekleidet gewesen und – richtig, hatte er nicht so nervös gelacht? Geradeso wie jemand, der ein schlechtes Gewissen hatte? Juans Augen weiteten sich ungläubig, während seine Gedanken fieberhaft arbeiteten ... mein Gott, wenn ihr eigener Cousin ... tatsächlich zu Josés Verräter geworden war, dann hatte er auch die tausend *pesos* in Gold kassiert!

An diesem Tag ereigneten sich bei Sonnenuntergang eigenartige Dinge. Zuerst erschien eine Nachbarin mit einem großen Topf Suppe, die aus Wurzeln und Gürteltierfleisch zubereitet war, und bemerkte dazu, dies sei die Speise der unteren Welt. Kurz darauf kamen zwei weitere Nachbarinnen und brachten Tortillas, süßen Brei und gekochte Bohnen und verkündeten, dies sei die Speise der mittleren Welt. Schließlich umarmten die Frauen Doña Margarita mit liebevollen *abrazos* und versicherten dabei immer wieder, daß Liebe, nur Liebe, die Speise der oberen Welt sei.

Nach dem Essen erschien Fatima, die Hebamme mit dem unflätigen Mundwerk, mit einem lebenden Huhn in der Hand, und forderte alle auf, ihr zu folgen. Juan, seine Schwestern und die Mutter kamen der Aufforderung nach, und verließen die *ramada* und folgten Fatima und den anderen alten Frauen. Fatima führte die Gruppe durch den Wald, der hinter dem Haus begann, zu einer Lichtung. Dort – geschützt vor Blicken aus dem Dorf – wies die Hebamme sie an, ein großes Feuer zu entfachen. Anschließend schlitzte sie dem Huhn die Kehle auf und warf das Tier mit samt Federn in die lodernden Flammen.

Juan wußte nicht, was er davon halten sollte; noch nie hatte er erlebt, daß ein Huhn auf diese Art zubereitet wurde. Als er in die Runde blickte, hatte er den Eindruck, daß seine Schwestern ebenso ratlos waren, nur die Mutter zwinkerte ihnen wortlos zu, als ihre Kirchenfreundinnen jetzt einen monotonen Gesang anstimmten.

Ein ekelhafter Geruch nach versengten Federn breitete sich aus, und je lauter der Gesang der alten Frauen wurde, desto unheimlicher war Juan zumute, besonders als ihm klar wurde, was eigentlich vor sich ging. Die Frauen hatten nicht etwa vor, das Huhn zu rösten, nein, sie opferten das Tier und riefen die Geister ihrer Vorfahren an, um sie in der Stunde der Not um Beistand zu bitten.

Zunehmend beunruhigt, griff Juan nach der Hand seiner Mutter. Inzwischen war es fast dunkel, und das Treiben der alten Weiber gefiel ihm immer weniger. Er hatte das unbehagliche Gefühl, als würden die Geister der Vergangenheit tatsächlich jeden Moment aus der Erde emporsteigen.

Der Priester würde außer sich sein, wenn er von dem Tun der Frauen erfuhr, denn ihre Gebete richteten sich nicht an Gott, den allmächtigen Vater; vielmehr hatten sie sich auf die alten Indianerriten besonnen, die, lange bevor die Europäer an den Ufern des Kontinentes landeten, in diesem Land gepflegt wurden. Sie riefen die Große Mutter der Schöpfung an, womit sie die alleinige Herrschaft des Himmels verleugneten und die Existenz der drei magischen Welten anerkannten. Sie beschworen insbesondere jene Geister, die soeben die Schwelle zu den anderen Welten überschritten hatten: Don Pío, die beiden Riesen, Mariposa und all die anderen Dorfbewohner, die durch den Colonel und seine Gruppe von Schlächtern getötet worden waren.

Kalte Schauer jagten Juan über den Rücken, während er in die knisternden Flammen starrte. Er wußte, daß die Frauen ein striktes Tabu brachen. Wenn der Vater, Don Juan, daheim gewesen wäre, hätte er dies niemals geduldet. Aber Don Juan war fort, und auch der Priester hatte sich seit sechs Monaten nicht mehr blicken lassen. So saß Juan nun neben der Mutter und seinen Schwestern und wurde Zeuge, wie die Frauen sämtliche Geister der Erde und des Himmels beschworen.

Jetzt begannen die alten Weiber zu tanzen; mit eigenartigen Bewegungen wiegten sie ihre Körper im Rhythmus ihres dumpfen, unheimlichen Singsangs hin und her. Ihr Lied richtete sich an die Sterne und die Göttin der Nacht, auf daß sie ihre geliebte Freundin Doña Margarita segneten und ihr die Kraft verliehen, Wunder zu vollbringen.

Juan traute seine Augen nicht, als die Mutter plötzlich zwei Steine vom Boden aufhob und sich, wie entrückt, dem Tanz der Weiber anschloß, wobei sie mit den Steinen den Takt des Gesangs untermalte. Leichtfüßig wie ein junges Fohlen bewegte sich die Mutter mit den Tanzenden im Rhythmus der aufeinanderklappenden Steine im Kreis.

Klack, klack, klack. Jetzt griffen auch Juans Schwestern nach ein paar Steinen und taten es der Mutter nach. Mit schwingenden Armen, wie flügelschlagende Vögel, schlugen sie die Steine abwechselnd vor und hinter ihren Rücken aufeinander. Noch nie hatte Juan etwas Ähnliches erlebt. Bis dahin hätte er sogar geschworen, daß die Mutter, ja die ganze Familie, von diesen alten *Indio*-Bräuchen nichts hielt, doch offenbar hatte er sich geirrt. Denn seine Mutter und seine Schwestern tanzten so anmutig, daß ihm klar wurde, daß sie es schon viele Male zuvor getan hatten.

El Sol war lange untergegangen, und *la luna* hatte ihren Platz am Himmel eingenommen, als die alte Hebamme ihre Stimme erhob. In eigenartigem Sprechgesang erinnerte sie *la luna* daran, daß sie, die Frauen, ebenfalls Geschöpfe der Nacht, also besondere Gefährtinnen der Mondgöttin seien. »Denn vor dem Licht, da war die Dunkelheit«, sagte Fatima, »und Dunkelheit ist die ewige Weiblichkeit!«

Fatima schwenkte ihren Kopf von einer Seite zur anderen, so daß ihr langes, silbergraues Haar hin und her flog. Sie hob ihre Arme und bewegte dabei flink die Finger, wie ein Rinnsal plätschernden Wassers. Die alte Hebamme war vollkommen in Trance, und Juan schien es, als würden ihr Gesicht und ihr Körper von Sekunde zu Sekunde jünger, während sie sich so würdevoll und anmutig bewegte. Fatima näherte sich Doña Margarita und segnete die Freundin. Juan hätte schwören können, daß er in diesem Moment ein deutliches Vibrieren des Bodens unter seinen Füßen spürte. »Vergiß niemals, *amiga mía* Margarita«, sagte die Hebamme, deren Stimme von weit her zu kommen schien, »daß wir Frauen, wie das Wasser, in Ewigkeit bestehen und die Männer, wie das Feuer, nur für kurze Zeit lodern. Was geschah, war von jeher so bestimmt. Wir Frauen dürfen keine Furcht haben, sondern müssen unsere Augen öffnen und uns fragen, was es diesmal ist, das von uns, *las mujeres*, verlangt wird. Die Wasser des Universums sind unendlich, und was heute geschah, geschieht stets, wenn die kleinen Feuer der Männer zu hoch auflodern und ihnen die Kontrolle darüber entgleitet«, fuhr sie lachend fort. »Sie verlieren entweder den Verstand oder sie besinnen sich auf ihre Kriegsspielchen und Eroberungsfeldzüge. Unsere Aufgabe ist es, mit unseren geöffneten Lenden das Gleichgewicht von Erde und Himmel wieder herzustellen«, sagte sie und lehnte sich dabei mit weit gespreizten Beinen zurück. »Wir schenken Liebe und immer wieder Liebe, damit der Fluß des Lebens nie versiegt.«

Die Hebamme näherte sich mit immer noch gespreizten Beinen dem kleinen Juan und lachte ihm in sein verdutztes Gesicht. »Ganz gleich, wieviel Haare eines Tages zwischen deinen Beinen wachsen, vergiß nie, kleiner *muchacho,* daß ich es war, eine Frau, die als erstes deinen kleinen Schwanz und deine *tanates zu* sehen bekam, als du das Licht dieser Welt erblicktest, und wenn du sehr viel Glück hast, wird es auch die sanfte Berührung einer Frau sein, die dir den Abschied von dieser Welt erleichtert!«

Sie streckte die Hände nach Juans Hoden aus, um ihm gleich an Ort und Stelle zu beweisen, wovon sie sprach, doch Doña Margarita griff gerade noch rechtzeitig ein und zog sie tanzend fort.

»Aber«, rief die alte Hebamme über die Schulter hinweg in Juans Richtung, »alle Männer sollten durch die Erfahrung einer älteren Frau ihre zweite Geburt erfahren, damit sie den Respekt vor dem Leben erlernen!«

»Du hast ganz recht«, erwiderte Doña Margarita, die die Hand ihrer Freundin fest umklammert hielt, »aber von meinem kleinen Sohn laß gefälligst die Finger. Ihm werde ich den Respekt vor dem Leben schon selbst beibringen!«

»Na, von mir aus«, lachte Fatima, nun wieder mit

ihrer eigenen, heiseren Stimme, »Hauptsache, er begreift es, bevor seine *tanates* größer als sein Verstand geworden sind.«

Juan hatte dem Wortwechsel zwischen seiner Mutter und Fatima mit großen Augen gelauscht. Er hatte nicht den blassesten Schimmer, wovon eigentlich die Rede war, aber wenn die Hebamme noch ein Stück näher gekommen wäre und ihn tatsächlich gepackt hätte, wäre ihm von dem fauligen Geruch, den sie verströmte, ganz gewiß übel geworden.

»Wir alle haben mitansehen müssen, wie du in den letzten Jahren gelitten hast, liebe Margarita«, fuhr die Hebamme nun fort. »Du hättest auf deinen geliebten Vater hören sollen und diese Ehe niemals eingehen dürfen!«

»Pssst!« machte Doña Margarita, ohne sich von dem Geschwätz der Hebamme aus der Fassung bringen zu lassen. »Tanz nur weiter, *amiga mía*. Es ist nicht an uns, die Dinge in Frage zu stellen oder schlecht zu machen, sondern sie mit Liebe zu akzeptieren und uns stets bewußt zu machen, daß wir Frauen, wann immer wir es für notwendig erachten, uns wie das Wasser der Erde erheben und all die kleinen Feuer der männlichen Eitelkeiten löschen können – so, wie wir es seit Anbeginn der Zeit getan haben.«

»Ja, das ist wahr«, lachte Fatima. »Genau wie *la luna* die Gezeiten der Meere bestimmt, so können wir *los pueblos de los hombres* überfluten, wenn es sein muß. Unsere Kraft ist so unendlich wie die der Sterne, denn wir kommen aus der Dunkelheit und aus der Stille! Wir existieren seit der Geburt der Zeit, lange bevor das Licht und die Stimme des Mannes lebendig wurden.«

»Gelobt seien die Götter, liebe Freundin«, erwiderte Doña Margarita. »Aber pssst, jetzt genug davon. Laß uns einfach weitertanzen. Es tut gut, wieder einmal wild und voller Leidenschaft zu tanzen und zu singen, so wie unsere Schwestern, die Kojotenhündinnen, es Nacht für Nacht tun!«

»Aaaahhh Chihuahua!« johlte die alte Hebamme aus vollem Halse. »Es ist lange her, was?«

»Ja«, bestätigte Doña Margarita, »viel zu lange!« Immer schneller wirbelten die Frauen jetzt Hand in Hand um das Feuer, während Juans Schwestern im Rhythmus dazu die Steine aufeinanderschlugen. Schneller und immer schneller. Plötzlich ließ die Hebamme Doña Margaritas Hand los und drehte sich mit weit aufgerissenen Augen in schwindelerregendem Tempo immer wieder um die eigene Achse, um schließlich mit einem markerschütternden Schrei mitten in die Flammen zu springen.

Juan schnappte erschrocken nach Luft und beobachtete mit angehaltenem Atem, wie die offenbar wahnsinnige Frau, gleich einer Henne, die auf dem Boden nach Nahrung für ihre Küken sucht, mit bloßen Füßen die glühenden Kohlenstücke auseinanderscharrte. Sonderbarerweise schien das Feuer ihren Füßen jedoch überhaupt nichts auszumachen.

Juan traute seinen Augen nicht, als die übrigen Frauen nun ebenfalls durchdringende Schreie ausstießen und zu Fatima ins Feuer sprangen. Alle tanzten jetzt barfuß in den Flammen und verteilten die Kohlen kreisförmig um die Feuerstelle. Noch nie hatte Juan ein solches Schauspiel erlebt. Ohne den geringsten Schmerz zu spüren, zerstampften die Weiber die heißen Kohlen mit ihren Füßen.

Selbst Doña Margarita und die Schwestern waren zu Juans blankem Entsetzen in die Flammen gesprungen und hatten sich mit schwingenden Armen dem ekstatischen Rhythmus angeschlossen. In diesem Augenblick vernahm Juan heiteres Gelächter, und er hätte schwören können, daß er, als er zum Sternenzelt emporblickte, dort die fröhlichen Gesichter von Basilio und Agustín sah, die vor den Himmelspforten über ihre Freunde auf der Erde wachten.

Der rhythmische Gesang und Tanz steigerte sich von Minute zu Minute, und die Körper der Frauen glänzten bereits vor Schweiß. Die glühende Kohle hatte sich unter ihren stampfenden Füßen in heiße Asche verwandelt. Sie lachten glücklich, und die Gesichter der alten Weiber schienen auf eigenartige Weise um Jahre verjüngt, als sie nun nacheinander zu Doña Margarita traten und sie umarmten. »Jetzt ist das Universum dein, *sagrada hermana*«, versicherten sie ihr, »jene Welt, in der wir Frauen es seit dem Beginn der Zeiten vermögen, Wunder zu vollbringen, steht dir nun offen.«

Nachdem sie sich bekreuzigt hatten, streckten sie ihre Arme gen Himmel und riefen Gott, Jesus Christus und sämtliche Geister ihrer Vorfahren um Unterstützung an.

Juan verstand die Welt nicht mehr. Glaubten die Weiber tatsächlich, daß sie die Mutter durch das Opfern eines Huhns und dieses sonderbare Herumgehopse in eine große Kriegerin verwandeln konnten, die nun in der Lage sein sollte, mit ihren Zauberkräften seinen Bruder José zu retten? Am liebsten hätte er laut aufgelacht, aber er wagte es nicht. Er spürte, daß die Frauen von ihrem Tun zutiefst überzeugt waren, und er merkte auch, daß sie plötzlich überhaupt nicht mehr alt und verbraucht, sondern auf merkwürdige Weise alterslos und furchteinflößend aussahen, wie ein Rudel ausgehungerter Wölfe.

Emilia kam zu ihm und ergriff seine Hand. »Komm, mach mit«, ermunterte sie ihn lächelnd. Alle Frauen strahlten über das ganze Gesicht und hörten nicht auf, sich gegenseitig zu umarmen. »Du kannst es auch. Die meisten Kohlen sind ohnehin verglüht. Glaub mir, das Feuer ist unsere Freundin geworden und wird uns nichts mehr anhaben.«

Juan schüttelte entschlossen den Kopf. Um nichts in der Welt würde er in diese Glut steigen, die nach wie vor qualmte und absolut keinen freundlichen Eindruck auf ihn machte. Selbst dort, wo er sich befand, spürte er die Hitze, die die Kohlen noch immer ausstrahlten.

Die Frauen stöberten jetzt mit ihren nackten Füßen in der Asche nach den verkohlten Hühnerknochen. Wie selbstverständlich sammelten sie die winzigen Knöchelchen mit ihren Zehen ein und fügten sie oberhalb der Feuerstelle zu einem kleinen Altar zusammen. Anschließend schnitt sich jede eine Haarsträhne ab, die sie mit einem bunten Stück Stoff zusammenbanden und um die Hühnerknochen herumdrapierten. Die Steine, mit denen sie den Takt geschlagen hatten, wurden ebenfalls dazugelegt. Dann nahmen die Frauen die Schmuckstücke, die sie trugen – Ohrringe oder Ketten – ab und verteilten sie zwischen Hühnerknochen und Haarbüscheln. In den Kreis der Feuerstelle streuten sie ein weißes Dreieck aus Maismehl und banden zwei Stöcke mit einem Stück Schnur zu einem Kreuz zusammen, das sie oberhalb des kleinen Altars niederlegten. Nachdem dies vollendet war, versammelten sich die Frauen um diesen magischen Kreis der Dreifaltigkeit und begannen zu beten.

Juan ging zu der Stelle des Kreises, an der seine Mutter stand, und ergriff ihre Hand. Obwohl Zeuge dieses ganzen verrückten Treibens, empfand Juan kein Unbehagen mehr, sondern spürte vielmehr, wie eine friedliche Ruhe von ihm Besitz ergriff. Er lauschte dem Gebet der Frauen, das so ganz anders klang als die Gebete der Heiligen Katholischen Kirche und dessen monotoner Singsang direkt aus ihren Herzen zu strömen schien. Im Gebet bekundeten sie die dreifache Erneuerung ihrer tiefen Verwurzelung mit *la tierra madre*, durch die sie nun wieder fähig waren, sich mit der ganzen Kraft ihrer Herzen gen Himmel zu strecken.

Er hörte, wie die Mutter immer wieder gelobte, niemals hassen zu lernen, und daß sie ihre Füße auf die vorgeschriebene dreifache Weise in *la sagrada tierra* verwurzelt habe, auf daß jeder ihrer Schritte von Gottes ewigem Licht des Vergebens erleuchtet würde. »Dem Colonel wird es nicht gelingen, mein Herz durch seine Taten mit Haß zu erfüllen«, gelobte sie. »Ich segne den Colonel, seine Männer und ihre Mütter, die ihnen das Leben schenkten, und ich werde auf meinem Pfad der Wahrheit und der Schönheit weiterschreiten, so wahr mir Gott helfe!«

Juan traute seinen Ohren nicht. Wie konnte die Mutter den Colonel und seine Männer nach allem, was sie getan hatten, auch noch segnen? Er blickte seufzend zum Himmel, wo die weiße Sichel des Mondes inmitten unzähliger Sterne auf ihn herablächelte. Was für eine verwirrende Nacht! Dennoch fühlte er sich merkwürdig leicht und glücklich.

Also erwiderte er das Lächeln des Mondes, und dieser blinzelte verschwörerisch zurück.

5

Und so wurde la gente, *das Volk der Erde, durch den kleinen Kometen wiedergeboren, und es begann eine Zeit des wilden, selbstvergessenen Tanzes und des wiedererlernten Gesangs der Vorfahren.*

In drei aufeinanderfolgenden Nächten suchte Doña Margarita die Feuerstelle auf. Am Morgen des dritten Tages rief sie die verbliebenen Mitglieder der *familia* zusammen und verkündete, daß sie nach Guadalajara aufbrechen würde, um dafür zu sorgen, daß man José aus dem Gefängnis in ihre Obhut entließ.

Juan, Luisa und Emilia waren wie vor den Kopf geschlagen und wußten nicht, was sie von dieser Idee halten sollten. Luisa fand als erste ihre Sprache wieder. Die Tatsache, daß sie die älteste der drei und inzwischen eine verheiratete Frau war, verlieh ihren Worten ein gewisses Gewicht.

»Aber Mama«, sagte sie, »wie in aller Welt kommst du auf die Idee, daß sie ihn so einfach mit dir gehen lassen?«

»In den vergangenen drei Nächten, *mi hijita,* habe ich viel gebetet, und jede Nacht sandten mir die Mächte des Himmels und der Erde den gleichen Traum«, erwiderte die Mutter ruhig. »In diesem Traum sprach die schlaue kleine Füchsin zu mir und machte mir klar, daß für mich der Zeitpunkt gekommen sei, eine weite Reise anzutreten, denn mein Schatten und ich sind nun eins.«

»Ich weiß«, erwiderte Luisa, »daß du seit dem Feuer mit deinem Schatten vereint bist. Aber du könntest dich verirren, Mama, oder noch schlimmer, getötet werden! Ich lasse nicht zu, daß du allein gehst!«

Doña Margarita lachte. »Wo bleibt dein Vertrauen? Du solltest dich schämen! Du weißt doch, daß ich nicht allein sein werde. Gott wird jeden meiner Schritte als mein Schatten bewachen.«

Juan schüttelte resigniert den Kopf. Konnte seine Mutter nicht endlich mit diesem Unsinn aufhören und einsehen, daß Gott sie alle längst verlassen hatte?

»Mama, sei doch vernünftig!« fuhr Luisa fort. »Warte, bis José Luis zurück ist und laß dich von ihm begleiten, wenn es sein muß. Aber hör auf mit dem Gerede, du gingest mit Gott! Hast du vergessen, was wir im vergangenen Jahr durchgemacht haben? Gott hat uns im Stich gelassen, Mama!«

»Genau!« murmelte Juan verhalten, der ausnahmsweise einmal einer Meinung mit seiner Schwester war.

Doña Margarita blickte Juan an und wandte sich dann wieder Luisa zu. »Sag so etwas nicht, *mi hijita*«, mahnte sie mit sanfter Stimme. »Damit säst du nur die gefährliche Saat des Zweifels und der Zerstörung.«

»Ach, Mama, schreib mir nicht vor, was ich zu sagen habe oder nicht. Ich bin erwachsen und sehe doch selbst, wie die Dinge liegen«, entgegnete Luisa resigniert.

Doña Margarita sprang auf und packte Luisas Ohr. »Aber noch lange nicht so erwachsen, daß ich dir nicht die Ohren langziehen könnte«, herrschte sie Luisa an und zwang sie, sich auf den Boden zu knien. »Ich dulde nicht, daß du oder irgend jemand unserer *familia* solche Worte von sich gibt! Ja, wir haben viele unserer Lieben verloren, und José wurde in Ketten fortgeschleppt, aber sieh dich doch an, Luisa! Du erwartest ein Kind! Ist das nicht Beweis genug, daß das Wunder des Lebens fortbesteht? Gottes Liebe kennt keine Grenzen. Gerade du solltest das wissen! Du bist mit uns durch das Feuer getanzt und hast die Geister angerufen! Du bist eine Frau, *mi hijita,* kein Mann, dem das Wunder, Leben zu schenken, verwehrt ist!«

»O Mama, bitte«, jammerte Luisa unter Tränen. »Du bist alles, was uns noch geblieben ist! Ich bin nicht einmal mehr sicher, ob ich überhaupt ein Kind in diese furchtbare Welt setzen will!«

Fassungslos ließ Doña Margarita Luisas Ohr los. »*Mi hijita, mi hijita,* du weißt ja nicht, was du redest. Gütiger Gott, wo bist du all die Jahre, die ich dich großgezogen habe, mit deinen Gedanken gewesen? Hast du immer noch nicht gelernt, daß diese Welt alles andere als schrecklich ist? Sieh dich doch um und weide deine Augen an der Schönheit, die dich umgibt und die niemals vergehen wird! Allein die Angelegenheiten der Männer sind es, die allem den Anschein der Hoffnungslosigkeit geben!«

»Aber Mama, was ist mit unseren Toten und all dem Leid, das wir durchgemacht haben? Und die Hälfte der Zeit haben wir nicht einmal genug zu essen! Ich weiß wirklich nicht, ob dies noch eine Welt ist, in die man ein Kind setzen sollte!«

Unter Tränen schlang Doña Margarita die Arme um den gewölbten Leib ihrer großen Tochter. »*Cálmate,* mein Kind«, sagte sie sanft. »Beruhige dich und öffne dein Herz. Sieh mich an, sieh mich wirklich an, und begreife endlich, daß alles gut ist und immer gut sein wird. Hast du nicht den Sonnenaufgang heute morgen gesehen? Es ist eine wundervolle Welt, um ein Kind hineinzusetzen, denn dein Kind wird Liebe erfahren, *querida,* wir werden es lehren, wie man durch Gottvertrauen zu einem starken Menschen heranwächst. Nicht mehr lange, dann werden die *caprichos* der Männer wieder ein Ende haben, und das Leben, *la vida,* wird seinen gewohnten Lauf nehmen. Denk dran, was die alte Hebamme beim Feuer zu uns sagte: Wir Frauen sind ewig – wie das Wasser –, deshalb gibt es keinen Grund für uns, in Panik auszubrechen oder zu zweifeln. Alles, was wir tun müssen, ist dafür zu sorgen, daß der Quell unserer Liebe niemals versiegt. Aus diesem Grund hat Gott uns, und nicht den Männern die Verantwortung für die Saat des Lebens in den Schoß gelegt.«

»Ich hoffe, du hast recht, Mama«, sagte Luisa und wischte sich die Tränen fort. »Aber manchmal habe ich solche Zweifel und schreckliche Angst.«

»Das geht uns allen so, *mi hijita*. Deshalb war es auch wichtig, daß wir die alten Tänze wieder aufgenommen haben. Aber ich schwöre dir, bald wird alles gut werden.«

Juan und Emilia rückten ein Stück näher und schmiegten sich an die Mutter und die Schwester. Luisa hatte ihnen aus der Seele gesprochen; ihre Mutter war in der Tat alles, was ihnen geblieben war, und keiner von ihnen wollte , daß sie sich allein auf den Weg machte. Aber offensichtlich war Doña Margarita fest entschlossen.

Nach dem Frühstück war Doña Margarita aufbruchbereit und legte sich ihr Tuch um die Schultern. Eine der alten Frauen, die beim Tanz durch das Feuer dabei gewesen war, brachte ihr eine Kürbisflasche voll Wasser, und eine andere schenkte ihr ein Paar *huaraches*, die sie selbst angefertigt hatte. Alle Dorfbewohner waren herbeigekommen, um sich von Doña Margarita zu verabschieden, die nun barfuß und zerlumpt auf der kopfsteingepflasterten Straße das Dorf verließ. Die neuen Sandalen, die ihre Freundin ihr geschenkt hatte, wollte sich die dürre, kleine *india* aufbewahren, bis sie in der Stadt war. Fatima war die einzige, die sich nicht von Doña Margarita verabschieden konnte. Das unverwüstliche alte Weib kümmerte sich auf einer *ranchita*, einen halben Tagesmarsch entfernt, um die Ankunft eines neuen kleinen Erdenbürgers.

Juan und seine Schwestern Emilia und Luisa begleiteten ihre Mutter bis zum Rand des Dorfes, wo sie ihnen zu verstehen gab, daß sie nun allein weitergehen wollte.

»Ach, Mama«, sagte Luisa ganz krank vor Sorge, »was wird denn jetzt mit uns geschehen?«

»Euer Leben geht weiter, das wird geschehen«, erwiderte Doña Margarita gelassen. »Ihr geht jetzt zurück nach Hause und wartet, daß euer Vater aus den Vereinigten Staaten zurückkehrt. Ich habe vergangene Nacht für ihn gebetet. Bestimmt ist mein Gebet erhört worden, und er befindet sich bereits auf dem Heimweg.« Sie bekreuzigte sich. »Gott paßt schon auf uns auf! Macht euch keine Sorgen«, fügte sie lächelnd hinzu.

»Das tut er bestimmt«, sagte Emilia und legte ihren schlanken Arm um die kräftigen Schultern der kleineren, älteren Schwester. »Ich werde mich um alles kümmern, Mama.« Es war erstaunlich; je härter ihr täglicher Überlebenskampf wurde, um so mehr schien dieses schöne, junge Mädchen daran zu wachsen.

Die Mutter wandte sich um und machte sich auf den Weg, die von rotem Staub bedeckte Straße entlang, die durch das Tal, an Doña Josefinas Haus vorbei, über eine Anhöhe in die Eichenwälder führte. Juan zitterte plötzlich am ganzen Leib und begann unkontrolliert zu schluchzen. Er war noch nie im Leben von seiner Mutter getrennt gewesen. Emilia wollte den kleinen Bruder an sich drücken, doch Chivo, der zahme Bulle, drängte sich dazwischen und schmiegte seinen kräftigen Körper an Juan. Das große, schwarze Tier spürte die Furcht seines kleinen Freundes und scharrte schnaufend mit den Hufen.

»Nicht«, sagte Emilia, die bemerkte, daß der Bruder

und das Tier immer erregter wurden. »Ich weiß, daß du noch nie von Mama getrennt warst, aber sie hat uns extra eingeschärft …«

Auf einmal hörte Juan auf zu zittern. Unvermittelt sprang er auf und rannte der Mutter schreiend hinterher. »Mama! Mama!« brüllte er, während er, so schnell ihn seine kleinen Beine trugen, die Straße entlangrannte. Chivo setzte ihm auf der Stelle nach, wobei er seine mächtigen Hörner hin und her schwang. Keiner wagte es, Juan und den kräftigen Bullen aufzuhalten.

Doña Margarita ging unbeirrt und ohne sich nach ihrem kleinen Sohn umzublicken mit gleichmäßigen Schritten weiter. Inzwischen fast sechzig Jahre alt, hatte sie neunzehn Kindern, davon zuletzt, im Alter von fünfzig, dem kleinen Juan das Leben geschenkt; dennoch war sie nach wie vor eine exzellente Läuferin, so wie alle Bewohner dieser Bergregion.

Beharrlich trottete ihr Juan weinend hinterher. Sie hatten fast das Ende des Tals erreicht, und die kleine Siedlung lag weit hinter ihnen. Ab hier schlängelte sich die Hauptstraße, die bis nach Arandas, einer etwa dreißig Kilometer entfernten Stadt führte, um zahlreiche kleine Seen herum. Doña Margarita bekam schließlich Mitleid mit ihrem kleinen Sohn. Im Schatten einer großen Eiche legte sie eine Pause ein und rief Juan zu sich.

»Mi hijito«, sagte sie zu ihm, »sieh mal, ich möchte nicht, daß du und Chivo mir noch weiter folgen. Ab hier gehe ich allein. Mein Vorhaben verlangt mir allen Mut und alle Stärke ab, die ich aufbringen kann, deshalb geht es nicht, daß ihr die ganze Zeit an meinem Rockzipfel hängt.«

Der große Bulle graste friedlich neben einem der Seen.

»Aber ich kann dir doch helfen, Mama«, erwiderte Juan Salvador, dem die Tränen unaufhörlich über das kleine Gesicht strömten. Der Gedanke, auch nur einen einzigen Tag ohne die Mutter zu verbringen, brach ihm fast das Herz.

»Du kannst mir nicht helfen«, antwortete sie und faßte ihn bei den Schultern. »Bei diesem Vorhaben kann mir niemand helfen. Weißt du nicht mehr, daß du dich in der Nacht, als du zu Josefinas Haus geschlichen bist, um den Teufel herauszufordern, auch ganz allein auf den Weg über die Felder gemacht hast?«

»Ja, schon«, erwiderte Juan und wischte sich die Tränen fort, »aber ich hatte auch schreckliche Angst so allein.«

»Richtig, du hattest Angst, *mi hijito,* und du hattest allen Grund dazu. Aber genau diese Angst hat dich befähigt, jedes Geräusch und jede Bewegung um dich herum wahrzunehmen. Du wirst diese Nacht dein Leben lang nicht mehr vergessen, denn deine Sinne waren geschärft wie noch nie zuvor und … und genau das ist es, was ich nun tun muß. Auch ich brauche diese Angst, damit meinen Kojotenohren nicht das leiseste Sternengeflüster entgeht und ich den Weg, der noch vor mir liegt, mit offenem Herzen gehen kann. Verstehst du das? Ein Mensch auf sich allein gestellt, ist wie eine Armee, besonders wenn die Sterne zu ihm sprechen.«

»Aber Mama, was soll ich denn ohne dich tun?« jammerte Juan.

Die alte Frau lachte. »Die gleiche Frage stellten die Menschen Gott, als er sie aus dem Paradies vertrieb. Es ist die Frage, die Kinder ihren Eltern schon seit allen Zeiten stellen.« Sie lächelte. »Sieh mal, *mi hiji*to, du wirst wunderbar ohne mich auskommen. Ich versichere dir, noch bevor du mich aus den Augen verloren hast, wirst du mit Chivo irgendwelche Streiche aushecken und mich blitzschnell vergessen haben. Das Leben geht weiter und weiter, alles wiederholt sich, wie ein magischer Kreis.«

Juan versuchte erneut, seine Tränen zu trocknen. »Und ich werde bestimmt nicht sterben?« fragte er.

Sie drückte ihn an sich. »Gewiß nicht, *mi hijito.* Genau wie ich weiterlebte, als mein Vater fortging. Damals dachte ich auch, ich müßte sterben, aber ich lebe.

Gib mir deine Hand«, fügte sie hinzu. »Du weißt, ich bin deine Mutter und werde immer für dich und deine Geschwister da sein, besonders nachts, wenn du deine Gebete sprichst und im Schlaf den lieben Gott besuchst, Juanito. Liebe kennt keine Entfernung, die *madres* dieser Welt kommen aus dem Herzen der Erde und sind so beständig wie der Boden, auf dem deine Füße schreiten. Weißt du, weshalb wir neulich nachts durch das Feuer tanzten?«

Er schüttelte den Kopf. »Nein.«

»Um unsere Verwurzelung mit *nuestra tierra madre* zu erneuern. Und um uns ins Gedächtnis zurückzurufen, wozu wir Menschen fähig sind, wenn wir uns von unseren irdischen Ängsten lösen. Ein furchtloser Mensch ist wie ein offenes Gefäß, durch das die Kräfte des Himmels und der Erde ungehindert strömen können, so daß er imstande ist, das Unmögliche zu vollbringen. Du siehst also, der Tanz hat nur dazu gedient, unsere Stärke wieder aufleben zu lassen, das war alles.«

»Und wieso habt ihr das Huhn getötet?«

»Das Huhn war nur ein Hilfsmittel«, sagte sie, etwa so wie die heilige Kommunion in der Kirche. Das wirklich Wichtige daran war, uns selbst ohne Furcht dem Licht Gottes zu öffnen.«

»Aber ich fand es ziemlich unheimlich, als ihr das Huhn ins Feuer geworfen habt und dann auch noch selber hineingesprungen seid«, erwiderte Juan.

»Das ist ganz normal«, sagte Doña Margarita. »Geh nur zu dem kleinen Feueraltar, während ich fort bin. Er wird zu dir sprechen, *mi hijito.*«

»Wer wird da zu mir sprechen? Geister?«

Sie lachte. »Wer weiß? Aber wenn, dann nur die Geister von höchstem Rang. Denn keine von uns trug in jener Nacht Haß in ihrem Herzen. Aber jetzt genug davon, ich muß mich beeilen, damit ich deinen Bruder José nach Hause hole, bevor sie ihm wer weiß was antun!« Sie stand auf. »Und vergiß nicht, *mi hijito,* wenn wir, das Volk der Erde, unsere Füße tief im Boden unserer *tierra madre* verwurzeln, so wie wir es in der Nacht des Feuers taten, dann sind wir unzerstörbar, wie eine fest verankerte Blume auf dem Hügel der ewigen Liebe. Weder Wind noch Sturm und Regen vermögen eine Pflanze, die mit Liebe gesät wurde, auszureißen.

Du brauchst nur meinem Beispiel zu folgen und mit festen Schritten über diesen Boden zu gehen, dann spürst du von selbst, wie sich die Kraft unserer *tierra madre* auf dich überträgt und ihr Geist deine Seele durchdringt.« Juan stand auf und stellte sich neben die Mutter. »Gut so«, ermunterte sie ihn. »Eins, zwei, Schritt für Schritt. Jeder Fleck dieser Erde, jeder Baum und jeder Grashalm ist getränkt mit dem Blut, dem Schweiß und der Liebe unzähliger Generationen; jetzt ist es an uns, unseren Teil dazu beizutragen. Denn als Kinder der Erde schreiten wir in Gemeinschaft mit dem Allmächtigen über diese Erde, und wie er sind auch wir seit Urzeiten in der Lage und sogar verpflichtet, unsere eigenen Wunder zu vollbringen.

Stampf deine Füße fest auf den Boden, eins zwei, eins zwei! Genau wie wir es in den glühenden Kohlen des Feuers taten, und vergiß nie, daß ich meinen Weg in Begleitung Gottes gehe, *mi hijito,* und daß ich die Herausforderung, die das Leben an mich stellt, von ganzem Herzen akzeptiere!«

Damit küßte die zerlumpte alte Frau ihren kleinen Sohn ein letztes Mal, drehte sich um und setzte ihren einsamen Weg entschlossen und mit unbeirrbarer Gelassenheit fort. Und jeder Schritt wirkte wie eine Bekräftigung ihrer unerschütterlichen Überzeugung, daß der Boden, auf dem sie ging, gesegnet war. Sie war nicht allein; ihr Schatten begleitete sie.

Juan sah seiner Mutter, die inzwischen den ersten der Seen hinter sich gelassen hatte, bekümmert nach, und riesige Tränen kullerten über seine Wangen. Er hatte nicht alles verstanden, was sie gesagt hatte. Er wußte nur, daß sein Herz für immer gebrochen war und daß ... ja, daß sein Magen allmählich zu knurren begann. Juan blickte über das seichte, von weißen Seerosen bedeckte Wasser. Die Gestalt der Mutter wurde kleiner und kleiner und verschwand schließlich ganz zwischen den hohen Eichen des angrenzenden Waldes. Wäre Juan nicht mit einem Mal von einem schier unbändigen Hungergefühl befallen worden, hätte er vor Kummer wahrscheinlich einen herzzerreißenden Schrei ausgestoßen.

Doch sein Hunger ließ ihn die Mutter vorerst vergessen, und in der Hoffnung, etwas Eßbares zu entdecken, sah er sich um. Chivo war in das hüfthohe Wasser gewatet und ließ sich vergnügt die Seerosen schmecken. Juan ergriff einen Stein, um seinen Freund damit aus dem Wasser zu scheuchen, hielt jedoch in seiner Bewegung inne, als ein Schwarm Enten auf dem Weg zum danebenliegenden Gewässer über seinen Kopf hinwegflog.

Augenblicklich hatte Juan eine geniale Idee. Wenn er Chivo dazu brachte, sein Festmahl in dem benachbarten See fortzusetzen, könnte er sich hinter dem Rücken des mächtigen Bullen verbergen, unter dem Seerosenteppich entlangtauchen und sich, wie ein Frosch unter Wasser schwimmend, an die Enten heranmachen, um eins der fetten Tiere bei den Füßen zu packen!

Beim Gedanken daran lief ihm bereits das Wasser im Munde zusammen. Er würde eine, vielleicht sogar zwei

Enten fangen und sie seinen beiden Schwestern – die nun als einzige der großen *familia* übriggeblieben waren – bringen, damit sie ein köstliches Festmahl zubereiteten.

»Dann bin ich der Held des Tages!« frohlockte er laut. »Ich werde der neue José sein, der großartige Held der Berge!«

Doch auf einmal fiel ihm ein, daß er nicht schwimmen konnte.

»Verdammt!« schimpfte er und warf den Stein nach Chivo. »Wie konnte ich das nur vergessen!«

Juan wollte bereits aufgeben, als ihm erneut eine Idee kam. »Moment mal«, sagte er vom Hunger getrieben, »wer sagt eigentlich, daß ich nicht schwimmen kann? Ich habe es ja noch nie versucht. Das ergibt überhaupt keinen Sinn. Eine Ente behauptet ja auch nicht, sie könne nicht fliegen, nur weil sie es nie zuvor probiert hat. Außerdem komme ich fast um vor Hunger!«

Dutzende von Enten hatten sich inzwischen im zweiten See niedergelassen, und Juan roch in Gedanken schon den köstlichen Braten, während er auf Chivo zuging. Was seiner Aufmerksamkeit allerdings entgangen war, war die große, alte Schlange, die es ebenfalls auf die fette Beute abgesehen hatte und sich langsam über einen umgefallenen Baumstamm gleiten ließ und durch das hohe Gras auf das Wasser zuschlängelte.

»Los, Chivo!« rief Juan. »Hilf mir, eine Ente zu fangen, dann pflücke ich dir auch ein paar Pfirsiche, wenn wir an Josefinas Haus vorbeikommen.« Beim Klang des Wortes ›Pfirsiche‹ hob der große Bulle interessiert den mit weißen Seerosen und grünen Schlingpflanzen bedeckten Kopf aus dem Wasser.

»Komm, Chivo«, drängte Juan, »ich will heute abend auch mal wie eine Made im Speck leben, genau wie du!«

Der Bulle sah seinen kleinen Freund unschlüssig an. Er verspürte wenig Neigung, diesen paradiesischen Flecken voller wohlschmeckender Blumen und Grünzeug zu verlassen.

»Verdammt noch mal, Chivo. Beweg dich! Ich sterbe vor Hunger!«

Auf den Tag genau drei Wochen später kam tatsächlich die kleine Gestalt Doña Margaritas die Straße, auf der sie davongegangen war, in Begleitung Josés wieder herauf. Sie kamen nur äußerst langsam voran, denn José mußte sich mit seinem ganzen Gewicht auf die schmächtigen Schultern der Mutter stützen. Man hatte ihn gefoltert, fast verhungern lassen und auf jede erdenkliche Art versucht, seinen Willen zu brechen.

Die Nachricht des unglaublichen Wunders, das Doña Margarita vollbracht hatte, verbreitete sich wie ein Lauffeuer im Tal. Die Dorfbewohner liefen ihnen mit einem Eselskarren entgegen, damit die alte Frau und ihr Sohn die letzten Meilen auf der Ladefläche des Gefährts zurücklegen konnten. Pelón flitzte auf der Stelle los, um seinem kleinen Freund Juan, der in den *barrancas* die armselige Herde hütete, die freudige Nachricht zu überbringen.

»Juan! Juan!« schrie der kleine, schmächtige Junge. »Deine Mutter ist wieder da! Und sie hat deinen Bruder José von den Toten zurückgebracht!«

Juan war gerade ganz vertieft darin, Wurzeln auszugraben, die er voller *gusto* verspeiste, als Pelóns Rufe ihn erreichten. Er und seine Schwestern hatten in den vergangenen Wochen kaum etwas zu essen gehabt. Es war ihm an jenem Tag nicht gelungen, eine Ente zu fangen. Der kleine See war weitaus tiefer gewesen, als er erwartet hatte. Und dann war da noch diese ekelhafte, alte Schlange aufgetaucht, die sich an Juan herangepirscht hatte, während er selbst sich an die Enten heranschlich.

»Was ist los?« schrie Juan zurück und kletterte auf ein paar Felsbrocken, um Pelón besser verstehen zu können.

»Deine Mama!« brüllte Pelón. »Sie ist zurück und hat José mitgebracht!«

Juan ließ die Wurzeln, die er in der Hand hielt, augenblicklich fallen. »Mama!« Er sprang von den Felsbrocken herunter und raste in Windeseile durch das Unterholz zwischen den Bäumen hindurch. »*Mi mamá* ist zurück! O mein Gott! Ein Wunder!« Juan schrie aus Leibeskräften und bekreuzigte sich atemlos, als er die Stelle erreichte, an der Pelón wartete.

»Ja, es ist wahrhaftig ein Wunder!« bestätigte Pelón.

Die beiden Freunde blickten sich sekundenlang an und fielen sich überwältigt in die Arme. So schnell sie konnten, scheuchten sie die Tiere zusammen und machten sich singend auf den Heimweg. Die merkwürdig zusammengewürfelte kleine Herde bestand aus Chivo, zwei Kühen, einer Sau mit ihren Ferkeln und einem weißbärtigen Esel, der so alt war, daß er Mühe hatte, mit den kleinen Ferkeln Schritt zu halten, die quiekend auf dem felsigen Pfad hin und her flitzten.

Die Jungen ließen die Tiere am Rande der Siedlung zurück. Aus der ganzen Region war *la gente* im Dorf zusammengeströmt. Von überall her, von ihren zum Teil niedergebrannten, heruntergekommenen *ranchitas,* aus ihren Schlupfwinkeln im Wald und den Höhlen der *barrancas* waren sie gekommen, um diesem Wunder beizuwohnen. Eine Mutter hatte ihren Sohn den Fängen des Unheils und der Zerstörung entrissen und ihn aus der Hauptstadt Guadalajara zurück nach Hause gebracht! In den vergangenen Jahren waren so viele Menschen getötet worden oder auf unerklärliche Weise verschwunden, daß die Menschen nicht mehr gewagt hatten, an solch ein Wunder zu glauben. Von den über hundertfünfzig Menschen, die einst friedlich in diesem Tal gelebt hatten, war kaum mehr eine Handvoll übrig, die sich nun im Haus der Villaseñors versammelten. Ein armseliger Haufen der aus sieben zerlumpten, alten Frauen, drei verkrüppelten Männern, neun Kindern, zwei Babys und natürlich dem traurigen Rest Doña Margaritas Familie bestand.

Atemlos rannten Juan und Pelón in das verfallene Gebäude, das ehemals das stattliche Haus der Villaseñors gewesen war. Von José war nichts zu sehen. Er hatte darum gebeten, beim Friedhof am Rande des Dorfes abgesetzt zu werden, um Zwiesprache mit seiner Geliebten und seinem Großvater zu halten.

»Ja, und wie ging es dann weiter?« fragte eine von Doña Margaritas Freundinnen gerade, als die beiden Jungen herbeistürmten. Die Besucher konnten vor Aufregung kaum stillsitzen. Das Erscheinen der Jungen unterbrach Doña Margarita mitten in ihrem Bericht. Mit dem Rücken an die abgebröckelte Lehmwand gelehnt, saß sie auf dem Boden und ließ sich von Emilia die Füße mit warmem Kräuteröl massieren, während sie den aufgeregten Zuhörern ihre Erlebnisse schilderte. Als sie ihren Jüngsten erblickte, unterbrach sie ihren Redefluß, und ihr faltiges, altes Gesicht leuchtete auf. »Oh, mein Liebling, *mi amor*!«

»Mama, Mama!« schrie Juan und warf sich ungestüm in ihre Arme, wobei er sie fast unter sich begrub.

»Juan!« rief Emilia und versuchte, ihren Bruder von der Mutter fortzuziehen. »Sieh dich doch vor! Du bist schließlich kein Baby mehr!«

»Ach, laß ihn nur!« erwiderte Doña Margarita unter Freudentränen. »Für mich ist er immer noch mein kleines Baby!«

»Nein, Mama!« wandte Luisa ein. »Emilia hat recht! Er ist groß genug und sollte inzwischen wissen, wie er sich zu benehmen hat. Er hätte dir weh tun können!«

»Schon gut, schon gut«, beschwichtigte Doña Margarita sie und hielt Juan, auf dem Boden liegend, fest ans Herz gedrückt. »Ach, ich habe dich so vermißt, *mi hijito*! Aber wie ich sehe, bist du wohlauf. Und? Hast du mit Chivo etwas ausgeheckt, sobald ich außer Sichtweite war?« fragte sie schelmisch.

Juan wurde puterrot, als ihm die große Schlange wieder einfiel. »Ja«, gestand er kleinlaut. Er erinnerte sich nur zu gut an seine Panik, als die mächtige Schlange ihn unter Wasser gezogen hatte. Chivo hatte ihm das Leben gerettet.

Die Mutter lachte. »Schon gut. Dein Gesicht spricht Bände. Wir reden später darüber. Erst werde ich mit meiner Geschichte fortfahren. Wie immer war der liebe Gott allmächtig in seiner Weisheit, man muß es nur erkennen.

»Wo war ich stehengeblieben?« fragte sie, setzte sich auf und lehnte sich wieder gegen die Wand, so daß Emilia fortfahren konnte, ihre Fußsohlen zu massieren; jene Stelle des Körpers, an der alle Nervenstränge zusammenlaufen.

»Oh, das tut gut, *mi hijita*. Mach weiter, das ist himmlisch!«

»Danke, Mama!« erwiderte Emilia, deren Wangen vor Freude über das Lob der Mutter glühten.

»Du warst gerade in Arandas angekommen und wußtest vor Erschöpfung nicht, was du tun solltest«, sagte eine große, alte *India*, über deren linke Wange sich eine Narbe zog. Sie gehörte zu Doña Margaritas ältesten und besten Freundinnen, war jedoch zum Feuertanz nicht eingeladen worden, da sie gelegentlich recht bösartig sein konnte und die Frauen nicht das Risiko hatten eingehen wollen, daß der Tanz sich durch negative Gedanken in ein Ritual der Rache verwandelte.

»Ja, richtig! Ich kam also in Arandas an und war so müde, daß ich beschloß, zur Kirche zu gehen, um meinen geschundenen Füßen eine Rast zu gönnen, zumal ich wirklich keine Ahnung hatte, was ich als nächstes unternehmen sollte.« Doña Margarita blickte lachend in die Runde. »Aber wie wir ja alle wissen, können wir Frauen – im Gegensatz zu den Männern – gerade im Augenblick der größten Ratlosigkeit phantastische Wunder vollbringen, denn das Unbekannte war immer der Verbündete der Frauen.«

Die sieben alten Weiber sowie Emilia und Luisa nickten zustimmend.

»Sehr richtig«, bestätigte auch Fatima, die soeben eintrat. »Schließlich sind wir Frauen uns ja auch seit Anbeginn der Zeit der simplen Tatsache bewußt, daß, wenn alles gesagt und alle Taten vollbracht wären, die Menschen die Kontrolle über ihr Leben aus der Hand gegeben hätten.«

»Ja, das ist ebenso unleugbar wie die Tatsache, daß wir nicht einfach davonlaufen können, wenn unsere Brüste schwer sind von Milch und hungrige Mäuler darauf warten, gefüttert zu werden«, bekräftigte eine andere.

»Ganz recht«, sagte Doña Margarita. »Deshalb ging ich, müde und ratlos wie ich war, zur Kirche, um mir dort Rat zu holen.«

»Oh, es gibt etwas zu essen«, rief die alte Hebamme, als sie den tönernen Topf erblickte, den Luisa in der Mitte der Runde aufs Feuer gesetzt hatte. »Ich sterbe fast vor Hunger. Zur Hölle, alles, was wir in letzter Zeit in den Magen kriegen, ist Suppe! Suppe aus Wurzeln, aus Schnecken, aus Wachteln und weiß der Teufel, woraus noch!«

Fatima bediente sich und hockte sich mit ein paar Tortillas und einer kleinen Schüssel Suppe an eine bröckelnde Wand. Nein, das Villaseñor-Haus war wahrlich kein imposantes Haus mehr, sondern nur noch eine zerfallene Behausung mit zusammengebrochenen Wänden und einem ausgebrannten Dach. Doch der würzige Geruch der Suppe, der Duft des Kräuteröls, mit dem Emilia die Füße der Mutter massierte, und die Stimmen der erregten Besucher verwandelten es in eine heimelige *casa*, ein Zuhause im wahrsten Sinne des Wortes.

»Die Kirche war ganz leer, und ich setzte mich nieder und begann zu beten«, fuhr Doña Margarita fort, während Fatima sich wie eine ausgehungerte Wölfin über die Suppe hermachte. »Allmählich wurde mir klar, daß ich in Arandas nicht nur keine Menschenseele kannte, sondern daß es ebenso unmöglich ist, Wasser aus einem Stein zu pressen, wie es unsinnig ist, von jemandem Geld für eine Reise nach Guadalajara zu erbitten, der genauso arm ist wie ich selbst. Ich befand mich also in einer äußerst verzwickten Lage. Was ich brauchte, war Hilfe von jemandem, der sowohl Macht als auch Geld besaß – nur, daß ich kein solches Wesen kannte.

Wie immer im Gefühl der Hilflosigkeit wandte ich mich an unsere Se*ñ*ora de Guadelupe und sagte: ›Heilige Jungfrau, ich brauche deinen Beistand. Du mußt für mich ein gutes Wort beim Allmächtigen einlegen und ihn bitten, mir Licht in meiner Dunkelheit zu spenden.‹

Aber wie ihr wißt«, fuhr Doña Margarita fort und blickte ihre alten Gefährtinnen an, »besteht unsere Jungfrau ja stets auf einen ausgedehnten Plausch und ein paar deftige Scherze, bevor sie bereit ist, sich auf ein ernsthaftes Gespräch einzulassen. Aber diesmal war ich einfach zu müde und muß wohl eingeschlafen sein, denn als ich wach wurde, strahlte alles um mich herum in hellem Licht. Ich erinnerte mich, daß meine letzten Worte gewesen waren, ›mir ein Licht zu spenden‹. Und da war es nun, dieses Licht. Strahlender als alles, was ich bis dahin gesehen hatte, und doch ohne meinen Augen weh zu tun, sondern auf wundersame Weise sanft und klar.

Entschuldigt, wenn ich kurz unterbreche«, sagte Doña Margarita und fuhr sich mit der Zunge über die trockenen Lippen. »Aber hat vielleicht zufällig jemand einen Schluck Tequila oder *mescal?* Ich bin ein wenig durstig von der langen Reise.«

Alle brachen in Gelächter aus. Da hatte sie Wunder erblickt und Wunder vollbracht, war geradewegs in die Hölle marschiert, und alles, was sie zu sagen hatte, war, sie sei ein wenig durstig. Es war unglaublich!

»Ich habe noch einen besonderen Tropfen«, sagte eine der alten *Indias,* die beim Feuertanz dabei gewesen war. Ihre von tiefen Falten umfurchten, alten Augen blitzten vor Übermut. »Ich gehe und hole ihn. Ich verstecke ihn seit über fünf Jahren an einem sicheren Platz in der Kirche und habe ihn für einen besonderen Anlaß aufbewahrt!«

»Seit fünf Jahren!« staunte Doña Margarita.

»Ja, hätte ich ihn nicht versteckt, hätte mein Alter sich längst darüber hergemacht!« Sie stand auf und eilte davon. Die anderen schüttelten lachend die Köpfe. Die Alte war ein Genie. Die kleine Kirche war das einzige Gebäude im Dorf, das bisher unversehrt geblieben war.

Luisa reichte unterdessen Schüsseln mit Suppe herum. Doña Margarita lehnte kopfschüttelnd ab und wollte zuerst auf ein Schlückchen Tequila warten. In der Zwischenzeit rollte sie sich eine ihrer kleinen *cigarritos* aus selbstangebautem Tabak. Dieses Kraut war wahrhaftig ein Segen für ihre alten Knochen; kein Wunder, daß *la yerbita* von vielen für die erste Pflanze gehalten wurde, die je von den Menschen angebaut worden war.

Die alte Frau kam mit dem Krug Tequila zurück und reichte ihn unverzüglich an Doña Margarita weiter. »Für unsere famose, alte Margarita!« sagte sie. »Ich überreiche diesen Trank aus unserem heiligen Kaktus an unsere Schwester, die mit jeder Faser ihres Herzens eine von uns ist. Auf daß der Geist der Agave dir Kraft und Vitalität verleiht!«

»Ich danke dir«, Doña Margarita neigte würdevoll den Kopf, »und nehme gerne an. Laßt uns trinken! *A toda madre*!«

Voller Elan entkorkten die beiden alten *Indias* den tönernen Krug, und Übermut funkelte in ihren Augen, als sie nacheinander den Kopf zurücklegten und einen kräftigen Zug nahmen, den sie anschließend – nach Art der Männer – mit einem begeisterten Freudenschrei bekräftigten. Alle applaudierten, und die beiden alten Frauen setzten den Krug erneut an, und noch einmal, auf das Wohl des Himmels! Bald erglühten alle im Raum vom Gefühl der Geborgenheit und Wärme.

»Nun«, sagte Doña Margarita, die sich gleich besser fühlte, und wischte sich den Mund ab. »Da saß ich nun, umgeben von wundersamem Licht, in diesem Gotteshaus. Ich holte dreimal tief Luft und spürte, wie sich neue Zuversicht in mir ausbreitete. Ich fühlte mich wie neu geboren, und die gleiche, absolute Klarheit, die uns an dem Abend, als wir ins Feuer sprangen, sicher sein ließ, daß wir uns nicht verbrennen würden, durchströmte mich wieder. Ich wurde ruhig und gelassen, wie eine stoische, wiederkäuende, alte Kuh.«

Sie lachte. »Zur Hölle, reicht mir den Krug noch mal! Ich glaube, heute abend werde ich mich so richtig besaufen!« verkündete sie augenzwinkernd.

Alle ermunterten sie und bestätigten ihr, daß sie es wirklich verdient habe.

Sie packte den Krug mit beiden Händen, setzte ihn an die Lippen und nahm einen weiteren, kräftigen Schluck. Dann stieß sie einen vergnügten Schrei aus. »Aaaaaiiiiyyyyaiiiii! Caarr-ammmmba! Auf uns Frauen! Ich kann euch sagen, eine Stunde zuvor saß ich noch da und wußte weiter nichts, als daß ich meinen Sohn José von ganzem Herzen liebte – und nun war ich erwacht, umgeben von himmlischem Licht, und alles stand ganz klar vor meinen Augen! Auf einmal hatte ich keinen Zweifel mehr, was zu tun war. Ich war nur zu blind und verängstigt gewesen, schon vorher darauf zu kommen. Denn es gab sehr wohl jemanden, den ich in dieser Stadt kannte. Und er war reich und mächtig! Allerdings war er ein erklärter Feind meiner *familia*, daher hatte ich es bis dahin nicht gewagt, ihn in Betracht zu ziehen.«

»Ja«, rief eine der Frauen, »manchmal sieht man gerade das Naheliegende nicht!«

»Stimmt«, bestätigte Doña Margarita. »Vor Jahren hat mein Mann diesen Geschäftsmann in einem Anfall von Zorn mit dem Lasso vom Pferd gerissen und niedergeschlagen. Es ging damals um den Handel mit ein paar Ziegen. Plötzlich sah ich die Angelegenheit in einem ganz neuen Licht und betrachtete diesen, übrigens sehr erfolgreichen Mann, nicht mehr als Feind meiner Familie. Für mich war er nun nichts weiter als ein ganz gewöhnlicher Mann, ein menschliches Wesen, mit den gleichen Nöten und Sorgen wie wir alle.« Doña Margarita lachte. Sie war inzwischen recht beschwipst. Beschwipst vom Tequila und den verschlungenen Pfaden des Lebens. »Auf einmal begriff ich mit absoluter Klarheit, daß es auf dieser Welt, oder genauer gesagt, in diesem Universum, keine wirklichen Feinde gibt, wenn – und nur dann – wir an unserer Liebe zu Gott festhalten und bereit sind, die Fehltritte der anderen ebenso zu vergeben, wie wir es uns für uns selbst erhoffen!«

Ein paar der Frauen bekreuzigten sich. Es war in der Tat etwas Wahres an Doña Margaritas Worten, und es war beeindruckend, mit welcher Vehemenz diese ungezügelte alte Lady, der das Schicksal oft genug übel mitgespielt hatte, selbst in betrunkenem Zustand an ihrer Überzeugung festhielt.

Luisa reichte ihr eine Schüssel Suppe. »Mama, du hast diesen gewissen wilden Blick, du solltest wirklich besser etwas essen.«

»Wild? Soso! Zur Hölle, woher willst du denn schon wissen, was das ist, *mi hijita!* Keine Frau unter fünfzig kann ermessen, was Wildheit wirklich bedeutet. Bevor ich grau zwischen den Beinen wurde, war ich nie, hörst du, niemals in der Lage, das Tor zum Himmel wirklich zu sehen. Und glaub mir, es sind wahrhaftig wilde, unwegsame Stufen, die dort hinaufführen!«

Sie unterstrich ihre Worte mit einem kräftigen Furz. »Diese Stufen werden nicht von den Zaghaften oder Ängstlichen erklommen«, sagte sie, »sondern einzig von den Kühnen, die wie wir ihre Ärsche unerschrocken, unter lauten *pedos* und voller Lebensgier, durch *la vida* tragen!«

Die Zuhörer kugelten sich vor Lachen auf dem Boden. Ein paar trauten ihren Ohren kaum, aber die alte Hebamme und die Frauen, die beim Tanz durch das Feuer dabeigewesen waren und Doña Margarita nur zu gut kannten, waren nicht weiter überrascht. Diese ungebändigte Seite an ihr war ja der Grund, daß sie so viele Stunden mit der Jungfrau Maria verbrachte, während der die beiden handfeste, deftige Witze austauschten. Da Gott selbst ja auch durchaus nicht schüchtern war, war es nicht weiter verwunderlich, daß er sich ein eben solches Vollblutweib als Frau und Mutter ausgesucht hatte. Selbst in ihren Zwiegesprächen mit der Mutter Gottes tauschte Dona Margarita ja noch vozugsweise Derbheiten aus. Auch er liebte Frauen mit derbem Witz.

Bei so viel weiblicher Verderbtheit konnte der alte Krüppel nicht mehr an sich halten und rief entrüstet aus: »Jetzt, wo ich zu alt bin, noch davon zu profitieren, rücken diese alten Weiber mit ihrer wahren Natur heraus! Zum Teufel mit dem zaghaften Narren, der ich mein

Leben lang war! Von nun an bete ich nur noch zu euch, Schöße des Himmels!«

Das grölende Gelächter und die unbändige Heiterkeit, die durch die zerfallenen Mauern des einst so gepflegten alten Hauses hallten, schienen sogar die Wesen des Himmels zum Singen zu animieren.

Doña Margarita pustete in ihre dampfende Suppe und fuhr mit ihrer Geschichte fort. »Mit dem Gefühl, eine himmlische Armee zu meiner Unterstützung im Rücken zu haben, stand ich auf und ging zuversichtlich zum Ausgang der Kirche. Das gleiche kann jedem einzelnen von euch widerfahren, wenn ihr erkennt, daß die Liebe, einzig die Liebe, die wahre Macht des Universums ist. Vor allem, wenn es um unsere Feinde geht, denn Liebe, Liebe und Respekt sind es doch, was sie in Wirklichkeit von uns fordern!«

Sie bekreuzigte sich und begann ihre Suppe zu schlürfen. Die anderen neigten sich ebenfalls hungrig über ihre Schüsseln, während durch das zerstörte Dach über ihnen die Sterne blinkten.

Nachdem Doña Margarita ihre Mahlzeit beendet hatte, wischte sie sich mit dem Handrücken über den Mund, rülpste herzhaft und blickte blinzelnd zum Himmel empor. »Ich wollte mich also auf den Weg zu diesem sogenannten Feind meiner Familie machen, während es in meinem Kopf immer noch unentwegt arbeitete. Ihr wißt ja, wie das ist; wenn Gott erst einmal anfängt, zu einem von uns zu sprechen, hört er so schnell nicht wieder auf. Daher sagte ich schließlich zu seinem Licht, ›Schluß jetzt, für heute habe ich genug Erleuchtung. Ich bin schließlich eine Seele, die vorerst noch als Mensch auf der Erde wandelt. Später werden wir noch genug Gelegenheit zur Zwiesprache haben. Im Augenblick muß ich mich meinen Pflichten als Mutter widmen und habe keine Zeit mehr, dir zuzuhören‹. Kaum hatte ich ausgesprochen, erlosch das Licht, einfach so, und die Kirche lag wieder im Halbdunkel. Ich wandte mich um und dankte der Jungfrau Maria nochmals für ihre Unterstützung und lud sie ein, mich zu begleiten, wenn sie Lust hätte, wäre aber auch bereit gewesen, mich allein auf den Weg zu machen. Voller Zuversicht verließ ich also die Kirche und durchquerte die Stadt zum Haus des Feindes meines Mannes – jenem Kerl, der meinen Mann ein paar Jahre zuvor mit dem Kauf einiger Ziegen übers Ohr gehauen hatte.

Ich betrat sein Geschäft und wartete in der Schlange, bis ich an der Reihe war. Als ich mich vorstellte, wurde er natürlich sofort zornig. Aber ich ließ mich nicht einschüchtern, die Jungfrau Maria war ja an meiner Seite. Sie hatte sich – froh, einmal aus ihrem täglichen Trott herauszukommen – doch entschlossen, mich zu begleiten. ›Sehen Sie‹, sagte ich zu ihm, ›ich bin hier, um Ihre Hilfe zu erbitten, damit ich meinen Sohn José aus dem Gefängnis befreien kann!‹« Doña Margarita lachte. »Meine Güte, war er entsetzt! ›Aber wissen Sie denn nicht, daß ich im Streit mit Ihrem Mann liege?‹ fragte er mich.

›Doch, natürlich‹, antwortete ich.

›Wieso, um alles in der Welt, kommen Sie dann zu mir?‹

›Weil ich außer Ihnen niemanden in der Stadt kenne, der Macht und Geld besitzt‹, antwortete ich frei heraus. Er war so überrumpelt von meiner Unverblümtheit, daß er mich nur sprachlos anstarrte.

›Falls Sie es noch nicht verstanden haben‹, sagte er rot vor Zorn, als er seine Sprache wiedergefunden hatte, ›ich möchte mit niemandem aus Ihrer Familie etwas zu tun haben, solange ich lebe!‹

›Ich kann Sie durchaus verstehen‹ erwiderte ich, ohne auf seine Beleidigung einzugehen, ›manchmal geht es mir genauso. Aber wie ich schon sagte. Mein Sohn José ist im Gefängnis, und ich brauche Ihre Hilfe.‹

Er lehnte sich fassungslos zurück. ›*Señora*‹, sagte er, ›dieses Land befindet sich mitten in einer Revolution. Jeder von uns hat seine Probleme! Genug jetzt von dem Geschwätz. Verschwinden Sie! Ich habe keine Zeit für Sie!‹

›Aber ich habe genug Zeit für uns beide‹, erwiderte ich. ›Alle Zeit der Welt. Sehen Sie, ich habe Wasser und etwas zu essen dabei. Ich werde mich einfach dort in die Ecke auf den Boden setzen und warten, bis Sie Zeit für mich erübrigen können.‹

Er sah mich an, als hätte er es mit einer Wahnsinnigen zu tun. ›Lady‹, fing er wieder an, ›entweder verstehen Sie kein Spanisch, oder irgend etwas stimmt bei Ihnen nicht. Ich hasse Ihren Ehemann und seine Brut wie die Pest! Und selbst wenn ich könnte, würde ich keinen Finger rühren, um Ihnen oder Ihrem Sohn zu helfen!‹ Er drehte mir abrupt den Rücken zu und machte sich wieder an seine Arbeit. Ich setzte mich guten Mutes und bester Stimmung auf den Boden, verspeiste meine *frijoles* und Tortillas und schlürfte mein Wasser. Immerhin hatte er mich zumindest zur Kenntnis genommen.«

Alle schüttelten verwundert die Köpfe. Sie liebten Doña Margaritas Beharrlichkeit. Weder Gott im Himmel noch irgendein Mann hier auf Erden war in der Lage, diese zähe kleine Person davon abzubringen, ihre Pflicht als Mutter zu erfüllen.

Der Tequilakrug machte erneut die Runde. Wenn man den Himmel auf seiner Seite hatte, der den Schatten mit Kraft füllte, konnte *la vida* in der Tat selbst in der düstersten Stunde ein phantastisches Abenteuer sein.

»Der arme Kerl«, fuhr Doña Margarita fort, nachdem sie einen kräftigen Schluck genommen hatte. »Er hatte keine Ahnung, was er mit mir anstellen sollte. Ich dagegen wußte sehr wohl, was ich zu tun hatte, so wie unser

Volk schon immer wußte, was zu tun war, seit der Zeit, da das Gürteltier aus dem Herzen der Erde hervorkroch und die Stadt unserer Ahninnen, *Alas de Amor*, die Schwingen der Liebe, gebar. Ich saß dort, mit dem Gleichmut des Gürteltieres, so lange, bis ich schließlich Teil des Raumes und somit für die Kunden und Angestellten unsichtbar geworden war.

Und da nahm das zweite Wunder seinen Anfang«, berichtete sie lächelnd, »denn sobald man meine Anwesenheit vergessen hatte, begann der Feind meines Mannes mit seinen Kunden zu sprechen, als sei ich gar nicht da. Er erzählte ihnen von dem Vorfall zwischen ihm und meinem Mann, und auf einmal verstand ich alles. Ich bekreuzigte mich und stand auf. Ohne zu zögern stürzte ich auf den Mann zu und gab ihm, worauf er all die Jahre gewartet hatte. Ich gab ihm seine Ehre – ja, ihr habt richtig gehört- seine Ehre zurück, indem ich zu ihm sagte: ›Don Ernesto, endlich begreife ich, was damals zwischen Ihnen und meinem Mann geschehen ist, und ich stimme vollkommen mit Ihnen überein, daß mein Mann ein Narr ist, und Sie ein Ehrenmann sind!‹

Alle im Raum hielten in ihren Bewegungen inne und starrten mich an, vor allem die Männer. Bestimmt hatten sie noch nie erlebt, daß eine Frau ungestraft derart über ihren eigenen Ehemann sprach. Aber mich hat das Gebaren der Männer ja noch nie besonders beeindruckt – nicht einmal das des Papstes –, also hatte ich diesbezüglich keine Hemmungen. Ich schloß meine Augen und fuhr konzentriert fort. ›Ich bin jetzt seit beinahe drei Stunden hier, Don Ernesto, und konnte mich selbst davon überzeugen, mit welcher Umsicht Sie Ihre Geschäfte handbaben. Und da ich meinen Ehemann leider nur zu gut kenne, weiß ich auch, daß er sich stets damit brüstet, sämtliche Angelegenheiten mit den Fäusten oder einer Waffe lösen zu können.

Ich bin der Meinung, daß er Ihnen die Ziegen von Anfang an niemals hätte zu diesen Bedingungen verkaufen sollen, aber – und das ist ein bedeutendes ›aber‹ –, er hatte nicht das geringste Recht, Sie hinterher deswegen mit dem Lasso vom Pferd zu zerren und wie ein Narr auf Sie einzuschlagen. Schließlich war er verrückt genug, den Handel einzugehen.

Genau wie mein Vater Don Pío bin ich der Meinung, daß Fäuste und Gewehre nur etwas für Narren und Kinder sind. Die wahren Schlachten des Lebens werden hier, in unseren Herzen, geschlagen, indem man darauf vertraut, daß es klüger ist, Angst und Gewalt abzulehnen und sich statt dessen mit Klugheit und Beharrlichkeit den täglichen Anforderungen des Lebens zu stellen, genauso wie Sie es hier in Ihrem Geschäft halten, Don Ernesto!‹

Als ich meine Augen öffnete und dem Mann ins Gesicht sah, merkte ich, daß ich den richtigen Nerv getroffen hatte. Es war mir gelungen, ihm genau das zu geben, was er brauchte. Doch ich war noch nicht am Ziel. Ich wollte mehr – viel mehr. Ich schloß erneut die Augen, nahm all meine Kraft zusammen und redete weiter auf ihn ein. ›Außerdem möchte ich mich für das kindische Benehmen meines Mannes entschuldigen und Ihnen, Don Ernesto, zu Ihren Fähigkeiten gratulieren. Sie haben es weit gebracht. Ich weiß zwar, daß Ihr Vater Ihnen eine hübsche Summe hinterließ und daß ein paar Neider behaupten, nur ihm hätten Sie es zu verdanken, daß Sie heute ein solch gutgehendes Geschäft besitzen, aber diese Leute irren sich. Wenn man einem Narren Geld in die Finger gibt, wird er es im Handumdrehen durchbringen, besonders in Kriegszeiten wie diesen.

Die Wahrheit ist doch, Don Ernesto, daß es weit mehr Intelligenz erfordert, zu erhalten, was einem gegeben wurde, als etwas ganz Neues auf die Beine zu stellen.

Wer nichts hat, hat auch nichts zu verlieren und kann leicht ein Risiko eingehen. Aber Mut zu beweisen und das, was man hat, aufs Spiel zu setzen, erfordert echte *tanates*. Und dazu gratuliere ich Ihnen! Denn mit dem, was Ihr Vater Ihnen hinterlassen hat, haben Sie wahrhaftig Wunder vollbracht. Vor einem Mann wie Ihnen muß man einfach Respekt haben!‹«

Alle Anwesenden in dem zerstörten Haus applaudierten. Was für eine großartige alte Frau! Wo nahm sie nur diese Worte her!

»Und damit hatte ich Ihn endgültig«, fuhr die weise, alte Füchsin fort. »Er saß nur noch da und machte ein Gesicht, als sähe er mich zum ersten Mal, ja, als hätte er soeben das Licht Gottes erblickt, welches ich ja in der Tat aus der Kirche mitgebracht hatte. Aber spiegelt sich nicht letzten Endes in jedem von uns das göttliche Licht? Wir müssen nur bereit sein, unsere Herzen diesem Licht zu öffnen!

›*Señora*‹, sagte er zu mir, wobei er aufstand und mit ausgebreiteten Händen um seinen Schreibtisch herum auf mich zukam. ›Ich werde für Sie tun, was immer im Bereich meiner Macht steht! Sie sind eine wahre Bereicherung und ein lebender Tribut an Ihren Vater, den großartigen Don Pío, der einst die Banditenbanden aus dieser Bergregion verjagte, damit anständige Menschen hier in Frieden leben konnten. Ich verbeuge mich vor Ihnen, Verehrteste.«‹

Tränen der Rührung liefen über Doña Margaritas Wangen. »Oh, auf einmal war er einfach wundervoll zu mir«, sagte sie. »Er – der eingeschworene Feind meiner Familie – hatte sich in meinen größten Verehrer verwandelt! Das konnte nur das Werk des Allmächtigen sein.« Sie bekreuzigte sich, auch die anderen teilten ihre Rührung.

»›Ich danke Ihnen‹, sagte ich zu ihm, ›vielen Dank. Alles, was ich brauche, ist das Geld für die Zugfahrt nach Guadalajara, für den Rest wird Gott schon sorgen.‹

›Ich bin sicher, daß wird er‹, erwiderte er und nahm mich in die Arme. ›Sie sind eine sehr starke Frau, genau wie meine geliebte Mutter, Gott sei der Seele der alten *india* gnädig.‹ Er bedeckte mein Gesicht und meine schmutzigen Hände mit Küssen und gab mir das benötigte Geld, einschließlich eines kleinen zusätzlichen Betrages, den ich natürlich dem ersten Bettler schenkte, der mir auf der Straße begegnete. Schließlich kommen wir mit leeren Händen auf diese Erde, und genauso sollten wir uns bemühen, unser Leben hier auf Erden zu meistern. Außerdem beauftragte Don Ernesto einen seiner tüchtigsten Männer, mich über die Berge zur Eisenbahnstation zu begleiten, die zwei Stunden entfernt lag. Und damit nahm das große Wunder seinen Lauf«, berichtete die alte Frau. »Denn das ist das Leben: ein Wunder; die fortwährende Gelegenheit für jeden von uns, unsere Existenz täglich aufs neue in ein Paradies auf Erden zu verwandeln. Wir müssen nur imstande sein, das Licht zu erkennen!«

Doña Margarita hielt erschöpft und glücklich inne und sagte kein einziges Wort mehr.

»Aber du kannst doch jetzt nicht einfach aufhören!« rief der verkrüppelte alte Mann. »Komm, erzähl weiter! Wir wollen das Ende deiner Geschichte hören!«

»Ja, stimmt«, bestätigte eine Freundin Doña Margaritas. »Was du erlebt hast, gibt uns wieder Mut! Wir haben so lange getrauert, gefroren und gehungert, daß wir schon fast unseren ganzen Lebensmut verloren hatten! Bis jetzt!« Tränen schimmerten in den Augen der Alten. »Durch dich spüren wir den Atem des Lebens wieder!«

»Na gut, dann fahre ich fort«, gab die zähe kleine *India* grinsend nach. »Aber gebt mir zuerst nochmal den Krug.«

Alle lachten; diesmal nahm Doña Margarita jedoch nur einen kleinen Schluck. »Aah, mein geliebter Tequila, du machst mich wieder jung und stark. Wenn ich allerdings nicht höllisch aufpasse, legst du mich rein, und ich fühle mich hinterher noch älter als zuvor.« Sie furzte lachend, rülpste einmal kräftig und begann wieder zu erzählen.

»Als ich endlich im Zug saß, beschloß ich, nach einem elegant gekleideten, wohlhabenden Mann Ausschau zu halten. Wie ich schon sagte, schließlich kann man aus einem Stein kein Wasser pressen. Nicht lange, und ich fand in einem Privatwaggon einen vornehm gekleideten, europäisch aussehenden Herrn, der in *Don Quixote de la Mancha* vertieft war. Ich setzte mich neben ihn und behauptete, daß dies ein fabelhaftes Buch sei und ich es selbst schon mehrmals gelesen hätte.

Na ja, der vornehme Kerl blickte verunsichert auf meine schmutzigen Lumpen und rückte erstmal ein Stück von mir ab. Aber ich blieb an ihm kleben wie eine Zecke am Hundearsch. ›Merken Sie nicht, daß Sie mir nicht entkommen können, *señor*‹, fragte ich ihn, ›denn Gott hat Sie extra für mich in diesen Zug gesetzt!‹«

»Das hast du wirklich zu ihm gesagt?« fragte eine der jüngeren Frauen fassungslos.

»Ja, natürlich, es war doch die Wahrheit! Was glaubt ihr denn, weshalb Gott uns all diese reichen Europäer hier nach *Méjico* schickt? Damit wir, *la gente* der Erde, sie *el corazón* lehren! Glaubt mir, wenn ihr erst einmal diesen Zustand des puren Lichtes erlebt habt, dann ist das ganze Leben ein einziges Wunder, das alle Menschen umfaßt, die euch begegnen. Ihr habt gar keine andere Wahl, als dieses Wunder im Sinne Gottes mit ihnen zu teilen.

Aber eins kann ich euch sagen«, fuhr sie fort, »dieser reiche Europäer wehrte sich hartnäckig und versuchte immer wieder, von mir wegzukommen. Mir blieb nichts anderes übrig, als ihn zu packen und ihm zu befehlen, endlich stillzusitzen. ›Setzen Sie sich!‹ sagte ich zu ihm, ›ich bin zu alt, um Ihnen durch den ganzen Zug hinterherzujagen! Außerdem bin ich keine Prostituierte, die Ihnen Avancen macht!‹«

Alle lachten und klatschten begeistert angesichts soviel Unverfrorenheit, am lautesten ihre alten Kirchenfreundinnen, die mit ihr durch das Feuer getanzt waren.

»Da gibt's gar nichts zu lachen«, wandte Fatima ein, die sich kräftig den Bauch vollgeschlagen und reichlich Tequila genossen hatte, »ich habe eine Menge dieser jungen Hengste geritten und bin überzeugt, daß unsereins genau das ist, was diese jungen Burschen brauchen! Wir Alten wissen nämlich, wie wir das Feuer des *coo-coo-roo-cooo* schüren müssen, und zwar *con ganas*!«

Einige lachten, doch ein paar wandten sich verlegen ab. Die Alte hatte nicht nur vielen Kindern in diese Welt geholfen, es war auch bekannt, daß sie es sich zur Aufgabe gemacht hatte, so manchem jungen Mann ›in den Sattel zu helfen‹, indem sie ihn als erste Frau in die Kunst der Liebe einführte – und ihm zum zweiten Mal das Leben schenkte, wie sie es auszudrücken pflegte.

»Ja, da magst du recht haben«, antwortete Doña Margarita. Sie gehörte zu den wenigen Frauen im Dorf, die die alte Hebamme wegen ihres zweifelhaften moralischen Verhaltens nicht verurteilten. Schließlich wußte sie nur zu gut, daß vor unzähligen Jahren, bevor das Christentum ihre Ufer erreicht hatte, es tatsächlich die Aufgabe der Hebammen gewesen war, den männlichen Erdenbürgern auf diese zweifache Weise das Leben zu schenken; das erste Mal, indem sie sie von den Lenden ihrer Mütter entbanden, das zweite Mal, indem sie die jungen Männer lehrten, wie sie ihre eigenen Lenden befreien konnten. Genau das war es, was jedes männliche

Wesen erfahren mußte, bevor es den nötigen Respekt vor dem Leben aufbringen konnte: die zweifache Geburt.

»Und dann sagte ich, ›Vor Ihnen steht eine Mutter, ›deren Sohn unschuldig im Gefängnis ist‹«, fuhr Doña Margarita fort. »›Im Gegensatz zu dem, was ich Ihnen jetzt erzählen werde, ist Ihr Buch eine Gute-Nacht-Geschichte, denn meine Geschichte ist die absolute Wahrheit und kommt geradewegs aus dem blutenden Herzen einer Mutter!‹ In diesem Augenblick bremste der Zug plötzlich, als hätte Gott persönlich ihm Einhalt geboten, und der große Mann wurde auf seinen Sitz zurückgeschleudert. Ich wußte, daß er mir nun nicht mehr entkommen würde.«

Mit geschlossenen Augen setzte Doña Margarita ihren Bericht fort und erzählte, wie sie den Mann mit der fesselnden Geschichte ihres Sohnes José, dem Hüter ihrer Berge, dem es mit einer Handvoll Kameraden jahrelang gelungen war, die Revolution aus ihrer Heimat fernzuhalten, in ihren Bann gezogen hatte.

»Ich erzählte ihm, daß José klein und dunkelhäutig sei wie ich«, sagte die alte Frau, »daß man einen Mann wie José jedoch nicht anhand seiner Körpergröße messen könne, wie es die Europäer tun, sondern daß die *indios* den Menschen nach der Nähe seiner Seele zum Himmel messen! Und daß ein Mann wie José der lebende Beweis für Gottes Existenz hier auf Erden sei, die fortbestehen wird, solange jede Generation aufs neue den Geist Gottes mit ihrem Blut und ihrem Schweiß und natürlich mit ihrer Liebe auf dieser Erde säe!

Dann erklärte ich ihm, wie es zu der Verhaftung meines Sohnes gekommen war. Nicht etwa, weil er einen Soldatentrupp nach dem anderen besiegt hatte, sondern weil er den kommandierenden Befehlshaber der hier stationierten Soldaten, der einer jungen Witwe auf unverschämte Weise zu nahe getreten war, in die Schranken gewiesen hatte. Wegen dieses Aktes der Ritterlichkeit sollte er nun in Guadalajara hingerichtet werden. Um mich kurz zu fassen, ich machte ihm klar, daß José der neue Don Quixote de la Mancha des amerikanischen Kontinentes und ich sein Sancho Panza sei, allerdings ein weiblicher Sancho, ausgestattet mit der Scharfsinnigkeit, die nur uns Frauen eigen ist.

Ich kann euch sagen, angesichts Josés herausragender Leistungen und seiner beispielhaften Großmütigkeit hing der Mann bis Guadalajara wie gebannt an meinen Lippen. Dort angekommen, lud er mich in sein Haus ein, überschüttete mich mit Geld und stellte mich allen wichtigen Persönlichkeiten vor, die er kannte. Ausgerüstet mit seinem Geld und den Namen all dieser reichen, einflußreichen Stadtbewohner, suchte ich diese Leute einzeln zu Hause auf und ließ nicht locker, bis ich ein Dutzend von ihnen soweit hatte, daß sie mich zum Gefängnis begleiteten und dafür sorgten, daß José in meine Obhut entlassen würde.

Der für das Gefängnis verantwortliche General verkündete, außer sich vor Empörung, daß noch nie zuvor jemand aus seinem Gefängnis entlassen worden sei. Er behauptete, ich müsse entweder mit dem Teufel persönlich im Bunde stehen, oder ich sei wahrhaftig das gerissenste und entschlossenste Weib, das er jemals kennengelernt hat.

›Wenn meine Soldaten ihre *tanates* hätten, *señora*‹ sagte er zu mir, ›dann gäbe es heute keine Revolution!‹

›Sie irren sich‹, antwortete ich ihm, ›was Sie meine *tanates* nennen, wird von jedem Kind – ob arm oder reich – in ganz *Méjico* bereits mit der Muttermilch aufgesogen, und deshalb werdet ihr in alle Ewigkeit die Verlierer sein! Denn wir, *los niños de la tierra de Dios,* sind es, die unsere heilige Mutter Erde liebt! Nicht ihr, ein paar wenige Privilegierte, die ihr die Köpfe so weit oben über euren vornehmen Arschlöchern tragt, daß ihr gar nicht mehr erkennen könnt, was unten, auf *la tierra*, vor sich geht!‹

Der General wurde so wütend, daß er mich mitsamt meinem Sohn hinauswarf, allerdings nur unter der Voraussetzung, daß ich mich dafür verbürgte, daß José nie wieder gegen die Soldaten kämpfen würde. Und das ist der Grund«, schloß sie unter Tränen, »warum José schon morgen das Land verlassen muß!«

Sie hielt seufzend inne, und in diesem Augenblick betrat José, auf einen Stock gestützt, den Raum. Selbst im rötlichen Licht des Feuers wirkten seine eingefallenen Wangen totenbleich. Er hustete und hielt sich einen Lappen vor den Mund. Nichts an ihm erinnerte mehr an den stolzen, gutaussehenden, jungen Mann, den man vor wenigen Wochen in Ketten abgeführt hatte.

Der kleine Juan sprang auf und lief seinem Bruder entgegen. »José! José!«

Freudentränen strömten ungehemmt über Doña Margaritas Wangen, als sie sah, wie ihre beiden Söhne sich in die Arme fielen. Wie vielen großartigen Kindern hatten sie und ihr geliebter Ehemann das Leben geschenkt! Und jetzt schienen diese beiden die einzigen männlichen Nachkommen ihrer einst so großen Familie zu sein. Kummervoll begann sie zu schluchzen, und immer mehr Tränen suchten sich einen Weg über ihr dunkles Gesicht, dessen Haut von unzähligen Falten durchfurcht war.

In dieser Nacht schlief Juan dicht an seinen großen Bruder José geschmiegt, und sobald einer von beiden erwachte, schlug auch der andere die Augen auf, denn in ihren Träumen sprachen sie zueinander, und ihre Seelen waren vereint.

»José«, sagte Juan, der wieder einmal erwacht war und die Sterne betrachtete, die über dem zerfallenen Dach des Elternhauses am Himmel blinkten, »wußtest du, daß Mama mit ihren alten Kameradinnen durch das Feuer tanzte, bevor sie dich zurückholte?«

»Nein«, erwiderte José, »aber es überrascht mich nicht weiter.«

Juan seufzte tief und starrte weiter zum Himmel. »Dann kennst du also diesen Brauch?«

»Natürlich«, antwortete José. »In ganz Mexiko halten die Frauen diesen Brauch heimlich aufrecht. Ein paar Männer tun es auch.«

»Weshalb?«

»Meinst du, weshalb sie es heimlich tun, oder weshalb sie es überhaupt tun?«

»Beides.«

Jetzt war es an José, zu seufzen und nachdenklich in die Weite des Nachthimmels zu starren. Dabei verursachte ihm jeder Atemzug Schmerzen. Sie hatten ihn fast bis zur Besinnungslosigkeit geprügelt und auf jede erdenkliche Art gefoltert, jedoch stets darauf bedacht, ihn nicht umzubringen.

»Also erstens: Sie tun es heimlich, weil die Kirche, wenn sie davon erführe, sie verfolgen und möglicherweise sogar als Hexen auf dem Scheiterhaufen verbrennen würde; zweitens: Sie tun es überhaupt, weil, nun ja, nur zu Gott, dem Vater, zu beten, ist so, als würde man sich nur einem Elternteil zuwenden, und wie weit kommt ein Kind im Leben, wenn es nicht auch die Mutter liebt?«

»Oh, ich verstehe«, sagte Juan, »dann ist Gott also gleichzeitig weiblich und männlich?«

»Genau. Das Problem ist nur, daß in den vergangenen sechs- oder siebentausend Jahren die weibliche Seite Gottes in Vergessenheit geraten ist.«

»Ich verstehe«, murmelte Juan. Und während der Himmel auf sie herablächelte und die Nacht den Erdenbürgern leise Koseworte ins Ohr flüsterte, döste Juan wieder ein und träumte von den wundersamen Worten des Bruders.

»Sag mir noch etwas«, sagte Juan, als er erneut erwachte, »hast du Mariposa wirklich geliebt? Ich meine, so richtig und wahrhaftig?«

José stieß ein leises Lachen aus. Er spürte, daß in diesem Augenblick Erde und Himmel durch sie beide miteinander sprachen. »Aber natürlich«, erwiderte er. »Warum fragst du das? Hast du auch ein Auge auf jemanden geworfen?«

»Nein, überhaupt nicht«, wehrte Juan traurig ab. »Ich frage nur, weil, na ja, die einzige Frau, die ich liebe, ist Mama, und ich kann mir überhaupt nicht vorstellen, wie irgend jemand noch eine andere Frau als seine Mutter lieben kann.«

José nickte lächelnd. »Wie alt bist du jetzt?« fragte er.

»Ich weiß nicht genau«, sagte Juan. »Ich glaube, acht oder neun. Mama hat gesagt, daß ich so überraschend auf die Welt kam, daß sie vergessen hat, das Jahr aufzuschreiben. Aber sie ist ganz sicher, daß ich am achtzehnten August geboren wurde.«

»Gut«, sagte José, »gehen wir mal davon aus, daß du neun Jahre alt bist. Dann kann ich zu dir sprechen, wie zu einem richtigen Mann. Einverstanden?«

»Klar«, antwortete Juan entzückt, der sich sogleich älter und reifer fühlte. Er vermutete insgeheim, daß er eher sieben oder acht war; plötzlich für neun gehalten zu werden, war wie ein unerwarteter Schritt ins Mannesalter.

Sie hörten das Atmen der Schlafenden, die neben ihnen auf dem Boden lagen. Das Feuer war lange heruntergebrannt, und durch die zerfallenen Lehmmauern des Hauses wurden immer mehr Sterne am Himmel sichtbar.

»Siehst du die Sterne dort oben?« fragte José. »Siehst du, wie sie sich gegenseitig Licht geben und den ganzen Himmel erhellen?«

»Ja«, erwiderte Juan und folgte dem Blick des Bruders.

»Nun, ein paar Nächte, bevor er starb, besuchte ich unseren Großvater, und er sagte zu mir, daß es genau das sei, was wir alle sind: vorüberziehende Sterne, die einander für kurze Zeit auf dieser Erde etwas Licht schenken.« Er seufzte bei der Erinnerung an den geliebten Großvater. »Und dieses Licht, das wir einander geben, nennt man Liebe«, schloß er.

»Dann ist all das Licht, das wir am Himmel sehen, Liebe?« fragte Juan und blickte mit neu erwachtem Interesse zum Himmel.

»Richtig«, bestätigte José. »Weißt du, sobald der Mensch den Leib der Mutter verläßt, tritt er in ein Leben voll Einsamkeit und Finsternis, so lange, bis er der Liebe begegnet, und dann – auf einmal – beginnt die Welt zu leuchten!« Tränen traten in Josés Augen. »Glaub mir, es ist wie Magie; plötzlich findest du dich von strahlendem Licht umgeben wieder, genau wie die Sterne über uns.«

»Und das geschieht, wenn man sich verliebt? Das muß ja toll sein.«

»Das ist es. Und mit etwas Glück wirst auch du eines Tages erfahren, wie es ist, wenn ein Mann und eine Frau einander finden und … sich lieben. Die Berührung von Mariposas Haut, ihr Duft … glaub mir, es gibt nichts Vergleichbares auf dieser Welt.«

Juan war zutiefst beeindruckt. So hatte noch niemand zu ihm gesprochen. Doch dann fiel ihm ein, wie albern seine Schwester Luisa und José Luis sich vor ihrer Hochzeit aufgeführt hatten. Und er dachte an seine Eltern; bis zu dem Tag, an dem José mit seiner Bande davongeritten war und der Vater ihm den 45er Colt geschenkt hatte, wäre Juan nie auf die Idee gekommen, daß die beiden sich liebten. Doch als sie an jenem Tag Arm in Arm nebeneinander gingen, hatte es jeder erkennen können.

»Also, ich will das gar nicht erleben«, sagte Juan. »Der einzige Mensch, den ich immer lieben werde, ist Mama!«

José verkniff sich ein Lachen und sagte: »Ich bin froh, daß du so empfindest. Schließlich bist du ja auch erst neun Jahre alt. Die Liebe, die du heute für Mama empfindest, ist wie eine Vorbereitung für die Liebe, die du als erwachsener Mann einmal der Frau deines Herzens schenken wirst.«

»Aber meine Liebe zu Mama ist keine Vorbereitung«, widersprach Juan ärgerlich. »Ich liebe Mama wirklich!«

José seufzte leise. Ihm war bewußt, daß er den kleinen Bruder mit diesem Gespräch vielleicht überforderte und daß sie womöglich die anderen aufweckten, aber er wußte auch, daß ihm nicht mehr viel Zeit blieb. Im Morgengrauen würde er aufbrechen müssen. Möglicherweise waren der Colonel und seine Männer bereits unterwegs, um ihn auf dem Weg in die Vereinigten Staaten abzufangen. Am Tage seiner Entlassung war der Colonel nicht in der Stadt gewesen, und bestimmt war er außer sich vor Wut geraten, als er davon erfahren hatte. José konnte sich nicht erklären, welcher Teufel den armen *coronel* ritt, aber daß es ihm nicht gelungen war, Josés Willen zu brechen, hatte ihn fast um den Verstand gebracht.

José mußte an Prinz Cuauhtemoc denken, den Neffen des Aztekenherrschers Montezuma. Die spanischen Eroberer hatten ihn wochenlang gequält, und selbst als sie ihm die Fußsohlen verbrannten, war es ihnen nicht gelungen, seinen Willen zu brechen. Was war nur los mit diesen Europäern, die an ihren Ufern gelandet waren? Ihr Leben schien nur aus der unermüdlichen, verbissenen Gier nach Gold und Macht zu bestehen. Kannten diese Menschen denn überhaupt keine Vernunft, kein Vertrauen zu ihrem eigenen Gott?

»Hör zu, Juan«, sagte José, »ich werde dir jetzt ein paar Dinge erklären, die dir vielleicht nicht gefallen werden. Unser Vater ist fort, Domingo ist ebenfalls weggegangen, und vielleicht kehren sie ja alle unversehrt zurück; vielleicht aber auch nicht.« Er atmete so flach wie möglich. Bei jedem Einatmen hatte er das Gefühl, seine Lungen müßten zerplatzen. Hätte die Mutter ihn auf dem Weg nach Hause nicht gezwungen, diese ekelhaften Wurzeln zu kauen, hätte er es wahrscheinlich nicht zurück über die Berge geschafft. Die Wurzeln hatten den Schmerz betäubt und ihn bei Kräften gehalten.

»Ich weiß, daß du unsere Mutter wirklich liebst«, fuhr er fort. »Aber ich weiß auch, daß du älter werden und Dinge tun wirst, von denen du nie geträumt hast. Du wirst sehen, Juan, daß das ganze Leben – bis zu dem Augenblick, da wir jene Liebe erfahren, die nur für uns bestimmt ist – eine Vorbereitungszeit ist.

Was glaubst du, warum der Colonel so außer sich war, als er sah, was Mariposa und ich für einander empfanden, hm? Der arme Mann vergaß sich so weit, daß er letztendlich sogar tötete, was er liebte, Gott möge ihm vergeben.« Tränen rannen über Josés Gesicht. »Und was glaubst du, warum unsere Eltern zusammengeblieben sind, obwohl sie einander so viel Leid zufügten? Weil Liebe – die wahre Liebe unter Erwachsenen – das Objekt einer tiefverwurzelten Sehnsucht ist, die uns treibt von dem Augenblick, da wir den Schoß unserer Mutter verlassen. Unsere Kindheit und Jugend – mit all ihren geheimen Wünschen und Hoffnungen – ist die Vorbereitung auf die Erfüllung dieser Sehnsucht, die entweder das höchste Glück unseres Lebens oder aber unser größtes Verhängnis wird.«

José hielt hustend und würgend inne. Rasch führte er wieder den Fetzen vor den Mund. Ein ekelhafter Geruch, der an die faulig-süßen Gase erinnerte, die einem frisch geöffneten Schweinemagen entströmten, stach Juan in die Nase.

»Glaub mir, *hermanito*«, fuhr José zwischen Hustenanfällen fort. »Ich war wie gelähmt vor Angst, weil ich einen Tag später hängen sollte ... bis ich mir plötzlich vergegenwärtigte, was *papá grande* mir gesagt hat: daß Liebe unzerstörbar ist. Auf einmal wußte ich, daß meine Seele nicht sterben würde, wenn sie mich hängten, ich würde nur endlich frei und bis in alle Ewigkeit mit Mariposa vereint sein. Und plötzlich fiel die Angst von mir ab; ich fühlte mich geradezu unverwundbar! Sollten sie mich ruhig schlagen, mich töten, mir meine Männlichkeit nehmen und mich mit dem Brenneisen foltern, so wie sie es mit Cuauhtemoc getan hatten, aber sie würden mich nicht brechen, denn die Liebe, die meine Seele erfüllt, die würden sie mir niemals nehmen können!«

Juan spürte, daß sein Bruder aus tiefster Überzeugung sprach. »Willst du damit sagen, daß die Liebe zu Mariposa dir dabei geholfen hat, so stark und mutig zu sein?« fragte er, insgeheim der Meinung, daß dies das Verrückteste war, das er je gehört hatte.

»Ja«, erwiderte José, »durch Mariposas Liebe bin ich so stark und mutig wie nie zuvor geworden!«

»Aber wieso sagen die *muchachos* dann dauernd, daß dieser oder jener weich im Hirn geworden sei, weil er sich verliebt hätte? Und wieso machen sich die anderen Männer immer über einen Mann lustig, wenn er beabsichtigt zu heiraten?«

»Weil sie Angst haben, Juan.«

»Aber Domingo behauptet zum Beispiel immer, er kenne das Wort ›Furcht‹ nicht einmal.«

José seufzte. »Es tut mir leid, das sagen zu müssen, aber Domingo ist ein Lügner. Was glaubst du, wieso er jetzt nicht hier ist, und wieso unser Vater nicht hier ist?« José wußte, daß er zu weit ging, aber jetzt konnte er nicht mehr zurück. »Glaub nicht, daß ich Domingo und Papa nicht liebe«, fuhr er fort, »aber, so wahr mir Gott helfe, was die Liebe angeht, sind die meisten Männer Lügner! Weil es das ist, was sie am meisten fürchten. Denn es erfordert Mut, zu lieben, Juanito. Sein Herz zu öffnen und zuzugeben, daß man liebt, erfordert wirkliche *tanates*.

Ich war zwölf Jahre alt, Juanito, als der Mann, den ich am meisten auf der Welt liebte, mich aus meinem Elternhaus verbannte. Es war, als hätte der liebe Gott selbst mich verleugnet! Aber ich bin mir nicht selbst in die Falle gegangen, unseren Vater deswegen zu hassen. Ich bin auch nicht fortgegangen, sondern habe hier ausgeharrt, so beharrlich, wie du dich an jenem Tag an die Fesseln von Four White Stockings geklammert hast. Ich habe unserem Vater immer wieder vergeben, obwohl es weh tat! Aber ich habe mich dazu gezwungen, weil ich nicht, wie er, von Haß erfüllt enden wollte!

Also laß dir niemals weismachen, daß Liebe etwas für Schwächlinge ist und daß nur Narren heiraten. Ich hätte Mariposa liebend gern geheiratet! Jeden Tag habe ich sie darum gebeten. Aber sie hat immer gesagt, ich sei zu jung für sie.« Er wischte sich die Tränen fort. »Oh, mein Gott, ich könnte schwören, daß sie mir sagen wollte, daß sie nun doch dazu bereit sei, in jener Nacht, als der Colonel und seine Männer sie …«

Er verstummte und schloß die Augen, als er sich die gräßliche Szene vorstellte.

Juan beobachtete schweigend, wie die Tränen über die dunklen Züge seines Bruders strömten. Langsam verstand er, daß all dieses Gerede von Liebe durchaus einen Sinn ergab.

»Ich hab' dich lieb, José«, sagte er, »und ich verspreche dir, daß ich auch eines Tages so lieben werde wie du, und ich werde niemals so hassen wie unser Vater.«

Zwei kleine Wolken zogen am Himmel entlang. Die beiden Brüder sahen sich lächelnd an. Dann schmiegten sie sich eng aneinander und glitten – behütet von ihren beiden Schutzengeln – hinüber in den Schlaf.

Nebenan, hinter der zerfallenen Mauer, lagen Doña Margarita, Emilia und Luisa in Decken gehüllt. Doña Margarita war hellwach und blickte zum Himmel empor. Das Gespräch ihrer beiden Söhne hatte sie zu Tränen gerührt. Stolz durchflutete sie, und gleichzeitig wurde sie von Verzweiflung erfüllt, wenn sie daran dachte, welche Last die beiden durch die Qualen ihrer Eltern zu tragen hatten. José hatte den Nagel auf den Kopf getroffen, als er sagte, daß die Liebe entweder das höchste Glück eines Menschen oder aber dessen Verhängnis werden konnte. Ihr eigener Vater, Don Pío, hatte sie davor gewarnt.

Er hatte gewußt, daß Juan Jesús nicht auf Gottes Wegen wandelte, sondern vom Teufel getrieben wurde und Zwietracht unter seinen eigenen Söhnen säen würde.

Die alte Frau wischte sich die Tränen ab. Sie fühlte sich verantwortlich für das Leid, das ihre Kinder durchmachen mußten; doch *Dios mío,* sie würde es wieder genauso machen, sie würde Juan Jesús wieder heiraten, denn sie hatte ihn geliebt und – so wahr ihr Gott helfe – sie tat es noch!

Mit zitternden Händen griff sie nach ihrem Rosenkranz, um im Zwiegespräch mit Gott Trost zu finden. José hatte ganz richtig erkannt, daß es nur die Liebe war, wonach jedes menschliche Wesen auf dieser Welt sein Leben lang suchte. Und wer glaubte, daß ein prächtiges Pferd, eine große Ranch oder Berge von Gold diesen Hunger stillen konnten, hatte die wahre Bedeutung des Lebens verkannt.

Denn schon der Schöpfung, als Gott alle Dinge als Paar erschuf – den Himmel und die Erde, die Sonne und den Mond –, hatte ein weitsichtiger, allumfassender Plan zugrunde gelegen, der darin bestand, daß jedes Wesen, ob männlich oder weiblich, eines Tages seine zweite Hälfte finden würde, um sich mit ihr zu einer harmonischen Einheit zu verbinden. Und am Tag des Jüngsten Gerichtes würde kein menschliches Wesen mehr über ein anderes richten können, da ihre Seelen sich durch die Liebe mit dem Allmächtigen vereint hätten.

Aber welch innere Kämpfe hatte sie – genau wie José – ausgefochten, um zu dieser Einsicht zu gelangen, und nun würde es auch für Juan nicht leicht werden. Die armen Jungen! Mit ihrem Entschluß, Don Juan zu heiraten, hatte sie ihren gemeinsamen Kindern wahrhaftig eine schwere Bürde aufgeladen. Von den Kindern, die sie zur Welt gebracht hatte, hatten sieben Söhne und sieben Töchter das Erwachsenenalter erreicht – und nun waren ihr nur noch diese beiden Jungen und Luisa und Emilia geblieben.

»Vergib uns, Gott«, flüsterte sie unter Tränen. »Vergib uns für die Sünden, die wir im Namen der Liebe an unseren Kindern begehen!«

6

Tanzen und singend vereinigten sich die Geister der Erde und des Himmels in leidenschaftlichem Fieber, und Fieber regierte die Welt, bis das Goldene Zeitalter Gottes bedingungslose, allumfassende Liebe regnen ließ.

Juan schreckte aus dem Schlaf hoch, als José sich neben ihm unter krampfartigen Hustenanfällen wand. Auf die Ellenbogen gestützt, krümmte er sich vor Schmerzen, und der faulige Geruch der undefinierbaren, blutigen Substanz, die er unaufhörlich ausspuckte, drehte Juan fast den Magen um.

»Was ist los, José?« fragte Juan. »Das riecht ja ekelhaft!«

»Nichts«, keuchte José und preßte sich einen Stoffetzen vor den Mund.

»Stirbst du etwa?« bohrte Juan weiter.

Die Mutter, die seine Frage auf der anderen Seite der Mauer vernommen hatte, griff sich erschrocken ans Herz.

José schluckte hart. »Ja«, antwortete er. »Aber das braucht niemand zu wissen, hörst du? Ich will nicht, daß Mama oder unsere Schwestern sich noch mehr aufregen.«

Juan preßte die Hände auf den Mund, um nicht laut aufzuschreien. Er nickte. »Ja, ich verstehe.«

»Gut«, sagte José. »Hilf mir, aufzustehen. Die Sonne geht bald auf, und es gibt noch ein paar Dinge, die ich dir sagen muß.«

Er verdrehte vor Schmerz die Augen. »Verdammt! Es sieht ganz so aus, als ob du, das Baby der Familie, bald der einzige Mann im Hause sein wirst.«

Tränen traten in Doña Margaritas Augen, und sie schlug verzweifelt die Hände vors Gesicht. Das letzte, was sie sich wünschte, war, daß ihr Jüngster sich nun allein für die Familie verantwortlich fühlen sollte. Genau diese Last war es doch gewesen, die Don Juan mehr und mehr in Panik versetzt und die nun auch José ins Verderben getrieben hatte. In ihrem blinden Ehrgeiz, den Helden zu spielen, benahmen sich Männer wie Narren, und anstatt Gott zu vertrauen, meinten sie, alles selbst in die Hand nehmen zu müssen.

Dennoch gab Doña Margarita keinen Ton von sich. Sie würde Josés Entscheidung respektieren. Stumm wischte sie sich die Tränen fort. Was war nur in Gott gefahren, daß er sie und ihre Familie immer wieder für seine großartigen Pläne einsetzte und ihnen solch herzzerreißendes Elend aufbürdete. Sie würde sich gleich heute seine Mutter, die Jungfrau Maria, einmal vorknöpfen, um ihr ordentlich die Meinung zu sagen. Was zuviel war, war zuviel, verdammt noch mal!

José, dem es inzwischen endlich gelungen war, aufzustehen, war kaum in der Lage zu laufen. Auf die Schulter des kleinen Juan gestützt, setzte er vorsichtig einen Fuß vor den anderen, während sie das zerstörte Haus verließen und das Kopfsteinpflaster überquerten. Juan fühlte, wie der Körper des Bruders sich bei jedem Atemzug vor Schmerz zusammenkrampfte.

Im Schutz der Dunkelheit führten der Colonel und etwa ein Dutzend Männer ihre Pferde lautlos den bewaldeten Hang hinauf. Diesmal hatte der Colonel nur wenige, erstklassig ausgebildete Männer, die furchterregende Bluthunde mit sich führten, ausgewählt, in der Hoffnung, dieses Pack, das sich ihm so unerbittlich widersetzt hatte, ein für allemal zu vernichten.

Die prächtigen, großen Hunde trugen messingbeschlagene Maulkörbe aus Leder. Es waren reinrassige Tiere, die dem Colonel von einem der deutschen Militärberater, die im Lande weilten, zur Verfügung gestellt worden waren. Die Berater waren in der Absicht nach Mexiko gekommen, die mexikanischen Revolutionsarmeen zu einer mächtigen Kampfeinheit zu vereinigen, mit deren Hilfe sie die Vereinigten Staaten angreifen wollten. Auf diese Weise sollten die Amerikaner daran gehindert werden, in den Krieg, der in Europa schwelte, einzugreifen.

Nach einer kleinen Weile machten die Männer halt, um die Tiere zu tränken. Der Colonel preßte die Hand auf den Magen und entfernte sich ein paar Schritte, bis er einen Baumstamm fand, der ihm für seine morgendliche Darmentleerung geeignet schien. Der erste Streifen des anbrechenden Tageslichtes erhellte gerade den Horizont, und während er zufrieden dem geschäftigen Treiben seiner Männer lauschte, löste der Colonel seinen Revolvergürtel und ließ die Hosen herunter.

Er konnte nicht wissen, daß ein Paar runde, schwarze Augen ihn aufmerksam beobachtete. Juans Freund, der kleine Pelón, hatte sich beim Geräusch der näherkommenden Soldaten zwischen dem dichten Blattwerk der Eichen verborgen und befand sich nun kaum fünf Meter vom Colonel entfernt. Während er gebannt verfolgte, wie der Colonel die Hosen herunterließ und seinen mächtigen, weißen Hintern über den umgefallenen Baumstamm hievte, bemerkte er entsetzt, daß ein Stück seines eigenen rechten Beines aus seinem Versteck herauslugte. Panik erfaßte Pelón. Was, wenn der Colonel sich umdrehte und ihn entdeckte? Zu allem Überfluß erschien jetzt auch noch einer der Männer des Colonels und schritt, genau in Pelóns Richtung, auf den Colonel zu.

»*Mi coronel*«, begann der Soldat, »es wird Sie vielleicht interessieren, daß einer unserer Indioführer entdeckt hat, daß ...«

»Kann das nicht warten?« fauchte der Colonel, der sich offensichtlich unbehaglich fühlte. »Kann man nicht mal in Ruhe scheißen? Mach, daß du hier verschwindest! Los! Trefft gefälligst auch mal selber eine Entscheidung!«

Der Mann salutierte mit unbeteiligtem Gesicht und entfernte sich. Pelón wagte wieder zu atmen, und im selben Moment begann der Colonel geräuschvoll und ausgiebig zu furzen und zu kacken. Der Gestank, den er dabei verbreitete, war so bestialisch, daß der arme Pelón beinahe ohnmächtig wurde.

José und der kleine Juan hatten inzwischen die Koppeln erreicht. Als José erschöpft stehenblieb, um Luft zu holen, drehte Juan betreten den Kopf weg. Dem Atem des Bruders haftete wahrhaftig der Gestank des Todes an.

»Von heute an mußt du Stärke und Mut beweisen,« keuchte José unter Schmerzen, »und so schnell wie möglich lernen, *un macho de los buenos* zu sein, so wie einst Don Pío. Tu nie etwas, was dich oder den Rest unserer Familie gefährden könnte! Hast du verstanden, hm? Ich verlasse mich auf dich!« Ungerührt der Tränen, die über Juans schmales Gesicht kullerten, fuhr José fort. »Was meinst du, weshalb eine schöne, junge *India* wie Herlinda unseren Großvater so rückhaltlos liebte? Einen Mann, der sechzig Jahre älter war als sie? Weshalb sie sein Kind gebären wollte und nicht das Kind irgendeines der gutaussehenden, jungen Burschen, die hinter ihr her waren? Ich kann dir sagen, weshalb. Eine clevere Frau wünscht sich einen wahren Krieger zum Mann, einen, der den Mut hat zu lieben, und zwar von ganzem Herzen, und der ihrem Heim Wärme und Sicherheit gibt. Und genau das ist es, was du werden mußt: ein wahrer Krieger, der unser Heim beschützt und *nuestra familia* Wärme spendet.

Weißt du, Juan«, fuhr José fort, während der Himmel über ihnen heller wurde, »die meisten Männer sind sich ihrer Männlichkeit nicht sicher, deshalb suchen sie stets die Gefahr und zerstören damit sich selbst und andere. Männer wie Don Pío dagegen, die nicht von derartigen Selbstzweifeln geplagt werden, sind – selbst während einer Schlacht – in der Lage, das Beste aus ihren Soldaten herauszuholen. Die Zuversicht, die sie ausstrahlen, färbt auf alle ab. Solche Männer sind ein Segen für ihre Mitmenschen und ihre Familien. Es sind Männer des Lebens, keine wilden Bestien, die Haß und Tod verbreiten, so wie der Colonel und seine Mörderbande!«

Eine Brise kam auf, und die letzten Sterne verblaßten am Himmel. Für den kleinen Juan bestand kein Zweifel, daß sein Bruder zu wahrer Weisheit gelangt war.

»Männer sind wie das Feuer, Juan. Unter richtiger Leitung können sie die Großartigkeit eines Jesus Christus erlangen, der, wie du ja weißt, auch eine verdammt strenge Mama hatte. Aber Männer neigen nun einmal auch dazu, in Schwierigkeiten zu geraten, sie lieben den Streit, die rastlose Unruhe und wenn sie nicht von Kindesbeinen an eine strenge Hand gespürt haben, lernen sie niemals, ihr Temperament und ihre Stärke zum Wohl von *la familia* einzusetzen; sie entwickeln sich zu arroganten Tyrannen, die nur ihr eigenes Vergnügen und ihren Ehrgeiz im Kopf haben, statt sich um ihre Lieben zu kümmern. Genauso war es auch mit Camacho. Er war eigentlich ein guter Kerl. Aber er war so fixiert darauf, reich zu werden, daß er, statt Mariposa einfach zu lieben, sie für alles verantwortlich machte, was ihm mißlang. Versprich mir, daß du niemals vergißt, wie man Liebe schenkt, Juan. Daß du immer an erster Stelle ein Mann der Liebe sein wirst, ganz gleich, was auch geschieht!«

»*Te juro*«, versprach Juan unter Tränen und rieb sich mit seinen schmutzigen Fingern die Augen. »Ich verspreche es von ganzem Herzen.

Der Colonel putzte sich den Hintern ab und warf den Stoffetzen anschließend hinter sich, so daß dieser um ein Haar auf Pelóns halb entblößtem, rechtem Bein gelandet wäre. Starr vor Entsetzen verfolgte Pelón, wie der große Mann sich erhob, seine Hose hochzog und seinen Revolvergurt wieder umschnallte. Die übrigen Männer warteten bereits auf den Aufbruch. Einer der Soldaten brachte das Pferd des Colonels. Pelón schickte ein Stoßgebet zum Himmel, damit sie nicht über ihn hinwegtrampelten. Der Colonel schaffte es kaum, auf sein Pferd zu klettern. Da es inzwischen heller geworden war, konnte Pelón erkennen, daß der Colonel ganz und gar nicht wohl aussah. Er wirkte gealtert und aufgedunsen, wie ein kranker, alter Bulle.

»Es war bestimmt kein Zufall, daß du damals in jener Vollmondnacht derjenige warst, der den Teufel beschwor, und daß du heute der einzige Mann bist, der von unserer Familie übrig ist«, sagte José zu seinem kleinen Bruder. »Genausowenig, wie es Zufall war, daß ich den ganzen Zorn unseres Vaters zu spüren bekam, aus dem Haus verbannt wurde und schließlich derjenige war, der den ersten Schritt zu unserer Versöhnung tat. Denn, Juan, es gibt keine Zufälle im Leben. In der Sprache unserer Vorfahren existiert das Wort ›Zufall‹ nicht einmal. So sieht das Volk unserer Mutter das Leben. Ganz gleich, welche Schicksalsschläge dir auferlegt werden, die Sterne hören niemals auf, deinen Lebensweg zu beleuchten. Daher darf ein Mensch nie aufhören zu lieben, damit

Haß und Bitterkeit nicht von ihm Besitz ergreifen können. Wir müssen Menschen wie unserem Vater oder dem Colonel vergeben, denn sie wissen nichts von all diesen Dingen. Begreifst du das?«

»Ja, irgendwie schon«, antwortete Juan, dessen kleines Herz wie verrückt pochte. »Aber hast du nicht dennoch manchmal das Gefühl, aus der Haut fahren zu müssen, José? Ich meine, ich wäre ja bereit, dem Colonel und seinen Männern zu verzeihen, aber erst, wenn sie alle tot sind und in der Hölle schmoren.«

José grinste und begann zu lachen, zuckte aber sogleich vor Schmerzen zusammen. »Klar geht's mir oft genauso, Juan«, gab er zu und faßte sich mit schmerzverzerrtem Gesicht an die Leiste. »Nichts hätte ich lieber getan, als dem Colonel Auge um Auge heimzuzahlen, was er Mariposa angetan hat. Aber Großvater hat mich davon abgehalten, indem er mir erklärte, daß der Colonel genau darauf wartet, um auch mich endlich umbringen zu können.

Nein, Juan«, fuhr er fort, »du und ich, wir beide müssen noch vorsichtiger sein als der Jaguar und die Prüfungen, die *la vida* uns auferlegt, mit größter Besonnenheit angehen. Anders wäre ich nie auf die Idee gekommen, den Außenposten des Colonels zu überfallen, um meine Leute mit Waffen zu versorgen. Nur wenn wir uns frei machen von Haß und Vergeltungswünschen, sind wir in der Lage, mit klarem Kopf zu denken. Erlegen wir den Kojoten, weil wir ihn hassen? Nein, *hermanito*. Wir wissen, daß ihm das Leben auf dieser Erde ebenso von Gott geschenkt wurde wie uns. Wenn wir also einen Kojoten oder jemanden wie den Colonel töten, dann geschieht es mit dem notwendigem Respekt um die Gegebenheiten des Lebens – niemals aus Haß.

Weißt du, anstatt die Wölfe in jenem kalten Winter in blinder Wut zu töten, hätte unser Vater viel von ihnen lernen können, wenn er respektiert hätte, daß auch sie Geschöpfe Gottes sind.«

Juan nickte. »Ja, ich weiß, was du meinst. Aber manchmal ist es so viel leichter, sich einfach Haß und Rachegefühlen hinzugeben.«

»Stimmt«, erwiderte José, »zu hassen ist immer der einfachere Weg. Zu lieben erfordert weit mehr Kraft, besonders in harten Zeiten.«

Mit Tränen in den Augen legte Juan seine Rechte auf die rechte Hand des Bruders. »Ich liebe dich sehr, José, und ich verspreche dir, daß ich versuchen werde, niemals zu hassen. Ich werde nie aufhören, zu lieben und gut für *nuestra familia zu* sorgen.«

José sah seinen kleinen Bruder lange an und schloß ihn dann langsam in die Arme. »Ich glaube dir, Juan. Und ich bin sicher, daß ich mich auf dich verlassen kann. Du warst kein ungewolltes Kind, glaub mir, davon bin ich fest überzeugt!« fügte er hinzu.

»Hat das denn irgend jemand gesagt?« fragte Juan.

José lächelte nur. »Nein, natürlich nicht«, log er. »Wir alle waren bei deiner Geburt dabei und haben dich sofort in unser Herz geschlossen, klein, dunkel und verschrumpelt, wie du warst.«

Er drückte den kleinen Bruder fest an sich. Juan spürte, daß José ihm nicht die Wahrheit gesagt hatte, doch er schwieg und erwiderte die Umarmung des Bruders.

Am Geräusch der Pferdehufe im hohen Gras und dem sich entfernenden Quietschen der ledernen Sättel erkannte Pelón, daß der Colonel mit seinen Männern aufgebrochen war. Als er sicher war, daß sie die Weide hinter sich gelassen hatten und zwischen den Bäumen verschwunden waren, spitzte er die Ohren und ließ seinen Blick vorsichtig umherschweifen, wobei er jedoch peinlichst darauf achtete, den Kopf nicht zu bewegen. Erst als er hörte, daß die Soldaten sich immer weiter entfernten, erhob er sich Stück für Stück aus seinem Versteck zwischen den Eichenblättern. Doch plötzlich, nur wenige Meter entfernt – erblickte er einen Indio, der reglos auf seinem kleinen, braunen Gaul saß.

Pelón erstarrte und wagte nicht zu atmen, während er dem Indio Auge in Auge gegenüberstand. Dann grinste dieser, nickte ihm kurz zu und wendete wortlos sein Pferd, um die Gruppe des Colonels einzuholen.

Pelón ließ sich fassungslos zurück ins Laub fallen, als ihm bewußt wurde, daß er einem äußerst geduldigen Späher auf den Leim gegangen war. Er hoffte inständig, daß der Indio ihn nicht an den Colonel verraten würde.

Rasch kniete er sich hin und betete im sanften Licht der ersten Sonnenstrahlen, die durch die Bäume fielen.

José und Juan lagen sich noch in den Armen, als der sonderbare Ruf eines Vogels erscholl. Die beiden Brüder lauschten alarmiert. Noch einmal ertönte der fremdartige Ruf.

José entspannte sich. »Antworte ihnen«, sagte er, »ich habe keine Kraft dazu.«

Juan holte tief Luft und erwiderte das Pfeifen, das sie soeben vernommen hatten. Sein Zeichen wurde sofort beantwortet, und schon tauchten zwei von Josés Männern mit Two White Stockings aus dem Wald auf. Es waren Jorge und Manuel, die beiden ältesten Brüder Pelóns. Sie saßen ab, begrüßten José und teilten ihm sogleich mit, daß man den Colonel gesichtet habe.

»Diesmal kommt *El Coronel* nur mit etwa einem Dutzend Männern, dafür haben sie aber Hunde dabei«, berichtete Jorge. »Es sind ziemlich große Viecher, hab' noch nie so welche gesehen. Aber mach dir keine Sorgen. Wir haben schon eine kleine Überraschung für sie vorbereitet. Ein paar Hornissennester, du weißt schon, solche, mit denen wir als Kinder die Wölfe verjagt haben.«

Die beiden Brüder brachen in Gelächter aus. In den vergangenen Jahren hatten sie fast alle Tricks, die sie sich als Kinder ausgedacht hatten, am Colonel und seinen Männern ausprobiert.

»Komm schon«, sagte Jorge zu José. »Sie werden ein leichtes Ziel abgeben, wenn sie versuchen, sich gegen die Hornissenschwärme zu wehren.«

José schüttelte den Kopf. »Ich kann nicht mit euch kommen«, sagte er.

»Was meinst du damit, du kannst nicht mitkommen?« fragte Jorge.

»Meine Mutter hat ihnen ihr Wort gegeben, daß ich nie wieder kämpfen werde, und außerdem bin ich nicht einmal mehr in der Lage zu reiten.«

»Aber José, wir haben die ganze Zeit auf dich gewartet«, sagte Manuel.

José preßte die Lippen zusammen und wandte sich an Juan. »Du gehst jetzt besser zurück, Juan. Sag Mama und den anderen *adiós* von mir. Geh schon.«

»Aber ...«

»Kein aber, Juan. Wir haben alles besprochen. Dein Leben liegt noch vor dir, und es wird unsere kühnsten Träume noch übertreffen. Du brauchst mich nicht mehr, Juan, genau wie diese Männer hier nicht mehr auf mich angewiesen sind. Wir sind jetzt diejenigen, die dich brauchen, Juan. Du mußt dein Leben leben, für uns alle.«

»Aber José«, sagte Juan schluchzend, »ich will nicht, daß du uns verläßt!«

»Juan, ich verlasse euch nicht«, erwiderte José geduldig, aber mit fester Stimme. »Paß auf, geh zu der Stelle, an der Mama mit den anderen durch das Feuer getanzt ist. Ich garantiere dir, daß die Erde dort zu dir sprechen und dir helfen wird, das Wunder des Lebens zu begreifen und zu verstehen, daß keiner von uns dich jemals verlassen wird, *hermanito.* Wir werden immer an deiner Seite sein, solange deine Augen wirklich sehen und deine Ohren wirklich hören.

Also geh endlich, Juan. Ich mache mich jetzt mit Jorge und seinem Bruder auf den Weg!«

Damit wandte José sich an die beiden Gefährten seiner Kindheit. »Helft mir auf's Pferd, aber seid bitte vorsichtig.« José näherte sich Two White Stockings; er wartete, bis das Tier seine Witterung aufgenommen hatte und sog selbst den Geruch des großen Pferdes ein, während er ihm mit liebkosenden Worten über die Nüstern strich.

»Was soll das denn werden?« fragte Manuel, der jüngere der beiden Brüder, grinsend, als José das Pferd zu einem großen Felsbrocken führte. »Brauchst du neuerdings einen Stein, um aufs Pferd zu steigen? Du bewegst dich ja, als hätte dich einer kastriert!«

»Halt dein verdammtes Maul!« schrie Juan.

»Schon gut«, beruhigte ihn José. »Sie können es doch nicht wissen.«

Die beiden Brüder erblaßten bei seinen Worten.

»O mein Gott!« sagte Manuel. »Wir hatten ja keine Ahnung. Diese elenden Schweine! Diese verdammten Hundesöhne!«

»Das werden wir ihnen heimzahlen, José!« beteuerte Jorge und bekreuzigte sich. »Wir kriegen diese Bastarde, und wenn es das letzte ist, was wir tun!«

»Nein«, erwiderte José ruhig. »Hört auf damit. Ihr sollt leben, alle beide. Du und dein Bruder, ihr müßt auf euch acht geben, Jorge. Das Volk unserer Erde hat schon viel zu viele Tote zu beklagen.«

»Aber wir können sie doch nicht so einfach davonkommen lassen!«

»Komm, hilf mir lieber auf's Pferd, damit ich sehe, ob ich überhaupt in der Lage bin zu reiten«, sagte José.

Unter großer Anstrengung erklomm José den Felsblock, doch als er endlich oben war, gelang es ihm nicht, den Fuß in die Steigbügel zu setzen. Der Versuch, die Beine zu spreizen, verursachte ihm höllische Schmerzen.

Sofort waren die beiden Brüder bei ihm, um ihm zu helfen. Es kostete José schier unmenschliche Kraft, den Fuß in den Steigbügel zu setzen und das andere Bein über den Sattel zu heben, ohne ohnmächtig zu werden. Als er endlich aufsaß, liefen ihm Schweiß und Tränen übers Gesicht. Manuel hielt das Pferd fest an den Zügeln, um sicherzugehen, daß es keine Bewegung machte, bevor José bereit war. Auch er hatte Tränen in den Augen. Die Vorstellung, entmannt zu werden, erschien ihm noch tausendmal schlimmer als der Gedanke an den Tod.

»Na ja, wenigstens ist das kein Gringo-Sattel«, sagte José in dem Versuch, einen Scherz zu machen. »Und hinter dem Sattelhorn ist eine Spalte, dadurch habe ich etwas Spielraum, um ... oooh Gott, hilf mir!« Er zitterte vor Schmerz am ganzen Körper. »Gut, vorwärts!« sagte er.

Juan beobachtete, wie die anderen beiden sich auf ihre Pferde schwangen und die drei Reiter zwischen den Bäumen verschwanden. Tränen strömten ihm unablässig übers Gesicht. Er war oft bei der Kastration junger Schweine und Bullenkälber dabei gewesen und konnte sich die Schmerzen vorstellen, die sein Bruder nun bei jeder Bewegung des Pferdes verspüren mußte. Trotzdem saß José so stolz und aufrecht er konnte auf dem Rücken seines Hengstes. Juan wischte sich die Tränen fort und bekreuzigte sich.

»Lieber Gott«, flehte er, »bitte hilf ihm. Bitte, bitte steh meinem Bruder bei. Er ist der beste von allen. Und er glaubt an dich!«

Immer noch weinend kniete er nieder und bat Gott um Beistand. Er fühlte, wie sein Herz vor Zorn und Rachegelüsten anschwoll, jenen Gefühlen, vor denen ihn der Bruder gewarnt hatte. Dabei wollte er José auf keinen Fall enttäuschen. Auf einmal fiel ihm ein, daß er vergessen hatte, José vor Cousin Agustín zu warnen, der ihn vermutlich verraten hatte und zu diesem Zeitpunkt ebenfalls auf dem Weg in die Vereinigten Staaten war.

»José!« schrie er, sprang auf und rannte auf den Wald zu. »José! José! Es war wahrscheinlich Agustín, der dich verraten hat! José! José! Bitte komm zurück!«

Doch von den drei Reitern war keine Spur mehr zu entdecken, nur das Echo seiner eigenen Stimme hallte durch den Wald. Von einem Felsvorsprung aus stellte er schließlich fest, daß der Bruder den Wald längst verlassen hatte und weit unten die Ebene überquerte. Jorge und Manuel ritten voraus, auf die Felsschluchten zu, wohin der Colonel zweifellos in Kürze kommen würde.

»José!« schrie Juan. »José!« Er legte die Hände wie einen Trichter vor den Mund und schrie aus Leibeskräften, so daß seine kleine Stimme weithin schallte. »José! Jo-ooo-séééé! Ich liebe dich! Komm zurück!«

Beim Klang von Juans Stimme zügelte José sein Pferd, drehte sich um und sah weit über sich am Rande der Schlucht die winzige Gestalt. Er hatte jedoch keine Kraft, zurückzurufen oder auch nur zu winken, also sandte er dem kleinen Bruder nur einen stillen Gruß und setzte seinen Ritt fort. Wie gern wäre er umgekehrt; er war gerade zwanzig Jahre alt und hatte seine Heimat noch nie verlassen.

Kaum war José zwischen den Felsen verschwunden, ließ Juan sich verzweifelt zu Boden fallen und weinte hemmungslos. Wie konnte er nur vergessen, den geliebten Bruder zu warnen! Während er sich vor Selbstmitleid wand, fiel ihm plötzlich der Colonel wieder ein. Er sprang auf und rannte nach Hause. Er mußte doch die Mutter, die Schwestern und alle anderen so schnell wie möglich warnen. Jetzt war wahrhaftig keine Zeit für Selbstvorwürfe. Er mußte dafür sorgen, daß alle aus der Siedlung in ihre Verstecke verschwanden, damit es nicht noch mehr Blutvergießen gab.

»*El Coronel* ist im Anmarsch!« schrie er, während er den Hang hinaufrannte. »*El Coronel* kommt!« Zum Teufel, er hatte bereits versäumt, José vor Agustín zu warnen, so etwas würde ihm kein zweites Mal passieren. Aus vollem Halse schreiend, raste er zwischen den Bäumen hindurch heimwärts.

Doña Margarita hockte in dem kleinen Aborthäuschen und blickte gen Osten, wo die Sonne, das rechte Auge Gottes, allmählich am Horizont emporglitt, als Juans Rufe sie erreichten. »*El Coronel! El Coronel* ist auf dem Weg hierher! Wir müssen uns verstecken!

Wenige Wochen zuvor hätte die Erwähnung dieses Mannes Doña Margarita noch das Blut in den Adern gefrieren lassen. Doch jetzt, nachdem sie aus der Provinzhauptstadt zurückgekehrt war, wo sie erfahren hatte, auf welche bestialische Weise man ihren geliebten José mißhandelt und verstümmelt hatte, war alle Furcht von ihr abgefallen. Es gab nichts, was man ihr oder ihrer Familie noch antun konnte. *Nada.*

Und so hockte die alte, verhärmte Frau auf den blankgeriebenen Brettern des Aborts und sann darüber nach, daß im Grunde schon seit ihrer Hochzeit klar gewesen war, daß es eines Tages so kommen würde. Denn niemand, absolut niemand, konnte das Schicksal eines anderen beeinflussen. Selbst die große Mutterschlange – deren Geist ihr seit der Kindheit zur Seite stand – hatte ihr Leben für Don Juan gegeben bei dem Versuch, ihm den Weg von den Sternen zur Erde zu weisen. In strahlendem Licht war sie vom Himmel herabgestiegen, hatte Mutter Erde mit ihrem Glanz durchpflügt und sich Don Juan in all ihrer Herrlichkeit präsentiert. Doch dieser hatte ihr Liebeswerben – ihren Hochzeitstanz mit der Mutter Erde – verkannt und als Herausforderung verstanden, aber statt sein Leben zu nehmen, hatte sie zugelassen, daß er sie tötete.

Kackend und rauchend beobachtete Doña Margarita den Tagesanbruch und fragte sich, ob es nicht doch ein Fehler gewesen sei, Don Juan zu heiraten. Seine Geschichte war die Geschichte Mexikos; seitdem die Spanier dieses Land zum ersten Mal betreten hatten, war es Brauch geworden, daß der zweite Sohn, der keinen Anspruch auf das Erbe des Vaters hatte, sich aufmachte in diese Neue Welt, in der verbitterten Hoffnung, dort sein Glück zu machen und eines Tages den Vater und den Erstgeborenen an Reichtum zu übertrumpfen. Nun, dennoch hätte sie es nie für möglich gehalten, daß Don Juan sich jemals mit einem Mann wie dem Colonel anfreundete und diesem nur seine hellhäutigen Söhne vorstellen würde. So mußte der Colonel ja außer sich geraten, als er auf Luisas Hochzeit feststellte, daß der dunkelhäutige Indio an Mariposas Seite der Sohn seines blaublütigen, spanischen Freundes war.

Zu schwach, seinem kleinen Bruder noch einmal zuzuwinken, ritt José mit seinem Hengst über die Ebene und schließlich durch die kleinen Schluchten, hinter denen das weite Tal von Guanajuato begann. Er klammerte sich an das hölzerne Sattelhorn und kämpfte verzweifelt dagegen an, vor Schmerzen ohnmächtig zu werden.

Unter grölendem Gelächter hatten sie ihm wie einem Schwein die Genitalien abgeschnitten und ihm anschließend höhnisch seine Männlichkeit unter die Nase gehalten. Doch er hatte sich nicht abgewandt. Hände und

Füße mit Ketten an der Mauer gefesselt, hatte er ihren fixierenden Blicken standgehalten, als sie seine *tanates* den Hunden zum Fraß vorwarfen. Und die Furcht in ihren Augen, die sie so krampfhaft zu verbergen suchten, war ihm nicht entgangen.

Nicht außergewöhnliche Tapferkeit war es gewesen, die ihm die Kraft gab, dies alles zu ertragen, sondern die Tatsache, daß sein Bewußtsein jenen Zustand unendlichen Friedens erlangt hatte, den das Kaninchen erreicht, wenn der Kojote seine Kehle packt und es weiß, daß es seinen letzten Atemzug getan hat. So fiel auch von ihm die Angst ab, und er fühlte tief im Inneren, daß ihm nichts wirklich Schreckliches geschah, sondern nur der Kreis des Lebens seinen Lauf nahm. Er war das Kaninchen, das starb, um dem Kojoten Nahrung zu geben, so wie der Kojote starb, um sich mit der Erde zu vereinigen, aus der er als frisches, grünes Gras hervorsprießen würde, das den jungen Kaninchen als Nahrung diente. Erde und Himmel schenkten das Leben und nahmen es wieder, beides gehörte zum Zyklus des Daseins, jener unendlichen Reise, die uns eines Tages vor das Antlitz des Allmächtigen führt.

In diesem Bewußtsein ritt José auf dem Rücken von Two White Stockings – dem Sohn von Four White Stockings – gen Norden, und jeder Schritt des Pferdes sandte stechende Schmerzen durch seinen Körper. Doch er gestattete weder den Schmerzen noch dem Haß oder der Furcht, die Oberhand zu gewinnen. Um weiterzuleben, konnte er es sich nicht erlauben, vor Pein verrückt zu werden. Er wollte überleben, ohne von Bitterkeit oder Haß gelenkt zu werden. Er mußte an seinem Vertrauen zu Gott festhalten, denn er wollte seine Familie nachholen, sobald er sich hinter der Grenze niedergelassen hatte. Für falschen Stolz oder Zorn war jetzt keine Zeit. Schließlich floß in seinen Adern nicht nur das Blut des

Vaters, sondern auch das seiner Mutter – Blut aus dem Herzen der Erde, dazu bestimmt, diese verlorenen Seelen auf dieser Erde zu verwurzeln, die einst vom Himmel herabgestiegen waren und verlernt hatten, auf ihr Herz zu hören und deshalb stets von Bitterkeit und Haß erfaßt wurden, wenn das Leben nicht in den vorgeschriebenen Bahnen verlief. Arme Narren, sie waren schon so lange verloren, daß sie überhaupt nichts mehr wußten.

Während die Warnrufe ihres jüngsten Sohnes an ihr Ohr drangen, griff Doña Margarita nach einem Maiskolbenblatt, das sie zwischen den Händen rieb, um es geschmeidig zu machen, damit sie sich damit abwischen konnte. Jetzt im Morgengrauen lag der Tag noch düster und bedrohlich vor ihnen, doch Doña Margarita wußte, daß alles sich, dem Willen Gottes entsprechend, von selbst fügen würde, solange sie ihr Vertrauen nicht verlor.

Seit der Nacht des Feuertanzes war sie dreimal zu der Stelle zurückgekehrt, und während sie dort zu den Sternen um Schutz gebetet hatte, hatte sie das leise Beben des Bodens unter ihren Füßen deutlich gespürt. Denn wenn man wirklich inbrünstig betete, vermochte man den Himmel und die Sterne zu rühren, und sie griffen ein in das essentielle Dasein, reinigten das Althergebrachte und schafften Raum für den Neubeginn. Deshalb hatte der Himmel in der dritten Nacht sein Lied gesandt, die Erde war erzittert und die verborgenen Quellen im Inneren der Erde hatten unter ihren Füßen zu sprudeln begonnen. Das Universum hatte sie gesegnet und die Feuerstelle war zu einem gesegneten Ort geworden, ein geheiligtes Tor zum Herzen der Erde, jenem Ort der unteren Welt, an dem Jesus in den drei Tagen, bevor er gen Himmel fuhr, verweilte und an den jeder von uns kommt, um sich auf das Leben in Gemeinschaft der Sterne vorzubereiten.

Die alte Frau säuberte sich, warf das Maiskolbenblatt in das Loch des Aborthäuschens und schritt hinaus ins Licht des neuen Tages. Sie drückte einen Kuß auf das Kreuz ihres Rosenkranzes und sandte einen stummen Gruß an ihren Sohn José, der jetzt auf dem Weg nach Norden, in ein neues Leben, war. Nun fühlte sie sich gestärkt. Sie hatte sich mit ihrem Schatten vereinigt, zu Gott gebetet, dem Teufel eins geschissen und war bereit, diesem armseligen Colonel ein für allemal die Stirn zu bieten.

Jorge und Manuel verließen gerade die üppigen, immergrünen Chaparralsträucher, als sie ihre beiden Freunde erblickten. Beide krochen mit einem Hornissennest in der Hand behutsam auf einen Felsvorsprung zu, von dem sie die Nester auf den ahnungslosen Colonel und seine Männer hinabschleudern wollten. Jorge und sein Bruder stiegen rasch vom Pferd, griffen nach ihren Gewehren und schlichen durch das dichte Unterholz zwischen den Bäumen hindurch zu ihren *compadres,* die im Schutz des Gebüschs auf den Felsen lagen und beobachteten, wie der Trupp des Colonels sich näherte. Die beiden großen, pergamentartigen, gelben Hornissennester hatten sie am Abend zuvor gemeinsam eingeräuchert. Eine Kunst, die äußerster Geschicklichkeit bedurfte, wie sie im Laufe der Jahre schmerzhaft hatten feststellen müssen. Sie hatten herausgefunden, daß es am besten mit noch feuchten, brennenden Kuhfladen funktionierte, die besonders heiß wurden und daher heftig qualmten.

Der Colonel hatte mit seiner kleinen Gruppe und den sechs Hunden die Anhöhe erreicht. Nur der Colonel selbst und ein zweiter Mann waren zu Pferde unterwegs. Die Jungen frohlockten, dies war ein großartig gewählter

Hinterhalt. Wenn es ihnen gelang, eines der beiden Nester genau unter dem Pferd des Colonels aufplatzen zu lassen, würde das Tier vor Panik sofort durchgehen.

Jorge, sein Bruder und die anderen beiden jungen Männer konnten sich vor Aufregung kaum das Lachen verkneifen. Es war in der Tat so, daß all die Tricks, die sie sich als Kinder bei ihren Kriegsspielen ausgedacht hatten, sich jetzt im Kampf gegen die *rurales* bezahlt machten.

Die beiden Jungen, die der Pubertät kaum entwachsen waren, bereiteten sich darauf vor, aufzuspringen und die Nester auf den Colonel hinabzuschleudern. Sie wollten nicht mehr warten, bis der Trupp noch näher kam. Doch Jorge, mit seinen zwanzig Jahren der älteste der Jungen, schüttelte den Kopf. Er nahm eines der Nester in die Hand.

»Diese Hundesöhne haben José kastriert«, stieß er zwischen zusammengepreßten Zähnen leise hervor. »Ich will ganz sicher gehen, daß wir diesen *cabrón* diesmal erwischen!«

»*Orale*!« flüsterte einer der beiden anderen Jungen. Sie waren Brüder und neu in der Gruppe.

Sie kannten José noch nicht so lange wie die anderen, wußten jedoch bestens über seinen sagenhaften Ruf als Kämpfer und Kamerad Bescheid.

Der jüngere der beiden Brüder, er war gerade fünfzehn Jahre alt, bekreuzigte sich, und die vier Jungen krochen mit pochenden Herzen noch weiter, zwischen den Sträuchern hindurch, ein Stück den Hang hinab. Sobald der Colonel mit seinen Männern die Kuppe der kleinen Anhöhe erreicht hätte, würde es ein Leichtes für die Jungen sein, die Hornissennester auf die Männer samt ihren Kötern herabzuwerfen. Auf der Flucht vor den gefährlichen Stichen der gelbgestreiften Biester würden alle unweigerlich wild durcheinanderlaufen. Im Gegensatz zu ihren Verwandten, den Honigbienen, waren diese Insekten sehr wohl in der Lage, immer wieder zuzustechen, ohne dabei selber den Tod zu finden. Das Ganze war ein genial geplanter Schachzug, genau wie der großartige José es ihnen beigebracht hatte.

Alle vier Jungen waren bereit. Der Colonel war jetzt so nah, daß sie bereits den dampfenden Atem seines Pferdes sehen konnten. Auf ein Zeichen von Jorge sprangen sie gleichzeitig auf und schleuderten die Nester unter Freudengeheul auf die nur wenige Meter unter ihnen dahinziehenden Männer. Doch unglaublicherweise strömten die Hornissen nicht zu Tausenden aus ihrem Nest, wie die Jungen es so oft zuvor erlebt hatten, sondern lediglich ein paar der gelbgestreiften Insekten verließen vereinzelt und zögernd im Kreis schwirrend ihre Behausung. Absolut nichts, *nada,* geschah, und die Jungen standen fassungslos da und verteidigten sich so gut sie konnten mit ihren Revolvern gegen den Kugelhagel, den der Colonel und seine Männer ihnen entgegensandten.

Im Dämmerlicht des Morgens war nun deutlich zu sehen, daß der andere Reiter blondes Haar hatte. Ohne einen Schuß abzufeuern, hielt der Mann seinen Revolver in der Hand und beschränkte sich darauf, die Szene mit Interesse zu beobachten, während er mit beruhigender Stimme auf die Hunde einredete. Es war Captain Hans Kayser, der deutsche Militärberater, der sich bereit erklärt hatte, den Trupp des Colonels an diesem Morgen mit seinen Hunden zu begleiten.

Der Colonel verfolgte inzwischen unter dröhnendem Gelächter, wie die vier jungen Männer mit zerfetzten Körpern, das Erstaunen noch in den Gesichtern geschrieben, zusammensackten. Nicht eine ihrer Kugeln hatte ihn oder sein Pferd getroffen, obwohl er genau gesehen hatte, wie zwei der Jungen ihn ins Visier nahmen.

Doch wie durch ein Wunder hatten ihre Kugeln ihn verfehlt.

»Was für ein verdammtes Pech!« schrie der Colonel vergnügt, während er zu Captain Kayser hinüberritt. »Haben Sie gesehen? Wir haben sie alle erledigt. Der Trick mit den Hornissennestern hat diesen zurückgebliebenen Wilden diesmal auch nichts genützt! Darauf müssen wir einen trinken! Inzwischen kann mein Diener uns ein kleines Frühstück zubereiten! So ein Kampf macht doch wahrhaftig hungrig!«

Der Deutsche schien nicht sonderlich beeindruckt. Er hatte die Berichte des Colonels mit äußerster Sorgfalt gelesen. Und da er wußte, daß Soldaten von Natur aus logen – sie übertrieben entweder, was die Bewaffnung ihrer Feinde anging oder bei der Anzahl ihrer eigenen Siege –, konnte er sich leicht ausrechnen, daß dies wahrscheinlich der erste Hinterhalt war, bei dem der Colonel und seine Männer über diese Jungen aus den Bergen triumphiert hatten.

Der Colonel zog eine Schnapsflasche hervor und nahm ein paar kräftige Züge, während sein Diener ein kleines Feuer entfachte. Der Deutsche saß ab und führte die Hunde, deren mächtige Köpfe ihm fast bis zur Brust reichten, zu den Leichen der vier Jungen, damit sie sich mit der Witterung der Einheimischen vertraut machten. Als er entdeckte, daß einer der Jungen noch lebte, zog er die Hunde zurück und zielte mit seinem Revolver auf dessen Kopf.

»Oh nicht! Nein!« schrie der Colonel, der ihm zugesehen hatte. »Erschießen Sie ihn nicht!«

»Aber er ist schon so gut wie tot. Dem ist nicht mehr zu helfen«, sagte der Captain.

»Wer sagt denn, daß ich ihm helfen will?« erwiderte der Colonel und kam grinsend näher. »Jetzt habe ich endlich die Gelegenheit, Ihnen etwas beizubringen, Captain. Damit Sie sehen, daß wir Spanier bei der Behandlung der Einheimischen wahres Genie entwickelt haben!«

Der hochgewachsene Colonel reichte seinem deutschen Begleiter die Schnapsflasche und nahm anschließend selbst noch einen kräftigen Zug.

»Gib dem da etwas Wasser!« sagte der Colonel zu seinem Sergeant und deutete auf den Jungen, der noch schwach atmete. »Und sorg dafür, daß er wieder zu Bewußtsein kommt, damit er zusehen kann, wie wir ihm die Eier abschneiden und …«, er lachte vergnügt, »sie unseren Hunden zum Frühstück servieren!«

Der Captain musterte den Colonel voller Abscheu.

»Komm schon, *amigo*«, sagte der Colonel, dem der Blick des Deutschen nicht entgangen war, »was haben unsere Leute in Europa denn jahrhundertelang getrieben? Sich gegenseitig aufgeknüpft und gevierteilt! Und in England hat man sogar wahre Meisterschaft darin entwickelt, den Gefangenen bei lebendigem Leib die Eingeweide herauszunehmen, damit sie zusehen mußten, wie ihre Innereien gekocht und den Hunden zum Fraß vorgeworfen wurden.

Das ist also keine mexikanische Besonderheit, sondern eine typisch europäische Sitte. Das einzige, was wir noch hinzugefügt haben ist, daß wir ihnen die Augen ausstechen, damit sie den Weg ins nächste Leben nicht finden. Schließlich haben wir es hier mit einem primitiven und abergläubischen Volk zu tun, das noch an die Wiedergeburt glaubt!«

Gelassen zog der Colonel sein Messer hervor und näherte sich Jorge, den die Soldaten inzwischen wieder halbwegs zu Bewußtsein gebracht hatten. Die beiden Indianerführer wichen ein paar Schritte zurück zu der Stelle, wo der Diener des Colonels ein Stück Fleisch über dem offenen Feuer briet.

»*Mira, mira*«, spottete der Colonel, der ihre Reaktion bemerkte, »wessen Kultstätten waren es denn, die mit menschlichen Totenschädeln geschmückt waren, als die Europäer hier landeten?« Er zwinkerte Captain Kayser lachend zu. »Nun ja, das waren allerdings Azteken, und daß ihr beide keine Azteken seid, ist uns schon klar. Die waren nämlich ein zivilisiertes Volk, das wenigstens in der Lage war, der Realität ins Auge zu sehen.« Er lachte erneut auf. »Die sind nicht davongerannt und haben sich in spirituelle *caca* geflüchtet, so wie ihr *indios* es heutzutage tut!«

Als die Männer des Colonels Jorges Beine spreizten und diesem klar wurde, was sie vorhatten, schrie er entsetzt auf. Auf einmal wurde ihm voll und ganz bewußt, daß er sein Desaster einzig seinem eigenen, großspurigen Leichtsinn zu verdanken hatte, der ihn dazu verleitet hatte, so nah an den Trupp heranzuschleichen. Von weiter oben hätten sie die Männer bequem angreifen und trotz des Reinfalls mit den Hornissennestern noch entkommen können. Als ob José sie nicht immer wieder vor dieser Art Draufgängertum gewarnt hätte.

Jorge schrie wie am Spieß, als sie seine Hose aufschlitzten und der Colonel persönlich sich über ihn beugte und zupackte. Trotz seines Ekels gelang es dem Deutschen nicht, den Blick abzuwenden. Mit fasziniert geweiteten Augen beobachtete er, wie der Colonel die Hoden des Jungen ergriff, sie von der dicht behaarten Leiste zog und daran herumzusäbeln begann. Doch einer der beiden *indios* verlor die Beherrschung.

Mit gezücktem Messer stürzte er dazu, packte Jorges Haar und zog seinen Kopf mit einem Ruck zurück, um ihm in Sekundenschnelle die Kehle aufzuschlitzen.

Der Colonel, der bis dahin über das ganze Gesicht gegrinst hatte, begeistert von der Gelegenheit, dem Captain ein Beispiel seiner Skrupellosigkeit zu demonstrieren, zog seinen Revolver und schoß den Indio in den Bauch. »Da! Auf daß du langsam und elend krepierst! Du Bastard einer Hexe!«

Der andere Indio – es war derjenige, der Pelón im Gebüsch erspäht hatte – sprang auf der Stelle auf und ergriff die Flucht.

»Knallt ihn ab!« rief der Colonel. »Ich will nicht, daß er das Dorf warnt!«

Die Soldaten setzten dem Indio durch Bäume und Unterholz nach, doch dieser war bereits zwischen den von dichtem Buschwerk bewachsenen Felsen verschwunden.

Der Colonel steckte seine Waffe wieder ins Halfter. »Ich weiß schon, was Sie jetzt denken: ›Hätte der verdammte Narr mich den Jungen gleich erschießen lassen, wären wir jetzt nicht in Schwierigkeiten.‹

Aber Sie irren sich!« schrie der Colonel. »Es gibt überhaupt keine Schwierigkeiten! Wenn dieser Bastard den Leuten erzählt, was wir mit den Jungen gemacht haben, werden sie uns nur um so mehr fürchten! Ich habe im Norden mit den Texas-Rangers gekämpft. Ich weiß, was ich tue! Sie werden schon sehen! Und jetzt will ich endlich etwas essen. Mit dem Töten ist es wie mit dem Liebesspiel, hinterher hat ein richtiger Kerl Hunger wie ein Wolf!«

Der Colonel zog abermals seine Flasche hervor, die jedoch inzwischen leer war. Er wirkte wie ein Besessener. »Hetzt die Hunde auf diesen *indiocabrón*! Verdammt, wie ich es hasse, seit Jahren auf diese gottverlassenen Wilden angewiesen zu sein! Wir füttern sie, bilden sie aus, und kaum dreht man diesen undankbaren *cabrones* den Rücken zu, wenden sie sich gegen einen! Und das nach allem, was wir für sie getan haben! Wie haben die Texaner immer gesagt? Der einzige Indio, dem man trauen kann, ist ein toter Indio. Das waren phantastische Zeiten, als ich – noch ein junger Lieutenant – mit den Rangern erbarmungslos Jagd auf die Apachen gemacht habe. Die haben ein großartiges Wild abgegeben!«

Captain Kayser bemerkte den Schweiß, der dem aufgebrachten Colonel übers Gesicht strömte. »Ich glaube, es ist besser, wenn wir die Hunde anleinen, während sie die Fährte des Indianers aufnehmen«, sagte er. »Wie Sie wissen, handelt es sich um ausgesprochen disziplinierte Tiere, und wir wollen sie doch nicht verderben.«

»Okay, wie Sie meinen«, erwiderte der Colonel und reichte seinem Diener die Schnapsflasche, damit er sie erneut füllte. Er fühlte sich plötzlich gar nicht gut.

Als der Colonel und seine Männer die kleine Bergsiedlung erreichten, fanden sie diese wie ausgestorben vor. Dank der Warnung des kleinen Juan hatten sich die Menschen rechtzeitig verstecken können. Der Colonel wies ein paar der Männer an, laut herauszuposaunen, was sie den vier Jungen angetan hatten. »Wir haben sie kastriert! Wir haben ihnen die Augen ausgestochen! Ihre Seelen sind für immer verloren!«

Juan und seine Familie preßten die Hände auf die Ohren, um das Geschrei nicht zu hören. Zusammen mit Jorges Mutter Prieta und einigen anderen Dorfbewohnern verbargen sie sich oberhalb der Eichenwälder nördlich des Dorfes zwischen den Felsspalten der *barrancas.*

»Hört nicht auf sie«, beschwor Doña Margarita die anderen und bekreuzigte sich. »Sie wollen uns nur hereinlegen. Gerade jetzt dürfen wir unser Gottvertrauen nicht verlieren!«

Jorges Mutter und die anderen bekreuzigten sich ebenfalls und bemühten sich nach Kräften, Doña Margaritas Worten Folge zu leisten, aber es war nicht einfach.

Der Colonel und seine Männer wußten genau, was sie taten. Singend und tanzend wedelten sie die Kleidungsstücke der toten Jungen hin und her und gaben vor, auf diese Weise die Kräfte des Bösen zu beschwören. Der Deutsche sah ihnen fasziniert lächelnd dabei zu und streichelte zärtlich das Fell seiner Hunde.

Schließlich konnte die Mutter von Jorge und Manuel den Anblick nicht länger ertragen. »Oh, *Dios mío*, das sind die Kleider, die ich mit eigenen Händen für meine Jungen genäht habe!« brach es aus ihr hervor. Aufheulend sprang die kleine, gedrungene *india* auf, bereit, sich ihren Peinigern entgegenzustürzen. Doch bevor sie aus ihrem Versteck in der Felsspalte hinausschlüpfen konnte, packten Luisa und Juan sie und zerrten sie zurück.

»Nicht doch, Prieta!« flüsterte Doña Margarita. »Sei still. Ich sage dir doch, es ist ein Trick, mit dem sie uns alle hervorlocken und töten wollen!«

Doch die Hunde und die Soldaten hatte die Schreie der alten Frau bereits vernommen; jetzt wußten sie, daß die Dorfbewohner sich gleich oberhalb des Waldes auf den Hängen verbargen.

»Ruft weiter, und hört nicht auf, mit den Kleidern herumzuwedeln«, wies der Colonel seine Männer grinsend an. »Die halten nicht mehr lange durch. Gleich werden sie uns wie die Karnickel vor die Flinte laufen. Das ist auch so ein Trick, den ich an der Grenze von einem alten *gringo*-Indianerspäher gelernt habe. Diese Amerikaner haben wirklich was drauf, wenn es um den Kampf gegen die verdammten Indianer geht.

Die Soldaten näherten sich den Hängen, von wo sie die Stimme vernommen hatten. Sie begannen, laute, spitze Schreie auszustoßen, während sie die Kleider herumschwenkten und immer aufs neue wiederholten, auf welche Weise sie die Jungen verstümmelt hatten. »Jetzt sind ihre Seelen verloren! Sie sind dazu verdammt, bis in alle Ewigkeit nackt und blind herumzuirren, wenn ihr sie nicht in ihre Kleider hüllt und ihnen euren Segen mit auf den Weg schickt!«

Das war zuviel für die alte Vollblutindianerin Prieta. Mit einem schier unmenschlichen Schrei riß sie sich von Luisa und Juan los und lief den felsigen Hang hinab, auf die Soldaten zu. »Bitte«, flehte sie. »Habt ein Herz, und gebt mir die Kleider meiner Söhne zurück! Sie müssen doch ein anständiges, christliches Begräbnis haben!«

»Na, hab' ich's nicht gesagt?« frohlockte der Colonel. »Was haben diese einfältigen Indios doch für simple Gemüter. Das ist der Grund, warum sie es nie zu etwas bringen. Hetzt die Hunde auf sie!« befahl er. Seine Augen glitzerten gefährlich. Er zog seine Schnapsflasche hervor und sah zu, wie die Hunde mit ohrenbetäubendem Gebell auf Prieta zustürmten. Schnell hatte die gut abgerichtete Meute die alte Frau erreicht, die am Hang stehengeblieben war und immer noch um die Kleider ihrer Söhne bettelte. »Sehen Sie, sie versucht nicht einmal davonzurennen«, fuhr der Colonel fort. »Sie bleibt lieber wie angewurzelt stehen, als sich die Möglichkeit entgehen zu lassen, daß wir ihr vielleicht doch noch die Fetzen ihrer Söhne zurückgeben. Unglaublich, nicht wahr?«

Der Deutsche nickte. »In der Tat. Und wenn es euch nicht gelingt, diese beharrliche Loyalität zu brechen, wird es euch auch in tausend Jahren nicht gelingen, dieses Volk zu unterwerfen.«

Das war nicht gerade die Antwort, die der Colonel sich erhofft hatte. Es war vielmehr die nackte Wahrheit, die ihm den Verstand zu rauben drohte, seit er vor zwanzig Jahren zum ersten Mal in die Schlacht gezogen war. Eine Wahrheit, die auch die Texas Rangers oft bis zum Wahnsinn getrieben und vielen von ihnen noch Jahre nach ihrer Pensionierung einen elenden Tod beschert hatte. Diese verdammten *indios* kannten einfach keinen Respekt! Er preßte sich gequält die Hand auf den Magen. Die Hunde begannen, die alte Frau, die noch immer um die Kleider ihres Sohnes wimmerte, in Stücke zu reißen.

»Oh, mein Gott«, raunte Juan seiner *familia zu,* die voller Grauen mit ansehen mußte, wie die Hunde über Prieta herfielen. »Schnell, wir müssen weglaufen!«

»Aber ich kann nicht laufen«, wandte Luisa ein.

»Wieso kannst du nicht laufen?« fragte Juan verständnislos.

»Weil sie hochschwanger ist«, erklärte Doña Margarita ihm und bemühte sich krampfhaft, ruhig zu bleiben.

Juan war vollkommen ratlos. Die Soldaten kamen bereits den Hang hinauf. Er versuchte verzweifelt nachzudenken, um herauszufinden, was sein Bruder José in dieser Situation getan hätte, doch die Angst raubte ihm fast den Verstand.

Schon kamen die Hunde auf sie zu. Die Soldaten hatten ihnen befohlen, von Prietas zerfetztem Körper abzulassen, und folgten nun der Meute, die unter blutrünstigem Geheul den steilen Berghang hinaufstürmte, wobei die Schreie, die die Soldaten dabei ausstießen, ebenso unheimlich waren wie das Geheul der Hunde. Nachdem die Meute Pelóns arme, alte Mutter in Stücke gerissen hatte, war ihre Blutgier erwacht. Ihr Jaulen und Kläffen hörte sich an wie der unheilvolle Gesang höllischer *diablos,* und jeder von ihnen schien um ein Vielfaches größer zu sein als der legendäre *Diablo* Doña Josefinas. Allein der Lärm, den sie verursachten, war ein einziger Alptraum.

»Paßt auf«, sagte Juan, der endlich zu einem Entschluß gelangt war, den auch José sicher gutgeheißen hätte. »Ich werde jetzt losrennen und sie von euch weglocken.«

»O nein, nichts da!« sagte seine Mutter, »wir brauchen dich hier an unserer Seite, Juan. Du bist doch der einzige Mann, der uns noch geblieben ist!«

»Aber diese Hunde werden uns bald aufgespürt haben, Mama«, erwiderte Juan. »Wir können hier nicht bleiben!«

Plötzlich, ohne bis dahin ein einziges Wort gesprochen zu haben, sprang Emilia auf. Blitzschnell schlüpfte sie aus der Felsspalte und rannte, leichtfüßig über umherliegende Felsbrocken springend, den Hang hinab, geradewegs auf die blutgierige Meute und die johlenden Soldaten zu, während sie aus vollem Halse schrie: »Lauf, Luisa! Lauf, Mama! Bringt euch in Sicherheit! Juan, *Córrale*! Rettet euch!«

Augenblicklich sprang Juan auf, um seiner Schwester hinterherzulaufen, doch Luisa brachte ihn in letzter Minute mit ihrem ausgestreckten Bein zum Stolpern. Sie packte ihn und preßte ihn fest auf den Boden.

»Du kannst ihr nicht mehr helfen.«

Das hochgewachsene, bildschöne Mädchen, das mit wehenden, rotblonden Haaren zwischen den Felsen auftauchte und mit langen, schlanken Beinen auf sie zurannte, sah aus wie eine Europäerin. Die Soldaten, der Colonel und der Deutsche blieben wie angewurzelt stehen und starrten Emilia an wie eine Vision. Dieses engelsgleiche Wesen stürmte den Hang herunter, tatsächlich bereit, ihr Leben für dieses dreckige, nichtsnutzige Indianerpack zu geben. »Lauf, Luisa!« schrie sie. »Lauf und rette dein Kind. Lauf, Mama! Rette Juanito!«

Angesichts dieser selbstlosen Tapferkeit wurde der Colonel von einem unbändigen Zornesausbruch ergriffen. Ungeachtet der Anwesenheit des deutschen Militärberaters, den zu beeindrucken er so bestrebt war, riß er sich seine Militärkappe vom Kopf, warf sie zu Boden und trampelte wutentbrannt darauf herum. Wieder einmal versuchte dieses verfluchte Volk, ihn zu beschämen. Niemals – seit die Mutter seine indianische Amme gefeuert hatte, weil er sie ›Mama‹ nannte – hatte es in seinem Leben jemanden gegeben, der sich auf diese Weise um ihn gesorgt hatte. Seine Mutter – Mittelpunkt der High Society Guadalajaras und eine enge Freundin einer der Tanten Don Juans – hatte ihm nie solche Affenliebe entgegengebracht. Es war die Art Liebe, die heute Brechreiz in ihm hervorrief und ihn veranlaßte, seinen früheren Freund Don Juan dafür zu verabscheuen, daß er sich davon hatte einwickeln lassen.

Der Deutsche beobachtete den Wutanfall des Colonels, der immer noch wie ein jähzorniges Kind auf seiner Kappe herumstampfte und seine Männer anbrüllte, während die hochgewachsene junge Frau immer näher kam.

»SCHNAPPT SIE EUCH«, kreischte der Colonel, der Emilia nicht aus den Augen ließ. »Schnappt sie, bevor die Hunde sie zu fassen kriegen!« brüllte er. »Ich will sie lebendig, damit wir ihr zeigen können, wofür Frauen gut sind!«

Der kleine Juan trat wie von Sinnen um sich, um seiner Schwester Emilia – die er von all seinen Schwestern stets am meisten geliebt hatte – zur Hilfe zu eilen. Hatte er nicht José versprochen, die *familia zu* beschützen? Aber Luisa hielt ihn mit ihrem mächtigen Leib unerbittlich auf den Boden gepreßt. »Nein, Juan. Du bist unsere einzige Chance, hier zu entkommen. Du kennst die *barrancas* wie deine Westentasche.«

»Luisa hat recht«, sagte Doña Margarita und bekreuzigte sich, während sie beobachtete, wie der Abstand zwischen den Hunden und ihrer Tochter immer geringer wurde. »Lauf du mit deiner Schwester und den anderen los. Ich werde mich um diese Angelegenheit hier kümmern.«

»Nein, Mama«, rief Luisa, »du wirst dich auch nicht darum kümmern!«

Doch bevor Luisa Gelegenheit hatte, die Umklammerung ihres Bruders zu lösen und nach der Mutter zu greifen, hatte diese sich bereits erhoben. Gerade war Doña Margarita noch bei ihnen gewesen, und im nächsten

Augenblick tauchte sie – wie von Zauberhand geführt – aus der Felsspalte hervor und rannte nun ihrerseits den Hang hinab. »Wenn eure eigenen Mütter euch Kerle sehen könnten!« rief sie mit lauter Stimme, während sie auf die Soldaten zustürmte. »Mögen eure Mütter euch verzeihen, denn selbst Gott wird es jetzt schwerfallen, euch noch zu vergeben!«

Der Anblick der alten *bruja,* die ihrer Tochter den Hang hinab folgte, steigerte den Zorn des Colonels ins Unermeßliche. Hätte doch bloß ein einziges Mal in diesem beschissenen Leben jemand solche Liebe für ihn empfunden! Dieses Mädchen war ein Engel, und ihre Mutter sah aus wie eine vertrocknete, alte Ratte, und doch waren beide bereit, einen grausamen Tod auf sich zu nehmen, um das Leben der anderen zu retten. Tief im Innersten wußte der Colonel, daß, hätte er nur einmal im Leben solche Liebe erfahren, er heute diesen einfachen, loyalen Menschen *de la tierra* nachsichtiger gegenüberstehen würde. Wenn Mariposa ihn so geliebt hätte, wie er es erhofft hatte, wäre alles anders gekommen. Aber nein, sie hatte seine Liebe nicht erwidert und statt dessen diesen *indiocabrón* vorgezogen. Also war es nur recht und billig, wenn er diese dämlichen Narren ein für allemal auslöschte! Ja, er wünschte sich nichts sehnlicher, als daß sie endlich tot und vom Angesicht der Erde verschwunden wären!

»Schnappt sie alle beide!« schrie der Colonel. »Schnell, hetzt die Hunde auf sie, bevor sie uns kriegen!«

Als der Deutsche die Worte *bevor sie uns kriegen* vernahm, dämmerte ihm, daß hier etwas Merkwürdiges vor sich ging, das er sich nicht erklären konnte. Und der Anblick, der sich ihm im nächsten Augenblick bot, war in der Tat so außergewöhnlich, daß er sich zu fragen begann, ob er vielleicht den Verstand verloren habe.

Genau in dem Moment, als die Hunde im Begriff waren, sich auf die beiden Frauen zu stürzen, raffte die ältere der beiden ihren Rock, hockte sich hin und pißte wie eine Hündin auf den Boden. Und statt die beiden Frauen zu packen, umringten die Hunde sie schwanzwedelnd und inspizierten schnüffelnd die Stelle, wo die alte Frau hingepinkelt hatte.

Ein paar der Soldaten fingen an zu lachen. Die Menschen, die sich bis dahin in den Felsen verborgen hatten, kamen hervor und brachen ebenfalls in Gelächter aus. Demütig winselnd rollten sich die erstklassig abgerichteten Bluthunde zu Füßen der beiden Frauen auf den Rücken, wobei ihre erigierten Penisse weithin sichtbar wurden. Jedermann lachte jetzt, und sogar der Colonel konnte sich ein Grinsen nicht verkneifen, während er – fasziniert wie ein Kind – das Schauspiel betrachtete. Die alte Frau ergriff die Hand der jüngeren und gemeinsam liebkosten sie die umhertänzelnden Hunde.

Captain Hans Kayser begann zu toben. Er konnte nicht fassen, was mit seinen Hunden geschah, die aus einer Zucht der gefährlichsten Bluthunde der Welt stammten. Innerhalb von Sekunden hatten sie sich in eine Horde Kuscheltiere verwandelt. Außer sich vor Zorn zog der deutsche Offizier seine Pistole. »So schießt doch!« kommandierte er. »Schnell! Wir müssen diese Weiber abknallen, bevor sie uns die Hunde vollkommen versauen!«

»Nein«, widersprach der Sergeant, der neben ihm stand, lachend. »Sehen Sie denn nicht, daß ihre Geister mit den Geistern der Hunde tanzen? Wir können doch den Tanz von *los espíritus* nicht unterbrechen.«

Captain Kayser war jetzt überzeugt, daß alle den Verstand verloren hatten. »Sie verdammter Narr! Das werde ich auf keinen Fall erlauben! So etwas entspricht nicht den Gepflogenheiten meines Heimatlandes!« Er hob seine Pistole und zielte auf Doña Margarita.

Doch bevor er Gelegenheit bekam, abzudrücken, schlug der Sergeant seinen Arm beiseite und richtete sein eigenes Gewehr auf den Unterleib des Captains. »Wie ich schon sagte, ihre Geister tanzen miteinander, und wir werden sie nicht unterbrechen!«

In diesem Augenblick erlosch das Grinsen des Colonels, der das Treiben der Frauen mit verzücktem Gesichtsausdruck verfolgt hatte; er riß sich zusammen und besann sich auf seinen Zorn. Schreiend rannte er den Hang hinauf und traktierte die Hunde mit erbarmungslosen Fußtritten, weil sie die Frauen nicht, wie befohlen, in Stücke gerissen hatten, woraufhin die Soldaten und die Menschen oberhalb des Hanges nur um so mehr lachten. Für sie bestand kein Zweifel, daß der Geist des Colonels sich dem Tanz angeschlossen hatte.

Der Colonel war ganz offensichtlich nicht mehr in der Lage, einen klaren Gedanken zu fassen. Gefangen in der Magie des Augenblickes tanzte seine Seele an der Seite der Hunde und der Frauen die wilden, unwegsamen Stufen des Himmels empor.

Nachdem es dem Colonel nicht gelang, die Hunde davon abzuhalten, sich winselnd zu Füßen der Frauen auf dem Rücken zu wälzen, zog er in einem letzten Versuch, Vernunft zu beweisen, seine Pistole und begann trotz des lauten Protestgeschreies Captain Kaysers, die Hunde einen nach dem anderen abzuknallen.

Das Gelächter verebbte, und der Tanz brach ab. *La gente* bekreuzigte sich erschrocken. Der Colonel hatte in seiner wilden Panik den großartigsten Tanz unterbrochen, den der menschliche Geist hervorrufen konnte, und nun erschoß er auch noch die armen Hunde, die unter Schmerzen aufheulten und auf Doña Margarita zukrochen, um zu ihren Füßen zu sterben.

Getrieben von dem Wunsch, ihren Frieden zu machen, bevor sie die Schwelle zur anderen Welt überschritten, suchten die Geister der sterbenden Tiere instinktiv die Nähe Doña Margaritas, die ihre Hände hob, um sie zu segnen.

Der Colonel, unfähig, die Magie des Augenblicks zu begreifen, hörte nicht auf, fluchend auf die Tiere zu feuern. Die Augen von *la gente* hingegen, des wahrhaftigen Sehens mächtig, füllten sich angesichts dieses Wunders mit Tränen. Der Anblick der armen Tiere, denen es im Augenblick des Todes gelang, das blutrünstige Erbe ihrer Vorfahren abzustreifen und den Geist der Liebe in ihre so lange verlorenen Seelen zu lassen, würde ihnen unvergeßlich bleiben.

Plötzlich fiel es Juan wie Schuppen von den Augen. Die Stelle, an der die Mutter und Emilia stehengeblieben waren, war exakt die Stelle, an der der Feuertanz stattgefunden hatte. Auf einmal war auch er in der Lage, auf jene andere Art zu sehen und zu hören. Und tatsächlich hatte sich die Mutter nicht in eine große, stolze Wölfin mit gebieterisch erhobenem Kopf verwandelt, und bewies die Hundemeute ihr nicht auf dem Boden, auf den sie gepißt hatte, Ehrfurcht und Liebe?

Juan rieb sich verwirrt die Augen und fragte sich, ob er verrückt geworden sei. Doch nein, dort, genau vor seinen Augen, stand die Mutter wirklich in Gestalt der großen, schwarzen Wölfin, und die Hunde bettelten um ihren Segen. Und Emilia war eine prächtige Füchsin, gleichfalls abgöttisch geliebt von den Hunden, deren Geister sich jetzt vor Juans Augen wahrhaftig in eine Schar singender Engel verwandelten, während der Feuerplatz von einem sanften, weißen Licht umhüllt wurde.

»Oh, mein Gott, ich kann es sehen!« rief Juan. »Ich kann sehen, wie das Licht der Liebe leuchtet! Ich kann hören, wie *la tierra* atmet – sie lebt!«

Luisa zog ihn liebevoll an sich. »Riechst du sie auch, unsere Mutter Erde? Fühlst du, wie sie bebt?«

»Ja, ja, ich fühle es!« rief Juan, der tatsächlich das sachte Zittern spürte. Er begann zu weinen, und auch Luisa liefen Freudentränen über die Wangen.

Doch kaum hatte Juan diese tiefgreifende Erfahrung, das Wesen von *la vida* in seiner ganzen Vollkommenheit zu erfassen, halbwegs verkraftet, wurde ihm klar, daß sie sich immer noch in einer gefährlichen Lage befanden. Denn jetzt stürzte sich der Colonel wie ein Rasender auf Emilia und versuchte, sie zu packen.

»Los! Gebt diesen verdammten Hunden den Rest!« brüllte er seinen Männern zu. »Und dann zeigen wir diesem Mädchen und der alten Hexe, wozu Frauen einzig taugen!«

Doch seine Männer achteten nicht auf seine Befehle. Denn auch jene, die nicht in der Lage waren, wahrhaft zu sehen und zu hören, spürten tief in ihrem Inneren, daß etwas Außergewöhnliches vor sich ging.

»Ihr verdammten Narren!« schrie der Colonel. »Merkt ihr denn nicht, was diese alte *bruja* mit euch macht?«

Die Männer rührten sich nicht.

»Als Soldaten seid ihr verpflichtet, Befehle auszuführen!« mischte sich der deutsche Captain ein, der einen völlig verwirrten Eindruck machte. »Ungehorsam kann nicht geduldet werden!«

»Erzählen Sie das lieber Ihren Hunden«, bemerkte ein gutaussehender, junger Soldat lachend.

»Was haben Sie da eben gesagt?« brüllte der Deutsche und stürmte mit großen Schritten auf den jungen Soldaten zu. Dieser blickte einen Augenblick betroffen drein, drehte dem Captain dann jedoch grinsend den Rücken zu, beugte sich vor und furzte ihm laut ins Gesicht. Captain Hans Kaysers Augen quollen förmlich über. Noch nie im Leben war ihm etwas Ähnliches passiert. Seine Hand fuhr zu seinem Revolver. Er besann sich jedoch eines Besseren, als er bemerkte, daß die anderen Soldaten sich ebenfalls offen über ihn lustig machten und ihn, die Hände an ihre Waffen gelegt, aufmerksam beobachteten.

In diesem Augenblick krümmte sich der Colonel, der breitbeinig und mit geöffneter Hose über der auf dem Boden liegenden Emilia stand, stieß einen gequälten Schrei aus und fiel mit auf den Magen gepreßten Händen zu Boden. *La gente* brach in hysterisches Gelächter aus, während das Lachen der Soldaten abrupt verstummte. Doch keiner von ihnen machte Anstalten, ihrem Anführer zu helfen.

Doña Margarita war die erste, die an die Seite des zusammengebrochenen Mannes und ihrer Tochter eilte. Niemand wäre weiter überrascht gewesen, wenn sie einen Stein ergriffen und ihm damit den Schädel zertrümmert hätte. Statt dessen schloß die alte Wölfin ihre Tochter in die Arme und flüsterte ihr zu: »Ganz ruhig, *mi hijita*, alles wird gut werden.«

»Nimm deine Finger von ihr, bevor ich dich umlege, du widerliche, alte Hexe!« schrie der Colonel.

»Hat es nicht schon genug Haß und Tod gegeben?« erwiderte die alte Frau ungerührt, während sie ihrer Tochter übers Haar strich. »Es ist vorüber, *mi coronel*. Setz dich und entspann dich, mein Sohn.«

»Nenn mich gefälligst nicht Sohn, du stinkendes, altes Weib!« schrie der Colonel, der vor Wut am ganzen Körper zitterte.

Der Sergeant begann zu lachen. Diese alte *bruja* hatte wahrhaftig ein eisernes Gemüt. Ein paar der anderen Soldaten fielen in sein Lachen ein.

Sie konnten sehen, daß der Geist des Colonels diesem erneut entglitt, um sich auf einen Tanz mit dem Geist der alten Frau einzulassen.

»In unseren Adern fließt nicht das gleiche Blut!« fuhr der Colonel erbost fort. »Ich stamme von zivilisierten

Menschen ab, also wag es nicht noch einmal, mich Sohn zu nennen!«

»Wir alle sind Kinder Gottes«, widersprach die alte Frau und streckte einen Arm nach ihm aus, »weshalb solltest du also nicht mein Sohn sein, *mi hijito*?«

Beim Klang der liebevollen Koseworte, die auch seine indianische Amme stets benutzt hatte, während sie ihm, seinen Kopf an ihre großen, warmen Brüste gedrückt, sanft übers Haar zu streicheln pflegte, schmolz der Colonel vor aller Augen dahin. Ja, es sah aus, als würde der große, kräftige Mann jeden Moment in Tränen ausbrechen, außerstande, die Gefühle, die er seit seiner Kindheit tief in sich vergraben hatte, zu verbergen. Um ein Haar hätte er diesen Gefühlen nachgegeben. Doch kurz bevor die winzige Knospe der Menschlichkeit sich in ihm öffnen konnte, hatte er sich wieder im Griff und riß sich zusammen. Voller Zorn bekämpfte er seine Tränen und schüttelte die Hand der Alten angeekelt ab.

Der Sergeant applaudierte anerkennend, während er sich vor Lachen bog. Immerhin war er soeben Zeuge geworden, wie sein Colonel beinahe auf die andere Seite übergewechselt wäre. Es wäre nicht das erste Mal gewesen, daß etwas Derartiges geschah. Der alte Sergeant hatte schon oft erlebt, wie tüchtige Männer, nachdem sie jahrelang gegen diese hinterwäldlerischen Indios gekämpft hatten, offenbar geistig verwirrt und unfähig, zwischen Realität und Phantasie zu unterscheiden, plötzlich auf deren Seite wechselten.

Aber der Colonel war standhaft geblieben. Wie ein richtiger Kerl hatte er an seinem gesunden Haß festgehalten und nicht zugelassen, daß diese alte *bruja* ihn mit ihrem lächerlichen Liebesgetue einlullte. Und jetzt schrie er: »Ich werde mit deiner Tochter das gleiche tun, was ich mit Mariposa getan habe, du dreckiges, heimtückisches Indianerweib!« Er war wieder ganz der alte. Einen winzigen Moment lang hatte es so ausgesehen, als würde sein Wille ihm entgleiten, und, wie der Geist der Hunde, dem Willen der alten Frau unterliegen.

Der Sergeant schnallte seinen Revolvergurt ab. Offenbar hatte sein Colonel Erektionsprobleme. Ihm würde das nicht passieren. Dieses Pack hatte immerhin seinen besten Freund auf dem Gewissen, den großartigen, alten Sergeant, der bei dem Überfall auf ihren Außenposten getötet worden war; er würde sich seine Rache bei dieser verfluchten *familia* schon zu nehmen wissen!

»Wenn Sie gestatten, *mi Coronel*«, sagte der Sergeant höflich, »aber die gehört mir!«

»Aber selbstverständlich«, erwiderte der Colonel, erleichtert, daß wenigstens einer seiner Männer sich endlich wieder wie ein wahrer *hombre* benahm.

Die Macht dieser alten Frau war nicht zu unterschätzen, und er hatte schon befürchtet, daß er seine Männer an sie verloren hätte. Etwas Ähnliches war ihm einmal unten in Oaxaca und später in Chiapas mit einer ganzen Garnison passiert. Ein zivilisierter Mensch konnte gar nicht vorsichtig genug sein im Umgang mit diesen verdammten Eingeborenen *de la tierra madre.*

Der Deutsche beobachtete inzwischen gebannt, wie diese Vergewaltigungsszene die Soldaten aus ihrer Trance aufrüttelte und wieder in wollüstige, haßerfüllte Krieger verwandelte. Doch um ein Haar hätte die alte Frau gewonnen. So etwas war ihm im Laufe seiner gesamten militärischen Karriere noch nicht untergekommen. Es würde schwierig werden, den Bericht für seine Vorgesetzten über die Geschehnisse des heutigen Tages zu verfassen.

Der Himmel blickte auf sie herab, und alle wußten, daß dies nur der Anfang gewesen war. Der Reigen der Liebe und des Hasses, wie sie ihn heute erfahren hatten, fand bereits seit Tausenden von Jahren statt.

Der gutaussehende junge Soldat, der dem Deutschen ins Gesicht gefurzt hatte, konnte sich nicht mehr länger beherrschen. Mit einem Satz sprang er nach vorn, packte den hageren, alten Sergeant und zerrte ihn von dem atemberaubend schönen, jungen Mädchen herunter, das sein Herz bereits in dem Augenblick erobert hatte, als es den Hang hinabeilte. Er riß sich die Hosen herunter und bestieg nun seinerseits dieses herrliche Wesen, während er ihr zärtlich ins Ohr flüsterte, sich nicht zu fürchten, da er sie ehrlichen Herzens liebte und ihr gewiß nichts Böses antun wolle.

Emilia, die bis dahin verzweifelt geschrien hatte, öffnete bei seinen Worten die Augen und verstummte, als sie in seinem Blick erkannte, daß er die Wahrheit sagte.

»Nicht, hör nicht auf zu schreien«, raunte er ihr zu, »sonst merken sie, daß ich dich liebe und …«

Doch er kam nicht mehr dazu, seinen Satz zu beenden. Als der hagere, alte Sergeant bemerkte, was vor sich ging, zog er sein Schwert und rammte es dem Jungen durch den Anus bis ins Herz.

Emilias Schrei hallte durch das Tal. Sie spürte noch, wie der junge Mann in ihr explodierte, bevor sein Körper über ihr zusammensackte.

7

Und so würden die Letzten die Ersten und die Jüngsten die Ältesten sein. Und aus den Kindern der Erde und des Universums sollte ein neues, großartiges Volk hervorgehen, bereit zu leben und bereit zu sterben, doch niemals gewillt, den Griff nach den Sternen aufzugeben.

Hoch in den Bergen des Staates Guanajuato klammerte José sich noch immer an das hölzerne Horn seines Sattels und bemühte sich krampfhaft, bei Bewußtsein zu bleiben, während sein Pferd ihn nach Norden, in Richtung der Vereinigten Staaten trug. Und obwohl er sich ausmalen konnte, was seine Familie in diesem Augenblick durchmachte, waren die Schmerzen, die jeder Schritt des Pferdes ihm verursachte, so übermächtig, daß seine Gedanken wie betäubt waren. Einzig sein unerschütterlicher Glaube und die Gewißheit, daß – *con el favor de Dios* – auch die Qualen dieses Tages einmal ein Ende haben würden, gaben ihm die Kraft durchzuhalten.

In der Nacht saß er einsam neben einem kleinen Lagerfeuer. In der Ferne blitzten die Kanonenmündungen der verfeindeten Armeen von Francisco Villa[6] und Venustiano Carranza[7]. Doch José, der sich mit seinem Hengst in den Schutz der dichten Chaparralsträucher zurückgezogen hatte, schenkte ihnen keine Aufmerksamkeit. Statt dessen rollte er, versunken in seine Zwiesprache mit den Sternen, zwei kleine, runde Steine auf seiner rechten Handfläche hin und her und bat Gott inständig, seiner *familia* zur Seite zu stehen. Er vermißte seine Mutter und die anderen in diesem Augenblick mehr als das Leben selbst und kämpfte hart gegen die Versuchung an, einfach zu ihnen zurückzukehren.

Tränen strömten über sein Gesicht, und der Hengst stupste ihn liebevoll mit der Schnauze an. Dankbar um die Gegenwart seines treuen Freundes lehnte José sich zurück, und während er die Steine durch seine Finger gleiten ließ, wurde ihm wieder einmal klar, daß das Leben hier auf Erden nichts als ein Traum ist, in dem wir alle unter der Obhut des Himmels durch das Leben, *la vida,* gleiten.

José nahm die Steine in seine linke Hand und betete. Und während er zu Gott sprach und stumme Grüße an seine Lieben daheim sandte, spürte er die Gelassenheit, die ihn durchströmte und seinem Körper neue Kraft schenkte. Die Steine in seiner Hand waren seine Verbindung zur Mutter Erde, das Gebet sein Band zu den himmlischen Mächten. Nein, er würde nicht dulden, daß der Teufel von seiner Seele Besitz ergriff, nur weil man ihn verstümmelt hatte. Er würde stark bleiben, seinen Weg nach Norden machen, und das Leben würde sich wieder zum Guten wenden. Schließlich waren es nicht allein seine *tanates* gewesen, die ihn zum Mann machten. Die beiden blanken Steine aus dem kleinen Bach, in dem er sich gewaschen hatte, fühlten sich beruhigend an in seiner Hand, denn wie er entstammten sie der Erde und spendeten ihm Trost.

Spätabends, nachdem die Soldaten davongezogen waren, kamen die Menschen wieder aus ihren Verstecken und sprachen den Überlebenden des neuesten *desmadre,* das der Colonel angerichtet hatte, ihre Anteilnahme und Bewunderung aus. Eng aneinandergeschmiegt saßen sie beisammen, stillten ihren Hunger mit ein paar Wurzeln und ließen selbstgedrehte *cigarillos* herumgehen.

Der kleine Pelón tauchte neben Juan auf. Sie hatten ihn nicht davon abhalten können, die schaurigen Überreste des Körpers seiner Mutter zu betrachten. »Ich muß mit dir reden, Juan«, sagte er.

Dieser kaute gerade eine Handvoll Unkraut, um sein Hungergefühl zu bekämpfen. »Schieß los«, antwortete er.

»Ich habe einen Plan«, erklärte Pelón, der einen Stock ergriffen hatte und damit auf den Boden eindrosch. »Aber ich brauche deine Hilfe.«

Juan nickte. Sein kleiner Freund schien um zwanzig Jahre gealtert, seit er den verstümmelten Körper seiner Mutter erblickt hatte. Er würde nie wieder jung sein. »Also«, sagte Juan, »ich höre.«

Am Himmel leuchtete die Mondsichel wie der Daumennagel von Gottes rechter Hand. Die beiden Jungen saßen einander gegenüber auf dem Boden und blickten sich ernst an, während Pelón Juan seinen Plan darlegte.

»Weißt du, Juan, als der Colonel heute morgen mit seinen Männern die Berge heraufkam, habe ich mich zwischen den Eichen im Gebüsch versteckt«, berichtete er scheinbar emotionslos. »Hätte ich bloß ein Gewehr gehabt, dann wäre es ein leichtes gewesen, ihn einfach umzulegen, und all das wäre nicht passiert. Meine Mutter und meine Brüder, sie würden jetzt noch leben.« Tränen traten in seine Augen.

Juan nickte und schlug ebenfalls mit einem Stock auf den Boden ein. »Ich weiß, es ist hart«, erwiderte er, bemüht, die Fassung nicht zu verlieren. »Ich habe bei meinem Bruder José versagt, und jetzt, jetzt bin bei meiner Mutter und meiner Schwester gescheitert.« Er schlug fester auf den Boden ein.

»Dann bist du also dabei?« fragte Pelón.

»Ich bin dabei«, versicherte Juan.

»Gut«, sagte Pelón. »Denn der Colonel wird uns nicht in Frieden lassen, solange noch einer von uns atmet.«

»Ich weiß; und deshalb will ich diesen Hurensohn tot sehen!« bekräftigte Juan.

»Genau!« Pelón seufzte. »Wenn ich doch nur ein Gewehr gehabt hätte. Meine Mutter, meine Brüder, sie würden alle noch ...« Er begann zu schluchzen. »Ich habe niemanden mehr, Juan. Ich bin der einzige, der von meiner Familie noch übrig ist!«

Weinend schlang er die Arme um seinen Freund.

An einem strahlenden Morgen, kurze Zeit später, erwachte Emilia summend aus dem Schlaf. Sie stand auf, ging zu den Feldern und machte sich daran, mit einem Stock *la tierra madre* umzugraben. Fragte man sie, was sie dort trieb, erwiderte sie ruhig, sie sei schwanger, und bald würden sie und ihr Kind Nahrung benötigen.

Getrieben von dem Instinkt, mit dem Frauen seit Urzeiten für die Nahrung ihres Nachwuchses sorgen, fuhr Emilia mit ihrer Tätigkeit fort und säte, leise vor sich hinsummend, die ganze Woche lang Mais. Tief in ihrem Inneren hatte sie begriffen, daß das, was sie durchgemacht hatte, nichts Außergewöhnliches war. Schon immer waren Frauen von Männern mißbraucht worden, und trotzdem mußte das Leben, *la vida,* weitergehen und – sollte die Menschheit fortbestehen – durch die Liebe der Frauen stets neu erschaffen werden.

Doch jedesmal, wenn sie das hübsche Gesicht des jungen Mannes wieder vor sich sah, der ihr so glaubwürdig beteuert hatte, daß er sie nicht vergewaltige, sondern wirklich liebe, wünschte sie nichts sehnlicher, als daß sie genug Verstand besessen hätte, laut zu schreien. Möglicherweise wäre er dann noch am Leben, und eines Tages hätte sie in einem traumhaften, weißen Hochzeitskleid mit ihm vor dem Altar gestanden.

Einige der Dorfbewohner glaubten, daß Emilia den Verstand verloren habe. Andere – die sie beim Bearbeiten des Bodens beobachteten – waren überzeugt, daß sie durchaus wußte, was sie tat, und daß diese phantastische Geschichte, die sie sich selbst einredete, möglicherweise wahr geworden wäre, wenn man den jungen Mann nicht dafür getötet hätte, daß er seine Gefühle so schlecht hatte verbergen können. Doch was spielte das noch für eine Rolle? Das einzig Bedeutende war, daß Emilia die Stärke besaß, jeden Morgen mit einer Melodie auf den Lippen aufzustehen, und daß die Saat neuen Lebens in ihrem Leib keimte und mit jedem Tag größer wurde.

Eines Morgens kehrten Don Juan und José Luis mit zwei Eseln, vollbeladen mit Lebensmitteln, ins Dorf zurück. Sie platzten beinahe vor Stolz, daß es ihnen gelungen war, den beschwerlichen Weg durch die Kriegslinien und über die Berge unbehelligt hinter sich zu bringen. Villa und Carranza standen sich zu diesem Zeitpunkt mit mächtigen Armeen, von denen jede fast fünfundzwanzigtausend Mann stark war, gegenüber, und in den Kriegsgebieten färbte das Blut der Gefallenen die Flüsse und Bäche rot. Don Píos düstere Prophezeiungen hatten sich erfüllt: Wieder einmal tränkte das Volk die Erde mit seinem Blut.

»Wir sind wieder da!« brüllte José Luis, der vorausging und den ersten Esel über das Kopfsteinpflaster des zerstörten Dorfes führte. »Wir haben Lebensmittel mitgebracht!« rief er stolz. »Und seht nur, wen ich in den Bergen getroffen habe! Don Juan ist mit mir zurückgekehrt!«

Mit glücklichem Grinsen schob José Luis seinen Strohhut in den Nacken und blickte sich an dem Ort, der einst ein malerisches, kleines Bergdorf gewesen war, um. Erst jetzt fiel ihm auf, wie ausgestorben alles wirkte.

Don Juan, der ihn inzwischen mit dem anderen kleinen Esel eingeholt hatte, sah sich ebenfalls suchend um. Er trug amerikanische Jeans, und auch die Cowboystiefel, sein Hemd und der Hut waren brandneu. Die beiden Männer strahlten in freudiger Erwartung, ihre Familien nun jeden Moment wiederzusehen.

Da niemand auf ihr Rufen reagierte, zuckte Don Juan ratlos mit den Schultern . Er ging zu dem kleinen Brunnen in der Mitte des Dorfes und zog an der Glocke, während er mit lauter Stimme rief: »Domingo! Margarita!« Noch immer keine Antwort. Schwitzend nahm er den neuen Cowboyhut vom Kopf und wischte den Schweiß vom inneren Rand der Krempe. Nachdem er den Hut wieder aufgesetzt hatte, griff er nach dem Strang des Brunnens, um den Eimer mit dem kühlen, frischen Wasser heraufzuziehen. Doch in dem Gefäß war nicht nur Wasser. Zu Don Juans maßlosem Entsetzen grinste ihm Jorges augenloser Schädel daraus entgegen. Mit einem Aufschrei ließ er das Seil fahren, zog seine 45er und feuerte auf den Brunnen.

José Luis lief zu ihm und fragte, was passiert sei, doch Don Juan stand nur schnaufend wie ein wildgewordener Bulle mit der rauchenden Waffe in der Hand neben dem Brunnen, und die Adern an seinen Schläfen traten wie Schnüre hervor.

»Domingo!« schrie der große, kräftige Mann aus vollem Hals. »Domingo! Oh, mein Gott! Mach, daß es nicht wahr ist!« Nachdem es Don Juan nicht gelungen war, seine beiden anderen hellhaarigen Söhne und seinen Neffen Everardo in Kalifornien ausfindig zu machen, war der rotschopfige Domingo nun seine einzige Hoffnung.

José Luis griff nach dem Seil und zog den Eimer wieder herauf. Jorges Kopf lag bereits so lange im Brunnen, daß seine Züge kaum noch zu erkennen waren. Außer sich vor Zorn packte José Luis den Schädel beim Schopf und zerrte ihn aus dem Eimer.

»Diese Hurensöhne!« brüllte er. »Als ob es nicht genug sei, uns zu töten! Jetzt wollen sie auch noch unser Trinkwasser vergiften! Luisa!« schrie er. »Luisa! Was in Gottes Namen ist es nur, das diese Bestien treibt!?«

»El Diablo!« erwiderte Don Juan und feuerte mit seiner 45er mehrmals in die Luft. »Oh Gott, bitte mach, daß sie nicht alle umgebracht haben! Oh, ich bitte dich Gott, wenn du schon kein Erbarmen mit mir hast, dann wenigstens mit meiner *familia!«*

José Luis schrie immer noch. »Luisa! Luisa! LUISA!« voller Angst um seine schwangere Frau, die er mehr liebte als alles andere auf der Welt. Sie war alles, was ihm geblieben war, denn einige Monate zuvor hatten ein paar dieser dreckigen Soldaten seine arme alte Mutter vergewaltigt, sie anschließend an ein Kreuz gefesselt und mit samt ihrem Haus im Namen der sogenannten Christenheit verbrannt. Am Ort ihrer Greueltat hatten sie häßliche Schmierereien hinterlassen, in denen sie Doña Josefina eine Hexe und sich selbst die Rechte Hand des Allmächtigen nannten. Luisa und ihr gemeinsames Kind waren José Luis' einzige Hoffnung auf eine glückliche Zukunft. »Luisa! LUISA!« schrie er wie von Sinnen. »Juan! Emilia! Doña Margarita! Wo seid ihr alle? *Por el favor de Dios*!«

Doch was sie als nächstes sahen, übertraf alle Befürchtungen und alles Elend, das ihnen in den vergangenen zwei Jahren begegnet war: Vorsichtig näherten sich aus den Felsspalten nördlich des Dorfes zerlumpte, rattenähnliche Kreaturen. Als Don Juan erkannte, daß sich unter diesen kranken schauderhaft anzusehenden Gestalten seine eigene *familia* befand, wandte er sich angeekelt ab, unfähig, ihnen in die Augen zu schauen. Oh, mein Gott. Er kam gerade von der Arbeit auf einer Pferderanch in Pasadena, Kalifornien, zurück, wo die Menschen sauber und wohlgenährt waren und sogar Schönheitswettbewerbe für Hunde abgehalten wurden.

José Luis dagegen, der nicht in einer Sippe aufgewachsen war, die sich damit brüstete, königlichen Blutes zu sein, blickte seiner *familia* liebevoll und voller Mitleid entgegen. Aufgezogen allein von einer starken Mutter, hatte er früh lernen müssen, Kummer und Enttäuschungen zu verkraften. Unter Tränen drückte er nacheinander seine Frau Luisa, Juan, Doña Margarita und Emilia an sich und wiegte sie in seinen mächtigen Armen hin und her wie kleine Kinder, und kein einziges Mal wandte er seinen Blick von ihren geliebten Gesichtern ab.

Doch als Doña Margarita sich ihrem Mann näherte, voller Sehnsucht, in seinen starken Armen wieder Kraft und Trost zu finden, brachte dieser es nicht fertig, seine Abscheu zu verbergen. Er stieß sie fort, und seine einzige Frage galt Domingo.

»Aber habt ihr euch denn nicht getroffen?« fragte Doña Margarita, über deren schmutziges, von unzähligen Falten durchzogenes Gesicht Tränen strömten, während sie erneut versuchte, ihren Mann zu umarmen. »Er ist kurz nach dir aufgebrochen, um dich in Kalifornien zu treffen.«

»Oh, mein Gott, nein!« rief Don Juan. »Ich bin doch erst im Frühjahr nach Kalifornien gekommen! Ich habe die meiste Zeit in Albuquerque gearbeitet! Wie konntest du ihn einfach so gehen lassen? Dann ist es also deine Schuld, daß unsere *familia* auseinandergerissen wurde!«

»Papa«, mischte sich Emilia ein. »Sprich nicht so mit Mama! Sie hat wahre Wunder vollbracht, um uns am Leben zu erhalten, während du fort warst!«

»Ach, jetzt bin ich wohl an allem schuld!« schnappte er beleidigt zurück. »Verflucht sei der Tag, an dem ich mich mit diesem Volk eingelassen habe, das nur aus Schwachköpfen besteht! Habe ich euch nicht eingeschärft, die Familie zusammenzuhalten, bis ich mit genug Geld zurückkehre? Und hier bin ich! Ich habe mein Wort gehalten! Ich bin nicht davongerannt und in den Vereinigten Staaten geblieben!« brüllte er, während er an seinem neuen Hemd zerrte und mehrere Geldbündel zum Vorschein brachte, die er – in ein Stoffband eingenäht – am Körper getragen hatte. »Ich habe jeden Tag sechzehn Stunden gearbeitet! Und wofür? Wieder einmal ist alles umsonst gewesen! Oh, mein Gott, warum hast du mich verlassen?«

»Aber Gott hat uns doch nicht verlassen«, widersprach Doña Margarita. »Komm, laß dich in die Arme schließen, *mi amor,* dann wird alles gut!«

»Faß mich nicht an, du verlaustes altes Weib!«

»Papa«, schrie Luisa. »Bitte, komm zu dir! Nimm uns in die Arme! Wir brauchen dich mehr denn je! Emilia und ich, wir erwarten beide ein Kind!«

»Ein Kind!« echote Don Juan, rot vor Zorn. »Was für Schweinereien sind hier vor sich gegangen!? Emilia, mein Engel, du ... oh mein Gott, welche Schande. Du bist für immer entehrt!«

»Das ist nicht wahr, Papa! Bitte sag so etwas nicht!« flehte Emilia. »Ich bin nicht entehrt! Er hat mich geliebt! Und ich will, daß mein Kind auch von uns allen geliebt wird!«

»Ich soll ein Monster lieben, das du als unverheiratete Frau zur Welt bringst!?« erwiderte er und wandte den Blick von seiner Tochter ab.

Emilia schloß die Augen und sank ohnmächtig zu Boden.

»Juan!« schrie Doña Margarita. »Wirst du wohl mit diesem Wahnsinn aufhören! Du hast zwei großartige Töchter! Nimm sie gefälligst in die Arme und zeig ihnen, daß du sie liebst! Du hast ja keine Ahnung, was wir durchmachen mußten!«

»Ich kann nicht«, antwortete er, ohne seine Familie anzusehen. Statt dessen wandte er den Blick zum Himmel und brüllte aus Leibeskräften: »Ich habe keine Familie mehr!« Damit drehte er sich um und lief auf dem holprigen Kopfsteinpflaster zurück in die Richtung, aus der er gekommen war.

»JUAN JESÚS, um der Liebe Gottes wegen, tu das nicht!« bettelte Doña Margarita und lief ihm nach. »Der Himmel wird dir auch nicht helfen; deine Erlösung liegt bei uns, deiner *familia!«* Doch er ging unbeirrt weiter und murmelte dabei ein Gebet. »Bitte, Juan, komm zurück! Ganz gleich, wie tief wir gesunken sind, mit Gottes Hilfe werden wir uns wieder aus dem Elend erheben! Wir lieben dich, und wir brauchen dich! Du bist doch derjenige, der uns Kraft und Hoffnung gibt! Oh, bitte, komm zurück!« bettelte sie, während sie neben ihm herstolpernd zu Boden fiel und sein linkes Bein umklammerte. »Gib uns nicht einfach auf, *mi esposo,* sieh mich doch an, mein Liebling!«

Bei ihren letzten Worten blieb er stehen und schloß zitternd die Augen. Er konnte sie nicht ansehen. »Nein«, sagte er schließlich mit überraschend ruhiger Stimme. »Ich will dich nicht ansehen, ich kann es nicht. Bitte, Geliebte, laß mich gehen, damit ich mich so an dich erinnern kann, wie ... wie an dem Tag, als ich dich das erste Mal sah. Du warst so schön, so anmutig wie ein junges Reh.« Er lächelte. »Wie glücklich wir waren, wie verliebt ... auf unseren Ritten durch die hohen Weiden der *barrancas* ... und ... und ... oh, ich werde wahnsinnig!«

»Du wirst nicht wahnsinnig werden, *mi esposo,* ich verspreche es dir. Hab doch Vertrauen. Alles wird gut werden, wenn wir nur an unserer Liebe festhalten!«

»Aber WIE DENN? Ich weiß nicht, wie!« heulte er. »Bitte, laß mich in Ruhe! Laß mich gehen! Um der Liebe Gottes willen, laß mich gehen!«

Da ließ Doña Margarita ihn los. Ganz langsam öffnete sie ihre Finger, die den Stoff der brandneuen Levis umklammert hatten.

Er seufzte erleichert auf und entfernte sich Schritt für Schritt, ohne ein einziges Mal zurückzublicken.

Am Himmel waren dunkle Wolken aufgezogen, die Sturm und Regen ankündigten. Doña Margarita lag auf dem Kopfsteinpflaster und blickte ihrer großen Liebe, *su amor de la vida,* fassungslos hinterher.

Sie sah, wie eine Windböe ihm den Hut vom Kopf riß und sein leuchtend rotes Haar zum Vorschein kam, das, obwohl in den letzten Jahren von zahlreichen grauen Strähnen durchzogen, dennoch kaum etwas von seinem Feuer verloren hatte.

»Ich liebe dich«, flüsterte sie. »Ich werde dich immer lieben, *mi esposo!*«

Blitze zuckten, und der Regen, der jetzt in Strömen vom Himmel fiel, rann über Doña Margaritas Gesicht und tropfte, vermischt mit ihren Tränen, auf das harte Kopfsteinpflaster.

Don Juan war jetzt nur noch ein kleiner, dunkler Fleck, der auf der Straße, auf der er dreißig Jahre zuvor zum ersten Mal ins Dorf gekommen war, davonschritt.

José Luis trat zusammen mit Juan, Luisa und Emilia zu Doña Margarita, und alle knieten sich neben die alte Frau, um sie zu trösten. Er, der Sohn jener Frau, die sie einst Hexe genannt hatten, war heute derjenige, der ihnen zur Seite stand, während der Mann, der sich selbst als Nachkomme von Königen bezeichnete, seine Familie im Stich ließ.

Regen und Gewitter dauerten fast den ganzen Nachmittag, doch schließlich kam die Sonne wieder hervor, und die Vögel nahmen ihr Gezwitscher wieder auf. Emilia machte sich daran, ihr Maisfeld weiter zu bearbeiten. Doch das Mädchen konnte kaum noch etwas sehen; sie war erblindet. Instinktiv hatte sie erfaßt, daß, wenn sie ihr zukünftiges Kind ausschließlich mit dem Blick ihres Herzens betrachten würde, die grausamen Worte ihres Vaters an Bedeutung verlieren würden. Der junge Soldat hatte sie aufrichtig geliebt, sie hatte es in seinem Blick gelesen. Das bedeutete, daß sie, wenn auch nicht in den Augen der Kirche, so doch vor Gott ein Paar waren. Also war sie immer noch rein, und ihr Vater – Gott möge ihm vergeben – irrte sich, wenn er behauptete, sie sei entehrt und ihr Kind würde als teuflischer Bastard zur Welt kommen.

Luisa und Juan halfen Emilia, ihr Maisfeld zu bestellen, und wie stets nach einem kräftigen Gewitter duftete die Erde wie eine Frau, die sich soeben vom Liebeslager erhoben hat, und die Luft fühlte sich an wie Seide. José Luis war in der heruntergekommen Behausung zurückgeblieben, um sich um Doña Margarita zu kümmern. Er wiegte die verzweifelte alte Frau in seinen Armen, während sie zwischen Wachen und Träumen immer wieder aufschreckte und weinend vor sich hin murmelte. *La vida*, das Leben, hatte sie gebrochen und schließlich zerstört, was die Jahre des Krieges, der Verwüstung ihres Heimes und der Verlust ihrer Kinder nicht vermocht hatten.

Die alte Frau klammerte sich verzweifelt an ihren Schwiegersohn, und seine Wärme gab ihr Trost. José Luis versicherte ihr immer wieder, daß alles sich zum Guten wenden und er nicht von ihrer Seite weichen und sie füttern und beschützen würde, bis sie ihre Kraft wiedergefunden habe.

Er hatte gekämpft und sogar getötet, um die Waren und Lebensmittel die Berge hinauf bis nach Hause zu schaffen, und keine verfluchte Revolution konnte ihn davon abhalten, seiner Frau und seiner *familia* zur Seite zu stehen und seinem erstgeborenen Kind in diese Welt zu helfen. Von seiner Mutter, die ihr Leben lang kämpfen mußte, um als alleinstehende Frau mit Kind zu überleben, hatte er gelernt, wie man eine Familie – auch ohne Vater – durchbrachte!

Tränen rannen über José Luis' Gesicht. Er und Juan waren die einzigen Männer, die von der einst so großen Familie übriggeblieben waren. Und er hatte nicht einmal Gelegenheit erhalten, sich von José – seinem besten Freund und dem großartigesten *hombre,* den diese Erde je hervorgebracht hatte – zu verabschieden.

Zur gleichen Zeit galoppierte José, der von einem halben Dutzend Soldaten verfolgt wurde, über eine weite Ebene. Die Gefahr, daß sie ihn einholten, war recht gering, denn es war dunkel und wie alle Pferde Josés war auch Two White Stockings während der Nacht trainiert worden und daher imstande, auch in der Finsternis sicheren Fußes seinen Weg durch unwegsame Schluchten und *arroyos zu* finden. Die Soldaten weigerten sich jedoch, die Verfolgung aufzugeben, obwohl ihre Tiere immer wieder strauchelten und sie bald weit hinter José zurückfielen.

Erst als José in der Ferne ein brennendes Dorf ausmachte, über dem noch die Kanonenfeuer blitzten, zügelte er sein Pferd, dessen Flanken schweißbedeckt waren. Schreiende Frauen und Kinder rannten in seine Richtung, um dem *desmadre* zu entkommen. Unter ihnen befand sich sogar eine Frau im Abendkleid, die einen Koffer mit sich schleppte.

»Jetzt haben wir ihn!« hörte José plötzlich die Stimme eines der Soldaten, die ihn inzwischen fast eingeholt hatten.

Er wirbelte sein Pferd herum und überlegte fieberhaft, was er tun sollte.

Die Soldaten hatten ihn am frühen Abend auf seinem

Ritt zwischen den Hügeln überrascht, wo er sich mit letzter Kraft an sein Sattelhorn geklammert hatte. Beim Anblick seines prächtigen Pferdes und der Waffen hatten sie ihn umringt und gefragt, zu welcher Seite er gehöre – Carranza oder Villa?

»Ich gehöre zu keiner Seite«, hatte José geantwortet.

»Aha, dann bist du entweder ein Wendehals oder ein Feigling! Du stehst ab sofort unter Arrest!« sagte einer von ihnen, dessen Gesicht grobe Züge trug.

»Bin ich nicht. Ich gab lediglich meiner Mutter das Versprechen, nie wieder zu kämpfen«, widersprach José.

Die Männer waren in Gelächter ausgebrochen. Dann ergriff ihr Anführer wieder das Wort. »Nun, wenn das stimmt, dann hast du ja keine Verwendung mehr für dein Pferd und die Waffe. Wir beschlagnahmen sie hiermit im Namen …«

Er kam nicht mehr dazu, seinen Satz zu vollenden. José hatte ihm durch sein großes, offenes Maul geschossen, so daß die austretende Kugel den Hinterkopf zerfetzte, und bevor sie sich regen konnten, hatte er drei weitere Männer erledigt und sich mit Two White Stockings auf einen fünften Mann gestürzt, den er samt seinem Pferd zu Boden riß. Bevor ein einziger der Soldaten Gelegenheit gehabt hatte, einen Schuß auf ihn abzufeuern, war er im dichten Buschwerk verschwunden.

Sobald die verbliebenen sieben Männer sich von ihrer Überraschung erholt hatten, nahmen sie Josés Verfolgung auf. Wie besessen von dem Wunsch, Vergeltung an diesem ungeheuerlichen jungen Mann zu üben, vergaßen sie darüber sogar ihre eigentliche Kriegsmission .

Und so feuerten sie nun auf José, der sich mit Two White Stockings mehrmals im Kreise drehte und dann nach links von den Flüchtenden wegpreschte, damit diese nicht im Kugelhagel der Soldaten verletzt würden. Die Kanonenfeuer waren jetzt ganz nahe. Am steil abfallenden Ufer eines breiten Flusses war José gezwungen, sein Pferd zu zügeln. Hinter ihm näherte sich das donnernde Hufgetrappel der Soldatenpferde. Den Blick zum sternenbesetzten Himmel gerichtet, sprach er ein kurzes Gebet und bäumte sich mit seinem Hengst im Licht des nahen Kanonenfeuers noch einmal auf. Dann gab er Two White Stockings die Sporen, und während sie über den Felsvorsprung in die Tiefe sausten, löste er die Füße aus den Steigbügeln, um Sekunden später mit einem gewaltigen Platschen neben dem mächtigen Körper des Tieres auf der Wasseroberfläche aufzutreffen. José, der nicht schwimmen kommte und ohnehin fast ohnmächtig vor Schmerzen war, sank sofort unter Wasser. Doch als er bereits glaubte, seinen letzten Atemzug getan zu haben, schwamm Two White Stockings an seine Seite und stupste ihn prustend an. José schaffte es, die Arme um den kräftigen Hals des Hengstes zu legen und sich an ihn zu klammern. Das Licht des Mondes und der Sterne spiegelte sich tanzend auf der Wasseroberfläche. Und am gegenüberliegenden Ufer lag Texas. José hatte es geschafft. Er war gerettet. Zumindest nahm er das an.

La milpa, das Maisfeld, gedieh. Wie ein Meer aus kleinen, grünen Blättern, deren Spitzen gen Himmel strebten, brach es aus Mutter Erde hervor. Und *la gente* jubelte, während das heilige Korn, *el maíz,* mit jedem Tag größer wurde.

Eines Tages ritten zwei Kundschafter des Colonels durch das Dorf, und als sie das herrliche, grüne Maisfeld erblickten, fragte einer von ihnen verwundert: »Aber ist das denn hier nicht das Dorf, daß wir völlig niedergebrannt haben?«

»Ja, ich glaube schon«, erwiderte der andere. »Aber bei den vielen Dörfern, die wir in den letzten Jahren abgebrannt haben, ist es wirklich schwer zu sagen.«

»Nun, ich denke, es ist auf jeden Fall besser, wenn wir zurückreiten und dem Colonel berichten, daß hier immer noch einige von denen hausen.«

Die beiden jungen Soldaten wendeten ihre Pferde, aber sie sollten die Bergregion nicht mehr verlassen. Schon im ersten Eichenhain lauerte José Luis ihnen auf, riß die beiden Männer mit der ganzen Kraft seines bärenhaften Körpers von ihren Pferden und drückte ihnen mit bloßen Händen die Kehle ein. Man erzählt sich, daß der große Mann ihnen anschließend mit ihren eigenen Messern die Herzen herausschnitt und sich mit der wilden Selbstvergessenheit, mit der seine Mutter zwischen ihren geliebten Pfirsichbäumen umhertanzte, sich im Kreise drehte und die Erde mit dem Blut seiner Opfer tränkte.

Zwei Tage später trafen sich Juan und Pelón am Hang der *barrancas* nördlich der Stadt. Es war später Nachmitbag, und bald würde es dunkel werden. Es ging das Gerücht um, daß der Colonel vom Tode seiner beiden Kundschafter erfahren habe und bereits auf dem Weg ins Dorf sei.

»Hast du irgend jemandem etwas erzählt?« fragte Pelón.

»Nein«, antwortete Juan, »niemandem.«

»Auch nicht deiner Mutter?«

»Gerade der habe ich nichts gesagt!« gab Juan ärgerlich zurück. »Du meine Güte, sie wäre außer sich, wenn sie wüßte, was wir vorhaben.«

»Okay, beruhige dich wieder«, sagte Pelón. »Ich wollte dich nicht ärgern. Aber wir können nicht vorsichtig genug sein.«

»Hast du das Gewehr?« fragte Juan.

»Klar. Ich hab' es in einen Umhang gewickelt und dort zwischen den Felsen im Gebüsch versteckt.«

»Gut.« Juan blickte in die Richtung, in die Pelón gezeigt hatte. Es war nichts zu sehen, und er war froh, daß Pelón die Waffe gut versteckt hatte. Schließlich lag ihnen nichts daran, daß jemand beobachtete, wie sie ein Gewehr durch die Gegend schleppten.

»Komm«, sagte Pelón, »laß uns ein kleines Feuer machen und beim Essen unseren Plan nochmal durchgehen. Als direkter Verwandter Don Píos und Josés bist du bestimmt auch der geborene Stratege. Ach, meine Brüder haben immer von Josés genialen Schachzügen geschwärmt. Unsere Brüder waren schon großartige Kerle, bis ... verdammt!« Seine Augen füllten sich mit Tränen.

Juan legte seine Hand auf die Schulter des Freundes. Sie kletterten über die Felsen und ließen sich an einer geschützten Stelle nieder, um ein Feuer zu entfachen, auf dem sie ihre *taquitos* aufwärmen wollten. Die Sonne war inzwischen untergegangen, und sie waren sicher vor unerwünschten Blicken.

Pelóns Plan war einfach. Er hatte die *rurales* wochenlang beobachtet. Der Colonel und seine Männer benutzten immer denselben Pfad aus der Tiefebene herauf und machten jedesmal, nachdem sie etwa drei Viertel des Berghanges erklommen hatten, in einem kleinen Gebirgsbecken Rast, wo sie Wasser und Gras für ihre Pferde fanden. Der Colonel hatte es sich zur Gewohnheit gemacht, während der Rast einen wenige Schritte entfernten Baumstamm aufzusuchen, von wo er freien Blick auf den Pfad hatte, um dort seine Notdurft zu verrichten.

»Wir müssen also heute nacht nur dorthin gehen, dann gräbst du mich ein und bedeckst mich mit Erde und Laub. Wenn sie morgen früh dort auftauchen und er gerade seine Hosen herunterläßt, kann ich ihn aus einer Entfernung von drei Metern abknallen. Auf diese Weise verfehle ich den Bastard bestimmt nicht!«

Juan nickte. Der Plan schien genial und einfach durchführbar. Er war sich jedoch darüber im klaren, daß Pelón, wenn er ihn nicht sorgfältig mit Zweigen und Blättern tarnte, dabei leicht den Tod finden konnte.

»Sieh mal«, sagte er, »ich glaube zwar, daß dein Plan funktionieren könnte, aber es ist auch ausgesprochen gefährlich. Wenn der Colonel Verdacht schöpft und dich entdeckt, hast du keine Chance, zu entkommen.«

»Ich weiß«, antwortete Pelón, »aber zum Teufel damit! Ich will gar nicht entkommen! Wenn er mich findet, werde ich eben bei dem Versuch sterben, ihn zu töten. Ich habe doch sowieso niemanden mehr, Juan! Meine ganze Familie ist tot!«

Die Trostlosigkeit, die aus den Worten des Freundes sprach, berührte Juan zutiefst. »Gut«, erwiderte er, »ich werde dich erstklassig tarnen, aber, mein lieber Mann, du mußt schon Nerven wie Drahtseile haben, die ganze Nacht mucksmäuschenstill dort zu verharren und nicht in Panik zu verfallen, wenn der Colonel mit seinen Männern auftaucht.«

Pelón seufzte. »Keine Angst, die Nerven habe ich. Im Grunde ist das alles, was ich habe: Nerven!« Und wieder strömten die Tränen über sein kleines, braunes Gesicht.

Juan seufzte ebenfalls. Er fühlte genau dasselbe. »Aber warte mal«, sagte er, »woher willst du, nachdem ich dich eingegraben habe, überhaupt wissen, wann du aufstehen und schießen mußt? Vor allem, wenn ich dich so gut verdecke, daß nichts von dir zu sehen ist?«

Pelón mußte nur einen Augenblick nachdenken, dann sagte er: »Wenn ich seine ersten Fürze höre, weiß ich schon, daß es soweit ist.

Die beiden Jungen lachten.

»Dann brauchen wir nur noch zu hoffen, daß er sich heute abend den Bauch vollschlägt wie ein Schwein und sich anständig besäuft, damit er morgen ordentlich furzen und scheißen kann«, fügte Juan lachend hinzu.

Die beiden lachten immer noch, während Pelón eine

alte *retrocarga,* eine selbstgefertigte Flinte, die in einen Umhang gewickelt war, aus ihrem Versteck zum Vorschein brachte. Die alte Schrotflinte war seit Jahren nicht benutzt worden. Die untergehende Sonne hatte inzwischen den Himmel im Westen in ein leuchtendes Farbenmeer getaucht, und rosarote Wolken schwebten friedlich über den sanft abfallenden Berghängen und Tälern, die sich zwischen dem entfernten Gipfel, genannt *El Cerro Gordo,* und dem Gipfel ihres Heimatberges, *El Cerro Grande,* erstreckten.

Pfeifend machten sich die beiden kleinen Jungen auf den Weg und zweifelten keinen Augenblick am Erfolg ihres Vorhabens. Über ihren Köpfen schwirrten die letzten Amselschwärme auf ihrem Flug zu den Nistplätzen an den Ufern der flachen Bergseen. Wieder neigte sich ein herrlicher Tag auf Gottes Erde dem Ende zu, und eine weitere Nacht voller Magie brach an.

Alle fragten sich an diesem Abend, wo der kleine Juan steckte, und Doña Margarita war außer sich vor Sorge. Wie eine Kojotenhündin horchte sie in die Nacht hinaus und fragte sich, ob das Verschwinden ihres kleinen Sohnes etwas mit dem Erscheinen Pelóns ein paar Nächte zuvor zu tun haben konnte. In dem beunruhigenden Gefühl, daß die beiden Jungen etwas ausheckten, beschloß Doña Margarita, Luisa auf die Suche nach Juan zu schicken.

Wie schon so oft griff Doña Margarita nach dem handgearbeiteten Rosenkranz ihres Vaters und ging hinaus in die Dämmerung, um zu beten. Sie streifte ihre *huaraches* ab, spuckte in die Hände und massierte ihre Fußsohlen mit Speichel, bevor sie sich mit beiden Beinen fest auf den Boden stellte. Ihren Oberkörper vor und zurück schwingend, begann sie zu beten. Im festen Glauben daran, daß alles sich zum Guten wenden würde, solange sie ihren Glauben an die wundersamen Wege Gottes nicht verlor, ließ sie Perle für Perle durch ihre Finger gleiten.

Und sie sah mit den Augen des Adlers; und sie hörte mit den Ohren des Kojoten; die Seele des Fuchses verlieh ihr List und befähigte sie zu planen; und mit der Kraft des Gürteltiers beschwor sie die Mächte der unteren Welt, jener Welt, die nur dank der verworrenen Vorstellung der Männer fälschlicherweise Hölle genannt wurde, in Wirklichkeit jedoch der Geburtsort des Lebens war. Von dort entsprangen die Geister der *tierra madre,* die sich tanzend und singend in Gestalt winziger, farbenfroher Wesen zur Erde emporschwangen. Und Doña Margarita betete. Sie flehte die Geister der unteren, der mittleren und der oberen Welt um Hilfe an, während das Universum ihren Gebeten lauschte und die ersten Sterne sich am Firmament schützend über sie ausbreiteten.

Die beiden Jungen kletterten den steilen, von Felsen und Bäumen bedeckten Hang zum Grund des grün bewachsenen Gebirgsbeckens hinab. Inzwischen war es dunkel geworden, und sie achteten sorgfältig darauf, keine verräterischen Spuren zu hinterlassen. Der Boden war von üppigem Gras bedeckt und unter den großen Bäumen lagen abgebrochene Äste und Laub. Unten angekommen, verharrten die beiden Jungen reglos und ließen den Blick vorsichtig umherschweifen, wobei sie – wie das Wild – nur ihre Augen bewegten.

Sie entdeckten ein Augenpaar, daß auf der gegenüberliegenden Seite zwischen zwei mächtigen Baumstämmen hervorlugte, und erst als sie das nervöse Zucken der Ohren bemerkten, erkannten sie, daß es ein Reh war, genauer gesagt, eine Damhirschkuh mit ihrem Jungen. Juan lächelte, als er das Kitz erblickte, das sich zu Füßen der Mutter ins Gras gekuschelt hatte. Wußte er doch genau, daß es sich bei dieser Hirschkuh um seine Mutter handelte, deren Seele in die Gestalt des Tieres geschlüpft war, um ihn zu beschützen, und sie hatte noch einen Schutzengel in Gestalt des Kitz' mitgebracht.

»Mira, mira! » sagte Pelón und atmete erleichtert auf. »Es ist meine Mutter!«

»Nein, meine!« widersprach Juan.

»Na gut, es ist unser beider Mutter«, sagte Pelón lachend. »Gütiger Himmel, zuerst dachte ich, es sei ein Jaguar, oder womöglich sogar ein Soldat. Wenn der Colonel clever wäre«, fuhr er fort, »würde er eine Gruppe Soldaten zurücklassen, damit sie ihm jederzeit zur Hilfe kommen könnten. So werde ich es jedenfalls halten, wenn ich mich Villas Truppen anschließe.«

»Du willst dich Villa anschließen?« staunte Juan.

»Na klar. Meinst du, ich will allein hier in diesen gottverlassenen Bergen bleiben und darauf warten, bis sie jeden von uns abgeknallt haben? Es wird nicht zu Ende sein, wenn wir den Colonel umgelegt haben. Sie werden andere schicken.«

»Was?« fragte Juan. Er hatte angenommen, daß, wenn sie den Colonel erst losgeworden wären, endlich Ruhe einkehren würde. »Warum machen wir uns dann überhaupt die Mühe?« fragte er.

»Nun, weil, weil dieser Bastard ... er verdient es einfach, zu sterben!« Pelón vergaß zu flüstern und seine Augen traten auf einmal voller Haß hervor.

Im selben Moment sprang die Hirschkuh mit eleganten Sätzen davon, gefolgt von ihrem Kitz, das ihr mit trippelnden Schritten hinterhereilte. Die beiden Jungen kauerten sich blitzschnell ins Gebüsch. Sie waren nicht sicher, ob Pelóns Stimme die Tiere aufgeschreckt hatte oder etwas anderes.

Pelón bedeutete Juan ihm zu folgen, und sie krochen mit klopfenden Herzen über den Boden. Im Schutz des Gebüschs preßten sie die Gesichter dicht auf die Erde.

»Vielleicht sollten wir dich lieber noch nicht sofort einbuddeln«, flüsterte Juan Pelón ins Ohr. »Ich glaube, es wäre besser, bis zum Morgengrauen zu warten. Das Wild schien mir wirklich ziemlich verängstigt.«

»Ach, wahrscheinlich nur, weil ich so laut gesprochen habe«, erwiderte Pelón.

»Vielleicht, » antwortete Juan. »Vielleicht aber auch nicht. Warten wir besser ab.«

»Ich weiß nicht recht«, flüsterte Pelón, »sie kommen immer ziemlich früh zu dieser Stelle.«

» Ja«, aber was ist, wenn wir morgen früh irgend etwas Verdächtiges bemerken, Pelón? Wenn du einmal eingegraben bist, kriege ich dich so schnell nicht wieder frei. Ich finde, wir sollten warten, bis es hell wird. Dann können wir uns genau umsehen, und hinterher kann ich auch die Spuren besser verwischen, damit niemand sieht, daß jemand hier war. Oder womöglich lassen wir es ganz und kommen ein anderes Mal wieder.«

Pelón blickte sich um. Der Indio, der ihn beim letzten Mal ertappt hatte, fiel ihm wieder ein. »Na gut, machen wir es, wie du sagst. Ich vertraue deinem Urteil. Aber hoffentlich kommen sie nicht zu früh und überraschen uns im Schlaf.«

»Keine Angst«, beruhigte ihn Juan. »Du weißt doch, der Colonel ist die ganze Nacht damit beschäftigt, zu fressen und zu saufen, damit er morgen anständig furzen kann!«

Die beiden bemühten sich, ihr aufkommendes Gelächter zu unterdrücken. Sie waren immer noch auf der Hut, da sie nach wie vor nicht wußten, was das Wild aufgeschreckt hatte.

»Weißt du«, sagte Juan und blickte zum sternenbedeckten Himmel. »Vielleicht sollten wir ein Gebet sprechen.«

»Du betest noch?« fragte Pelón. »Nach allem, was unseren Familien zugestoßen ist?«

Im ersten Moment war Juan betroffen über Pelóns Frage, aber dann antwortete er. »Natürlich. Bei mir zu Hause beten wir jetzt sogar mehr denn je.«

»Was für ein Blödsinn.« Pelón spuckte verächtlich aus. »Nachdem, was sie meiner Mutter angetan haben, ist mir das Beten vergangen.«

»Aber Pelón, gerade jetzt solltest du mehr beten als zuvor«, erwiderte Juan und kniete in dem Gestrüpp, in dem sie sich verbargen, nieder.

Pelón betrachtete ihn, während über ihren Köpfen die Sterne funkelten.

»Komm schon«, ermunterte ihn Juan. »Mach mit, *amigo*. Und keine Sorge, wir werden morgen früh genug Zeit haben, das zu tun, was wir tun müssen, und mit Gottes Hilfe wird alles nach Plan verlaufen.«

»Na gut«, sagte Pelón. »Ich hoffe, du hast recht.«

Zögernd kam er Juans Aufforderung nach und kniete sich neben den Freund. Die Hirschkuh und ihr Kitz kehrten zurück und begannen zu äsen. Was auch immer sie erschreckt haben mochte, war verschwunden. Der Anblick der Tiere beruhigte die Jungen, und sie beendeten zuversichtlich ihr Gebet.

»Also dann, *buenas noches*, lieber Gott«, schloß Juan, »schenk uns eine friedliche und behütete Nacht.«

»Und hilf uns, daß wir morgen früh nicht versagen«, fügte Pelón hinzu, »denn wir sind reinen Herzens und wollen nur unsere *familias* beschützen.«

Die beiden Jungen bekreuzigten sich, standen auf und traten aus dem Gebüsch hinaus auf die Lichtung, wo die Hirschkuh mit ihrem Jungen äste. Es war eine wunderbare, sternenklare Nacht. Das Wild beäugte die beiden kleinen Jungen aufmerksam, ohne sich von der Stelle zu rühren. Ein Indiz dafür, daß auch die Tiere sich nun durch nichts mehr bedroht fühlten.

»Ich frage mich«, sagte Juan, »ob Tiere wohl auch

manchmal beten. Sieh nur, wie gelassen und glücklich sie aussehen.«

»Tiere beten doch nicht«, erwiderte Pelón lachend. »Bist du wahnsinnig?«

»Nein, aber meine Mutter sagt immer, daß Beten das Herz beruhigt, und sieh dir die beiden doch an. Vielleicht beten sie auf ihre Art ja doch.«

Pelón betrachtete die Tiere und sah dann seinen Freund wieder an. »Sag mal, hat deine Mutter wirklich die Mächte des Himmels und die Engel beschworen, um die Hunde neulich zu besänftigen?« fragte er. Pelón war an dem Tag, als seine Mutter von den Hunden zu Tode gerissen wurde, nicht dagewesen. »Die Leute behaupten schon, daß deine Mutter eine Hexe ist, die unser ganzes Tal beschützt.«

»Meine Mutter ist keine *bruja*«, widersprach Juan verärgert. Er sah schon kommen, daß man seine Mutter kreuzigen und verbrennen würde, wie man es mit José Luis' Mutter getan hatte.

»Ich wollte dich doch nicht beleidigen«, beruhigte Pelón ihn. »Es ist nur, nun ... sie hat José von den Toten zurückgeholt und so vieles mehr getan, und, na ja, die Leute reden darüber.«

»Meine Mutter ist genausowenig eine *bruja*, wie deine Mutter eine war«, sagte Juan. »Verdammt noch mal, schließlich sind wir doch alle schon Zeuge geworden, wie unsere Mütter Wunder vollbrachten!«

»Sprich nicht im Zusammenhang mit der Erinnerung an meine Mutter von einer Hexe!« rief Pelón.

»Gut, dann nenn auch meine Mutter gefälligst nicht Hexe«, erwiderte Juan.

Pelón beruhigte sich. »Schon gut, du hast ja recht. Meine Mutter hat auch Wunder vollbracht. Ich werde deine Mutter also nie wieder *bruja* nennen.«

»In Ordnung.«

Pelón blickte seufzend zum Himmel.

»Schau dir nur diese vielen Sterne an. Im Grunde haben wir ja wirklich Glück, daß sich Nacht für Nacht solche Schönheit über unseren Köpfen entfaltet.«

»Stimmt«, antwortete Juan und rieb sich die Augen. »Ich bin müde. Ich glaube, wir sollten uns allmählich einen Schlafplatz für die Nacht suchen. Oh, sieh mal, das kleine Kitz kommt rüber, um an uns zu schnuppern«, fügte er hinzu und streckte lächelnd die Hand nach dem Tier aus.

Das anmutige kleine Kitz reckte vorsichtig den Hals und beschnüffelte Juans Fingerspitzen.

»Ich könnte wetten, daß Tiere auch beten«, sagte Juan. »Sonst würden sie niemals inmitten ihrer natürlichen Feinde und all den anderen Gefahren, mit denen sie leben müssen, so zufrieden und glücklich wirken.«

»Wahrscheinlich hast du recht«, antwortete Pelón, der bei sich dachte, daß kein Tier der Welt sich so nah an einen kleinen Jungen heranwagen würde, wenn er tatsächlich der Sohn einer Hexe wäre. Schließlich wußte jeder, daß Tiere fähig waren, in die Seele des Menschen zu schauen.

»Komm, ich bin auch müde. Laß uns zu der Stelle mit dem umgefallenen Baum gehen, wo der Colonel seine morgendliche Kackerei erledigt, und uns gleich dort in der Nähe einen Schlafplatz suchen.

»Gut«, erwiderte Juan und richtete sich vorsichtig auf, um das Tier nicht zu erschrecken. »Gehen wir.«

Sie krochen zwischen die dicken, freiliegenden Wurzeln eines Baumes, unter denen einige Wildschweine eine Höhle gegraben hatten, die fabelhaften Schutz gegen Wind und nächtliche Kälte bot.

Das Kitz, das ihnen aufmerksam nachgeblickt hatte, trottete neugierig näher, um festzustellen, wohin die beiden Jungen so plötzlich verschwunden waren. Die Mutter folgte ihm, und als sie sah, daß die beiden Jungen sich zur Ruhe begeben hatten, blieb sie neben ihrem Kitz wie ein Wachposten am Rande des Erdlochs stehen.

Juan, der noch einmal blinzelnd die Augen öffnete, war jetzt um so mehr überzeugt, daß es seine Mutter war, die dort in Gestalt einer Hirschkuh über ihn wachte. Am Firmament funkelten unzählige Sterne, und *la luna* tauchte die Nacht in verzaubertes Licht. Es war ein guter Tag gewesen, und nun würde eine gute Nacht folgen. Und in der anderen Welt existierten weder Hexen noch Teufel; allein die Angst und Mißgunst in den Herzen der Menschen war es, was ihnen Unbehagen bereitete. Seine Mutter, Doña Margarita, war eine mächtige Frau. Und wie immer wurde diese Art Macht von den Menschen, die sie fürchteten, als teuflisch verschrien; die, die sie verehrten hingegen, nannten sie göttlich. Doch in Wirklichkeit war es einzig die Macht der Liebe.

»Buenas noches« murmelte Juan den Sternen zu, während er es sich im Laub bequem machte. »Und ich danke dir, Mama«, fügte er, an die Hirschkuh gewandt, hinzu.

Die beiden Jungen schlummerten friedlich ein, und in ihren Träumen tollten ausgelassene Tiere über saftig grüne Weiden.

Das Schnaufen der Pferde, die mit dem Trupp des Colonels den steilen Pfad hinaufkamen, schreckte die Jungen aus dem Tiefschlaf. Erschrocken rissen sie die Augen auf. Mein Gott! Nun saßen sie in der Falle. Sie konnten noch nicht einmal aufspringen und davonlaufen, da man sie unweigerlich entdeckt und abgeknallt hätte.

In hilflosem Entsetzen sahen sie sich an. Ganz vorsichtig hoben sie die Köpfe und lugten zwischen den Wurzeln hindurch. Über hundert Soldaten hatten sich bereits in dem Gebirgsbecken eingefunden. Einige ließen ihre Pferde frei grasen, andere führten ihre Tiere soeben zur Wasserstelle. Auf einmal erscholl die kräftige Stimme des Colonels direkt hinter ihnen.

»Nimm mein Pferd mit!« rief er rülpsend. Dem Klang seiner Stimme war anzumerken, daß er sich nicht besonders wohl fühlte. »Bring es zum Wasser rüber! Mach schon! Ich will allein sein!«

Er klang dermaßen erbärmlich, daß die Jungen beinahe aufgelacht hätten. Sie hörten, wie ein Soldat das Pferd des Colonels wegführte. Sie gingen so nahe an ihnen vorbei, daß sie die Hufe des Tieres aus ihrem Versteck zwischen den mächtigen Baumwurzeln erkennen konnten. Jetzt näherte sich der Colonel persönlich, und seine großen, schwarzen Lederstiefel blitzten direkt vor ihren Augen im Licht der Morgensonne. Während er rülpsend weiterging, hielt er sich an den Ästen fest, so daß das Laub herunterwirbelte. Der Colonel war in erbärmlicher Verfassung und verströmte einen unangenehmen, säuerlichen Geruch.

Juan und Pelón warfen sich einen Blick zu. Wären sie nicht wie gelähmt vor Angst gewesen, wären sie in lautes Gelächter ausgebrochen.Denn der Colonel befand sich in genau dem Zustand, den sie sich am Abend zuvor erhofft hatten. Und nun stand er, wie gewünscht, in kaum fünf Meter Entfernung, schnallte seinen Revolvergürtel ab und ließ die Hosen herunter. Er wandte ihnen den Rücken zu, hiefte seinen fetten, weißen Hintern über den gefallenen Baumstamm und begann geräuschvoll zu kacken.

Pelón tastete unter sich und brachte die in den *serape* geschlagene Schrotflinte zum Vorschein. Er bemühte sich, die Waffe so schnell und leise wie möglich auszuwickeln, was sich in der engen Höhle jedoch als äußerst schwierig erwies.

Juan ließ den Colonel nicht aus den Augen und betete

leise. »Oh, lieber Gott«, murmelte er, »bitte laß ihn so voller *pedos* und *caca* sein, daß er vor lauter Furzen nichts hört!«

Seine Sorge war unnötig; der große Mann war vollauf damit beschäftigt, sich geräuschvoll zu entleeren. Endlich gelang es Pelón, die Waffe auszuwickeln, aber der Lauf zeigte in die verkehrte Richtung. Beim Versuch, das Gewehr zu drehen, schlug er Juan versehentlich den Lauf ins Gesicht.

Beim Anblick der riesigen, selbstgefertigten *retrocarga* platzte Juan heraus: »Das soll unsere Waffe sein?«

»Still«, antwortete Pelón gepreßt, während er das große Gewehr zwischen den Wurzeln hindurchschob, um den Arsch des Colonels ins Visier zu nehmen.

»Aber das Ding schießt doch nie im Leben!« stöhnte Juan. »Die ist ja älter als unser Herr Jesus. Ich dachte, wir hätten ein richtiges Gewehr!«

Pelón achtete nicht auf sein Geschwätz, sondern legte die Finger auf die beiden großen Hähne. »*Coronel*!« rief er mit lauter, klarer Stimme. »Ich bin der kleine Bruder von zweien der Männer, die Sie verstümmelt und getötet haben, und der Sohn jener Frau, die Sie von den Hunden in Stücke reißen ließen. Wenn ich Sie umgelegt habe, werde ich auf Ihre Augen pissen! Auf daß Sie in alle Ewigkeit in der Hölle schmoren!«

Als der Colonel sich umwandte, um festzustellen, wer die Unverfrorenheit besaß, ihn hier zu stören, verstummte Pelón und zog beide Abzüge.

Doch nichts geschah; die Hähne bewegten sich nicht einmal.

Der Colonel erfaßte die Situation sofort: Zwei kleine Bengel mit einer *retrocarga*, die offenbar noch aus den Tagen Benito Juarez' stammte, hockten unter einem Baum und versuchten, ihn umzulegen. Mit einer einzigen Bewegung zog er seine Hosen hoch, wobei er sich über und über mit seiner eigenen Scheiße beschmierte, und langte nach seinem Revolvergürtel. Doch im gleichen Augenblick hieb Juan mit einem Stein auf die beiden Abzugshähne, und die alte Waffe explodierte krachend. Der Lauf zerbarst, und eine Fontäne aus Steinen und Eisensplittern schoß auf den Colonel zu. Die beiden Jungen wurden zurückgeworfen, und Pelón prallte gegen die staubige Rückwand der kleinen Höhle. Der Colonel war rückwärts über den umgefallenen Baumstamm geschleudert worden. In Sekundenschnelle hatten seine Männer Deckung gesucht und erwiderten jetzt unter lautem Rufen das Feuer.

Juan kroch mit blutender Nase aus seinem Versteck, bereit, sich jeden Moment aus dem Staub zu machen. Er versuchte einen klaren Kopf zu bekommen. Doch nie im Leben würde er vergessen, was Pelón als nächstes tat. Sein Freund dachte nicht daran, davonzurennen. Nein, Pelón stürmte auf den Colonel zu, der sich vor Schmerzen wand, zog dessen Waffe aus dem Halfter und leerte das Magazin des Revolvers in den nackten, aufgedunsenen Bauch des Colonels, ungeachtet der Kugeln der Soldaten, die ihm um die Ohren flogen. Erst als er sicher sein konnte, daß der große Mann tot war, ließ Pelón die Waffe fallen und rannte zurück in Juans Richtung. Behende wie zwei Bergantilopen sprangen sie durch das dichte Unterholz davon, während die Soldaten hinter ihnen herfeuerten.

»Ich habe ihn getötet!« schrie Pelón. »Ich habe ihn getötet und ihm dabei ins Gesicht geblickt! Und er hat erfahren, wer ich war, bevor er starb. Was für ein herrliches Gefühl, die Angst in seinen Augen zu sehen! In der Hölle soll er schmoren! Bis in alle Ewigkeit!«

Ein paar der Soldaten hatten sich auf ihre Pferde geschwungen und die Verfolgung aufgenommen, doch die Jungen kannten die Berge wie ihre Westentasche und hatten die Soldaten blitzschnell abgehängt. Schon bald hatten sie die Gründe der tiefen Schluchten erreicht, an deren Hängen unzählige wilde Orchideen blühten. Dem Lauf eines kleinen *arroyos* folgend, machten sie sich daran, den Berghang wieder hinaufzusteigen, als sie der Damhirschkuh und ihrem Jungen erneut begegneten, die friedlich auf dem Boden liegend vor sich hindösten.

»Warte mal«, sagte Juan, »vielleicht sollten wir hier warten, bis es dunkel wird. Schließlich wollen wir auf dem Gipfel nicht den Soldaten in die Arme laufen, oder irgend jemandem, der uns verraten könnte.«

»Wer sollte uns denn verraten?« fragte Pelón, der vor Stolz über seine Heldentat beinahe platzte. »Ich habe ihn umgelegt! Ich habe ihn getötet! Mein Gott, es war herrlich, mitanzusehen, wie er sich vor Schmerzen wand. Für jeden meiner Brüder habe ich ihm eine Kugel in den Leib geschossen! Wir haben es geschafft, Juan! Wir haben es wirklich getan!«

»Ja, aber jetzt sollten wir Ruhe bewahren, damit wir nicht selber umgelegt werden. Komm, wir verstecken uns dort bei der Anhöhe im hohen Gras, so wie die beiden Tiere, und warten ganz still ab, bis es dunkel wird.«

Sie hatten sich kaum niedergelassen, als auch schon fünf Soldaten mit einem Indioführer, der ihnen zu Fuß voranging, am Eingang des Cañons auftauchten. Die beiden Jungen hielten den Atem an und verfolgten, wie die kleine Gruppe unterhalb ihres Versteckes durch die Bäume vorüberzog. Einmal schien der Indio zu ihnen hinaufzublicken, schritt jedoch weiter und führte die Männer in den Cañon hinein, fort aus der Nähe der Jungen.

»Hast du bemerkt, wie *el indio* in unsere Richtung blickte?« fragte Pelón.

»Ja«, erwiderte Juan. »Er weiß, daß wir hier oben sind.

Wir verschwinden besser, bevor sie uns einkreisen und uns den Weg abschneiden.

»Aber er wird uns bestimmt nicht verraten«, meinte Pelón.

»Bei der Jagd überläßt die Füchsin auch nichts dem Zufall. Laß uns gehen!«

Die Jungen setzten ihren Aufstieg so schnell wie möglich fort, wobei sie die Hirschkuh mit ihrem Kitz aufschreckten, die sich oberhalb ihres Rastplatzes niedergelassen hatten.

»Ihr macht auch besser, daß ihr fortkommt«, sagte Juan zu den Tieren, während er an ihnen vorüblief.

Das Wild schlug jedoch die andere Richtung, hangabwärts, ein. Juan und Pelón hatten gerade den Rand des Cañons erreicht, als die Schüsse zu ihnen heraufklangen.

Juan blieb stehen. »Sie haben die Tiere erschossen«, rief er aufgebracht.

»Woher willst du das wissen?« fragte Pelón.

»Ich weiß es eben«, antwortete Juan, und Tränen schossen ihm in die Augen. »Ich muß nach Hause!« Kaum hatte er die Worte ausgesprochen, rannte er auch schon so schnell er konnte heimwärts. Er mußte sofort schauen, ob seine geliebte alte Mutter wohlauf war. Guter Gott, diese beiden Tiere hatten ihr Leben für ihn und Pelón geopfert.

»Mama! Mama!« schrie Juan, während er mit Pelón in das zerstörte Dorf hineinrannte. »Der Colonel ist tot! Der Colonel ist tot!«

»Was ist los?« fragte José Luis, der neben einem kleinen Ofen saß, den er selbst gebaut hatte, um Brot darin zu backen. Von seiner Mutter Josefina hatte er das Backen gelernt. Als Sohn einer alleinstehenden Frau wußte er überhaupt eine Menge Dinge, von denen Männer gewöhnlich keine Ahnung hatten.

»Geht es Mama gut?« fragte Juan mit Verzweiflung in der Stimme. Er war völlig außer Atem. Sie waren den ganzen Weg den Berg hinauf gerannt, und Juan war fast außer sich vor Sorge gewesen, daß die Soldaten, als sie die beiden Tiere töteten, auch seine Mutter umgebracht hätten.

»Nein, ihr geht es überhaupt nicht gut«, sagte Luisa, die jetzt hinzukam. »Sie war die ganze Nacht wach und ist halb wahnsinnig vor Sorge um dich, und vor einer Weile hat sie angefangen, wie verrückt zu husten und zu würgen.«

Da kam Juans Mutter aus dem kleinen Aborthäuschen.

»Mama! Mama!« Juan flog in ihre Arme. »Es tut mir so leid, daß du dir Sorgen gemacht hast, aber … aber …« Er verstummte.

»Was hast du da eben gebrüllt, von wegen *El Coronel* sei tot?« erkundigte sich die alte Frau.

Juan schluckte. Also hatte die Mutter alles gehört. »Ja, er ist tot«, brach es aus ihm hervor, und Tränen der Erleichterung strömten über seine Wangen.

»Er ist tot, Mama; er kann uns nie wieder etwas zuleide tun!«

»Hast du das mit eigenen Augen gesehen?« fragte José Luis ungläubig, »hast du wirklich gesehen, daß der Colonel tot ist?«

»Ja«, sagte Pelón, »Juan und ich haben ihn getötet!«

»Na ja, das stimmt nicht ganz«, korrigierte Juan. »Wir haben zusammen mit einer alten *retrocarga* auf ihn gezielt, aber es war Pelón, der den Revolver des Colonels nahm und damit in seinen feisten Bauch geschossen hat. Ich habe gesehen, wie er im Sterben mit den Beinen zappelte – genau wie die Schweine oder Rinder, wenn wir sie schlachten –, und dann sind wir beide davongerannt!«

»Oh, mein Gott, *Dios mío!*« Doña Margarita bekreuzigte sich. »Ihr beide habt den Colonel getötet!? Wie könnt ihr es wagen, euer Leben zu riskieren und eure unsterblichen Seelen derart in Gefahr zu bringen!«

Blitzschnell packte sie Juans Ohr. Sie zwang ihn zu Boden und versohlte ihn. »Du wirst nie wieder herumlaufen und irgendwelche Leute ohne meine Erlaubnis umbringen! Hörst du! Und dabei auch noch dein Leben riskieren!«

Alle waren entsetzt, und Juan winselte vor Schmerzen. Pelón, der das Ganze mit aufgerissenen Augen verfolgte, machte sich bereit, davonzurennen.

»O nein! Nichts da!« herrschte Doña Margarita den Jungen an. »Du bleibst gefälligst hier! Deine Mutter war meine Freundin, und sie hätte es niemals geduldet, daß du zum Mörder wirst! Halt ihn fest, José Luis! Der Junge braucht eine anständige Abreibung, damit er wieder zu Verstand kommt!«

»Aber ich bin jetzt ein Mann!« protestierte Pelón. »*Un macho*! Mir hat niemand mehr etwas zu sagen!«

»Ein Kind bist du!« rief Doña Margarita. »Ein kleiner Junge, der mit dem dichtesten Haarschopf zur Welt kam, den man je gesehen hat. Deshalb nannte man dich zum Scherz Pelón – ›Kahlkopf‹. Du wirst gefälligst hier bleiben und deine Seele läutern, sonst verpasse ich dir auch eine Abreibung. Wir lieben dich, und wir werden nicht zulassen, daß du dich auch zu so einem verantwortungslosen *hombre* entwickelst, nur weil du einen törichten Mord begangen hast!

Hast du nicht bemerkt, wie krank der Colonel war? In ein paar Wochen wäre er von selbst gestorben!

Was denkst du denn, was mit all diesen *hombres* geschieht, die seit Tausenden von Jahren versuchen, uns ihr Weltreich aufzuzwingen? Am Ende bringen sie sich alle selbst um, aber wir, *la gente de la tierra,* wir leben weiter, so wie wir es seit hunderttausend Jahren getan haben!

Glaubst du denn, daß die Europäer etwas Neues für uns sind? Auch unter unserem Volk hat es immer wieder arme Seelen gegeben, die mit den Sternen haderten, weil sie vergaßen, täglich ihre Liebe zu unserer *tierra madre* zu erneuern. Sie haben ihr eigenes Volk keinen Deut besser behandelt als diese Neuankömmlinge vom anderen Ende der Welt, im Gegenteil! Du wirst gefälligst deine Seele reinigen, Pelonito, und nicht das Andenken deiner Mutter beschmutzen, die ihr Leben gab, um unsere Erde mit ihrem Blut zu tränken. Und zwar auf der Stelle, oder ich schwöre, daß ich dir die Ohren lang ziehe und dich windelweich prügele!«

Pelón begann bitterlich zu weinen, und während Doña Margarita ihn liebevoll in die Arme schloß, verwandelte er sich vor aller Augen wieder in den kleinen Jungen zurück, der er war.

»Oh, *Dios mío*!« seufzte Luisa und bekreuzigte sich. »Was für ein Tag!«

Beim Anblick der wackeren, kleinen Krieger in den Armen der alten Frau, die jetzt wieder energisch wie eh und je war, begann José Luis zu lachen. »*Que desmadre a todo dar*!« sagte er. »So ist der Alptraum des Colonels doch noch wahr geworden. Er war ja immer überzeugt, daß jeder Indio darauf aus sei, ihn zu töten, und jetzt haben diese beiden kleinen Kerle es tatsächlich getan!« Der hünenhafte Mann konnte sich vor Lachen kaum noch halten. »Ach, das Leben ist doch herrlich! Das kann man nicht anders behaupten! Das Böse gibt es weder hier noch in der anderen Welt, bis auf das, welches die Menschen in ihren Herzen tragen. Der arme Colonel trug davon allerdings mehr mit sich herum als jeder andere *cabrón*, den ich kennengelernt habe!

Meinen Glückwunsch!« fügte José Luis hinzu und

streckte Juan und Pelón seine kräftigen Hände entgegen. »Ihr habt euch als wahre Krieger erwiesen; aber von nun an werdet ihr verdammt noch mal wieder auf das hören, was die Frauen euch sagen, oder ich verpasse euch persönlich eine Abreibung! Denn sie haben absolut recht damit, wenn sie behaupten, daß es nicht wert ist, getötet zu werden, wenn wir dabei unsere unsterbliche Seele aufs Spiel setzen!« Er bekreuzigte sich. »Im Gegenteil, das Töten eines Feindes muß sein wie ein Tanz! Wie der uralte Tanz, den wir voller Leidenschaft und Liebe zum Leben, *la vida,* tanzen! Kommt, Frauen, kommt, ihr beiden *gran hombrecitos*! Laßt uns tanzen!«

Und so drehten sie sich summend im Kreise, während die Erde unter ihren stampfenden Füßen erbebte und der Himmel auf sie herablächelte. Alles war gut – für jene, die die Fähigkeit besaßen, zu sehen und zu hören und die niemals ihren Glauben daran verloren, daß *la vida* nie etwas anderes sein würde als der Weg über jene zerklüfteten Stufen, auf denen sie tanzend und singend den Himmel erklommen.

Nachwort

Am darauffolgenden Tag machten mein Vater, Juan Salvador Villaseñor, und die anderen Familienmitglieder sich in den Bergen auf die Suche nach meinem Großvater Don Juan.

Sie wollten das Dorf so schnell wie möglich verlassen, bevor die Männer des Colonels auftauchten, um dessen Tod zu rächen. Doch mein Großvater schien wie vom Erdboden verschwunden, und man erzählte sich, er sei dem Wahnsinn verfallen und habe einen Esel getötet, den er Four White Stockings genannt und dafür verantwortlich gemacht habe, daß sein Leben ruiniert sei.

Mein Vater erzählte mir später, daß es einer der schwersten Schritte seines Lebens gewesen sei, sein Heimatdorf auf dem *El Cerro Grande* zu verlassen. Es war der Boden, der ihnen heilig war, denn er war getränkt mit ihrem Blut, ihrer Liebe und ihren Hoffnungen, und niemand auf dieser Welt vermochte lange an einem Ort zu leben, dessen Erde ihm nicht heilig war.

Er berichtete, daß jeder von ihnen eine Handvoll Erde aufhob, und während sie weinend die Zehen ihrer bloßen Füße in *la tierra madre* gruben, gelobten sie dem Wind, dem Atem Gottes, daß sie eines Tages, wenn das Land sicher war, zurückkehren würden.

An einem wunderbaren, klaren Morgen brachen sie nach Fat Rock auf, einer kleinen Stadt, in der die Witwe Don Píos einen Lebensmittelladen betrieb. Sie beabsichtigten, für einige Zeit bei Herlinda zu bleiben, bis es sicher genug für sie war, nach Norden, in die Vereinigten Staaten, aufzubrechen.

Mein Vater sprach oft von jener ersten Nacht, die sie fern ihres Heimatdorfes unter freiem Himmel verbrachten. Seine Mutter und José Luis hatten Zweige abgebrochen, mit denen sie ein Stück Boden von Ungeziefer freifegten, und ein kleines Feuer entfacht. Sie besaßen kaum Nahrungsmittel, und alle weinten unentwegt, bis sie begannen, sich Geschichten zu erzählen. Juan brachte mit der Episode von seiner mißglückten Entenjagd und dem Abenteuer mit Chivo und der Schlange alle zum Lachen. José Luis berichtete, wie er die Lebensmittel über die Berge ins Dorf geschmuggelt hatte und daß es ihn fast zum Wahnsinn getrieben hätte, sich tagelang verstecken zu müssen. Und auch Luisa und Emilia gaben amüsante Geschichten zum besten. Zu guter Letzt schloß die Mutter die Augen und verwob ihre gemeinsamen Abenteuer zu einem farbenfrohen Teppich aus Erzählungen, der ihnen vor Augen führte, welches Wunder sie vollbracht hatten, so lange zu überleben. Und in dem Gefühl, heldenhaft, stark und gesegnet zu sein, begaben sie sich unter der Obhut der Sterne zur Ruhe.

Zwei Monate später wurde José Luis beim Abendessen im Hinterzimmer von Herlindas kleinem Lebensmittelladen von zwei Soldaten getötet. Nur durch ihre Gewitztheit und innere Stärke gelang es Luisa, trotz ihrer Schwangerschaft kurz darauf einen neuen Ehemann zu finden, der ihnen auf dem Weg nach Norden zur Seite stand.

Nach fast einem Jahr erreichten sie die texanische Grenze, und verglichen mit dem Hunger und dem Leid, daß sie auf ihrem Weg durchmachen mußten, waren die Erlebnisse in Los Altos de Jalisco nahezu lächerlich. Doch kein einziges Mal hatten sie daran gedacht aufzugeben. Jeden Abend erzählte ihnen meine Großmutter

Geschichten aus ihrem ereignisreichen Leben und versicherte meinem Vater immer wieder, daß auch er eines Tages seiner großen Liebe begegnen würde, so wie sie einst meinem Großvater und später José die Witwe Mariposa begegnet war. Denn um die Liebe zu lernen, hat Gott die Menschen auf die Erde gesandt. Und mein Vater glaubte fest an die Worte meiner Großmutter Doña Margarita, denn ihr standen die Mächte des Himmels und der Erde und *la familia* zur Seite.

Victor E. Villaseñor
Rancho Villaseñor
Oceanside, CA.

GLOSSAR
DER SPANISCHEN WÖRTER
UND REDEWENDUNGEN

abrazo Umarmung
abuelito Großväterchen
a las todas hart auf hart
amo (Kurzform für: amigo mío) mein Freund
amor de mi corazón Liebe meines Herzens
angelito Engelchen
arriero Maultiertreiber
arroyo Bach, Wassserlauf
a toda madre aber wie! und was für ein ...!
a todo dar in jeder Hinsicht

barranca Schlucht, Hang
barrullo Auseinandersetzung, Unruhe
bruja Hexe
buenas noches Gute Nacht
burra Eselin

cabezón Schädel
cabrón Gauner, auch: verdammt
cabrones locos verrückte Idioten
caca de toro Bullenmist, Quatsch
cálmate ruhig, beruhige dich
caprichos Kapriolen
carne asada Braten
charro Cowboy, Bauer auch: Festtagsanzug der Bauern
chinga-chinga Herumspielen, 'rummachen
chingonese denen haben wir's aber gezeigt
como son las mujeres! Auf uns Frauen!
conchos Verzierungen
con ganas mit Lust
con el favor de Dios mit Gottes Hilfe
con gusto ausgelassen, vergnügt
con su vida mit seinem Leben
con todo nuestro/su corazón von ganzem Herzen
corazón Herz
córrale lauf!

desmadre Desaster, Ungeheuerlichkeit
que desmadre a todo dar was für ein verdammtes Pech

el ojo derecho de Dios das rechte Auge Gottes
el diablo der Teufel
el sol Sonne (im Span. mask.)
en mi corazón in meinem Herzen
esposo Ehemann, Gemahl

feliz navidad Frohe Weihnachten
fiesta Fest

gabachos mex. Bezeichnung für die Franzosen
gente Volk, Leute
la gente de la tierra das Volk der Erde
gran dama vornehme Dame
gringos Ausländer, insbes. Amerikaner
grito de gusto Freudenschrei
gusto y amor voller Freude und Liebe

hijita Töchterchen, Söhnchen
hermanito Brüderchen
hombre Mann, Kerl
hombrecito a todo dar ein richtiger kleiner Mann
huaraches Gummisandalen

indio cabezón Indianerschädel

la luna Mond (im Span. fem.)

macho de los buenos ein wahrer Kerl
madre Mutter
maleriado mißratener Bengel
mañana morgen
mano a mano Auge um Auge
mariposa Schmetterling
mejicanos Mexikaner
mercado Markt
mescal Agavenschnaps
mestiza Halbblut
milagro Wunder
mira schau!
muchachos Kerle
mujeres Frauen

nada nichts
nalgas Hinterbacken
niños de la tierra Kinder der Erde, Kinder dieses Bodens
nuestra unser/e
nuestra fé en Dios unser Gottvertrauen

olla Topf, Gefäß, Schüssel
órale Hört!

pansonsito kleiner Dickbauch
paraíso Paradies
para los muertos für die Toten
parranda Saufgelage
pedo Furz
pendejada Reinfall, Mißerfolg
perro Hund
pesos mex. Währungseinheit
pronto schnell
pueblos de los hombres Dörfer/Stätten der Männer
putos Hurensöhne

ramada natürliches Sonnendach aus Zweigen
ranchita kleines Anwesen
reata Lasso, Seil
retrocarga Vorderlader (Schrotflinte)

sagrada tierra heilige Erde, heiliger Boden
salsa Soße, Dip
sinvergüenza Schamloser!
sin razón ohne Verstand
sol Sonne
sombrero breitkrempiger, hoher Sonnenhut

tanates Eier, Hoden
taquitos kleine, geröstete Maisfladen
te juro ich schwöre es dir
tierra madre Mutter Erde
trapos Kleidung

yerba buena Tee Kräutertee
yerbita hier: Tabak, Kraut

ANMERKUNGEN DES ÜBERSETZERS

1. RURALES

Hierbei handelt es sich um die berittene Polizei, die unter dem Regime Porfirio Diaz' eingesetzt wurde, um unter der Landbevölkerung für Zucht und Ordnung zu sorgen. Die Rurales waren bekannt und gefürchtet für ihre außerordentliche Brutalität.

2. PORFIRIO DIAZ (1830–1915)

General unter Benito Juarez. Kämpfte an der Seite von Juarez gegen die Franzosen unter Kaiser Maximilian I. Nach erfolgreichem Putsch gegen Juarez-Nachfolger Lerdo, am 10.01.1876, wird er Präsident von Mexiko. Durch seine eigenmächtige Außerkraftsetzung der verfassungsmäßig festgelegten Nicht-Wiederwählbarkeit des Präsidenten, gelingt es ihm, mit kurzen Unterbrechungen, 30 Jahre lang (1876-1911), Staatspräsident von Mexiko zu bleiben. Aufgrund seiner diktatorischen Regierungsweise kann er zwar eine gewisse Stabilität im Lande herstellen und die Industrialisierung vorantreiben, jedoch auf Kosten steigender sozialer Ungleichheit. In den letzten Jahren seiner Amtszeit wird der Regierungs- und Verwaltungsapparat zunehmend korrupter. Nur 1% der Bevölkerung besitzt 97% des gesamten landwirtschaftlich nutzbaren Bodens. 1910 läßt er seinen politischen Gegenkandidaten Madero kurzerhand verhaften und erklärt sich selbst zum Wahlsieger, was schließlich zur Entladung von jahrelang aufgestauten Spannungen und der Formierung zahlreicher bewaffneter Rebellengruppen führt. Die revolutionären Unruhen erfassen bald das ganze Land und nehmen auch mit dem Rücktritt Diaz', am 17. Mai 1911, kein Ende.

3. BENITO JUAREZ (1806–1872)

Erster demokratischer Präsident Mexikos (1858-1872). Juarez setzte eine neue liberale Verfassung in Kraft und betrieb eine entschiedene Politik gegen die Allmacht der Kirche in Mexiko. Nachdem er die Zinszahlungen an ausländische Gläubiger einstellte, sendet Napoleon III. ein Heer nach Mexiko und stellt mit Unterstützung der Kirche die Monarchie in Mexiko wieder her, indem er Kaiser Maximilian I. auf den Thron setzt. Juarez lebt vier Jahre im Exil in den USA. 1867 kehrt er nach Mexiko City zurück, vertreibt Kaiser Maximilian aus der Stadt und läßt ihn später von einem Exekutionskommando erschießen. Juarez wird erneut zum Präsidenten gewählt und stirbt 1872 an einer unbekannten Krankheit.

4. VICTORIANO HUERTA

General Victoriano Huerta kommt 1913, nach erfolgreichem Putsch gegen seinen Vorgänger Madera, an die Macht, womit Mexiko wieder durch einen Diktator regiert wird. Doch bereits im Juli 1914 weicht er dem Druck der Widerstandsbewegungen und verläßt das Land.

5. FRANCISCO MADERO

Politischer Gegenspieler Porfirio Diaz'. Madero ruft 1910 aus seinem texanischen Exil zum Kampf gegen den Diktator Diaz auf und erklärt sich selbst zum provisorischen Präsidenten Mexikos. Seine demokratische Politik wird anfangs von Francisco Villa als auch von Emiliano Zapata unterstützt. Nach seiner Rückkehr 1911 wird Madero offiziell zum Präsidenten gewählt. Zwei Jahre später, am 22.02.1913, wird er bei einem Putsch erschossen.

6. FRANCISCO (PANCHO) VILLA (1872–1923)

Revolutionsführer, der 1912 die Division del Norte, eine aus Viehtreibern, Bergarbeitern, landlosen Campesinos, Banditen und Abenteurern bestehende Reiterarmee, unter sich vereinigt. Villa kämpft zusammen mit Emiliano Zapata gegen die Truppen von Carranza. Durch seine spontanen Aktionen zur Unterstützung Mittelloser, verschafft sich Villa seinen Ruf als Freund der Armen.

7. CARRANZA, VENUSTIANO (1859–1920)

Bereits unter Diaz erfolgreicher Provinzpolitiker als Gouverneur von Coahuila. Kämpfte gegen die Bauernarmeen von Pancho Villa und Emiliano Zapata. 1916 wird Carranza zum Präsidenten erhoben und im Mai 1920 von Anhängern seines Gegenspielers Obregón erschossen.

Band 13 904

Benito P rez Gald s

Der Aufstand von Madrid

Bail n

Zwei historische Romane in einem Band

Gabriel Araceli, der junge vertr umte Abenteurer, hat sich in die verwaiste In s verliebt. Zu seinem Entsetzen mu§ er miterleben, da§ ihr gutm tiger Onkel sie leichtfertig in die Obhut eines Geschwisterpaars gibt, das voller Habgier ist. W hrend Gabriel seine Geliebte aus den F ngen dieser gerissenen Kaufleute befreien will, die In s wie eine Gefangene behandeln, entbrennt rings um ihn in Madrid der gro§e Aufstand gegen Napoleons Truppen, die Spanien besetzt halten. Gabriel schlie§t sich den Aufst ndischen an und zieht nach zahlreichen Verwicklungen in die Schlacht von Bail n, deren Ausgang ma§gebend f r die Geschichte Europas zu Beginn des 19. Jahrhunderts werden sollte.

BASTEI LÜBBE

Sie erhalten diesen Band im Buchhandel, bei Ihrem Zeitschriftenh ndler sowie im Bahnhofsbuchhandel.